女三人のシベリア鉄道

森　まゆみ

集英社文庫

女三人のシベリア鉄道　もくじ

著者が旅をした路線図

ロシア連邦
クラスノヤルスク
バイカル湖
ノヴォシビルスク
イルクーツク
チタ
カルィムスカヤ
ウラン・ウデ
ハバロフスク
モンゴル
ハルビン
長春
ウラジオストク
キルギス
タジキスタン
大連
大韓民国
日本
中華人民共和国
朝鮮民主主義人民共和国

サンクト・ペテルブルク
モスクワ
エカテリンブルク
(スヴェルドロフスク)
ミンスク
ドイツ
ポーランド
ベラルーシ
ベルリン
ワルシャワ
ウクライナ
カザフスタン
パリ
フランス
ウズベキスタン
アルメニア
トルク
メニスタン
アゼルバイジャン

晶子、百合子、芙美子の三人が旅をした経路

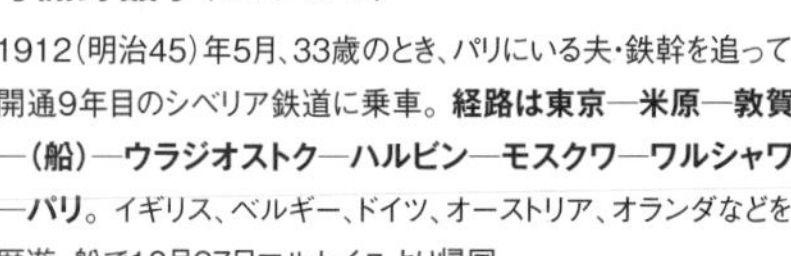

与謝野晶子（1878-1942）

1912（明治45）年5月、33歳のとき、パリにいる夫・鉄幹を追って開通9年目のシベリア鉄道に乗車。**経路は東京—米原—敦賀—（船）—ウラジオストク—ハルビン—モスクワ—ワルシャワ—パリ**。イギリス、ベルギー、ドイツ、オーストリア、オランダなどを歴遊、船で10月27日マルセイユより帰国。

宮本（中條）百合子（1899-1951）

1927年12月、28歳のとき、ロシア文学者・湯浅芳子とともに革命10年のソ連邦を見にシベリア鉄道でモスクワへ。**経路は東京—京都—下関—（船）—釜山—奉天—ハルビン—モスクワ**。のちウィーン、ベルリン、パリ、ロンドンに滞在。1930年11月帰国。

林芙美子（1903-1951）

1931年11月、28歳のとき、改造社刊『放浪記』の印税で、画家の恋人を追ってシベリア鉄道経由でパリへ。**経路は東京—名古屋—大阪—下関—（船）—釜山—奉天—ハルビン—モスクワ—パリ**。ロンドンにも滞在。1932年6月帰国。

女三人のシベリア鉄道

第一章　ウラジオストクへ

いつのころからか、こんな歌が耳鳴りのように聞こえていた。

流れ流れて　落ち行く先は
北はシベリア　南はジャバよ

わたしはそれを子守唄のように唄った。パスポートも持っていない二十年の間、町と家庭と子どもに縛りつけられていた。それゆえ流浪の自由に憧れたのである。

学生であった一九七〇年代半ば、何人もの学友がシベリア経由でヨーロッパをめざした。大企業と名のつくところに内定した男たちにとって、身柄を会社に拘束されるまでの、束の間の抵抗であったのかもしれない。そして、シベリア鉄道は、スミソニアン体制崩壊後の日本人にとって、ヨーロッパに至るもっとも安価な方法であった。

君に地中海のオリーブ油を持って帰るからね、といった人、ロシアで金髪女性との武勇伝を聞かせてくれた人、いろいろいたけれど、ひどい女子学生就職難の中でわたしには無縁の話だった。金もなく暇もない。彼らが旅から帰ってきた三月になって、わたしはようやく銀座の、ドバトの住む古いビルの小さなPR会社に仕事をみつけてもぐり込んだ。

それからもシベリア鉄道を忘れたことはない。

帝政ロシアの極東軍事政策もあって、シベリア鉄道が開通したのは一九〇四（明治三十七）年秋、二十世紀に入ってからである。まさに日露戦争の年であって、この鉄道はロシアの兵隊や物資の輸送に大活躍した。それまでの旅人は、榎本武揚（たけあき）、西周（あまね）ら幕府の留学生から、明治になっても森鷗外や夏目漱石にいたるまで、船で四十余日かかって憧れのヨーロッパへ渡っている。たとえば森鷗外の場合。当時、東京大学医学部を上位の成績で出たならば文部省からのドイツ留学が可能だった。だが、諸般の事情で二十五人中八位であったため、陸軍省に入ることにより、一八八四年、念願の官費留学を果している。八月二十三日東京を出発、翌日横浜を出航、十月七日にマルセイユに至り、パリ経由で十一日にベルリン到着。この間のことを「航西日記」に書いているが、家から目的地まで五十日弱かかったことになる。

それからも船旅はつづいた。一九一九（大正八）年に読売新聞記者となり、二年ののちアナキスト石川三四郎と共にパリへ向かった望月百合子という女性がいる。目的はパリ・ソルボンヌ大学での蜂蜜の研究であった。生前、彼女は長い船旅が楽しかったことをくり返しわたしに話した。途中、上海、香港、シンガポール、セイロン（現、スリランカ）などで上陸して見物したと。一九三八（昭和十三）年、夫の豊一郎がケンブリッジ大学で能について講演するのに同行した野上弥生子（やえこ）も同様。彼女の「欧米の旅」には上海、スエズ、上陸してのエジプトのスフィンクスやピラミッドの見物と、寄港地での貴重な体験が書き留められている。なんといっても船は広いし、船中で襲われる気遣いもない。娯楽には事欠かない。海風に吹かれデッキで読書、夜ごとのディナー、ときにはダンス・パーティと、上流の旅人たちも船旅を好んだ。第二次世界大戦後の留学生、たとえば遠藤周作や須賀敦子も、まだ飛行機ではなく船旅だった。

こうした旅人たちのなかで、一九一二（明治四十五）年五月五日、端午の節句に新橋を旅立ち、ウラジオストク経由、シベリア鉄道で一人、パリまで向かった女性がいた。歌人与謝野晶子である。当時、晶子は三十三歳で七人の子の母であった。下の二人は養女に出し、上の五人を夫寛（鉄幹）の妹静子に預けて、たった一人、シベリア鉄道に乗ったのである。しかも外国語は英語も含め、まったくといっていいほど使えない。これは先に船でパリに行った夫を追う旅であった。

「かにかくシベリヤの汽車にして一人旅をいたさんとするにて候へば暴挙に近きことゝ

は自らもおもひ居り申候」(「与謝野寛晶子書簡集成」二月十七日　平出修宛書簡)

なんという勇敢なことだろうか。

結婚十一年にして、夫に対しそれほどの情熱があったとは。

女性史の上で、与謝野晶子ほど圧倒される人はいない。彼女は生涯に五万首余の歌を詠み、十三人子を産み、そのうち十一人が育った(一人死産、一人生後すぐ夭折)。子どもの着物も自分で縫った。歌のみならず詩を、小説を、童話を書き、大正期には評論、随筆を多く書いた。けだし超人である。しかも二十一のときに出会った男を夫として、生涯添いとげたというのも、芸術家としてなかなか真似のできないことだ。

晶子にできたシベリア旅行なら現代のわたしにもできるだろう、と思いつづけてきた。しかしウラジオストクから旅を始めることは、ソ連邦が崩壊するまでは難しかった。ソ連邦においてはここは機密に属する軍港であり、外国人は入れなかった。したがってシベリア鉄道もその起点(あるいは終点)であるウラジオストクからは乗ることができず、一九七〇年代のわたしの友人たちも新潟港からナホトカへ向かい、そこから別の鉄道に乗ってシベリア鉄道に合流するルートであったと覚えている。

与謝野晶子は、一九一二年五月五日夕刻六時半、新橋発神戸行の汽車に乗った。新橋での見送り客は高村光太郎、北原白秋はじめ五百人もいたという。長男光ら三人が同行する。名古屋からは小林政治(まさはる)が加わる。小林は天眠(てんみん)と号し、大阪船場の紳商で新詩社の初期からの同人であった。どころか与謝野夫妻に対してはパトロンのような役割も果しており、心おきなく頼み事もできる友だった。

「名古屋までお越し給はるよしを、私のいかによろこび候かを御想像被下度候。またしたくにはかゝらず、その日三時間あらばなどおもひて、なほこそ私の仕事ののこりをいたし居り候」(「與謝野晶子書簡集」)

五月二日、晶子から政治への手紙。そのくらい、晶子の日常は忙しかった。本当は四月二十日、加藤高明大使のイギリス帰任に同行を希望したが、「家事の始末が附かぬので延ばしました」と五月四日付の東京朝日新聞に談話が出ている。四月十三日には最愛の弟子、石川啄木がわずか二十六歳の若さで亡くなっていた。

　しら玉はくろき袋にかくれたりわが啄木はあらずこの世に
　人来り啄木死ぬと語りけり遠方びとはまだ知らざらむ

パリ滞在中の夫の打撃を思いやるこんな弔歌が東京朝日新聞の四月十七日付で掲載された。

与謝野鉄幹は表立って金を稼がない人であったから、収入を得るのも、家事も、育児もすべて晶子の肩にかかっていた。その苦労を傍で見ていた啄木は「姉と話しているような気がする」と慕っていた。

「私かたにては毎月百三十円づつ（月ぷの金もあり候）入り申候。両人のきまりし収入は七十円ほどに候。私は萬朝、二六、都、中学世界、少女の友、女子文壇、大阪毎日、東京毎日の仕事をいたし候外に、いかにしても毎月二十五円位の仕事をいたさねばどうしてもならぬのに候。そのために小説や、論文やおとぎ話などをべつにかゝねばならぬのに候」（同、一九〇九年九月十八日　小林政治宛）

百三十円はいまの物価にしてどれくらいだろうか。一九二一年ころ東京府下日暮里の、台所と二間ついた彫刻家中原悌二郎の住いが月十一円している。いまなら十一万はするから、物価は物によっては約一万倍とみてもそうはずれてはいない。

この手紙より十三年前、樋口一葉の一家は女三人で月九円ほどで暮らしていたとされるから、それから見ると物価上昇があったとしても大変な物入りだが、たとえば一九〇三年の漱石の東京大学の年俸は千二百円でも生活に足りなかった。少くともこのころまでに与謝野夫妻は歌の結社新詩社を主宰し、歌誌「明星」を発行する知られた文人であり、子どもは七人生れ、弟子も出入りし女中もいたことから、やはり百三十円くらいは必要だったにちがいない。晶子は旅立つ前にも、一家の主婦としての不在中の手配や、原稿書きの手を休めることができなかった。

「御話うかがふに都合よきやう寝台車ならぬのにいたしおくべく候」（五月二日　小林

政治宛）

すなわち三時間で旅の仕度をして、というのは言葉の綾としても、麹町区(こうじまちく)中六番町の家を出、新橋停車場に駆けつけて東海道本線の汽車に乗り、名古屋から米原間は小林と話をするというのである。不在中の打合せなどであったろう。なんという強行軍だろうか。

米原で北陸本線に乗り換えた晶子は、敦賀(つるが)へ向かい、ロシア船アリヨル号に乗り込んだ。

わが泣けば露西亜少女(ロシアをとめ)来て肩なでぬアリヨル号の白き船室

ああ、船に乗ってしまった、来てしまった、進退きわまった晶子は泣く。

恋人に逢はん日遠しふるさとを見ん日知られずいかがすべきぞ
京を見ん七瀬の黒き瞳(め)をも見んこの日の後(のち)の旅人の夢

前途はけわしく、後戻りすべき道は絶たれている。七瀬は双児の女児の一人だった。ふたたび日本の土を踏む日は来るのか。もしそれができたなら、したいことはいくつもあるのに。

甲板（かふぱん）の靴音きけば淋しさも俄（にはか）に恋のこころと変る
船の上やまとの女あかつきを頼りなげにも歩む甲板

二回、陽が海に落ち、また二度昇った。

残念ながら、いま敦賀からウラジオストクへ行く船の便はない。富山の伏木（ふしき）港から月に何回か、やはり二泊三日の航路があるらしいのだが、わたしは今回、心を残しながらも、日程の関係で新潟からの飛行機に乗ることにした。

友人の紹介してくれた、大阪外国語大学大学院（当時）で現在の日露関係を研究するベロゼルツェワ・アリョーナが旅の友である。どのみち夏休みには帰省するし、ミンスクで友だちの結婚式もある。シベリア鉄道全線、一度は乗ってみたかった、とつきあってくれることになった。ベロゼルツェワが姓でアリョーナが名だが、彼女は日本風にこう書く。姓の方は難しすぎるので、すぐアリョーナと呼ぶことになった。二〇〇六年八月二十七日、東京駅の銀の鈴で待ち合せ、上越新幹線に乗る。途中、川端康成「雪国」の舞台である湯沢が見えた。新幹線の開通で、東京から一時間の地となり、バブル期に出来たリゾートマンションがにょきにょき見える。スキーのリフトは夏草の中に間が抜けた感じであった。新潟駅の万代口（ばんだいぐち）からタクシーで新潟空港に向かう。すでに大きな荷物を抱えたロシア人たちが集まっている。色白で目は青灰色、金髪。子どもたちの団体はスポーツ交流なのだろうか、グリーンやピンクの鮮やかな服装である。

末の子が讃美歌うたふふしまはしあやにく立つる浪の音かな

晶子の歌を思い出す。船で子ども連れの家族と乗りあわせでもしたのだろうか。それとも、自分の子の歌声が耳もとに鳴ったのであろうか。

新潟空港からはグアム、ハバロフスク、ウラジオストク、ハルビン、上海、イルクーツクなどへ国際線がある。地方空港としては充実している。そういえば、新潟は日米修好通商条約で下田、箱館に加え長崎、兵庫、横浜とともに開かれた港の一つである。今日のウラジオストク線は十五時五十五分発、しかしいっこう出国審査の扉が開く気配はない。国際線待合室への通路の前に長い列が出来ている。

ようやく私たちがウラジオストク航空のツポレフに乗り込んだとき、定刻を十分すぎていた。座ってベルトをしめた途端、機体は動き出す。羽田や成田のようには滑走路が混んでいない。

ブルーのTシャツのアリョーナは憂鬱そうだ。「こんな古い飛行機と思わなかった」

という。いつも関西国際空港からモスクワ経由で郷里エカテリンブルクへ帰るからだ。ツポレフはいまは製造されていないそうで、大きさはYS－11くらいか。たしかに座席のスポンジははみ出しているし、腰のベルトの留め金も使い古されている様子。「まあ一時間半だから」とわたしは慰めにもならぬことをいう。

窓際のわたしの席からは、とてつもなく青い海と、漁船だろうか、その白い航跡が見えた。やがて、海は消えて下は白い雲海となり、降下するころには悪天候なのか、白いガスの中をかきわけるようなかんじで、ガタンと無事に着陸した。この間、ブルーの制服に赤いスカーフ、紫色のエプロンというものすごい色合せで、客室乗務員が飲物とアメと軽食を配った。トマトジュースを頼んだら、むしろトマトスープである。味が濃く塩気が強い。顔をしかめるわたしを隣席のアリョーナが笑う。茶色のパンにバタとチーズとサラミをはさんで食べると、こちらはなかなかおいしかった。

ウラジオストク空港は雨。曇天の暗さが例の、流れ流れて、の歌を思い出させる。狭い入国管理所では、まつ毛の長い細顔の女性検査官がドンドンドンと三つハンコを押してくれた。この入国カードをなくさないようにしなくてはならない。与謝野晶子のころ、入管はどうだったのであろう。

いまでもロシアは旅するのがめんどくさい国だ。まずヴィザがいる。それもロシア国内での経路、行動がはっきりしないともらえない。シベリア鉄道の乗りつぎの切符と、下車する地点でのホテルのバウチャー（予約券）をそろえてから、やっとヴィザが下りた。二週間かかったが、特急で一日でやってもらうこともできる。しかし早くしてもらえばそれだけ値段が高くなるという現金なシステムだ。

入国してからも、滞在したホテルのハンコをうっかり押してもらうのを忘れると出国のさい、どこで何をしてたかと厳しく追及されるという。パスポートをホテルに置いたまま外出しても、パスポート不携帯で警官に訊問をうけ、賄賂を要求されることもあるから気をつけろ、と旅行社から念を押された。ガイドブックにもそういう悪徳警官のことが多々載っており、友人の一人も二十万円、賄賂をとられたことがある、と思い出したくもなさそうに忠告してくれた。社会主義時代からの悪弊だろうが、帝政ロシアを旅した晶子のころはどうだったのだろう。わたしにはロシア人のアリョーナがかたわらにいるから心強いけれど。

旅行社の手配で迎えに来てくれた運転手は人生にくたびれ果てたような、毛の薄いおじさんである。空港は市中心部から五十キロほどのアルチョム市にあり、車は出たが、景色はどこまでもつづく平原だ。最初は無口だった運転手のおじさんは、だんだん舌があたたまってきたらしい。

アリョーナの通訳で聞く。天気はずっとこんななの？「いや、二、三日前までは暑かった。ことしは夜も寝苦しくて、珍しい年だよ」。海はどっち？「右にアムール湾がもうすぐ見える。後方が中国だ。そっちはずっと平らだ。でも行く手には山がある」。失礼ですがお名前は？「イフゲニー」。オネーギンですか、いい名前ね。「ギリシア人の名前だから貴族みたいだろ。通称ジェーナって呼ばれてる」。代々、ウラジオにいるの？「いやトムスクの生れだ。兵隊でこっちへ来て家族もできたから住みついちゃった」。何が趣味？「別荘、ダーチャだ。前に乗せた日本人に別荘を持っているといったら金持ちなのね、とびっくりしてたが。ロシア人はたいてい持ってるよ。夏は畑が忙しいんだ。いまはトマト、ジャガイモ、ナス、ビーツ、ベリー。キュウリはもう終りだな。化学肥料は使わない。ハーブも植えてるし、缶づめも自分で作る。息子や娘は夏は泳いでばっかり、ちっとも手伝わないけど」。へえ、息子さんは何をしているの？「前は船乗りだったが、あまりその仕事は好きじゃなくて、いまは観光関係の仕事だ。そら、いま川を渡った。もうすぐ町が見えてくる」

イルミネーションが見えた。中国人、韓国人がたくさんやって来て、それぞれ商売に精を出し、ロシア人と共存しながら市場も開いているという。何の仕事がいちばんもうかるの？「中古車を仕入れて売るんだな。新聞に広告を出す場合もある。そら、一番大きい川だ」

ホテル・ヒューンダイの車寄せにわたしたちとトランクを降ろすと、ジェーナはあっさりと去っていった。大きいトランクをひきずって部屋に入れ、さて夕食でも食べようと考えたが、この韓国系の五ツ星ホテルは繁華街からはずれた岡の上にあり、周辺はそう明るくない、樹の茂みも暗い。ウラジオにはスリもいる、マフィアも多い、とおどかされてきたし、アリョーナも「夜は出ない方がいい」というので、ホテルの最上階でホタテのバタ焼きと魚のスープを頼む。

「ヨサノ・アキコって、どういう人？」と事前に何も資料を渡していないので、国際政治専攻のアリョーナが聞く。

「明治期に活躍した日本の女性文学者としては、いま五千円札になった樋口一葉と並ぶ偉大な人なの。イチヨウは一八七二年生れで、文語体で小説を書き、一八九六年には二十四歳で結核で死んじゃった。和歌って知ってる？　アキコは日本のたった三十一文字でできた短い詩を書く歌人で、大正期には評論家としても活躍し、一九四二年六十三歳まで生きたから、ずいぶんあとの人の気がするけどね。じつはイチヨウとたった六つちがい」

ダー、ダーとアリョーナはいちいちうなずいて聞く。

晶子は一八七八年十二月七日、大阪の堺に生れた。生家は鳳（ほう）といい、父宗七は和菓子商駿河屋の二代目である。商売のかたわら本を読み、俳句を詠む趣味人であった。前妻との間に二人の娘があり、母はつね、すぐ上の兄、秀太郎（ひでたろう）は東京帝国大学を出て電気工学の教授となっている。三女でしっかりものの晶子の本名は志よう、堺女学校を出たあと、店番をしてそろばんをはじきながら本を読んだ。

「母方が数学の強い家系なのね。お兄さんもよく出来たし、晶子の娘宇智子は女高師、いまのお茶の水女子大の数学科を出て、高校の数学の先生をしてたくらい」

晶子は父の蔵書、日本文学の古典をはしから読んでしまい、歌を詠むことを覚えて堺の文学会に入り、二十歳のころ与謝野鉄幹のつぎの歌を新聞で知って創作意欲が湧く。

春あさき道灌山の一つ茶屋に餅くふ書生袴つけたり

素朴だけど好きな歌だ。この歌はわたしの家の近くが舞台である。道灌山というのは、むかし太田道灌の斥候台（物見塚）があったことからそう呼ぶ。正岡子規にも、

柿くふや道灌山の婆が茶屋

という句がある。東京の一番北の岡にある、諏方神社の境内には〝ふじみや〟なる茶店があって、それは未亡人の授産事業として土地の人が代々やらせていた店だった。鷗外も長子於菟を伴い、散歩の途中、この茶店に涼み、子どもを遊ばせながら本を読んだという。

一方、晶子の終生の伴侶となる鉄幹与謝野寛は、晶子より五つ年上で、一八七三年、京都岡崎の願成寺に生れた。廃仏毀釈のさなかで寺は困難をきわめ、兄二人は他の寺へ養子に行った。寛の方は数学ができないために、正規の学業を断念している。

地におちて大学に入らず聖書よまず世ゆゑ恋ゆゑうらぶれし男

一八七二年の学制によって国民皆教育が励行されたけれども、商人や職人の子は尋常小学校から中学へ進むものはごくごくめずらしかった。とはいえ、文学史を見れば、紅葉、逍遥、鷗外、漱石、多く東京大学の卒業生である。露伴は電信修技学校出身だが、新通信技術を学んだわけで、今でいえばコンピュータソフトのエンジニア養成のような最先端の学校ではなかったか。子規や熊楠は東京大学に入ったけれど中退した。これも英語や数学ができず落第したのである。そういう文芸界で活躍しようとする鉄幹は、おのが学歴に劣等感を持っていたらしい。

独学で国漢を修めた鉄幹は、兄赤松照幢が経営していた山口の白蓮女学校で十代の若さで教鞭をとったのち、一八九二年上京し、翌年、落合直文の家に寄食。直文といえば仙台藩家老の家に生れ、いまとなっては「孝女白菊の歌」が知られているくらいだが、一八八九年、森鷗外と共に新声社を創立、訳詩集「於母影」に加わっている。鉄幹は直文の浅香社の創立に参加し、その中心となった。

浅香社は和歌革新を企てた結社だが、本郷駒込浅嘉町に直文の家があったのでその名がある。それ以前、鉄幹は寺の子弟であることから、駒込吉祥寺内の苦学生のための寄宿舎にいたこともあった。部屋代十五銭すら払えず、同宿の学生たちの賄いをして室料を工面したといわれる。吉祥寺、浅嘉町、道灌山、いずれもわたしの家に近く、初の上京での鉄幹の足跡がうかがえて親近感を持った。

鉄幹には、明治のそのころの男としてありがちなことなのだが、若いころは壮士風のところがあり、その後、朝鮮に渡って国王高宗の妃である閔妃暗殺計画との関係を疑われた。一方、恋愛においても果敢であり、晶子の前に思いをかけた女は何人もいた。

韓装の年のはれぎぬまばゆかりき翡翠十八われ二十六

と歌った韓の妓女、翡翠。

つぎに徳山の女学校の教え子浅田信子。父浅田義一郎は資産家であったが、信子と鉄幹の間に生れたふき子は生後一ケ月余で死に、二人はまもなく別れさせられた。信子はのちに東京女高師で学び直し、それ以来、ずっと独身で教師をつとめた。八十四歳で亡くなるまで、みごとに一言も鉄幹のことを語らなかったといわれる。

さらに同じく徳山女学校の教え子林滝野。この家も裕福であって、その財産をあてにしたともいわれるが、一八九九年、信子と別れたあとすぐ、二人は同棲、翌一九〇〇年、まさに妻滝野を編集発行人として歌誌「明星」を創刊したころ、萃という男の子が生れた。十一月、鉄幹は歌をめざす鳳晶子、山川登美子と京都で出会い、新しい二人の女性に心を奪われてしまうのである。このあたりのいきさつ、登美子を追い落し、滝野を追い出して、晶子が恋の勝利者となるいきさつは、もはや耳にタコができるほど繰り返される伝説であるから省く。

ここでは鉄幹が滝野を歌った、

わが好きは妹が丸髷くぢら汁不動の呪文しら梅の花

の一首をあげておくにとどめよう。滝野はいつも丸髷をキチンと結っている人だった。それに比べ晶子はどの写真を見てもまさに「みだれ髪」そのものである。少女時代から、恋敵山川登美子と二人で写したものまで、どれも奇妙なざんばらとでもいうべきみだれ髪なのである。束髪時代の晶子も、髪の乱れは変わらず、実際に会ったことのある平塚らいてう、森茉莉なども「異様」という表現を使っている。

ついでにいうと、先妻といっても正式の入籍はしていなかった林滝野のことを鉄幹は忘れかねたが、滝野はより重厚で誠意があるとみえた男、正富汪洋という年下の詩人と再婚し、添いとげている。これがまた奇遇なことに、本郷丸山福山町四番地、樋口一葉が没した家に、再び学問をめざす滝野が女性の友人と下宿していて、同宿の正富と親しくなったのだという。同じころ、平塚らいてうと雪の塩原心中事件を起こした森田草平が下宿していたこともあるらしい。文人は文人を呼ぶのだろうか。一葉が「たけくらべ」や「にごりえ」「水の上日記」を書き、平田禿木、馬場孤蝶、上田敏、斎藤緑雨らが出入りしたこの家を舞台に、鉄幹のもと内妻と新進詩人の恋が進行した。ちょっと面白い話ではないか。

結局、滝野は一人息子の萃を実家に置いて正富と再婚した（実質的には鉄幹とは入籍してないので初婚）が、気がかりなのは萃の行方である。父に捨てられ、母にも置去りにされた男の子がどのように育ったものか。その子の存在を後妻晶子はどう感じていたのか、鉄幹は何らかの援助をしたものか。いまとなっては知るすべがない。萃の少年時代の美しい写真が一葉残されているが、一九二〇年五月、わずか十九歳で結核で死んでいる。それはようやく、父が、四十六歳で慶應義塾大学文学部教授という定職を得た翌年であった。

部屋で一人になったあとも、そんなあれこれを想像して、わたしはなかなか眠りにつくことができなかった。

目覚めて、ウラジオストクにいることを思い出した。家に比べ、部屋がぽかんと広い。ベッドの脇に両壁を圧する本棚がない。朝九時、といっても日本では七時。旅の疲れもあるはずだが、そう長くは寝ていない。のみならず、いまはサマータイムでプラス一時間。だからきのうホテルに着いた夜九時でさえ、空は十分に明るかった。

朝十時半、ゆっくりホテルを出る。極東国立総合大学（現、極東連邦総合大学）に与謝野晶子の歌碑がある、と何かの資料で見た。それだけのおぼつかない話である。ホテルで貰（もら）った日本語の地図によるとホテルの前を走るスハノヴァ通りに大学はあるはずだ。行ってみるとたしかにダリニェ・ヴァストチニー。遠い東とある。極東というのは現在は一つのロシアの地方であって、そこの基幹大学であり、ここは研究所の一つで、碑のありかは本部に行かなければわからない、と守衛のおじさんがニコリともしないでいった。

「スパシーバ」（ありがとう）といって歩きはじめる。その建物の手前には銅像がある。誰？「タタリーという教授で、スターリン賞を貰った人」とアリョーナがつまらなそうに説明する。スターリン賞ってまだあるんだっけ？「ううん、もうとっくにない」。外に「ここでファジェーエフが学んだ」というプレートもある。ファジェーエフって誰？「知らない」。こういう銅像やプレートは数限りなくあるらしく、なんでも知りたいが、いちいち聞くとアリョーナの機嫌が悪くなりそうなので、わたしは口をとじた。

教わった通り十五分ほど行くとウラジオストクの日本センターがある。日本語学校があり、日本語検定試験も行なっている。そこで聞くと、となりの極東大学東洋研究所の前庭に、その碑はあると教えてくれた。碑は案外、たやすく見つかった。大きな黒い石に詩が日露両語で刻まれている。

いざ、天の日は我がために
金の車をきしらせよ
颶風(あらし)の羽は東より
いざ、こころよく我を追へ。

黄泉(よみ)の底まで、なきながら、
頼む男を尋ねたる
その昔にもえや劣る。
女の恋のせつなさよ。

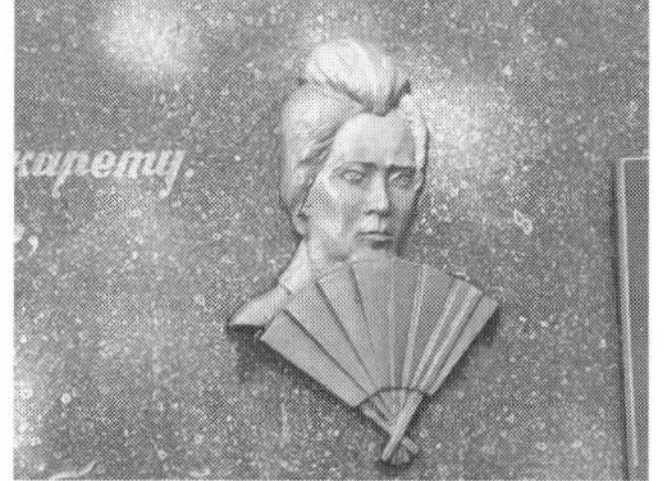

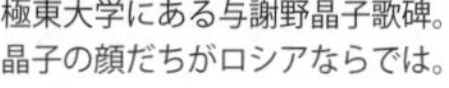

極東大学にある与謝野晶子歌碑。
晶子の顔だちがロシアならでは。

旅の始まり、ウラジオストク駅。

晶子や物に狂ふらん、
燃ゆる我が火を抱きながら、
天がけりゆく、西へ行く、
巴里の君へ逢ひに行く。

「うーん、このロシア語訳はとてもきれいね」とアリョーナは感に堪えない声でいった。しかし黒い石の表に彫られた与謝野晶子はちっとも似ていない。頬はこけ、眼は大きく鋭く、鼻すじは通り、扇を顔近く持っている。日本髪と扇子という記号の組み合せのようだが、何だかフラメンコの舞姫のようにさえ見えた。

鉄道の轍（わだち）の音まで聞こえそうな詩。それにしてもナルシシスムが勝っている。この詩を読んで思い出したのは、ローマの美術館で見た天井画だ。朝の光の中を、芸術の神、美しいアポロンが、天使たちに祝福されながら、いっさんに駆けてゆくその金色の車。たしか「オーロラ」という題だったが、同じ題材の絵はいく度となく見た。晶子は太陽に命じて金の車を走らせ、嵐にわが車を追わせよう、風に乗って大空を西へ行く、と歌い上げている。しかも結婚して十一年たつ夫への恋は昔よりいや増していると高らかに宣言しているのだ。

この詩は「旅に立つ」の題で「三田文学」（一九一二年八月号）に初出。出立前の詩

では、

良人(をつと)の留守の一人寝に、
わたしは何を著て寝よう。
（「ひとり寝」）

君よ、わたしの遣瀬(やるせ)なさ、
三月待つ間に身が細り、
四月の今日は狂ひ死に
するかとばかり気が滅入る。
（「東京にて」）

などと惑いのなかで歌っているのである。

歌も多くあるがここでは二首あげるにとどめる。

君こひし寝てもさめてもくろ髪を梳きても筆の柄をながめても
うとましく敵(かたき)の如く手にとりぬ一人寝の床におつるさし櫛

鉄幹とはそれほど魅力的な男だったのだろうか。

「女史は中六番町の閑居に孤閨を守り愛児の養育と詩作に忙殺されつつ五月頃渡欧の積りにて……」（東京朝日新聞、三月二十三日付）にあるこの「孤閨」。すでに死語となった感もあるが、この詩を読むかぎり、文字通り、鉄幹が東京にあるころはつねに二人寝をしていたのではないか。夫婦だから当り前だ、という人もあるだろうが、毎夜、隣りに寝て、毎夜、交わって、朝また同じ顔と体を傍に見出す。倦怠はなかったのだろうか。

寛は一九一一年十一月八日、熱田丸で海路パリに向かうことになった。一九〇五年ころから彼は鉄幹という号を使うのをやめており、以降のことは寛とする。壮士時代「虎の鉄幹」として知られた武張った名を棄てて新生をはかる意味もあった。師と仰ぐ森鷗外が本名林太郎の名で書き出したこともあったであろう。ひろし、という本名はやわらかい響きをもつ。

海こえて君さびしくも遊ぶらん逐はるる如く逃るる如く

晶子という人の正直さとしたたかさは、こうしてプライベートな情況と感情をかくさず詠んでしまうところである。覚悟がよい。夫寛も、妻がありのまま、実情をさらけ出すことに寛容であった。寛がいなくて「さびしい」のは晶子だけれど、外遊する寛の姿そのものも孤影悄然としたところがあったにちがいない。そんな寛をパリに行かせたのは妻の晶子その人である。一八九九年、二十六歳にして新詩社を創立、「明星」を創刊して、ロマン主義をうたい、晶子、登美子、増田雅子などきらめく星々を集めた鉄幹の輝きはすでに失われていた。

一九〇八年のはじめ、北原白秋、吉井勇、木下杢太郎、深井天川、秋庭俊彦、長田幹彦・秀雄兄弟ら若い七名の連袂脱退事件があった。夫妻に理解の深い森鷗外は五月、団子坂上観潮楼において歌会を開き、寛も、白秋や吉井勇もよび、また子規の衣鉢をつぐ伊藤左千夫や竹柏会の佐佐木信綱も招き、歌壇の融和に気をつかって見せた。寛には傲慢、策士、狷介の評があり、若い人々に人望がなかった。

先に触れた石川啄木は一九〇二年十月、盛岡中学を中退したさい、上京して盛時の「明星」に与謝野夫妻をはじめてたずねている。そして一九〇八年四月末、今度は北海道から単身上京、与謝野家に滞在し、世話を受ける。その日記を見よう。

四月二十八日、新詩社を訪ね、寛の「自然派などといふものの程愚劣なものは無い」「僕も来年あたりから小説を書いて見ようと思つてるんだがね」「マア、君、嶋崎君なんかの失敗の手本を見せて貰つてからにするサ」といった言を聞き、啄木は、

「世の中には、尋常鎖事の中に却つて血を流すよりも悲しい悲劇が隠れて居る事がある

ものだ。（中略）与謝野氏は既に老いたのか？　予は唯悲しかつた」（「啄木日記」）と書いている。

五月二日、寛は不在。晶子といろいろ語る。雑誌発行の苦労、「明星」創刊のころのエピソードを聞く。

「噫、明星は其昔寛氏が社会に向つて自己を発表し、且つ社会と戦ふ唯一の城壁であつた。（中略）新詩社並びに与謝野家は、唯晶子女史の筆一本で支へられて居る。そして明星は今晶子女史のもので、寛氏は唯余儀なく其編集長に雇はれて居るやうなものだ！」（同）

七月十六〜十七日。千駄ヶ谷で歌会。雨が盛んに降った。

「晶子さんの歌に〝白刃もて我に迫れるけはしさの消えゆく人をあはれと思ふ〟といふのがあつて与謝野氏は頭を搔いた」（同）

八月二十七日。

「吉井君の会の時、晶子さんが、

たはやすく生きんが為に埒もなき男と六年添臥もしぬ

といふ歌を作つたげな！」（同）

九月十日。

「今夜は中秋の明月だ。晶子さんは勝手でお団子を拵へてゐた。やがてそれと里芋と栗と豆の煮たのを持つて来て語つた。程なくして主人が多摩川の鮎漁から帰つて来た。ハンケチに包んだのを解くと、三つ許り石が出た。形が面白いから拾つて来たのだといふ」（同）

リアルタイムの観察で、仕事に家事に育児にてんてこ舞の晶子と、〝毎日が日曜日〟の寛の日常が活写されている。かつての師と弟子の立場は夫婦になってから逆転していた。

十一月、「明星」はついに百号で終刊。時代の使命を果したともいえるが、多いとき七千部ともいわれた発行部数が、自然主義文学擡頭（たいとう）の中で、千部を割るようになっていた。さびしいかぎりの終刊である。この百号に載った晶子の写真は忘れられない。みだれ髪や受け口はかわらないが、何としても面瘦せし、ひどくきつい表情である。大体において、晶子の写真でやわらかな、笑顔のものはほとんどないが、その中でもこれはすごい。貧乏所帯の世話女房そのままだ。

翌一九〇九年四月十五日に、晶子の恋敵山川登美子が死んだ。越前小浜の旧家に生れ、白百合の君とよばれた登美子は、

それとなく紅き花みな友にゆづりそむきて泣きて忘れ草つむ

の歌で知られるように、歌友晶子に鉄幹をゆずって、山川駐七郎なる本家筋の会社員に嫁いだのだが、駐七郎が肺結核となり病死、結婚生活は二年と保たなかった。その後、上京して日本女子大に入り、新生を賭けたが、夫からの感染らしい結核で命を落す。

おつとせい氷に眠るさいはひを我も今知るおもしろきかな

という辞世は、子規の、

糸瓜咲て痰のつまりし仏かな

に優るとも劣らぬ死をみつめた名詠といえよう。

登美子にはたくさんのいい歌、好きな歌があるのだけれど、ここで引く余裕がない。ともかく、登美子は結婚によって鉄幹を去ったのではなく、再び未亡人として東京に現われ、彼と逢っている。そのことは晶子を猛烈に嫉妬させた。

君かへらぬこの家ひと夜に寺とせよ紅梅どもは根こじて放れ
ものいはぬつれなきかたのおん耳を啄木鳥食めとのろふ秋の日

おそろしき恋ざめごころ何を見るわが眼とらへむ牢舎（ひとや）は無きや

夫婦の危機を隠さずに詠んだ大胆さに驚く。だから登美子が死んだとき寛は、

君なきか若狭の登美子しら玉のあたら君さへ砕けはつるか

といった深い慟哭（どうこく）の歌をつくったのであるが、晶子の歌は、

背とわれと死にたる人と三人（みたり）して甕（もたひ）の中に封じつること

となにか白々しい。三人には人に知られぬ、棺まで持っていく秘密があると思わせぶりながら、夫寛と自分がワンセットで、登美子を「死にたる人」とつき放している。かつて姉と妹のちぎりを結んだ友人であったにしては、あまりにも冷ややかではなかろうか。もう一人の鉄幹の美しい女弟子増田雅子は茅野蕭々（ちのしょうしょう）と結婚し一つの妬みが消え、山川登美子の死によってまた一つの煩悩の種が消え、晶子としてはほっとしたというところだろうか。

いや煩悩の種はそればかりではない。

翌一九一〇年五月より、大逆事件が起こり、摂政宮を爆殺しようと夢想しただけにすぎない幸徳秋水（こうとくしゅうすい）、管野（かんの）スガらに交じって、まったく無実の人々までが検挙され、翌年一月十八日に判決、二十四、二十五日、十二名に死刑が執行された。刑死者の一人管野スガは晶子の歌の愛読者であった。またその中に、かつて寛が和歌山にたずね、一夜の歓をつくした医師大石誠之助もいた。彼についてみるかぎり、この事件はまったくのでっち上げである。

大石誠之助は死にました、
いい気味な、
機械に挟まれて死にました。
人の名前に誠之助は沢山ある、
然し、然し、
わたしの友達の誠之助は唯一人。

（「誠之助の死」）

寛の詩、これまた絶唱といえよう。大逆事件にさいし、石川啄木は「時代閉塞の現状」を書き、鷗外は「沈黙の塔」「食堂」を書き、徳冨蘆花（ろか）は一高で「謀叛論」を語った。このときの聴衆に若き芥川龍之介や菊池寛、久米正雄もいたはずだ。体制を正面から批判することはむずかしかった。蘆花はよくした、といえるだろう。一方、寛は、「馬鹿な、大馬鹿な、わたしの一人の友達の誠之助」と死者を限りなく極私的な関係にひき戻すことで、権力への怒りを吐き出した感がある。

このころまでに、晶子の名声は寛をはるかにしのいでいた。鉄幹の詩集はそう売れなかったが、晶子の第一歌集「みだれ髪」（一九〇一年）は、女性の感性解放の書としてベストセラーになった。今でも愛唱される何首かを引けば十分だろう。

その子二十櫛にながるる黒髪のおごりの春のうつくしきかな
清水へ祇園をよぎる桜月夜こよひ逢ふ人みなうつくしき
やは肌のあつき血汐にふれも見でさびしからずや道を説く君
乳ぶさおさへ神秘のとばりそとけりぬここなる花の紅ぞ濃き

のちに晶子自身は第一歌集「みだれ髪」を評価せず、かなり平板に直してしまったが、それは林芙美子が「放浪記」を改作したのと同じことかもしれない。人みな若き日の生々しい姿を見せられるとき、ギョッとし、顔を赤らめる。しかし処女作にはその人の母斑が必ずついて回る。全国の少女と同じように、わたしも角川文庫の「みだれ髪」の好きな歌に丸をつけながらくり返し読んだものであった。たとえば晶子に大変厳しかっ

た子規門下の伊藤左千夫は自然主義陣営の「アララギ」主要歌人であるが、彼の歌の中で人々が親しんでいるのは、

牛飼が歌よむ時に世のなかの新しき歌大いにおこる

一首くらいではないか。比較するに晶子の場合、「金色のちひさき鳥のかたちして……」とか「……美男におはす夏木立かな」とか、いくらでも口をつく。偉大な、幸せな歌人といってよい。

といっても、「神おとしめな」「歌のせますな」といった不思議な「な」や、「くくりかへりますかの薄闇の」「歌に仮せなの朝のすさび」といった不思議な「の」には、十代のわたしも閉口したものであった。明治の女の人はなんとわざとらしい、気取った言葉を使うものか。それは若松賤子の「小公子」の翻訳「ありませんかつた」と共に、定着しなかった日本語として長くわたしの記憶に残るものとなった。

そのあと与謝野晶子に強く魅かれたのは、同じように定職を持たず、家庭を省みない夫がいて、次々子どもが生れたころだった。

悪龍となりて苦み猪となりて啼かずば人の生み難きかな

この四女宇智子が生れたときの歌にはショックを受けた。

「妊娠の煩ひ、産の苦痛、欺う云ふ事は到底男の方に解る物では無からうかと存じます。併し男は必ずしも然うと限りません。よし恋の場合に男は女は恋をするにも命掛です。偶ま命掛であるとしても、産と云ふ命掛の事件には男は何の関係も無く、又何の役にも立ちません」（「産屋物語」）

なんて断定的なものいいかとは思うけれど……。わたしは一九八〇年代になって、当時ひそかに普及しはじめたラマーズ法という無痛分娩で夫立ち会いのもと、出産したのであるが、いま思えば、あのヒッヒッフーという呼吸法の練習は滑稽でさえあり、そもそもいきみながら呼吸法を実行するなんて、とてもできないことだった。そのうえ夫もいっしょに声を合せよとは、やっぱり共同幻想としか思えない。妻のつわりに共振して吐き気がするという夫も出産教室にはいたけれど、ほんとうかしら。与謝野晶子の方が正しく思えた。つわりや産みの苦しみはどうしても女が背負わなければならない、という崖から晶子は出発する。

ことにこの一九一一年、六度目の出産は辛かった。光、秀、八峰、七瀬という双児の女児、麟、さらに佐保子と生れていたが、またもや双児である。

「此前の双児の時とは妊娠して三月目から大分に苦しさが違ふ。上の方になつて居る児は位置が悪いと森棟医学士が言はれる。其児がわたしには飛行機の様な形に感ぜられるのである。わたしは腎臓炎を起して水腫が全身に行き亘った。（中略）わたしは此飛行機の為に今度は取殺されるのだと覚悟して榊博士の病院へ送られた」（「産褥の記」）

生きて復かへらじと乗るわが車、刑場に似る病院の門。

思ったとおり難産となった。双児の一人は無事に生れ、つづいて「逆児の飛行機が死んで生れた」（同）。

その母の骨ことごとく砕かるる呵責の中に健き児の啼く。
胎の子は母を嚙むなり。静かにも黙せる鬼の手をば振るたび。
よわき児は力およばず胎に死ぬ。母と戦ひ姉と戦ひ。

愛をめぐる人の関係はすべて争闘かもしれない。男と女の争闘。愛しながら食いあう。精子と精子の争い。そして胎の中に育つ命と母体との闘い。晶子はまだ多産多死の、医療技術も整わぬ中で十三人も産んだ。あるお産の前に有島生馬邸を訪ね「私は難産なので、今度は死ぬかもしれませんから御挨拶に伺いました」（有島暁子「晶子夫人と両親の交情」「定本與謝野晶子全集」第五巻月報）といったそうである。

むかし読んだ小説ではよく、女は母は、妊娠中の悪阻や難産で、あるいは産後の肥立ちが悪く、命を落とした。少産少死の時代に子を産むわたしではあったが、それでも産のこわさと、晶子の強さが思われた。しかも死んだ子に対して晶子はいう。

「鬼の子の爪が幾つもお腹に引掛つて居る気がして、出た後でまでわたしを苦めることかと生れた児が一途に憎くてなりませなんだ」（「産褥の記」）

一目見ておいてやらないか、これまでにない美しい児だ、という夫の言葉にも「わたしは見る気がしなかつた。産後の痛みの劇（はげ）しいのと疲労とで、死んだ子供の上などを考へて居る余裕は無かつた」（同）と、こうである。

なんて正直。晶子は家事もしつけも怠らないふつうの母ではあったけれど、自分を捨てて子どもに奉仕するだけの慈母ではない。母性愛とは本能とはいいがたい。わが体を食って出てきた子を憎いといい放ち、子どもを平均に愛してはないとも告白する。たとえば「今も長男だけは可愛いと思つてゐる」（「雨の半日」）

その母の命に代はる児なれども器の如く木の箱に入る。

このとき生れた宇智子も、その上の佐保子同様、生後間もなく里子に出されている。

若いころは「里子に出すぐらいなら産まねば良いのに」となじる心が湧いたが、避妊方法も発達せず、また里子に出すことが普通に行なわれていた時代のことを、いまの尺度から論難はできない。

ともかく子どもは、親の快楽の結果である。身から出たサビのようなものである。しかし女が子を産まねば社会は継続しない。それでもなお子どもより親が大事と思いたいということを、晶子は身にしみて考え抜いた人といえよう。

男をば罵る。彼等子を生まず命を賭けず暇(いとま)あるかな。

だからこのような強い歌が生れたのだ。

夫を出産に立ち会わせ、ともに育児を分担するという理想を信じたわたしにも、その後、この歌がリフレインのように鳴る年月がつづいた。ぐっしょりと重いおむつと資料の入ったバッグをしょって買物をし、夕食を食べさせ、風呂に入れ、絵本をよんで寝かせた。赤ん坊が夜泣きをすれば、乳をやりながら本を読んだ。

一方、少女作家としてデビューしながら、ニューヨークで出会った苦学生と結婚した中條百合子（のちの宮本）は、夫との話し合いによって、知的向上心と文筆生活を守るため、子どもを持たないと合意している。また与謝野晶子の同時代の好敵手で、母性保護論争の論争相手であった平塚らいてうは、二児しか産まなかったが、「奥村（夫君）は私の何倍寝たでしょう」といった。こたえることばである。この家庭でも、年下の絵描きの夫の収入はほとんどなく、らいてう一人が仕事、家事、育児に奮闘した。まさに夫に「暇あるかな」である。

そして晶子が出産を控えて床にいたまさにこのとき、大逆事件の被告十二人の死刑が執行されていた。

　産屋なるわが枕辺に白く立つ大逆囚の十二の柩

さて、「明星」終刊は自らの歌作に打ち込むためと見栄を切った寛だったが、いっこうに日常生活は好転しなかった。晶子には注文があり、寛にはない。このころの夫婦の葛藤をのちに描いた晶子の小説「明るみへ」（東京朝日新聞、一九一三年六月五日〜九月一七日）はモデル小説である。家族や弟子が何十人も仮名で登場してわずらわしく、成功しているとはいいがたいけれども。

おそろしく不機嫌で、仕事に忍耐がなく、昼寝ばかりする主人。その傍らで妻は原稿を書きつづける。妻の友人へあてた手紙。

「良人はダリヤの根の元にある穴より出で来る蟻を鋳庖丁にて叩き廻すことを致し居り

候。二時間経ちて書斎を出で、眺め候時も、三時間経ちたる時も良人は変らず蟻の張番を致し居り申し候」（「明るみへ」）

これはもう「うつ」の兆候ではあるまいか。

寛に「自らを嗤ふ歌」がある。

かなしみは我れを求めて得ざりつるうつろに立ちぬしら雲に似て
すてばちに荒く物言ふ癖つきぬ何に抗ふ我れにさからふ
妻を見て寒く笑ひぬ貧しきは面を合はせて泣く暇も無し
珍らしくこの男こそ哀れなれ生きぬる程は専ら嫌はる

寛はいまだ三十代の後半にして虚脱と自嘲の中にあった。仕事もなく、文界ではつねに妻と比べられ、逃げ出したい思いに追いつめられていた。晶子はしかしこのような夫と葛藤はあったが捨てなかった。彼を西洋へ遣りたい。旅は狭い文芸とジャーナリズムの世界を離れて休養になり、見聞を広め、新帰朝者という誇りをもたらすだろう。そのためにどうにか渡航に必要な二千円くらいの金を工面したい、と思った。なにより夫がいなくなれば仕事がはかどるかも。

「奥様が洋行しやはるのやと、お金を出すやらうと思ふ家がありますけど」（同）

寛のために金を出す人はいなかった。

そこで晶子は自作の歌百首を屏風に散らし書きして頒布し、金を稼ごうと考えた。金屏風は二百円、金砂子屏風は五十円と設定された。

「屏風だってただじゃないですからね、百円の屏風で三十円ぐらいは元手がかかりましたね、その頃で。桐の箱があってそれに入れるから、その箱も入れて、かなり資本がかかってるわけですよね（笑）」「松村さんという表具屋さんがお出入りでね、そこで屏風作ってくれるわけ。その上に、『ふね』っていうんですけど、板があって、それを乗っけて書く。でないと潰れますからね。そこに母が片足を乗っけて書くわけです」と長男光は語っている（「晶子と寛の思い出」）。光と次男秀は墨をするのを手伝わされた。大きい筆で大きく書いて、次に中ぐらいのを書いて、あとは歌集を見ながら埋めていく。百首を書くのにマッチ棒で数えた。

「一遍だけ滑稽なことがありました。『あーっ！』といって母が驚いたんですが、屏風の上と下と間違えてたの。あれ上下があるんですよ、やっぱり。それで、もう全部書いちゃってね、松村さんのところへ送り返して上下を替えてもらったんです」（同）

それだけ苦労したにもかかわらず、屏風はそう売れなかった。結局、洋行の費用の大部分は寛の実家の兄たちが工面したが、返す約束だったため、返済をめぐって禍根を残すこととなる。

目途(めど)のついた寛は喜んでフランス語を学びはじめる。上野精養軒では森鷗外も出席して盛大な別れの宴が催され、記念写真に写っていない晶子は無事、寛を熱田丸に乗せた。佐藤春夫をはじめ新詩社の人々、そして長男光が一九一一年十一月八日、横浜まで見送りに行った。

「その時にね、おかしいんですよ。今だとそんなこと出来ないけど、うちの母と金尾文淵堂のご主人とがね、神戸までいっしょに船に乗って行ったの（笑）。僕はお弟子さんに連れられて家に帰るわけですけど、母と金尾さんは船に乗って行っちゃった（笑）」（同）

九歳の長男には何が何だか分からないままの出来事であったろう。書肆(しょし)の主人が、別れがたい晶子の気を察してその場で変更したのだともいうし、予定の行動だったともいう。しかし少くとも次の入港地神戸では別れざるを得なかった。

退船の銅鑼(どら)いま鳴り渡り、
見送(みおくり)の人人君を囲めり。
君は忙(せは)しげに人人と手を握る。
われは泣かんとはづむ心の毬を辛くも抑へ、
人人の中を脱けて小走りに、

うしろの甲板（でっき）に隠るれば、
波より射返す白きひかり墓の如し。
（「別離」）

わが夫（せ）の君海に浮びて去りしより、
わが見る夜毎の夢、また、すべて海に浮ぶ。
（「別後」）

旅の良人も、今ごろは
巴里（パリイ）の宿のまどろみに、
極楽鳥の姿する
わたしを夢に見てゐるか。
（「ひとり寝」）

あいかわらずナルシシスムの強い詩であるが、いったんは離婚を考え、また洋行という別居に踏み切ったにもかかわらず、独りでいることに晶子は耐えかねた。婚をほどかなかった理由の第一は、みずから故郷を捨て、家を捨て、父兄弟を捨て、林滝野を追い出し山川登美子らを追い落して妻となった、ということに責任をとったのであろう。第二に、あまりに「二人寝」が良かったということもいえるのではないか。晶子ほど性愛に於いても、その結果としての出産に於いても、自己のからだを使い切った人はいない。

第三には、当時の寛は捨ててゆくにはあまりにいたいたしく弱かった。

ときに険悪化した夫婦が、別離によって絆の強さを自覚する。晶子は書いた。

「誠に初恋の日は遠く過ぎしに候へど、君を恋する新しき日は再び私の上に来り候。但し初恋の胸の血は火の如くに熱く候ひしが、今の心地は瀧つ瀬の如くに寒く候」(「良人への手紙」大阪毎日新聞、一九一二年一月二日付)

パリについた寛は、「世界の游民と相成り日夜好きな芝居やキヤツフエに通ひ居り頓と東方の島国の夢を見ず候」(「与謝野寛晶子書簡集成」平出修宛書簡、三月十五日)という解放感を得た。東京朝日新聞などに「巴里だより」を送り、二月の謝肉祭のようすなどをいきいきと報告している。今ではローマもパリも、カルナヴァル(謝肉祭)を行なうにはあまりに忙しい大都会になってしまった。が、一九一二年のパリで、与謝野寛は「お美しい日本人」などと掛声とともにコンフェッティを浴びせられたという。丈高き好男子の寛は、このとき三十代の終り。「ボー・ジャポネ」といわれておかしくはない。

「初めの裡こそ専ら受身で居たが、段々攻勢に転ぜざるを得ない気分に成つて大きなコンフエッチの赤い袋を小脇に抱え乍ら相応に巴里の美人へ敬意を表して歩いたのは、若返つたと云ふより、生れ変つたと云はうか」(東京朝日新聞、三月二十八日付)

コンフェッティは豆などに砂糖をかけたもので、金平糖の語源といわれる。

聖等が唾にて錬りたるコンフエッチ心の鬼を打てど怖れぬ

と森鷗外は詠んでいる。鷗外が訳したアンデルセン作「即興詩人」、その一つのクライマックスがローマの謝肉祭、そこにはコンフェッティを投げあう男女の姿があった。一八九二年に「しがらみ草紙」に訳載が始まり九星霜かけて訳し畢り、一九〇二年に刊行された「即興詩人」を、鷗外を師と仰ぐ晶子も寛も読まぬはずがない。その小説の最高潮と同じ場面に遭遇した寛は心躍って、「生れ変つた」といい、その記事を読んで晶子もその場に自分も居あわせたいと思いはつのったであろう。

当時の文学者の常として、二人は泰西の文芸文化に広く関心を抱いていた。寛は恋多き自分をイギリスの詩人バイロンになぞらえ、晶子が師と仰ぐ寛をゲーテにたとえたこともある。

寛が船出した後に晶子は、

ねがはくば君かへるまで石としてわれ眠らしめメヅザの神よ

という歌を二六新報（一九一一年十一月十八日付）に出している。髪がすべて蛇であるというメドゥサを見て、夫が帰るまで石と化していたい、というのである。ギリシア・ローマ神話に通じていなければ使えない比喩であろう。もう一つ、第五歌集「舞姫」に、

二もとの橄欖しげる琅玕の亭の四方を船かよひけり

なる一首がある。目立たない歌だが、これは鷗外の「即興詩人」の影響下にあるといってよい。橄欖とは地中海地方のオリーブのことをこう訳したのであろう。琅玕は青い玉を表わすが、これこそ「即興詩人」中に出てくるグロッタ・アズーラ、琅玕洞。いまでいう「青の洞窟」の鷗外苦心の訳である。この字面と音に魅かれ、高村光太郎は神田淡路町に同名の日本初の画廊を開いたくらいだ。

高村光太郎は仏師・木彫家の高村光雲の息で、美術学校で彫刻を学びすでに米欧留学の経験もあったが、砕雨と号する「明星」の若き同人でもあった。晶子の息子光などは、「いつも上野の永藤へ寄ってパンをどっさり持って来てくれるやさしいお兄さん」として記憶している。

すでに一九一一年十二月十七日、パリへ向かうポートサイドから寛は妻晶子に来い、と手紙を送っている。

「何卒明年の冬までには、二千円ほどをどうかして御作り被遊候て高村君とシベリアにて御出で被下度候」（「与謝野寛晶子書簡集成」晶子宛寛書簡）

高村君とは高村光太郎のことだろうか。

巴里につくと寛の催促は激しくなる。

「芝居、寄席、オペラ又婦人の服装、美術品のかずかず驚く事のみに候。之を小生一人にて観るは一一遺憾に思ひ候。何とか先便に申上候如く御計画の上、往復五六ケ月の積にて御出掛被下候やう致度候」（同、一九一二年一月四日）

子どもは妹静子をよべば、女中もいることだし心配はない。シベリア鉄道経由なら、新橋より巴里まで二等は通し切符六百円以内。ベルリンまで十二日、乗りかえて巴里へは一日余り、急行に乗れば十三、四日で来られると誘った。懸命親切な手紙であって、旅券のとり方、同行者、服装、所持金のことなど細かく記し、「君と巴里に相見る日をのみ想像致し候」（同）と結んでいる。なんというマメな男。しかも妻に対するに敬語を用いている。晶子が執着したわけも少し納得できる。

次の手紙はこうだ。

「かくばかり君を恋しとおもふこと十年の後に巴里にて知る　少し出発をのばし候ても、君を伴ふべかりしにと思ひ候。巴里へ来れば、日本にての纏綿たる俗事を忘れつつひたすら君を恋しとおもひ候」（同、一月六日）

「是非この欧州の光景を君と共に見たく候。君に見せたく候」（同、一月十七日）

「アヅマコオトに靴ばきにても来たまへ」（同、一月二十七日）

こんな手紙を貰い、心動かぬ女がいようか。晶子もこれに応える手紙を送ったのだろうが、こちらは残っていない。寛のいうとおり、シベリア鉄道経由を選んだのは何といっても時間。

「汽車にせんか船にせんかといろ〳〵と考へ居り申候、時間のあまりにちがひ候へば結局はシベリヤを通り候ことに候べし」（同、二月五日、木下杢太郎宛晶子書簡）

費用は船より五十円ほど高くつく。しかし夏にかかるとインド洋からスエズ運河のあたりの気候が暑すぎ、地中海が荒れることも、寛は言ってよこした。そのころ、晶子は「新訳源氏物語」を手がけていて、この年二月から刊行がはじまっている。それを放り出して、夫を追った。彼女の不在中は森鷗外が原稿の校正を引受けた。いや晶子の渡航費用の工面にもかなりの便宜をはかっている。鷗外という人のなんという度量の大きさであろうか。

あらゆる障碍（しょうがい）をのり越え、晶子はウラジオストクにたどりついたのである。

晶子の碑に見入っていたアリョーナが、右上の小さな文字を読み出した。

「髪の毛が乱れるという詩集がある……もう一つ、あなたは死んではいけないという戦争に反対する詩……愛する人と人生を戦争にあげないで、という詩……一九一二年五月にパリに行く途中で、ウラジオストクに寄った、と書いてあるわ」

なるほど。それで碑のあるわけが氷解した。「君死にたまふことなかれ」はわが国でも広く教科書に、それも国語でなく歴史の教科書に採られている。日露戦争時の反戦詩として。すなわちこの詩は日本とロシアが戦うことに抵抗しているとも解釈は可能で、日ロ友好のため讃えるのにはまことにふさわしい詩と作者ではなかろうか。

発表時は大町桂月（おおまちけいげつ）から売国奴と非難された。わたしはこの詩の「堺の町の商人の旧家を誇るあるじにて」という一節には初読のときからひっかかった。では、たとえば小作農なら戦争に行ってもよいのだろうか、と。与謝野晶子は反体制の人ではない。パリで明治天皇の死に遭遇したときは号泣しているし、パリで宿した四男アウギュスト（昱（いく））が一九四二年に出征するときには「水軍の大尉となりてわが四郎み軍（いくさ）に往く猛く戦へ」と詠んでもいる。

いったいこの碑は誰が建てたのであろう。極東大学でたずねようとしたが、夏休みのキャンパスに学生は多かったが、研究者というほどの人はいまいない、と太った門番のおばさんは手を振るのであった。

先に訪ねた日本センターの女性はほかにも、かつての日本人街の場所と、彼らの精神的支柱であった本願寺の場所を教えてくれた。オケアンスキー通りを少し下った所にある。オケアンはオーシャン、すなわち大洋通りとでもいうのだろうか。本願寺は小高い、いかにも参道のつき当りとでもいったその地点に、いまは不思議な形の「浦潮本願寺跡」の石碑が建つだけであった。シンプルなもので、裏には東洋研究所の発意で碑が建てられ、ウラジオストク在住のトイズミヨネコ氏が肝煎りで、アルシェターとハアシヤスアキがデザインし、シャラグラーゾフが製作した、と刻んであった。

その道とカーブして合流しているアレウツカヤ通りを南下していく。これは目抜き通り。ウラジオストクは坂の町で、平面の地図を見てもわからない。この通りはいったん下り、また上っていくから、はるか遠くを走る車が見えた。この町の車は右側通行なうえ、ビュンビュン飛ばす。信号はまったくない。歩行者優先という思想がないらしく、みな車を持てた幸せを見せびらかすかのように飛ばす。横断はきわめて危険だ。

「タクシーはいないのね」というとアリョーナは「手を出せばどの車でも止まるわ。二人で百ルーブルとか交渉次第、たいてい乗せてくれる。レシートはなし。誰も税金は払いたくないからね」。白タクだろう。親切で乗せてくれるのか、それとも小遣いかせぎなのか。

それにしても自転車は見ないわね。「だって置いとくと鍵かけてあったってとられちゃうもの。それに、冬は道が凍って、こんな坂道とても走れない」

アリョーナに質問すると、必ず意表をついた、しかしなるほどという答が返ってくる。

中国ではあれほど多い銀輪部隊をここではまるで見ない。オートバイも見かけない。車は日本の中古車が多く、「カンガルー宅配便」とか「寿し幸」「今日も笑顔と挨拶で」など日本語が車体に大書してある。日本語ってカッコ良く見えるからそのままにしてるの？「いや、消すのにヒマとお金がかかるから」というのがアリョーナの愉快な答であった。

帽子をかぶった人をまったく見ない。ロシア人の若い女たちは長い髪をなびかせている。ほっそりして長い足、Tシャツを短く、ジーンズを腰の低い位置ではいて、へそを見せるのが流行っているらしい。ピアスしたへそも見せ、髪の毛はブロンド、栗色、黒、ときにまっ赤にそめている。年齢とともに体格が良くなり、まるでベランダみたいに張り出した胸。胸の大きさに気をとられて目立たないがかなりつき出した腹。大きなおしりでグリーンやオレンジのスカートをはいている。

帽子をかぶらないのは、この町の人が光に飢えているからだろうか。明るい色彩にも飢えているのかも。雨が多くいつもどんより曇っているこの町では、UVカットの帽子や手袋などとさわぐ余裕はない。今、まさに短い夏の終り、人々は惜しむように陽を浴びている。逆に冬はどれほど寒いのだろうか、想像もつかない。

ウラジオ（与謝野晶子は浦潮と書いた）の目抜きはこの市電の通るアレウツカヤ通りと、それと直角に交わるスヴェトランスカヤ通り、その一本北のフォーキン提督（アドミラル）通り。

いずれも正面に海が見える。海は右にも左にもあって、少し歩くとひょんな所から海の切れ端が顔を出す。フォーキン提督通りは歩行者天国のような観光客の多い通りで、宝石店やカフェが立ち並ぶ。わたしたちは近くの「プリステージ」という簡単な店に昼食に入った。

冷たい夏のスープがある。オクローシカとよび、黒パンに麦芽を入れ発酵させてつくったクワスというジュースにキュウリや玉ねぎ、ハムやディルが入っている。スペインで飲んだ夏のスープ、ガスパチョに似ているが、やや酢っぱい。主菜に英語のシェルフィッシュをたのんだら、なあんだ、昨夜ホテルで食べたスカロップと同じホタテのバタ焼き。この町の店の方がずっとおいしいが、量が多く、さすがに飽きた。窓からは海辺の樹々が見えて静かだ。

レストランの前が、「ホテル・ヴェルサイユ」。これも一流ホテルで名前そのままにロココ様式なのだけれど、どこか偽っぽい。ロシア建築は大味に見える。これはまだしも、町中に並ぶ一見バロック風だが天井が高く、バルコニーのついていない六〇年代の建物をフルシチョフカ（フルシチョフ様式）とよぶらしい。クイーン・アンとかジョージ五世様式は聞くけれど、わたしが子どもの頃の首相の名が建築様式になってるとは、驚いた。

足まかせに街を歩く。

一八七六年、明治維新が起こって九年目、ウラジオストクに日本政府の貿易事務所が置かれた。幕末のプチャーチンとの通商条約にのっとったものである。それから日本人が続々とやってきた。当時のロシアはロマノフ王朝の絶対主義の帝国である。トルストイ「戦争と平和」や「アンナ・カレーニナ」、ツルゲーネフ「初恋」、チェホフ「桜の園」、プーシキン「スペードの女王」、少女時代にせっせと読んだはずなのに、あまり覚えていない。アンナ・カレーニナにひげが生えている描写や、ロシアの上流階級はフランス語を話した、ということだけ頭の隅に残っていた。

しかしいまこのウラジオストクに立ってみると、首都からなんと遠いことだろう。まさに極東。はるか昔はオロチョン、ギリヤークなど北方の少数民族が、ここシベリアでも丸木舟をあやつり、狩猟採集の原始的な生活をつづけていた。彼らは機織りを知らず、主に毛皮や魚の皮を衣料に用いていたようである。資料によれば最初に西から侵入したのは正規ロシア軍でなく、ストロガノフという商人の私兵で、豊富な毛皮を求めてきたのであった。一五七二年、シベリアで遊牧していたシビル・ハン国が朝貢を拒否し、帝政ロシアは私兵であるコサックの首長イェルマックなどを使ってシベリア征服をすすめる。ロシア人は東進をつづけ一六三六年にオホーツク海へと至った。

ウラジ・ヴォストーク（ロシアの発音ではヴァストーク）という地名そのものが「東方を制圧せよ」というややぶっそうな命名である。隣接する清とはたびたび武力衝突し、一六八九年にネルチンスク条約で国境線が制定された。一八五六年の第二次アヘン戦争後、一八六〇年の北京条約によって、ロシアは沿海州やサハリンを得、さらに中国東北地方へ進出しようとする。一八八〇年から、ロマノフ王朝第十三代のアレクサンドル三世はシベリア横断鉄道を十年かけて計画した。

一八九一年は奇（く）しくもシベリア鉄道に着工した年だが、それを督励しがてら、ロシアの皇太子ニコライ（のちのニコライ二世）が来日した際、滋賀の大津で巡査津田三蔵に襲撃される事件が起きた。これは樋口一葉も日記に書きとめている。津田は捕われ、獄中で病死した。この事件を扱った作品に藤枝静男「凶徒津田三蔵」があり、吉村昭「ニコライ遭難」がある。一八九六年、ロシアは清国からシベリア鉄道の短縮線として満（マン）州里（チユーリ）―ハルビン―ウスリースクへと至る東清鉄道の敷設権を得た。ロシアの南下政策を脅威に感じた明治政府はやがて日清日露の戦争に勝ち、ポーツマス条約によりサハリンの半分を領土とし、関東州の租借権を得た。そしてロシアの敷いた東清鉄道のうちハルビンから大連へ至る南満州支線を獲得し、それを標準軌で敷き直すことになるのだが……。

高校の世界史のような話をおさらいしていると、にわかに地図が欲しくなる。わたしたちは本屋に入って、地図を探し、この町の古い写真集も探した。与謝野晶子の見たウラジオストクはどんなであったろうか。そろそろロシアは新学期、子どもを連れたお母さんたちが店内にひしめき、ノートや鉛筆など学用品を揃えるのに余念がない。ソ連邦崩壊直前に、棚はあるが商品はない、といったスーパーマーケットの映像をくり返しすり込まれ、ロシア＝物のない所というイメージを持つに至ったが、いま、どこでも物は溢(あふ)れていた。わたしはターコイズブルーの薄いノートがあまりにきれいな色なので何冊も買った。一冊二・五ルーブル、十二円（以下、レートは当時のもの）ちょっとなのである。といっても紙も薄く質素なものだが。生活必需品が安いのは社会主義のなごりか。かと思うとホテルのビールは一本百四十ルーブルもするし、なかなかこの国の通貨のレートに体が馴れない。

そうだ、換金しなくては。ウラジオより先はドルは受けつけても円の両替ができないと聞いた。晶子はどうしたのだろうか、寛が手紙で指示したところでは「銭は正金銀行より巴里に送らせ、切符は新橋にて買ひ、（特別急行の汽車の時間を問合せたる上）途中の小遣は仏国の貨幣に正金銀行にて代へて貰ひ、二百円も持ち居ること。実際に入用なるは五六十円に候へども」（「与謝野寛晶子書簡集成」一九一二年一月四日）ということだった。切符さえ買えばあとはロシアを通過するだけ。指示通りならフランを持っていたはずである。わたしは五万円を一万五〇〇ロシアルーブルに替え、あとはカードで支払うことにした。

地図を持ってぶらぶら歩くと駅に出た。飛行機の便との接続が悪い。日曜日の飛行機で来ると、その日の夜のロシア号はある。それではウラジオを見る暇がない、というわけで三日もこの町ですごすことになったのである。

これがわたしたちのあさって出発する駅だ。社会主義時代の駅をすっかり壊し、帝政時代のとおり建てかえたそうで、天井の高い待合室の壁にはピョートル大帝やニコライ二世の肖像画がかけられている。帝政ロシアはすっかり復権したようだ。かと思うと道の反対側にはいまもレーニンの像が立ち、ビルにはいかにも社会主義風の闘う民衆のレリーフがある。

「こんなの、まだあるのね」というとアリョーナは「撤去するのは面倒だから」とあっさりいう。こぶしを振りあげるレーニン像は写真で見る本人より太ってエラそうだった。

レーニン、トロツキー、スターリン、いったい誰がどのくらい悪いことをしたと思う、とアリョーナに聞くと、

「いまのロシア人は歴史なんか興味がない。誰が正しい、誰がまちがっているかなんて話には疲れ果ててしまったの。いま、そんなことを言ってる場合じゃない。社会主義で停滞した分、少しでも前に進まなくちゃ」

歴史学の先生にでも聞けば違う答が返ってくるかもしれないが、これはこれで若い大学院生の意見である。さもあろう、正しい、まちがっていると言うことすらが人民の敵のレッテルをはられ、粛清という名の死に直結した長い時代のあとでは。

駅の売店でジュースを買うと、売場のおばさんがどこから来たの、何しに来たの、と根掘り葉掘りきく。果ては「日本からはこんなに近いんだからさ、もっとしょっちゅう来てちょうだいよ」といった。日本が極東に向けるまなざしより、極東が日本を見るまなざしの方が強いらしい。ロシアは日本ブームで、日本のハイテク技術、電気製品、車から料理、映画、マンガ、音楽、茶道、華道、柔道までたいへんな興味を持たれている。日本語を学ぶ人も多い。アリョーナは不満そうだ。「なのに日本人はロシアに興味もない。何もイメージがないでしょう。いまだに共産党の支配する社会主義国、なんとなくこわいと思っているだけ。私にソ連人？　と聞く人さえいるわ」

駅から陸橋を渡ると、そこは客船港、まさに与謝野晶子は敦賀からここについたはず。ウラジオの町を少しは歩いたらしいことは、「浦潮斯徳の勧工場で買つて来た桃色の箱に入つた百本入の巻煙草と、西伯利亜の木で造られた煙草入」を汽車の卓に置いたことからわかる。あしたはその勧工場を探してみよう。勧工場とは、一つの建物にたくさんの店が入り、博覧会の売れ残りを並べて売ったことに発祥する、明治時代のデパートのようなものである。

その夜、「ノスタルジア」という古いレストランへ行った。客はわたし以外、みなロシア人である。壁には赤いビロードが貼られ、金のふちどり、ここでもニコライ二世夫妻の肖像がかけられ、郷愁をさそうつくりである。子どものころ、芝の「ヴォルガ」というレストランに父に連れていかれた。ちょうど映画でパステルナーク原作、デヴィッド・リーン監督の「ドクトル・ジバゴ」を見た直後だったので、映画とそっくりなインテリアに興奮した。あの店、まだあるかなあ。オマー・シャリフとジュリー・クリスティ主演のこの映画は、哀切な「ラーラのテーマ」の曲とともにわが十代のベストテンに入る。

「ノスタルジア」で、わたしたちはトマトと魚とワカメとディルの葉の入ったスープを飲み、オヒョウ（ハリバット）のフライと、店のお兄さんおすすめ牛肉のステーキを分けあった。牛肉は表面を叩き、柔らかくして焼き、ラズベリーソースをからめて甘く濃厚な味だが、おいしかった。とはいえ、値段もそれなりに高く、評判のグルジアワインまではとうてい手が出なかった。

三日目。朝一番に町の北西の海辺にある魚市場に行ってみた。それは日本の魚市場のように生の魚がよりどり見どり並べられているのではなく、サーカスのテントのような建物の中で冷凍の魚や海老を売り、スモークサーモンやオヒョウの塩漬、イクラ、キャビア、干物などを売るさびしい所だった。冷凍ものは食欲をそそらない。近くの浜には観覧車が回り、ポニーに子どもを乗せて引いている。夏といっても浜辺に人は少ない。

その近くの水族館を見たが、入場料一人二百ルーブル（約千円）もするわりに、大した見物はなかった。売店でチェ・ゲバラやCCCPのTシャツを売っている。マックレーニンというマクドナルドハンバーガーのパロディTシャツを土産に買う。ソ連もレーニンもいまやお笑いネタだ。

その横を上っていくと要塞博物館へ出た。海に突き出した大砲、戦車、軍服、勲章、無線機などが並べられている。そういえば昨日、町なかの国境警備隊博物館を見た。入場料は十五ルーブル、靴に妙なズックの上ばきをはかせられ、係の人は展示物をバッグで傷つけないように、と指さし注意をした。

第一展示。コサックの暮らし。ショーロホフ「静かなるドン」などに描かれているが、男女関係に厳しいらしいコサック、あるいはカザークはもとはトルコ語で「群を離れた者」つまり自由人の意味。十五世紀から十七世紀にかけ、領主の苛酷な収奪から逃れるためロシア南部の辺境に移住した農民をさす。のちに半独立の軍事共同体をつくり、騎兵となって帝政ロシアのシベリア征服、辺境防衛に奉仕した、と資料にはある。ルバシカ様の服を腰にベルトでしめ、黒い軍帽をかぶる。日本でも大正の末、アナキストたちはよく、両腕を組み、中腰で腕を組んでコサックダンスを踊ったものだが、これは「自由人」という語源を知ってのことだったろうか。

第二展示。赤軍で祖国防衛に尽した人たち。ソ連崩壊前の開設だが、今ではロシア革命を批判する形で説明も少し変えたらしい。白軍とは白色テロのことかとアリョーナに聞いてみた。「赤は汚れている。白は潔癖の象徴。一九一七年の革命で血ぬられたロシアを清めようという帝政派の軍が白軍」という答が返ってきた。そうかな、「白は反動で赤は正義」と昔教わったような。わたしの家では父がよく赤軍合唱団の「ステンカ・ラージン」を聞いてたけどね。じゃあ日本にきた白系ロシア人というのは？　「反革命派の人びと。多くは帝政時代にいい目をみた貴族とか商人とか。ほとんどはヨーロッパに亡命したけど、日本へも流れて行ったと思う」。そういえば子どものころ、ロシアパンというのがあって、中にはアンコをはさんだ三角形の「シベリア」というのもあった。わたしは白系という言葉から、色白のロシア人と白いパンを連想したものだけれど。

この極東がいかに戦争の多い土地であったかよく分かる。第三展示。アリョーナの訳のままいえば、「一九三八年七月二十九日から八月十一日には、ウラジオストク近くのハサン湖で十一人の愛国青年が日本の軍国主義者と戦い犠牲となった」。〝我らは十一人で何千人とでも戦う〟といった青年たちの写真が飾られている。分捕られた日本の軍刀、菅野貢と名札のついた、とても寒そうなベージュの木綿のコート。いっぽうソ連軍兵士のコートはぶ厚く毛皮付。

さらに戦後の一九五四年、アメリカのスパイとして捕まったタニアキラの写真。アメリカのスパイ学校を出て、インド人らと対ソスパイ工作をした。消音銃を持ってウラジオの漁師の家に隠れているところを捕まる。裁判では自分を見捨てたアメリカ軍上司を批判。アメリカは日本に空襲をしたり原爆を落とした。自分の人生はアメリカに狂わされたと述べたという。以上もアリョーナ訳。ほかに網走五郎という変名のスパイのことや、北方領土を返せと手紙を送った二人の日本人のことなどが展示されている。

こうしてウラジオストクで極東からシベリアの地図を眺めていると、いつもは視野に入ってこないサハリンや北方四島、それにつづくアリューシャン列島からカムチャツカ半島までが妙に気になってくる。カムチャツカの先でロシアはアメリカのアラスカと接する。上野不忍池に冬来るカモはこのカムチャツカ半島を越えて来るんだなあ。

そして南、ロシアは中国やモンゴルと長い国境線を接している。シベリアとヨーロッパの間には山脈がある。「ウラルの山は高かるべし」。これは樋口一葉がシベリア単騎横断の福島中佐を思いやった日記の一節だが、二十そこその一葉はわたしなどが持ち合せない想像力で、シベリアを一人行く男を目の裏に描いたのだろう。

午後、中心部にある国立アルセーニエフ博物館をたずねる。探検家アルセーニエフの名をとっただけで、シベリアの地理、生物、鉱物や少数民族の衣類や日用品を展示していた。興味を引いたのは浦潮本願寺の絵である。坂上の碑のあった場所に寺があったころの風景がよく分かった。そして旧日本人街の細かい地図には、○○商店、○○洋行や日本人相手の医者、米屋、酒屋などが並んでいる。わたしの泊ったホテル・ヒュンダイの裏には三井物産があったようで、わたしの部屋の窓から見える古い煉瓦の建物がそれかもしれない。一九二一年ごろ住んでいた堀江直吉なる人物が日本人街の世話役として活躍したらしい。なんとソヴィエト政権樹立後四年目のことではないか。よくそんな時期にあるは留まり、あるは渡航してきたものである。最盛期、ウラジオには七千人の日本人がいたという。晶子が通過したころはどうだったか。

夜、中華か焼肉でも食べようと町へ出るが、目当ての店はつぶれていた。岬はずれの船乗りがやっているレストランでも行くか。アリョーナが手を挙げ、車を止めた。百ルーブルでどう、というわけでいざレストランへ。網元のやっているざっかけない店かと思いきや、スーツの女性マネージャーが出てきた。車は行っちゃったし、帰るわけにもいかない。その隣りはヨットハーバーがあって、夕陽が海面に映えていた。客はみなものすごい量の料理を頼み、ワインを次々あけている。チョウザメの魚料理、イクラとキャビアとカニのサラダ。おそるおそる頼み、ワインでなくベリーのジュースを飲む。しかし市民の平均月収が二万五千ルーブル（当時）というのに、料理一つが七百ルーブルもする。ドレスアップした夫婦が生演奏に合せミラーボールの下で踊りはじめる。料理がなかなか運ばれず、結局、店を出たのは十一時半。しかしみんなお金持ちだねえ、というと同行者は「マフィアじゃないの？」と声をひそめた。

八月三十日。今日はいよいよシベリア鉄道に乗る日。夜の八時十五分発、夏だからまだ明るいだろう。町歩きも坂が多くてくたびれるし、午前いっぱいホテルで休む。お昼にホテルを引き払い、海ぞいの潜水艦や帆船を見に行く。この港は一八六〇年、コマノフ船長の指揮するロシア艦隊が上陸して第一歩を記したという。それまでは中国人の町であった。港には灰色の軍艦が浮び、人影もあってここがいまもロシア太平洋艦隊の基地であることを気づかせる。近くにビザンツ様式を思わせるニコライ皇太子の門がある。彼は一八九一年大津事件に遭遇した帰りにここに来て、シベリア鉄道の敷設を誓った。その門もソヴィエト時代、いったんは壊され、二〇〇三年、また再建されたもの。

それから壮大なバロック様式の、しかし中はガランとして客もいない国営百貨店グムへ行く。与謝野晶子はおそらくここに来ている。彼女が買ったというシベリアの木でつくった煙草入れは白樺細工のことだろう。櫛や酒のボトル、花びん、髪飾り、いろんなものを白樺で作って売っていた。しかしこれ以外、晶子のウラジオでの足取りがつかめる資料はない。

ともかく加藤大使と同行する案も、〃高村君〃にエスコートされる案も実現しなかった。寛は手紙で書肆金尾文淵堂の主人にせめてウラジオストクまで送ってもらえといっているが、これも実現していない。しかし晶子は「東京朝日」にとっては大切な執筆者であり、当時の朝日はウラジオストクに支局を持っていたらしい。そこの八十島(やそじま)特派員が、船から下りる晶子を迎え、町で買物などをさせ、また駅まで送っていったのであろう。わたしたちも列車に乗り込むための買出しに行く。

「まあ食堂車へ行けば何かあるよね」というと、アリョーナ、首を振る。「わたし、前にエカテリンブルクからモスクワまでツアーの添乗員したことある。ちゃんと昼ごはんの予約したのに、行ってみたら、なあーんにもなかった。連絡なかったから、でおしまい。メニューはたくさんあるけど、どれ聞いてもできません、できません。最初からどれができる？　と聞いた方が早い」

ちょっとオソロシクなって、パン、チーズ、ジャスミンティー、即席スパゲティとラーメンなどを買う。イクラやスモークニシンも欲しかったが、車内に冷蔵庫はないだろう。

大きなトランクを車にのせ夕方六時に駅についた。前日、下見しておいた構内の「汽笛(グドツク)」なるレストランで旅立ちの晩餐(ばんさん)をとるつもりだったが、行ってみると何と貸切り。楽隊が入っている。結婚式かなあ。「なんか鉄道のエライ人の記念パーティみたいです」。駅に一つしかない食堂をこんな風に駅関係者が占有するなんて、日本では考えられないことだ。しかたなく上り下りの多い道をトランクをひきずり、道の反対側、レーニン像のある広場に面した「1コペイカ」なるファストフード店へ入る。これもピラミッド状の建物の階段を重いトランクをかついで上った。ドイツを鉄道で旅すると田舎の小さな

旅の友・アリョーナ（左）とロシア号の前で。

駅の麦酒売り。

駅でもホームにガラス張りのエレベーターがあり、女一人トランクを持っていても楽に移動できるが、ロシアはバリアフリーどころじゃない、とごちそうにありつけなかった恨みも混ぜて、カーシャ（ソバの実のおかゆ）とマッシュポテトを口に運ぶ。

私たちの乗るロシア号はずいぶん前からホームに待っていた。上半分は青、腰から下は赤の重厚というか武骨な客車で、発車四十分前に扉が開く。ホームには誰でも出入りでき、モスクワから九二八八キロを示すキロポストがある。もっともいまの営業距離は九二五九キロ。その前にD51ならぬ、いかめしい古い機関車が陳列してある。与謝野晶子の乗ったのはこんな汽車であろうか。わたしはそれぞれ十五年、十九年のちにシベリア鉄道に乗ることになる二人の女性、中條百合子、林芙美子の旅も、しばし想った。

客車のドアがようやく開き、かなり急なタラップが手動で降ろされ、紺のスーツ姿の女性乗務員がチェックをはじめた。

「浦潮斯徳（ウラジホストツク）を出た水曜日の列車は一つの貨車と食堂と三つの客車とで成立つて居た。私の乗つたのは最後の車で、二人詰の端の室であるから幅は五尺足らずであつた」（「巴里まで」）

わたしたちのロシア号は十五両連結。そのうちの七両がファーストクラス。一つのコンパートメントを二人で使う。二等でいったバックパッカーの友だちが、旅中個室のロシア人たちとすっかり仲良くなり、ウォトカで盛り上った話など聞くにつけ、二等にしたかったが、晶子のころと異なり、いまの二等は男女混合四人部屋。夜は密室で消灯する。ロシアに多いという酔っぱらいにからまれる話も聞いたので二十代ならいざ知らず、今回は危険を回避することにした。

晶子の部屋は幅五尺（一尺は約三十センチ）に片面のみの二段の寝台があったとあるが、ロシア号の一等はなかなか優雅である。ニスを塗った木の壁、窓にはサーモンピンクのたっぷりしたカーテンがかかり、目隠しの部分は白いレースである。ベッドの幅は二尺半といったところか、それと通路で、一室幅七尺くらいである。トランクはベッドの下におく。といってもわたしのトランクは一ケ月分の荷物の入る大きさで、ベッドを上げてトランクをしまうのが一苦労だった。服より本が多く重い。旅中で必要なものと食料を分け、スーパーのレジ袋に入れて、つるした。準備万端ととのえて椅子に座れば、前にアリョーナ。そして、その頭の後ろの鏡にうれしそうなわが姿がうつる。

「硝子窓が二つ附いて居る。浦潮斯徳に駐在して居る東京朝日新聞社の通信員八十島氏から贈られた果物の籠、リモナアデの壜（びん）、寿司の箱、こんな物が室の一隅に置いてあつた。手荷物は高い高い上の金網の上に皆載せられてあつた」（同）

これすべて赤帽に事前に運ばせたのであろうか。

「乗合の客はない」とあるから晶子はコンパートメントに一人だ。心細くもありほっとしたことでもあろう。それでも酒と煙草はある。明治の進歩的女性はみな煙草をたしなんだ。女権論者平塚らいてうなども煙草を吸った。「男もすなるものを女もしてみんとてするなり」というわけ。もっとも寛は洋行してから禁煙し、手紙ではいく度も、煙草には害があるからやめるように、と妻に書き送っているというのに、「百本入の巻煙草」である。おそらく常用していた「カメリア」だと思うけど。
「是等が黄色な灯で照されて居るのを私は云ひ知れない不安と恐怖の目で見て居るのであつた。終ひには両手で顔を覆うてしまつた」(同)
わたしの腕時計では二十時十五分、列車の時刻表はすべてモスクワ時間なので十三時十五分、ロシア号はしずかに動き出した。アナウンスは一切ない。いよいよ出発。奇しくも晶子と同じ水曜日の夜汽車である。

第二章　バイカルの畔にて

ウラジオストク発シベリア鉄道。二〇〇六年八月三十日の夜汽車である。

走り出してしばらくはアリョーナとはしゃいでいた。わたしがロシア人女性の名を一つ挙げるとアリョーナが教える。テレシコワ、「ソ連初の女性宇宙飛行士」、クルプスカヤ、「レーニン夫人で教育学者」、コロンタイ、「自由恋愛を主唱した外交官」。ドイツ人だけどクララ・ツェトキンは？

「知ってるわ。女性解放に尽した人で、その人を記念してロシアでは三月八日は女性の日よ」

汽笛がピーッとなる。腕時計はまだウラジオストク時間で夜の九時半。外は暗く、窓にぼうっと自分のまるい顔が映っている。わたしは駅で見かけたアルメニア人やグルジア人のやせこけた子どもたちを思い出した。小さな鉄筒を手にかざし金を乞うている。その極彩色の民族衣裳はぼろぼろに裂け、黒ずんでいる。母親らしい、険しい顔の女が少し離れた階段の突起に腰をかけ、たまにものうげに指図すると金歯がのぞいた。親に働く気がないから子どもが金をせびる、小さいころからあんなことばかり覚えて、とアリョーナ。

三日いたウラジオストクを反芻する。「七人の侍」という日本料理屋があった。その場所には二葉亭四迷が滞在したという。内田魯庵のように英語からの重訳ではなく、はじめてロシア語から直接ツルゲーネフの「あひゞき」「めぐりあひ」などを訳した二葉亭も、一九〇八（明治四十一）年、朝日新聞特派員としてわが町の近く向丘弥生町の家を出てモスクワへ向かう途中ウラジオを通り、ペテルブルクで病を得、翌年早々、帰りは鉄道ではとても体が保たないだろうと船に乗せられ、ベンガル湾上で没したのである。彼を悼んだ森鷗外に「長谷川辰之助君」がある。

そういえばアルセーニエフの旧宅というのも見た。「デルスウ・ウザーラ」を書いた探検家である。わたしは長谷川四郎訳、東洋文庫版で読んだが、シベリアの大地に銃一梃で生きているような少数民族ナナイ人の男に憧れすら感じた。この博物館には白いレース編みのドレスを着た、元高校の先生という館員さんがいて、丁寧に説明してくれた。作家本人はともかく、娘さんはスターリンの犠牲になったようである。

ぼんやりしているところに担当車掌のナターシャが来て、大きなビニール袋を置く。中にはシーツ二枚、昼用のカバー、フェイスタオル、大きな布のナプキンが入っており、これも切符代に含まれているからお金を払う必要はないとのことであった。

貧乏性のわたしがさっそくベッドメイクしようとすると、「それはやってくれる」とアリョーナに制止された。手持無沙汰なので、あれこれの機器をたしかめる。乗務員をよぶベル、全体の室灯、二人それぞれの灯、枕元の読書灯、もっともこれは光線が強すぎ、目が悪くなりそうだった。入口にある棒状のバネだけは何だか分からない。アリョーナはにっこりして、これは上段のベッドに上がるとき、足をかけて登る「足かけ」だと教えてくれた。アルバイトの旅行社添乗経験によれば、

「H社もC社もほとんど同じ日程で、同じホテルだった。でも始発じゃない二等だったからグループでもベッドはばらばら。私どうすることもできなかった。お年寄りが多くて一九二〇年生れ、一九二六年生れ、そういう人を二等の上段に登らせるのはかわいそう。列車に乗るタラップも段差が大きいし。ロシア人は大柄できつくみえるしね。客から文句もいっぱい出たけど、名古屋から来た二組の夫婦だけは一言もいわないの。いやなことは気にしない、景色を楽しんで、ツアーの人や添乗員と仲よくして、朗らかに世界中旅してるんだって。いままで行ったことのないのがシベリア鉄道だったというわけよ」

この号車にいるのは二組の背の高いイギリス人夫妻とツアーのドイツ人団体。もう一人の車掌のオリガは、「ドイツ人、イギリス人、フランス人、アメリカ人の順で多い」という。日本人は、と聞くと、「ニエット（いいえ）」。全車両、一人もいない。あなただけよ」という。前の便には一人いたらしいのだが。「わたしたちはモスクワに着いて一

日休みでまたとんぼ返り。夏で忙しいから、この前はウラジオで十時間しか休めなかったわ」と下唇をつき出して肩をすくめた。

一見、とりつくしまもないが、話してみると笑顔も出てくるし、やさしい。

先ほどのナターシャがガス入りの水のボトルとプラスチックの箱を配りに来た。箱には紙ナプキン、楊子、ティーバッグ、インスタントコーヒー、お手ふき、バタ、チーズ、ウエハースのような菓子が入っている。何これ。しばし訝しんでいたが、わ、いまから夕食が出るんだ。

予想通り、しばらくするとナイフとフォークを持って来た。それからオーダーを取りに来る。前菜はハムかタンのどちらかにピクルス、わさび添え。トマトとキュウリのサラダ、メインは牛のステーキか鶏肉かサーモンのソテー、それぞれフライドポテトとグリーンピース添え、だそうだ。それとパン二枚、飲物はビールでも、チェリージュースでも。これ全部ファーストクラスには付いているというのである。しまった、乗る寸前に「1コペイカ」の店で夕食を食べるのじゃなかった。特においしくはなかったものの、ソバ（カーシャ）の実のおかゆ、鶏肉、ゼンマイ、ナスいため、ビールなど、お腹一杯つめ込んでしまった。それが六時。結局、列車の夕食が出たのは夜も遅い十時半ではあったが、わたしは欲と二人連れでサーモンソテー三分の二をむりむり食べ、若いアリョーナはステーキをペロリと平らげてしまった。

百年前の旅行者与謝野晶子はどうだろう。

「ふと目が覚めて時計を見ると八時過であつたから私は戸を開けて廊下へ出た。四つ目の室に斎藤氏が居る。其前へ行くと氏が見附けて直ぐ出て来た。食事が未だ済まないと云ふと、食べないで居ると身体が余計に疲れるからと云つて、よろよろと歩く私を伴れて氏は一度済して帰つた食堂へ復行つた。機関車に近いので此処は一層揺れが烈しいやうである。スウプとシチウとに一寸口を附けた丈で私は逃げるやうにして帰つて来た」（『巴里まで』）

のどを通らない、というところか。晶子の号車には斎藤さんという、もう一人の日本人が居た。しかも親切。出発は何時だったのか、とにかく発車して、晶子はいったん休んで、目が覚めたようである。よほど不安で緊張し、暗澹たる思いであったにちがいない。

わたしたちは食堂車に行く必要もないルームサービスであった。まもなくナターシャを呼んでベッドメイキングをしてもらった。さすがに手際が良い。ベッドの下から厚い綿の布団を軽々と取り出して敷き、シーツをかけた。毛布もある。わたしは夕食のとき頼んだぬるいビールの残りをちびちび飲みながら、「これじゃあ、シベリア鉄道ダイエットは無理ね」というと、アリョーナ、「そう、運動する所もないし。でもロシア人が一番太る理由はビールですよ」とおどかした。

晶子の方は、食堂に行っていた間に「寝台がもう出来て居た」のだから、やはり夕方の出発であることがわかる。

外はさすがに暗くなり、ギギギーと重い音がしたかと思うとどこかの駅に着く。ホームの白熱灯がわびしくなつかしい。そのたびに短い駅では一、二分停まる。五分以上停車するときには駅のホームに降ろしてもらえる。食事中の二十二時三十分、アムールスキー・ザリーフに停まった。ソ連時代、ウラジオに入れないころは、ナホトカからここでシベリア鉄道本線に接続したはずだ。

十二時近くなり、わたしたちも果てしないお喋(しゃべ)りに終止符を打ち、毛布の中にもぐり込んだ。電灯を消したが、外は漆黒(しっこく)の闇というわけではない。走るにつれ電柱にともる灯りがさし込む。

「十二時頃に留つた駅で錠を下してあつた戸が外から長い鍵で開けられた響きを耳元で聞いて私は驚いて起き上つた。支那の国境へ来たのであるらしい。入つて来たのは列車に乗込んだ役人と、支那に雇はれて居る英人の税関吏とである。荷物は彼れと是れかと云つて、見た儘(まま)手を附けないで行つた」(同)

ある事実が、持ってきた紀行文を読み、レールの上で鮮明になった。つまり、わたしたちは同じウラジオストクから乗ってもハバロフスクへ向かって国境沿いに北上してい

ロシア号の食堂車。

ロシア号での夕食。
サーモンのソテー（手前）とステーキ。

るが、晶子の列車は西へ向かい、露中国境を越え、ハルビン、満州里を越えて再びロシアに入り、カルィムスカヤでシベリア鉄道に合流したということである。一九〇一年にできた東清鉄道ルートだ。一九一二年はまだ帝政時代であり、中国東北部にはロシア人がたくさん住んでいた。この方が利用客も多かったのであろう。しかも中国国境を迂回するよりずっと短く合理的である。前年に武昌で孫文らによる辛亥革命が起き、この年一月一日に南京で中華民国が成立しているものの、清王朝の故地であるハルビンや満州里は当時どんな町であったろうか。

晶子の旅行記にそれらについて記述はない。個室は内側からも外側からも鍵がかかる。わたしは内側から鍵をかけたものの、興奮してなかなか寝つかれないので、ウラジオ滞在中から読みついできた金子光晴「どくろ杯」を読む。「揺れるところで読むと目が悪くなるよ」とアリョーナはさっさと寝てしまう。二十五歳にしてはいくつもの言葉を話し、たくさんの体験をしてきたこの女子学生は「眠るのが大好き」だそうである。

わたしはちょうど一ケ月前に上海へ行ったばかりだし、妻森三千代を連れて上海へ赴き、果ては南洋からパリまで流れ流れていく金子光晴の気分は、いまのわたしにぴったりだった。その本も惜しいがもうすぐ終ってしまう。晶子に戻る。

「三時半頃から明るくなり掛けて四時には全く夜が明けてしまつた。五時過に顔を洗ひに行くと、白い疎ら髭のある英人が一人廊下に腰を掛けて居た。ずつと向うの方には朝

鮮人も起きて来て外を見て居るやうであつた」(同)

はっと目が覚めると、窓にオレンジ色の太陽がしずしずと昇るところだった。部屋は号車のはじで、トイレの隣りだ。乗ったときに「近くて良かったね」というとアリョーナは「夜中うるさいかもしれないよ」と先を見越していた。たしかに夜中、号車の扉、トイレの扉をバタンと閉める音に何回となく目を覚まされた。トイレはわりと広く、清潔。銀色の金属の便器に青いプラスチックの便座がついている。男子小用のさいは、便座を上げて針金で留めるようになっている。列車の揺れを考えてのことかしら。用が済むと足で床のペダルを踏む。水といっしょにすべて線路に流れ落ちる。まわりは原野だから、人間から出た有機物は土に還るのみだろう。停車駅が近づくと駅構内の清潔のため、車掌がそのたびトイレの鍵を閉めに来る。

トイレットペーパーは幅が狭く、灰色だが、そう硬くはない。頭の上に吊るしてある手拭きペーパーも灰色の再生紙だが、カラー印刷のかけらがいろいろ混じって味がある。かどに下から指で押すと水が出るしかけの手洗い場。鏡もあり、ここでゆっくり顔を洗い、歯を磨く。

午前九時二十五分、ハバロフスク着。二十分停車なり。ガイドブックによるとロシア極東の経済文化の中心地、アムール川とウスリー川の合流地点で、探検家エロフェイ・

ハバロフにちなんで名付けられた。ハバロフスクの駅舎には黒い針が現地時間、赤い針がモスクワ時間を示す時計があるとも書いてあるが、それは見えない。現地時間は白い針だ。ここの線路を敷くのにはサハリンの監獄の囚人が連行され働かされた。蚊がわんわんいて、囚人たちは人食い虎にも悩まされたらしい。

十一時半、次のビロビジャンに停まったとき、車掌のナターシャに「アムール鉄橋はいつ通るのか」と聞くと、「今日はトンネルの方を通った」と手ぶりで表わしすましている。鉄橋の方を通ると両側の景色がいいんだけど、と手を目の上にかざし、見るしぐさ。しまった。この列車は知らないうちにトンネルでロシア四大河川の一つ、アムール川の川底に潜ったのである。

ハバロフスクを過ぎてまもなく、アリョーナも起き出し、ナターシャがまた水のボトルとプラスチックの箱を持ってきたので、やれ嬉しや、朝食にありつけると思ったのだが、待てども待てども来ない。お腹がすいて、ウラジオで買ったパンに、きのう配られたバタとクリームチーズの残りをつけて食べた。号車のトイレと反対側のはじにサモワール（金属製の湯わかし）があり、銀のハカマをつけた大きなガラスのコップとスプーンを貸してくれる。それで携えてきた紅茶やハーブティーを飲み、ささやかな朝食は終った。運動不足なので、このくらいがちょうど良いかも。

与謝野晶子の方は、八時過ぎに再び斎藤氏に誘われ食堂車へ行ったらしい。

「パンと珈琲（コオヒイ）だけの朝飯に一人前に払ふのが五十銭である」（同）

一九一二年のかけそば一杯が七銭だから、いくら円の安い時代とはいえ、さぞ目玉のとび出る思いをしたであろう。

晶子の汽車はハルビンに二時についた。プラットホームには軍司（ぐんじ）という人が晶子のために待って居り、伊藤博文公が朝鮮独立運動家安重根（アンジユングン）に狙撃された場所に晶子を立たせてくれた。軍司氏はその事件を目撃した人であった。この大事件は晶子がハルビンを通る三年前のことである。わたしは祖国の独立を求めた愛国者安重根の人柄に敬意をもってきたが、ハルビンまで命懸けで向かった伊藤博文にも、前よりは少し親近感をもった。

ここで南満州鉄道（満鉄）中央試験所の技師として大連にいた平野万里から晶子あて「西伯利亜（シベリア）の景色お気に入りしと思ふ」と電報が着いた。これに対し晶子は「此汽車は私のために香木を焚いて行く」（同）と返電する。さすがな詩魂である。中国領内では汽車の燃料に石炭でなく木を燃やしていたらしいが、それを「私のために」と言い切る晶子は「明星」の女王らしい。そして、少しは旅に馴れ、元気も出たらしい様子がうかがわれる。平野万里は本郷の煙草屋の息子で新詩社の歌人、東京帝大工科大学の応用化学科で学んだ。鷗外の長子於菟はこの平野家に里子に出されていたことから、鷗外にも息子のようにかわいがられていた。この年の末にはドイツに留学するはずだが、生涯与謝野夫妻に尽した人である。

「どの駅でも恐い顔の蒙古犬(もうこいぬ)や厳(いかめ)しいコサック兵や疲れた風の支那人やが皆私の姿を訝し相に見て居た。夕方に広い沼の枯蘆(かれあし)が金の様に光つた中に、数も知れない程水鳥の居る処を通つた。白樺の小い林などを時時見るやうになつた」(同)

我々の車窓からも、見えるものは白樺ばかり、八月末というのに、もう葉は黄色に色づきはじめている。

蒙古犬コサックの顔たそがれの灰ばむ原を追ひくる如し

午後二時半、オブルチエという駅についた。ホームではたくさんの台の上に物を並べて売っている。煙草、ひまわりの種、ピロシキ、トマト、水、ものすごい種類のビール……しかしもうすぐ昼食も出るであろうと思うと買う気にもならない。

アリョーナはレモンの木といって、藤のツルのようなものをぐるりと巻いたのをママへの土産に買った。五十ルーブル。一ルーブル五円ほどである。腹の出た白いシャツの小さな男は、自分でツルのはじをむしって、わたしの鼻先にかざす。嗅いでみい、というように。たしかにレモンのような爽やかな匂いだ。こんなの買っても帰国のさい検疫で没収されるだろうから、わたしはやわらかい木いちごをカップ一杯、三十五ルーブルで買う。つまり百七十五円。

発車の時刻となり列車がゴットンと動き始めるころ、彼らは手際よく品物を片付け、卓も畳んで帰り仕度である。そのあまりに現金な姿も面白い。

結局、すわ朝食かと期待した食事を車掌が運んで来たのは午後三時すぎ。きのうはサーモンを頼んだので今日は牛ステーキ。あとのメニューはまるで同じ。なんとも遅い昼食である。ルームサービスは一日一回らしい。

隣りのコンパートメントではドイツ婦人たちが編物をはじめる。サモワールのお湯を貰いにいったわたしは、本を読む背の高いご主人と目が合った。青いシャツに生成りのセーター、ひげを生やした彼は妻にやさしく語りかけ、わたしにもちょっとだけ笑顔を向けてくれた。だが、それ以上、近づく気は向うにはないらしい。

アリョーナにその話をすると、「タイプ？」と笑ってわたしの目をのぞきこんだ。それから雨夜の、でなく〝白樺林の品定め〟がえんえん始まったのだが、アリョーナにいわせれば、いい男の条件は、

人生の目的を持っていること
男らしくて自立していること
大事にしてくれて浮気しないこと

だそうで、いまどきの二十五歳にしてはしっかりしている。彼女のみたところ、日本

の女の子は金持ちばかりとつきあいたがる。外国人とつきあいたがる子もいるけれど、その目的は、英語が話したい、結婚して日本人離れしたきれいな子が産みたいだけ、と手厳しい。

車窓の風景はどんどん過ぎてゆく。なだらかな岡。ひまわりの畑。疎らな林。ボンネット付きの青いバス。スカーフを巻いた典型的に太った農婦。再び見ることはないだろうと思うと胸がしめつけられる。停まらない小さな駅にも、レールや機関車や信号や跨線橋があり、長谷川利行や松本竣介なら喜んで描いたのではないかと思われるような、武骨でおだやかな風景を作っていた。

夕刻、ブレヤという駅で、若く、すばらしいスタイルの女が幼児を抱いて降りた。黄色いTシャツの男が遠くから手を広げて走って来た。子どもごと抱きしめる。そして荷物を持ち、笑いながら話しながら、並んで去っていった。これも一分ほどのドラマにすぎないけれども。かと思うとジーンズのスカートとチョッキを着た浅黒い顔の女が列車に近より手をつき出す。これはロマの民であろうか。

水づきたる楊の枝もシベリヤの裸足少女もあはれなりけれ

また次の駅ではライトブルーの軍帽の男が一人降りた。濃いえんじの制服の太った女鉄道官が、丸まった黄色い旗を持って立ちつくしている。

ベロゴルスク駅に着いたのは十九時二十分。三十分停車。緯度のせいか、まだまだ陽は高い。ホームのキオスクでビールを買う。四十ルーブル、二百円ほど。飲物を冷やす習慣はないらしく、ビールはぬるい、ガス入りの水もきりりと冷えていればのどに刺激があっておいしいのに、ぬるいからまずい。この駅でも卓を並べ、トマト、黄色いさくらんぼ、赤いさくらんぼ、ナス、キュウリ、ニシン、リンゴ、パン、サラミ、とうもろこし、花などを売る。一方、構内で勝手に物を売るのは禁止されています、乗客は買わないで下さい、とくり返し放送している。それでも平然と売るのは、ここの人々が農業以外に収入はなく、少しでも現金を得るチャンスを失いたくないからであろう。

この駅を発車後、食堂車へ向かう。何両も先であって、夜九時には閉まるというのであわてた。テーブルには紙の花を飾り、ナプキンも差してあるが、メニューを見るとルームサービスの昼食と同じものしかない。唯一異なるメニューはスープ。そこでボルシチを頼んだ。赤いビーツの澄んだスープの中に大豆やらハムやら肉がどっさり入っていて、よほど栄養に富む。ただしやや脂っこく塩気がきつかった。小さなボウルくらいになみなみとつがれたスープで、黒パン二枚を平らげる。これで十分。そういえばボルシチを東京に伝えたのは、大正時代に来日した盲目の詩人エロシェンコ。中村屋の女主人相馬黒光（そうまこっこう）は、インド人ボースから教わったカリーと共に店の定番メニューにしたという。

窓の外は黄金色のものすごい夕焼だ。まるで西部劇の古いカラー映画を見ているようである。注文をとるのは気の弱そうでボーッとした青年、何度もまちがえたあげくどうにか冷たいビールを運んで来た。どうも料理人の女の息子だから許されているらしく、食堂車だけ〝民間委託〟なのかもしれないな。

食べてしまうとすることもなく、眠りをむさぼる。

三日目。今日は九月一日だ。きのうとうって変わり外は霧で見えない。エロフェイ・パーヴロヴィチ駅に二十分停車。高度が上がってきたのか、ホームに出ると吐く息が白い。草木も白く凍っている。列車の屋根にも霜。ホームに出ると寒さにふるえるが、駅に停まる五分前にトイレの扉の鍵を閉められて、それこそしまった、という感じ。ゆうに三十分は使えない。

オレンジ色のアノラックを着込んだおじさんが停車中の車輪やネジなどをポンポンカーンと叩いて点検していく。音でゆるんでいるのがわかるらしい。車掌は乗務員用の個室で制服をTシャツ、ジャージに着がえ、のんびりすごしている。テレビも付いている。わたしたちの部屋のテレビは点かない。オリガに聞くと、客室のテレビは車掌がＤＶＤを入れ、リモコンで操作するようになっているが、「古いソ連映画で日本人が見てもつまらない」と突きはなされた。あなた方は何が楽しみで仕事してるの、と聞くと、「休

駅のホームで
食べ物などを売っている。

ベロゴルスク駅のホームにあったレーニン像。

み。休日よ」という。一番、大変なことは何、とさらに聞くと、「厳寒の冬でも停車すると駅にタラップを降ろさなくちゃならない。モゴチャ駅なんてマイナス五十五度よ」とかぶりを振る。給料もあまりよくないし、と文句たらたらであった。

寒くなり樹木が白樺からトドマツに変わった。あんまり寒いので、アマザルの次、モゴチャで乗り込んで来た女性の物売りから焦げ茶のヤギのショールを三百五十ルーブルで買う。五百ルーブルというのを値切ってみた。隣室のドイツ婦人は眺めてばかりいて買うチャンスをのがしたので、しきりと「いいのを買ったわね」とうらやましそうに誉める。たしかに肩かけにも腰巻きにも使えそう。

どうせ昼食は早くても二時すぎ、きのうの経験でわかったから、十時ごろ朝食を摂る。わたしはウラジオで入手した韓国製激辛ラーメンにサモワールの湯を注ぎ、アリョーナはチェリー入りオートミール。それと駅で買った木いちご、紅茶。十分だ。ジャンクフードと知りながら、シベリアですするインスタントラーメンはやけにうまい。

お茶を入れて、ドイツ人ツアー客を誘ってみる。でもお喋りに来てくれたのはツアーコンダクターのロシア人女性一人だった。以下は彼女、リュドミラに聞いた長い物語である。

「私が生れたのは一九四六年、イルクーツク大学の法科を出て、いまも大学で教えているのだけど、以前は教職につけなくて長いことインツーリストの仕事をしてた。だからいまでも大学の夏休みはドイツ人のツアーガイドで国際交流をしているの。

小さかったからぼんやりとしか覚えてないけどね、日本人の捕虜の人たちがいつも隊を組んで歩いていたわ。近づいてはいけないことになってたけど、あんまりひもじそうなので、うちのママはパンや砂糖をあげた。私の頭をなでてくれた日本人もいたの。いまでもお墓はあちこちにあるし、あのとき日本人が建てた建物もあちこちに残っている。

子ども時代は私たちの暮らしも大変。国家のお金はとてもイルクーツクになんか来なかったし。みんなモスクワあたりで使っちゃったの。お父さんは獣医だった。冬は森でハンティングをやったから、私はよくくっついていったわ。獣医だから戦争に行かなくてすんだんだけど、そのかわり政府の命令でどんどん北へやられて、カモシカやシカを診てた。あのころ馬も犬もいなかったから、白樺でごく軽い車をつくらせて、シカに引かせてたものよ。それでも四人子どもが生れたので、教育のため町へ移ったの。父は家も自分で作ったのよ。食料も足りないから、いっしょうけんめいジャガイモだのキュウリだのつくって。町中の人が牛や鶏を飼っていた。

昔は子どもが多かった。ソ連時代に中絶は合法じゃなかったからよ。子どもの洋服はみんな母が縫ったの。私はリスの毛皮でつくったコートを持っていたわ。シカの皮でつくった長靴をはいて。

フルシチョフがある夏、個人で牛や鶏を飼ってはいけないといいだして。お父さんは、いま家畜を殺してもすぐ腐るから冬まで待ってくれといったんだけど駄目だった。命令には逆らえないし。

父は早く死んでしまって、そのあと母が私たちを育てて学校を出すまで大変だったの。そのとき近くに住んでいた中国人や朝鮮の人がとてもよくしてくれた。お米や肉をくれて、お金はいらないといったし、中国へ帰ってからも米や砂糖を送ってくれた。中国人はほんとによく働くのよ。朝、太陽が昇ってから夕方に沈むまで。ロシア人はその点、なまけものが多いからね」

共産主義を信じてましたか？

「あのころ他の生き方を知らなかった。鉄のカーテンが降りていたから。知ってる？鉄のカーテン。ソ連のやり方しか見られなかったの、レーニン、スターリン、フルシチョフ、ブレジネフ。社会主義というアイデアは悪くなかったと思うわ、キリスト教と同じよ。みんな平等。みんな平等で貧乏。貧乏じゃないといけないわけ。そのころ政治犯でラーゲリ（収容所）からラーゲリへ送られる人がいて、近くを通ったのも知ってる。でも表立っては語られなかった。両親は共産党に入らなかったけれど、私は入ったわ」

ソ連が崩壊して十数年、生活はあの時代と変わりましたか？　少し考えてリュドミラは話し出した。

「いいこともあれば悪いこともある。少なくとも昔は失業はなかった。そのころは働く義務があって、一週間もブラブラしてると警官が来て連れていって働かされた。今は働く権利はあるのだけれど、働く場がない。仕事があまりない。

それにあのころは医療費はタダだった。手術も無料。でもいまは薬がとても高くなったし、手術は相変わらずタダだけれど、ベッド代や食費にずいぶんお金がかかるのよ。ソ連時代は労働者が一番偉くて、一ケ月に二回給料が出たこともあった。いまの年金ではとてもやっていけないと年寄りは文句をいってるわ。

第二次世界大戦で家族を亡くした人は多いのよ。その後必死に働いて国を支えたのに、年金は少いんだもの。誰がいい思いをしてるかというと、マフィアか、株でもうけた人か、どっちみち額に汗して働いた人じゃない。この前マフィアの大物が一人、やっと捕まったけどね。

私たち教師とか医師は給料はとても安いの。だから夏休みもこうして働く。といってもソ連時代は大学の授業料がタダだったから、父親のいない私でも二つも出られたんだけどね。いまは大学もお金さえ払えば入れるようになって、ずい分レベルが下がったわ。それでも私は若い人が好き。知識欲はあるし、創造的だし、スポーツやってるから明るいし。ただ、煙草吸うのと、女の子が歩きながらビールをラッパ飲みするのだけは大嫌いよ。見つけると呼んでおどかすの、将来のおなかの赤ちゃんによくないわって」

法律の専門家からみて日本の憲法をどう思いますか？

「うーん。たしかに憲法九条は立派だけど、六十年たてば事情が変わったんじゃないの。誰も日本やドイツが再び軍事大国になるとは思ってない。軍隊は自衛のために必要よ。日本は島国だから、ことに海軍を持つことは重要だと思うわ」

わたしの考えとは違うが、その通り記す。彼女が日本の憲法をよく知っており、他国の法についても自分の考えを持っていることに感銘を受けた。娘が一人いて、それも未亡人となったお母さんが育ててくれたので、とても感謝しているといった。夫がいるのかどうかは聞きそびれた。

話が一段落したころ、列車はチェルヌィシェフスク・ザバイカリスキーに着く。二十分停車。ホームに大きいチェルヌイシェフスキーの像がある。シベリアに流されたナロードニキ運動の哲学者でしょ、というと、アリョーナ、「よく知ってるねえ。何をしたらいいか、という小説もある」。それは日本では「何をなすべきか」ってタイトルよ。彼、ここに住んでたの？「ちがうよ」。関係ないのに地名にしちゃうの？「何で。ならレニングラードもスターリングラードも別に出身地じゃないわよ」。勝手に人の名前使うな、とわたし。「もう歴史に入った人なんですからがまんしてクダサーイ」とアリョーナはふざけた。

ホームに降りると、小さな女の子が銅像の上に上りたくてダダをこねている。ピンクの服を着た金髪のかわいい子だ。わたしは寒くておもわずくしゃみをした。アリョーナ、すかさず「健康に気をつけて（ブッチエ・ズダローヴィ）」という。これはくしゃみに応える決まり文句である。

その次の駅はプリイスコヴァヤ、「天然資源がいっぱい」という意味。この先十キロほどにある町ネルチンスクは、一六八九年、アムール川流域に進出しようとするロシアと、清国との間で最初の国境画定する条約を結んだ町。いわゆるネルチンスク条約である。

次のシルカではもう暗くなりかけていたが、物売りがたくさん出ている。牛乳は買うな、と友だちに聞いてきた。賞味期限切れのものが多く、陽にあたってヨーグルトかチーズみたいになっている場合があるというのだ。与謝野晶子の時代も牛乳売りはあったらしい。


犬の子と我子の顔と七つ八つかたへに並べ乳売る女

子だくさんの晶子としては人ごとでない風景であろう。みな生きるために必死なのだ。ミルクがだめならピロシキでも買いたいな、というとアリョーナ、「危いよ」と止める。

なんでそう、自分の国の人を信用しないのよ。「それとこれとは関係ない。じゃあマユミさん、今日、これ売れなかったらどうするの」。明日売る。「明日売れなかったら?」。明後日(あさって)売る。「でしょ。せっかく作ったんだし。悪いもの売ったたって、列車が行っちゃえば誰も文句いわないもの」

アリョーナの方が大人だ。列車に乗り込んでくる物売りの連中は車掌に「袖の下」を渡しているもようである。水餃子のようなペリメニ、ゆでたジャガイモ。写真を撮ろうとすると三角スカーフをあごの下で結んだおばさんが、つっけんどんに「買ってから撮って」と来た。わたしはケシの実の入った丸い穴パン、ブーブリクを一つ買った。これはあしたの朝ご飯にとっておこう。

さて、与謝野晶子の方は三日目の朝にまた中露国境にさしかかり、旅券や手荷物を調べられたらしい。

「午後に私の室へ一人の相客が入つて来た。服の上に粗い格子縞の大きい四角な肩掛をした純露西亜(ロシア)風の醜い女である。良人は外の処に乗つて居るらしい」(「巴里まで」)

当時はコンパートメントを女性用、男性用と分けていたようである。女はたいてい廊下に出て夫婦で話をしていたが、夕食後、晶子が少しうとうとしている間に降りてしまった。入れ替りに上のベッドには子持の女が来たらしい。晶子は横になり、見ないで顔を覆ったままでいる。夜中にたびたび小さい子の泣き声や咳が聞こえた。人の出入りが多く、そのたびに緊張もしたであろう。わたしはアリョーナと二人、てんでに本を読む。

金子光晴は終って、二冊目は武田百合子「犬が星見た」にかかっている。夫武田泰淳とその友人竹内好と三人でツアーに交ざってロシアを旅した。一九六九（昭和四十四）年だからウラジオストクにはもちろん入れない。横浜の大桟橋からロシア船にのり、ナホトカへ。そこから鉄道に乗りハバロフスクまで行く。ここはわたしと同じ。イギリス人との間に二人の子がいる日本人女性や、ローマ大学へ留学してマキャベリの研究をするという女子学生と乗り合せる。「これが一番安くいける」と彼らはいう。この留学生はどなたか知らないが勇気ある人だ。わたしより十くらい上であろう。外貨持ち出し制限があったころで、ナホトカでたった三ドルを両替するシーンがいじらしい。その後、マキャベリに関する研究を全うされたであろうか、読んでいて気になった。

八両のうち三号車の二等に席を占めた武田百合子は「室には、レーニンの本、レーニン語録、ソ連画報などが備えつけてある」と書いている。ここを読み上げるとアリョーナは笑い出す。わたしは調子に乗って、「すぐ食堂車へ行く。夕食。パン、バター、牛肉バター焼き、じゃがいもつけ合せ……」と読むと、声を上げた。「いまと同じじゃない」。そう、四十年近くたっているのにね。「ロシア人の老人が『革命後、すべての人民は豊かになり仕合せになった』と演説しはじめた。文庫版三十一ページ」というとゲラゲラ笑った。「本当に黙って、滑るように発車する。私は気に入った。文庫版三十三ページ、わたしも気に入った」というと、身をよじって笑い転げた。たしかに、日本のようにうるさいアナウンスがないのは気持のよいことだ。

なんかこんな馬鹿なことでもしていないと時間がもたない。代わってアリョーナが英語版「ロンリー・プラネット」のシベリア案内を訳しながら読んでくれる。「ビロビジャン、二分停車、はユダヤ人自治区。しかしソヴィエト時代はユダヤの教会は禁止された。一九九一年、イスラエルとの間で協定が開かれ、二万二千人のユダヤ人がイスラエルに帰った」

その二万二千人はシベリア鉄道で移動したのであろうか。それとも線路づたいに徒歩で？　激動の現代史の舞台を、いまこうして通りつつある。

「モゴチャはみにくい町。ブリヤート人は四万人モンゴルに追われ、この地に入る」

「アデンクアは住民の六十五パーセントがブリヤート人、自然の力を信ずる宗教を持ち、こんにちははサンバイノー、ありがとうはバイエルラ、ラビオリのようなものを食す」

ブリヤートはアイヌ、ウィルタなどと同じく狩猟採集で生きる北方民族である。アデンクアのブリヤート人は、つまりモンゴル語のようなものを話すらしい。

夜八時半、きょうも食堂車の閉まる時間が近づいた。あわてて揺れる車内を歩き、例ののんきな男の子に、冷たいビールとイクラを頼む。サワークリームとイクラを黒パンにつけて食べ、〝塩スープ〟なるものを一つとって半分ずつ分けた。なんのことはない、ボルシチのビーツ抜きである。

チタは真夜中だった。その一つ手前の駅カルィムスカヤで、東清鉄道で来た与謝野晶

どこまでもつづく単調な車窓の風景。

長い停車中に見た駅の窓口。

子はシベリア鉄道本線に合流したはずである。わが車両のドイツ人たちはさすがに早寝で、チタではホームに降りて来なかった。わたしたちは降りる。外気に触れ深呼吸することが必要だ。ホームに警察官が目立つ。目を合せるな、とアリョーナがそぶりをする。もとはインゴジンスコエという集落だった。ずっとあとになってチタと改名した。十九世紀前半にツァーの圧政に反対する貴族たちデカブリスト（十二月党党員）が反乱を起こしたとき、挫折した彼らの流刑地となった。さらに一九一七年の十月革命後、一九二〇年、極東共和国がつくられたときはその首都でもあった。

いいかげん寒いので、客車に戻り寝床にもぐり込む。チタから乗り込んできた巨体親子三人もどうにか、隣りの個室に体をおさめたようである。ギイコギイコ、ズッシーン、バキン、ガチャーンと車両の連結の音がすさまじく、なかなか寝つけない。ふしぎな夢を見てはっと目覚めるのは枕が変わり、相当、眠りが浅いからだろう。

四日目の朝の与謝野晶子。

「二人になると昨日迄のやうに早く起きて寝台を仕舞はせたりする勝手も今朝は出来ないなどと思つて、目が覚めてから床の中でぢつとして居ると、前の鏡へ上の客が映つた。寝て居ると思つて居た人が坐つて居る。白い切れを髪の上に掛けて、色の白い児を抱いて居る気高い美しい女である」（「巴里まで」）

この上の段のベッドの二十四、五歳の女を晶子は「マリヤがふと現はれた様」といい、全車両の三十人余りの女の中で「出色の人」といっている。その人は二度寝をしたらしく、その後、晶子が顔を洗い髪を結い着物を着替えても起きそうにない。晶子はこのとき和服だったのだろうか。そうとすると、あの他人のいる空間で、気を遣いながら着替えるのも大変なことである。まだ寝ている親子を起こさぬように、晶子は本を持って廊下に出た。わたしたちの車両も廊下は語らいの場となっており、窓ぎわにバタンとおろせば腰かけられる椅子がついていた。晶子もそこに腰をおろし、窓の外を眺めながら、じっと本を読んでいたのにちがいない。

「汽車は渓川に添つて走つて居るのであつた。箱根の山を西へ出た処のやうな気がする。雪が降つて来た」(同)

これは五月十日すぎの話である。たしかに汽車はどこまでも川に沿って走る。見飽きない美しい景色。西部劇みたいな柵に囲まれた町も、スペインのような荒野の町もある。もうすぐウラン・ウデだ。ドイツ人グループがそわそわしている。ここで別の、モスクワ行きドイツ人観光客チャーター列車に乗り換えるのだという。前日お喋りしたリュドミラさんが「お別れを申し上げに来ました。これから先、お気をつけて、よい旅を」と握手を求めた。きちんと挨拶するものだな、と感銘し、二度と会えないであろう人の柔かい手を握った。

もう一人、ドイツからのツアー客の中にいつも廊下にいて、よくロシア語を話す年配の男性がいた。彼は長く停まる駅があると降りていって、切符の値段を確かめ、旅行社の上乗せ分を計算するなど、旅馴れているようだ。丸顔のやさしそうな夫人と二人連れである。

まだウラン・ウデまで間があるし、二度と会えないかもしれないその人に話しかけてみたかった。聞くと一九四〇年、ユーゴスラビアに生れ、南アフリカで働き、二十八歳のときリヒテンシュタインへ移って家宅を持ったという。こちらも〝歩く現代史〟さんらしい。

「だから私のはロシア語じゃなくてスロベニア語なんだ。でもほとんどロシア語と同じだからね。最初はロシアの会社で機械をつくってたんだ。はじめてロシアに入ったのは一九七〇年で、いまとは大分ちがうよ。日本や中国など百二十ケ国に輸出してたんだ。リヒテンシュタインには王様はいないが、大公がいる。住みやすい国だよ。人口三万五千人でGNPを人口で割ると一人当り九万ドルだからかなり生活水準は高いと思う。農業はほんの二パーセント、あとは企業と工場と銀行。世界中の金持ちがリヒテンシュタインに口座を開いてるよ。あなたもどうですかね」

パリッとした服装で、ロシア語を話す西欧人という感じである。

ウラン・ウデは雨だった。ウランは「赤い」の意味、ウデは川の名前だそうだが、なんとなくうで卵を連想してしまう。人がどっと降りた。モンゴル方面からの列車も着く

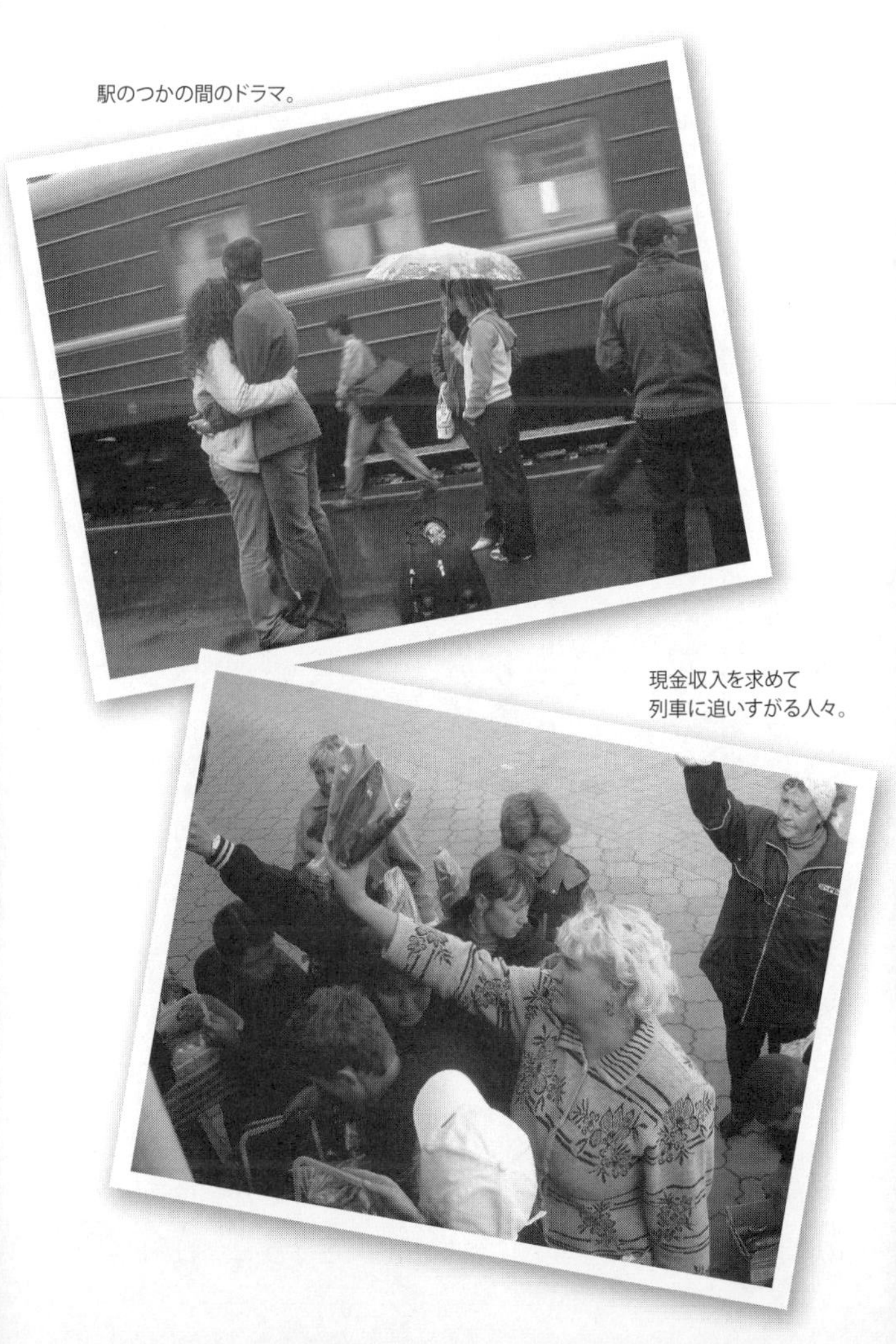

駅のつかの間のドラマ。

現金収入を求めて
列車に追いすがる人々。

ので、ホームは茶色や黒の地味な服を着たアジア系の顔でごった返している。みんな、すごい量の荷物だ。

ウラン・ウデを出てしばらくすると、突然、広い水面が見える。まさか、海のはずはない。ああ、これがバイカル湖か、と胸が躍る。青灰色の水が波立っている。琵琶湖に似ているが、どうして大きさがその比ではない。水面はなんと三時間、車窓に見えつづけた。琵琶湖の約四十七倍の広さ、水深は最大約千七百メートルあるという。

金色(こんじき)の波もも色の波の山うちかさなりてみづうみ氷る
ここちよき胡地(こち)の皐月の厚氷夕日の花のひろく散りしく
風吹けば右も左もはて知らぬ水の中なる蘆の葉ひかる
楊(やなぎ)の木穂すずき程に末見えてなびく出水(でみづ)の森を今日行く

晶子の歌にも心躍りが感じられる。

「四日目にはバイカル湖が見える筈であると云つて誰も外の景色の変るのを楽しみにして居るやうであつたが、やつと二時頃に白い湖の半面が見え出した。汀(みぎは)に近い処は未だ皆氷つて居る。少し遠い青味を帯びた処は氷の解けて居る処であるらしい」（同）

晶子はゆれる車内で子どもたちに葉書を書いた、と述べている。五月三日付北原白秋宛書簡が残されている。五月初めにはバイカル湖はまだ凍っていた。

「汽車のゆれ候へば字もまんぞくにかけ申さず（中略）けふは東京を立ちしより九日目に候シベリヤはおもひしにことなりよきところに候　さいへどまだ湖も川も半は氷り居り候　雪がふることもあり候（中略）白樺の林を昨日よりつゞきて汽車の走り居り候紫の花きなる花白き鈴らんなど多く候　牛や馬が人のやうにあちこちに居り候」（「与謝野寛晶子書簡集成」）

最初の絶望的な出発から、ずいぶん気持を回復しているのが分かる。夫恋しやのひたすらなる気分はもう歌にはあらわれず風景を楽しんでいる。バイカル湖の渚を見ているうちに「東海道の興津辺を通る様な心持になつて居た」（「巴里まで」）

「六時に着く筈のイルクウツクで一時間停車して乗替を済ませたのは十一時過ぎであつた」（同）

とあることから、晶子の列車はかなり遅れたもようである。また、汽車を乗り換えはしたものの、イルクーツクで下車はしなかった。わたしたちはここで降りる。パリに恋人が待っているわけでもないし、バイカル湖を素通りする手はない。荷物を出し、三泊お世話になった小さな部屋に別れをつげ、車掌のナターシャに百五十ルーブル、チップを渡した。

一ケ月分の旅のトランクは資料や本で重く大きい。タラップをようやく降ろすが、迎えに来ているはずの人がいない。イルクーツクはアリョーナも初めてなので、送迎とガイドを頼んであった。というか、ロシアでは一昔前の中国と同じく、個人旅行でも送迎ガイド付が一般的である。しばし待つと濃いピンクのコートのほっそりした少女がM・MORYと大書した紙を持ち、かけよって来た。「何号車か分からなかった」と首をかしげていう。ずいぶん前から待っていたのだろう。国立イルクーツク大学五年生の金髪色白のアンナ。駅にエレベーターはなく、石の階段をトランクをガタンガタンとひきずって降ろす。「アー、運転手つれて来ます。待って」。無愛想で大柄な運転手は乱暴にトランクをボンネットにつめ込むと、いっさんに走り出す。イルクーツク・ホテルにわたしたちとトランクを降ろし、無言で走り去った。

「ずいぶん遅れたでしょう?」

「アー、三十分くらい」とか細い声でアンナ。運転手はそれで機嫌が悪かったのだろう。

「私、あの運転手嫌いです。いつもお金のことばかりいう」

「あしたはちがう人が来てくれるのかしら」

「はい、ちがう人来ます。だいじょぶ」

と表情が明るくなった。聞くとアンナはインツーリストから時給十ルーブル、つまり五十円くらいしか貰っていない。だがガイドになるためには、そんな薄給のインターンをしないといけないらしい。

「アー、いつか日本語使って仕事したいです」

例によって融通無碍(ゆうずうむげ)なアリョーナは、

「アンナさんを夕食に誘いましょう」

という。言葉を探す「アー」というしぐさがかわいいが、アリョーナが日本語を話すのでアンナは気が楽になったのか、分からないとついロシア語になる。たしかにこのくらいの日本語でガイドをするのは大変だろう。しかも言葉が出てこないたびに舌打ちをするので、その緊張が伝わってきてわたしはちょっと疲れた。

イルクーツク・ホテルはインツーリスト時代の古いホテル、当時はバイカル・ホテルといったらしく、いまもその名でガイドブックに出ていた。といっても他に目ぼしいホテルはないようだ。わたしたちの泊った六階も半分は北欧風にリニューアルされ、半分はそのまま。部屋は改装した方で快適、大きな窓の向うにアンガラ川が見えてすばらしい。が景色より何より、三泊四日の長旅のあと、早くお風呂に入りたい。日本の夜行「サンライズ出雲」みたいにシャワー室くらいつくればいいのに。

与謝野晶子はモスクワまで十日ばかり、どうしていたのだろう。

「日にやけ候てその上湯にも入らず候へばはづかしくて私は運動に停車場へ降りることもなく候（中略）うたも何もかき申さず日記さへ」（「与謝野寛晶子書簡集成」）

と北原白秋宛に書いている。とすると「シベリヤ」と題された歌群はあとで作られたものか、あの泉が湧くごとく歌が湧く晶子にして、それどころではない状態だったようである。

三十分後、さっぱりしてロビーで待ち合せ、街へ出ることにした。

「イルクーツクは人口五十九万人です。一六五二年にコサックの一隊が毛皮をとるためにアンガラ川の河畔に宿営して町となり、一六八六年に市として勅許を得ました。一八七九年に大火事があって町は焼けました。一八八〇年代、レナ川にゴールドラッシュが始まり、また人が多く来て、町が再建されました。鉄道がイルクーツクまで延びたのは一八九八年です。ソヴィエト革命が起こるとイルクーツクでは革命を歓迎せず、コルチャーク将軍率いる白軍がここを防衛しました」

アンナは手にした日本語のガイドマニュアルを丸暗記しているようだ。内容からするとソ連崩壊後につくられたものらしいが、妙に堅くるしい日本語である。どれ見せて。

「オイミャコンではマイナス七三度という人間が居住可能な場所における最低気温を記録している。冬の日本列島の天気を支配するシベリア寒気団は極寒気がシベリアに蓄積され、そこから吹き出すと考えられている」。なるほど〝シベリア寒気団〟てよく聞いたなあ。それにしてもすごい日本語だ。

道は広々として、車が少なく清潔だ。

「でも夜は怖い。あぶないです」とアンナ。

アンガラ川沿いを歩く。アレクサンドル三世の銅像がある。最後の皇帝ニコライ二世のお父さんだ。ソヴィエト時代は社会主義を讃える柱のようなものが立っていたが、ペレストロイカ（改革）後、それを壊し皇帝の像が再建された。シベリア鉄道建設を公布したものの、大保守主義者として国内反体制派や異民族を弾圧した人なのに。社会主義を否定し、帝政時代を顕彰する動きがじっさいにここで見えた。

「向うに見えるのはソヴィエト時代の橋です」

こういうものも、これからむしろ保存の対象になるのかもしれない。アンナの話には建立とか飛来とか、むずかしい熟語が多い。像を建てる、ツルが飛んで来る、といった方が分かりやすいわよ、というとまた小首をかしげた。

「これはトルードスタジアムです」「いちばん古い映画館です」「イルクーツクの町は今年、三百五十五周年を迎えます」

さあ、夕食に行こう。ガイドブックに掲載された店はどうかしらと一つずつ聞くと、アンナは鼻の上にしわをよせて「古い、まずい」という。とにかく目抜きのカール・マルクス通りへ行く。しかし目抜きがこれほど閑散としているとは。といっても人がいないわけではない。東京の雑踏を見慣れた目にさびしく映るだけで、家が大きくボカンとしている感じは北海道の町に似ている。通りは深々とした並木でさわやかな風が吹き、なんともすばらしい。たしかに陽が落ちたら街路灯もなくちょっとこわいかも。

「お店も閉まっているし、助けてといっても駆け込むところがありません」

「ビア・ハウス」なるドイツ料理の店へいく。クロークの男はチロルハットをかむり、ウェイトレスもバイエルン地方の民族衣裳、白いブラウスに広がったスカートでエプロンをかけている。

オームリの燻製とキャビア、鴨のサラダ、ギリシア風サラダ、セロリのスープ、チーズフォンデュ、と三人それぞれ好きなものを頼む。わたしはそれとベルギービール。おいしい。白いオームリは、東京のロシア料理店のシェフが、「バイカルへ行けば、こんなヤワでない本物のオームリが食べられる」と正直にもいっていた。日本語ではオヒョウ、ユーモラスな音だが、大鮃と書き、カレイ目の中で最大、全長雌二・六メートル、と辞書にある。英語でいうとこれはウラジオで食べたハリバットらしい。混乱してきた。

まわりは大皿のソーセージをぱくついている。わたしが払ったのは三人で二千ルーブル。一万円ほど。ロシア人一ケ月の平均給料が九千ルーブル、アンナの時給が十ルーブルというのに何というゼイタクなことだ。

ホテルに戻ると日本人の団体がいた。

「北九州からウラジオストクの便が就航したので来ました。ハバロフスクまでシベリア鉄道を体験し、そこからは飛行機でここに。あすバイカル湖を見てウラジオに戻ります」

と、かなりの強行軍。個人旅行ですか、うらやましい、といわれる。

翌九月三日、朝食はバイキングで、とくにおいしいものはない。黒パンにサワークリームとジャムをつけ、紅茶を飲む。それで十分。アリョーナとわたしでサワークリームを一鉢分食べてしまった。ボーイがあわてて補充に来る。スメタナことサワークリームはロシアに来て好きになったものの一つ。日本で手に入るサワークリームと非なること、イタリアのモッツァレラチーズに同じ。もっとずっとやわらかく味が濃い。

今日の運転手はヴァシリー。太っていていい人らしい。町には木造のかわいい家がたくさんある。丸太ででき、木をくり抜いたかざりが窓枠や軒先についている。窓のレースのカーテンも美しい。素朴で、まるでロシアのおばあさんみたいだ。が基礎が悪いのかゆがんだり、傾いたり、廃屋となっているのも多い。

「こういうのは文化財として守らないの?」と聞くと、「たくさんありすぎて。中には守ってるのもあるんじゃない」とアリョーナはつれない。アンナ、「いまからそこへ行きます」。

タリツィ木造建築博物館についたのは十時五分前。いうなれば明治村である。十時きっかりに券を買って入ると、敷地はひろいのに、古い建物がびっしり並んでいた。開館したてなのに、どの家もまだ開いていない。一戸一戸の番をしている女たちはみな太ってむっつりして濃い化粧をしていた。これがソヴィエト方式というのかしら。五分休憩の札をさげて別の家でおしゃべりしたり、移築現場の大工に色目をつかったりしている。「ここは開かないのですか」と聞いても「知らない」と一言のみ。「公務員だし、給料が安いからしかたない」とアリョーナは意に介さない。

これに比べ広場に露店を出している兄ちゃん姉ちゃんの活気のあること、愛想のいいこと。品物をいっぱい並べ、にっこり笑って声をかけ、白樺細工やバイカル湖の特産の宝石を売る。わたしはついに手琴を買わされた。手書きの楽譜が何枚もついて、これ通りにはじくと、「カリンカ」でも「ボルガの船歌」でも何でも弾ける。白樺細工のウィスキーボトルも一つ。

役人根性の社会主義と自由主義競争の差を見せつけられ、わたしはがっくりきた。ああ社会主義、一九一七年から一九九一年まで、お前も思えば長く保たなかったなあ。まあ、日本の区役所、町役場なんか、長いことほとんど社会主義みたいなものだったけれど。

ブリヤート人の住居でもブリヤート人らしき男女の番人が番をせずイチャイチャしていた。でも建物はすばらしい。木で出来た竪穴住居といってよく、まん中に炉が切ってあり、男と女の住む部分が分けられている。モンゴル系だからモンゴルの住居ゲルにそっくり。タテ札をアリョーナが簡単に訳す。

「ブリヤート人は多く二十歳までに結婚し、結婚式はとてもにぎやか。子どもは弱く悪魔に抗えないので、夜はいろいろなお守りを使った。生きたフクロウを飼ったり、フクロウの羽で子どもを守る、するどい鉄の剣も悪魔はこわがる。シャーマンは人生と健康を守ってくれる」

大きなコサックの家もあった。

「コサックはロシアの政府に税金を払うかわりに兵隊となる。土地をもらって農業もできる。ペチカの上に寝るので暖かい」

異民族の襲来に備え、コサックの家は頑丈な門と塀に守られ、まるで砦であった。その中にバーニャというサウナもあったが、想像よりずっと広い。石を焼き、それに水をかける蒸風呂である。「一週間に一度入る。大家族だからこんなに広い」

バイカル湖が目前に広がる。バイカル湖からアンガラ川が流れ出すところにシャーマンの岩というものがある。対岸からは白い小さなものが見えるだけ。

「白いシャーマンといって、五十五人の神様を祀っています。四十四の黒い神様をやっつけます」とアンナ。「アー、昔々、バイカルの息子は山から水や魚を贈呈されました。アンガラという美しい娘がいました。アンガラは息子の富にもかかわらず、彼を嫌悪しました。そしてカモメが飛来して、遠くにもっとすてきなエニセイという、シベリアで一番ハンサムでつよい男がいると教えてくれました。バイカルは息子とアンガラをアー、結婚させるつもりでしたが、アンガラはそれを忌避しました。そこでバイカルはアンガラをあの岩に縛りつけまじないをしたのですが、アンガラは鎖をひきちぎってエニセイのところに流れ出てしまいました」

自然の湖や川が人格を持っているのである。訥々(とつとつ)とした語り口に素朴な情熱がにじみ、あわれを催した。そのバイカルの息子の名は、と聞くと、「アー、三百三十六の名がありマス」。

とのことだった。その言いつたえから、この白い岩は妻の貞節をためす岩となった。疑いをもつ男は妻をこの岩から川に落し、泳がせる。溺れる女は他の男と悪いことをしているという。なんとひどい風習ではないか。

「へえん、わたし、大丈夫だわ」

と見栄を切った。こうみえても小学校時代は水泳選手だったのだ。

バイカル湖博物館へいくと日本人のツアー客でいっぱいだ。バイカル湖は世界最深、最澄明の湖で「シベリアの真珠」とよばれる。琵琶湖よりずっとタテに長く、その形はアフリカはコンゴのタンガニイカ湖を反転させたよう。幅二七〜八〇キロメートル、長さ六三六キロメートル、その南端に東京を置くと、北なら青森まで湖ということになる。面積三万一五〇〇平方キロメートル、水量二万三〇〇〇立方キロメートル。地球上の淡水の二〇パーセントに当るという。現在は世界自然遺産に登録されている。

二五〇〇万年前に出来たこの湖に三五〇〇種の生物が棲み、そのうち二六〇〇は固有

イルクーツク。夏の公園でチェス。

バイカル湖に注ぐアンガラ川、神話の岩。

種である。山ネコやクズリやオオカミの標本、きのうオームリをおいしく食べただけに そのホルマリン漬けはいただけないが、ウラジオの水族館よりずっと立派で、水槽では チョウザメやカワカマス、オームリ、みんな生きて泳いでいた。わたしは「グラン・モーヌ」で長谷川四郎がカワカマスと訳していたその淡水魚の本物を見て、ちょっと感動した。

このバイカル湖があるためにシベリア鉄道敷設は難儀であった。一時は列車をそのまま渡し船に乗せ、対岸まで運んだ。冬はバイカル号、アンガラ号という砕氷船も運航した。イタリアなどから技術者を迎え、バイカル湖もふくめ全通したのは日露戦争最中の一九〇四年九月である。

車はそこを出てリストヴャンカという村へ入る。湖ぞいに自由化以降、リゾートホテルが次々に出来、宿代も高いらしい。アメリカ風のレストハウスのような派手な大きな建物ばかりで、湖の景観を壊している。これらの施設からの排水はどう処理されるのか。アリョーナいわくロシアでは、ゴミは分別せず、焼却もせず、ただ野原へ捨てるのだという。「いくらでも土地はあるし、ロシアではまだ環境にお金を使うところまでいってない」

湖岸の観光施設を抜け、山に入ると村がある。農夫がジャガイモ畑で昼ごはんを食べていた。その裏手に抑留された日本人の墓がある。ソ連は日ソ中立条約を結んでいたの

抑留日本人の墓。

バイカル湖の魚の干物を売っていた。

に、大戦末期になると、条約を破って「満州」などで日本軍を襲い、敗戦により日本兵六十六万人がシベリアに抑留され、四十万〜五十万人はやがて帰国したが、十万〜二十万人が厳寒のシベリアで死に、あるいは行方不明となった。

アンナさんいわく、一九九一年までシベリアで亡くなった日本人の名簿も秘密だったが、ゴルバチョフ大統領にいたりそれを日本側に渡したという。そこには白い大きな墓が立ち、緑の造花がたくさん手向けられていた。よく慰問団がやって来、アンナはガイド一ケ月目にして、彼らの世話をした。どんな人たちでしたか？

「とても元気なおじいさんたち。八十すぎているのに一週間かけて何十もあるイルクーツク周辺の日本人墓地をあちこち訪ねて儀式をしました」

お墓の前で泣いたりしなかった？

「ううん。帰るとき私に日本のお茶やインスタントラーメンをくれた。はいてたスリッパまでお礼にってくれた」

わたしたちは湖岸の見えるレストランの、外のテーブルで食事をした。これがすばらしい。凍ったルイベのような魚の刺身、凍った豚のラードの薄切り、キノコ、トマト、キュウリのピクルス、魚の塩スープ、湖の魚に松の実をまぶし、ロール焼きにしたもの。大変おいしかったけれど、抑留日本人の墓にお参りしたあとでは、なんだか胸がつまった。

そのとき、いっしょに食事をした運転手のヴァシリーに聞いた話はちょっと怖い。金髪の大男で気のいい人だが、前にトラックの運転手をしていたころ、マフィアの車に襲われ、カーチェースとなって衝突、それから何も覚えていないという。気がついたら病院で、そのまま二年、寝ていた。兵役もあるわけだし、どんなに人生を無駄にしたことだろう。いまは三十五歳、結婚して七つと三つの女の子がいる。やっと落ちついたそうだ。

湖の畔(ほとり)には宝石や干物を売る露天商が並び、水際では家族で束の間の夏をピクニックで楽しむ人々がいる。中には奇声をあげて湖へ入っている集団もある。裸足になって水に足をつけてみたが、それほど冷たくはない。中には丸々と太った女の人が、白いパンツとブラジャーになって泳いでいたりして、なんか正視できない光景である。

午後、早めに町に戻り、二つの有意義な博物館を見た。一つはデカブリスト、ヴォルコンスキーの家。デカブリストとは十二月党党員と訳し、一八二五年、帝政ロシアの圧政と農奴制の解放を主張して蜂起した貴族たちを指す。ウラジーミル・イリイチ・レーニンは彼らを最初の革命家として評価した。デカブリストの首謀者五人は死刑になったものの、多くはシベリアに流刑になったとは知らなかった。鉄道などない時代の話だ。イルクーツクにはそのうちヴォルコンスキーとトルベツコイという二人の公爵の邸がある。残念ながらトルベツコイの家は改装中で閉まっていた。外観はそう大きくないが、木造りの凝った家だった。とくに工事をしているわけでもなく、入口も開いていたが、遠来の客だからと特別に見せてくれるほど館員は甘くなかった。トルベツコイ公爵の妻は当地で早く死に、彼自身は許されて他に移ったので、大きな家を建てずに終ったとだけ教えてくれた。

一方のヴォルコンスキー公爵の家は、水色のペンキで塗られたかなり大きな家だ。最初クズネツクという商人の家に住んだが、やがて自ら家を建てて一八四五〜五六年の十一年間、ここに住んだという。

一八一二年、大ナポレオンはロシア遠征を企てたが、これは有名な冬将軍にはばまれ失敗に終った。ナポレオンを追ってドイツ、フランスへ侵入したロシア軍は西欧の生活を見てロシアの後れを痛感した。そのことが改革派貴族を蜂起させ、帝政ロシアを揺るがせたのである。二階を案内してくれたおばあさんは「ヴォルコンスキー夫人はロシアの女性史に特筆すべきすばらしい人です」と誉めたたえた。マリア・ニコライェヴナ・ヴォルコンスカヤは流された夫を自分から追って一八二七年にシベリアに来た。受刑者の妻には離婚の自由があったが、それを行使せず、上流の安楽な生活と貴族の称号を捨てた。医学の知識があって、土地の病人に体に良い食物を与えたり、イスラム系の人のためにはコーランを持って来たり、その他多くの文化活動も行なった、とアリョーナが壁の肖像画の下の解説を訳してくれる。

彼女だけではない。トルベツコイ夫人エカテリーナ・トルベツカヤも一八二七年に夫を追って来たが、シベリアで七人も産んだ子のうち三人は早く死んだ。サンクト・ペテルブルクからシベリアに赴くその決意を聞き、実家の家族はみな反対したが、夫と別々に暮らす運命なんか欲しくないといい切り、この地でさらに五人の養子を育てるも死去。この二人についてはネクラーソフに長詩「デカブリストの妻」がある。

ほかにもたくさんの「デカブリストの妻」の肖像が飾られている。ムラヴィヨフ夫人は、子どもをサンクト・ペテルブルクに残し、自分だけヤクーツクの夫のもとに急いだ。彼女の財布は万人のもので、病院をつくり、薬を補給し、愛があればできないことはない、といった。同時にアニシニコフ夫人も、同情をたくさん受けたが、自ら進んで夫の住む土地に移住した。フォンヴィンナ夫人は夫のいない鳥かごの中にいるよりは、愛する人のもとに飛んでいきたいといった。彼女の双児の娘の一人タチアナはのち文豪プーシキン夫人となった。ユーシェエフスカ夫人はなかなか夫のあとを追う許可が下りなかった。ようやくシベリアに来て、教育に尽し、夫の死後はシベリア各地で教師をつとめ、一八五五年、ようやく中央に帰りキエフで死去。

どの女性にも興味が湧き、解説をはしからアリョーナに訳してもらう。母性愛と人類愛に満ち、夫には天使と呼ばれ、子を産み育て、開けない地シベリアを見かねて教育や医療に携わった女性たち。レーニンは革命は労働者階級そのものの中からは起こらない、として、知識階級による思想の外部注入論を訴えたが、おそらく彼女たちはこの解説の通りなら「自由、平等、博愛」の思想をはるけき未開のシベリアに伝えた人たちなのであろう。

夫人の居室を出ると公爵の書斎がある。彼は一八一二年の対ナポレオン戦争に参加して英雄となり、二十四歳で将軍を拝命、そのころの肖像は若くいきいきしているが、晩年のはじつに老けている。シベリアの風土と長い雌伏の時が彼の風貌をこんなにも変えたのだろうか。眺めているうちにシベリア抑留日本人のことも、しきりと思い起こされる。

　真向ひの囚人車をば見ぬために伏目をしつつ笛鳴れと待つ
　シベリヤに流されて行く囚人の中の少女が著(き)たるくれなゐ

デカブリストたちより八十六年後、シベリア抑留の人々より三十三年前、与謝野晶子の目にも流刑囚、それも女囚の姿が映っている。これは晶子の乗った汽車と駅ですれちがったものだろうか。

ヴォルコンスキー公爵はここで五千冊の本を所持していた。そんなに経済的な余裕があったのかしら、というとアリョーナは、

「彼らの財産は没収されたけれど、親戚はみんな貴族で金持ちだったから送金してきたんでしょう」

とあっさりいう。土地を十五ヘクタールほど貰い、農業をして食料にし、残りを売ってしのいだらしい。夫人マリア・ニコライェヴナ・ヴォルコンスカヤはレフ・トルストイの親戚筋に当り、英仏独伊語を自在に話したが、五十代で体を壊してからの彼女の晩年の写真はやつれ果てて魔女のようですらある。都へ還るも夫より早く五十七歳で死去。夫ヴォルコンスキーは晩年をイタリアで過ごしたらしい。そしてトルストイは「デカブリスト」という小説を構想して書かずに終った。

二階は夫人と娘の部屋で、世界に二つしかないというピラミッド型のピアノがあった。いまこの古い家を保存・活用して、昔風のお茶会が開かれたりしているという。

次に訪れたイルクーツク郷土誌博物館は午後七時までやっており、ギリギリで間に合った。入口の若い男はガムをくちゃくちゃ噛みながら、ずっとケータイで話している。外国人からは入場料を倍額とるらしい。ここには各先住民族の暮らしのほか、そう見るものはなかったが、シベリア鉄道をつくるさいの工事の写真が目についた。一八九一年三月十七日、アレクサンドル三世が鉄道敷設の命令を出し、十二月十日にシベリア鉄道建設委員会が結成され、ニコライ皇太子が会長となった。彼は建設を督励するため、一八九一年、まず船で日本へ向かい、五月十一日、大津で遭難し、幸い命までは失わずに、ウラジオまで帰った。シベリア鉄道とはそれくらいの国家的大事業であった。一八九八年七月十六日、はじめてイルクーツク駅に汽車が来たときの写真もある。一九〇八年、バイカル環状線というものも構想されたが、工事が難航し、その名残りのレールはいま湖に沈没してしまったという。

そのほか、教会号車という写真に気を引かれた。丸々一車両が教会になっていて、祭壇ごと移動しながら、ロシア正教を布教してゆくという面白いものだった。

町をぶらぶら歩くと「金沢通り」があった。姉妹都市なのらしい。大黒屋光太夫がここに居た、という碑もある。光太夫は伊勢の百姓で回米船の船頭であったが、駿河沖で遭難し、七ケ月漂流してアムチトカ島にたどり着く。そこからカムチャツカ、ヤクーツフ、イルクーツクなどを経てサンクト・ペテルブルクでエカテリーナ二世に拝謁した。十年の滞留ののち帰国し、「赤蝦夷」の実態を知ろうとした幕府の命を受け桂川甫周が彼の見聞を「北槎聞略」に書き留めている。「光太夫等はイルコツカに到着し、ホルコルフといへる馬の銕履を造る鍛工のもとに宿る。此所人家三千余有、甚繁華の地にて、百工商賈備らざるものなく、支那、朝鮮、満州等の人も常に交易のために来り居るとぞ」とこの本にある。

もうこの夕は疲れて食欲もわかず、ホテルで少し休み、アリョーナと八時とはいってもまだ明るい町に出てみた。バスに乗ると路線をまちがったらしく、町はずれの荒れ果てた市場に来た。ゴミだらけの町で、なんとなく薄気味悪い。ロシアには酒を飲むためなら人殺しもいとわない人もいる、なんてアリョーナがおどかすので、冷や汗が流れ、スーパーで食料を少しだけ買い、ホテルの部屋で夕食はパン、カテージチーズ、お茶ですませた。アリョーナにさんざん止められながらわたしが買った四十ルーブルのキャビアは当然にせもの。でんぷんの玉を黒く染めただけみたい。さっさと寝た方がよさそうだ。

九月四日。イルクーツク最後の日。この日も濃いピンクのコートに金髪の映えるアンナが迎えに来てくれた。車は使わず、歩いて町を回る。朝のうちに四つの教会を見学する。最初の教会では入口に親子の物乞いがいた。しかし旅行者を襲って財布を奪うほど元気はないらしい。

中では結婚式の最中だった。男の人は帽子をかむったままでは中に入れないが、逆に女はショールか何か布で髪をつつまなければならない。修復された派手な教会の外壁には新しいイコンがピカピカ光っていた。暗い堂内にもたくさんのイコンがある。真白なドレスの花嫁、白いスーツの花婿の頭上にいまにも王冠がかぶせられるところ。こんな大時代な式をやっているとは驚いた。一方、式と関係のない信者の老女たちもいて堂内は混雑している。声を合せ澄んだ声で宗教曲を歌う。出てくると、故郷に帰る金がない、という若い男に切符代を乞われた。

白壁に緑のドームをもつスパスカヤ教会は工事中。ポリスキー教会は十九世紀にポーランド人をシベリアへ強制移住させたとき出来たカトリック教会だが、廃墟になっていたのを改築中。いちばん大きな教会は爆破され、レーニンの銅像と社会主義的建築にとってかわられていた。三位一体教会は産婦人科医院になっていたため破壊を逃れ、いま教会として使えるよう修復中だった。ソヴィエト時代あれほど弾圧されたロシア正教が息を吹き返し、人心をつかんでいるのは驚くほかはない。人は、とくに年老いた婦人たちは何かすがるものがなくては生きていけないのか。いや、ソヴィエト時代は「社会主義」というこの国の宗教に人々はすがっていたのだった。

川を渡り、ズナメンスキー大聖堂へ。これは一七六二年に建った大きな修道院で、庭にはトルベツコイ公爵夫人とその三人の子どもら、デカブリスト関係の墓がいくつかあった。

この教会では葬式をとり行なっていた。みんな黒い服を着てこのうえなく悲しそうな顔をしている。教会の中ではイコンやお守りを売り、信者が次々寄付していく。教会に来ている人の中には職のない人も、働きたくない人もいるが、それで許されるのならこういうところで毎日祈ったり、歌ったりするのもいいかもしれぬ。誰一人、排除するものはない。

この教会の前にはコルチャック将軍の碑も最近建てられている。アレクサンドル・コルチャックはロシア革命に対抗した白軍の大将であり、いったんは優勢でシベリアにロシア極東共和国を樹立、しかし赤軍に巻きかえされ銃殺された。いまではむしろ彼の日露戦争での勇敢さ、探検家、地理学者としての業績が評価されているらしい。白軍の評価も、なだれを打って変わってきたという印象を受ける。

川沿いの戦勝広場には、ロシアの経験したいままですべての戦争についてのプレートがあり、その戦争で犠牲となった人々を永遠の火が追悼している。なんと、

「一二四二年四月十八日、アレクサンドル・ネフスキーに率いられた軍がドイツと戦い勝利した」

と始まっている。次は一三八〇年九月二十一日の対タタール戦争、一六一二年の対ポーランド戦争、そして「一七〇九年六月十日、偉大なるピョートル一世がスウェーデン軍に勝った」。

勝った話ばかりである。もちろん日露戦争に言及はない。「戦争を起こしてはならない」と記してはあったけれど。

第二次世界大戦で、戦勝国ソヴィエトは世界最多、二千万人以上の戦死者を出した。この大きな数をここへ来るまで思い出さなかった。負けた日本の戦死者は三百十万人だからなんと七倍近い。地上戦だったこともあるだろう。ナチス・ドイツは独ソ不可侵条約を無視して国境を越えた。ソヴィエトの武器は性能が悪く人海戦術で戦わざるを得な

かった。

「とくにレニングラード、スターリングラードでは激しい戦闘が行なわれ、死者数百万を出した。これは祖国防衛戦争といわれ、十五歳の少年も十八歳といつわって志願兵となり戦った。しかしソヴィエト当局は党と国家が絶対で人命を軽んじたから、死ななくてもいい命も簡単に失われた。とくにラーゲリに入ってたような政治犯はいちばん厳しい戦線に送られたの」

とアリョーナは詳しい。だって学校で歴史をちゃんと学んだから、と涼しげな顔でいう。五月九日は戦勝記念日であり、毎年、体験者の話を聞いて感想を書かされたという。

壁の戦勝歴はえんえんとつづいていた。

夕方、シベリア鉄道に乗り継ぐ準備に、市場へ買物にいった。広い屋内市場にはたくさんの店が開き、肉、パン、菓子、酒、魚と区画がわかれて売っている。本物のイクラを味見させてもらったが百グラム二百ルーブルである。パンはたった九ルーブル。そのほか薬草茶や松の実油を買った。アリョーナはお母さんへの土産に松の実をどっさり買う。シベリアの松の実は高品質で、血液をさらさらにするそうだ。商品は市場に溢れていた。そして場外に出ると中国人たちの服飾市場がある。あまり仲良くない隣国へ来て、ロシア人が好みそうな服をつくり、安く売ってもうける中国人の商売上手と勤勉さよ。毛皮や革のコートもずらりとあったが、一つとして欲しいデザインのものはない。

遅い昼食を「チャイナヤ」とよばれる喫茶店でとる。ペリメニなる餃子スープと紅茶。赤地に金の派手な壁紙、帝政ロシア風の椅子、ロシア人はこうした店で茶を飲みながら長い商談をしたそうで、町では重要な空間のようだ。ホテルへ荷物をとりに返り、まる二日つきあってくれたアンナさんにお別れに五百ルーブルの心付けと「どん兵衛きつねうどん」をあげた。

四時すぎ、駅に急ぎあわててバイカル号に乗り込む。晶子のように、ここでロシア号から列車を換えることになった。「前の晩には金碧の眩い汽車だと思つたが朝になつて見ると昨日迄のよりは余程古い。窓も真中に一つあるだけである」（「巴里まで」）と晶子は記しているが、どうしてわたしたちの乗り換えたバイカル号は、車両は古そうだが、中は木目調の壁、ブルーのカーテン、とロシア号よりはるかにモダンで快適。カバーはなく、すでに布団が敷いてある。その上に毛布を敷き座る。また旅が始まる、とうきうきする。

晶子の方は「莫斯科まで後がもう五晩あると思つて溜息を吐いたり、昨日も一昨日も出したのに又子供達に出す葉書を書いたりして居た」（同）そうである。家には上から光、秀、八峰、七瀬、麟がいた。その下に佐保子、宇智子がおり、里子に出してあった。

わたしも残してきた三人の子のことを思った。といっても、上二人はすでに社会人であり、末っ子は大学生である。世界のどこで生を終えても、好きなことをやり満足して死んだと思ってね、と言ってある。彼らも、日本で何かが起こってもみんなでどうにかするから、あわてて帰ってこなくていいよ、という。

四女宇智子氏に「むらさきぐさ——母晶子と里子の私」という本がある。ことに副題を見て読みたくなった。

「両親の留守中は父の妹が子供たちの面倒を引受けていたようで、大ぜいの子供を託されて、女中さんがいたとは言っても、この若い叔母の苦労は大変であったとおもえる。それで、わたしのすぐ上の姉佐保子は、多摩川のほとりの農家に、妹のわたしは石神井の桜井家に里子に出されたわけである」

宇智子は当時田舎だった養家では「おじょう」とよばれかわいがられた。そして洋行から帰ったあとに生れた男子アウギュストは手元で育てられたが、その下に五女エレンヌが生れるとまた、桜井家の親戚に当る小俣家へ里子に出されている。宇智子は一年に一度、麴町の実家に挨拶に連れていかれた。「お父さんという人はわたしに似ているようで顔が長く、にこにこしながら『皆さんの言うことをよおく聞いて、体をたいせつにしなさい』と言ったので、わたしはコックリをした。そのとなりで重そうなヒサシ髪のお母さんという人が、じいっとこちらを見ているので、すこしこわくなって眼を合せないように下を向いてしまった」

「わたしが病気の時も両親は決して来なかった。誰か使いのものがパインナップルの缶詰を届けてくれた。わたしはそれをたけのこの缶詰だと信じていて、病気になるたびに、また、あのたけのこがたべたいと思った」

里子に出された悲しみが読んでいると切なく、わたしは離婚したとき、子ども三人を手放さなくて良かったとほとほと思った。

「六年生の終りごろとなって、実家へ帰らなければならない時がせまった気がして、毎日気の重い日がつづいた。畑道を独りで歩きながら考えたすえ、ふとよい考えが浮んだ。高等小学校に行って、そこから師範学校に行けばよいということで、さっそく、実家に手紙を出した。実家ではもうどうでもいいと思ったらしく、それでいいといってきた」

女学校二年のとき、宇智子はとうとう家に戻らされた。

「父はにここにこして迎えたが、母はこれからまた、面倒なことになると思ったのか、にこりともしないで、立ち上がって、（中略）さっさと洋館の方へ去ってしまった。（中略）何のとりつくしまもない母の様子であった」

三女佐保子は、里子に出した父母を拒否して養家から帰らず、生涯没交渉であった。五女エレンヌは長じて実家に帰ったが、両親とはかなりの距離をおいたという。

「ママの方から近づいてくれれば別だけれど、それも与謝野晶子女史としてでは駄目ね」

とエレンヌはいい切った。

「わたしは母を恨んだり、求めてみたり、妹の姿が羨やましい」と宇智子は書いている。

「母は滅多に口をきかなかった。こんな時でも、母は、何か別世界に住んでいたのかも知れなかった」

晶子夫婦は男子は養子に出していない。長男光は慶應を出て医者に、次男秀は東京帝国大学を出て外交官になり、三男麟は同じく東京帝大を出て満鉄に勤めた。四男昱も帝大機械工学科に進んだらしい。五男健は住友金属副社長となった。光と秀は随筆を残しており、その筆は母に甘い。父に稼ぎがなく必死に働いている母に対してやさしい。これほど放任であったにもかかわらず、与謝野家は教育にそう失敗せず、女の子もそれぞれ女学校を出て、しかるべき家へ嫁いだ。光の妻は鉄幹・晶子のパトロンであった紳商小林政治の三女迪子(みちこ)で、「想い出——わが青春の与謝野晶子」を書いた。また次男秀の妻道子は「どっきり花嫁の記——はは与謝野晶子」を書いている。

「義母がいろいろな面でりっぱであっても、ご自分の手もとであれこれ世話を見なかった娘たちに対して、ともすればついうっかり、なにかと薄情ではないかと見える節があったように感じたものです。私にはこれがなにかただ一つの義母のいやな面だと思っていました」

と道子は率直に書いている。四人目を妊娠した道子が晶子にそのことを告げると晶子は、

「あなたも、そろそろおとめおきなさい」

といったそうだが、これは十三人も産んでしまい、育て切れなかった自責からでた言葉であろうか。

道子はあるとき、

「お義母様とお義父様は同じお仕事をされ、さぞお楽しかったでしょう」

とうっかりいった。晶子の居ずまいが変わり、経机を手で押すようにして道子のほうに向きを変えた。表情が厳しくなり、いつもよりいっそうものしずかにいった。

「人生というか、人の一生はそんなになまやさしいものではありません」「結婚したころは家で歌会をすることが多く、私は夕食のしたくをしながら、歌を作ったりしました。運よく手早く仕事ができるように生まれついていたので、台所仕事をしても、他の人と同じ速度に歌ができたものと思えます。でも一方では、芸術の競争相手でしたから、妻であることなど、かえってよくないことです」

芸術家同士の夫婦とは、魅きあいつつも食いつくす関係を逃れえないのではないだろうか。生活の上ではどんなに息の合ったパートナーでも。

折口信夫はこの二人について的確に評している。

「与謝野（鉄幹）さんのほんたうの敵手といふのは、正岡子規ではなかつた。かへつてその側にしじゆうをられたところの、晶子さんその人だつたのです。与謝野さんはだん〳〵晶子さんを磨いて、そして結局、晶子さんにまかされてしまつたといふ姿を、世間

は見てゐる」（「与謝野寛論」一九五一年）

シベリア鉄道に乗った晶子は三十三歳、東京に残してきた子と、パリにいる夫にひきさかれつつ、まだ道半ばである。

第三章　エカテリンブルクのダーチャ

九月四日十六時二十五分、イルクーツク駅を発したわたしたちの列車はバイカル号である。シベリア鉄道を使う旅人はウラジオストクからモスクワまで六泊七日のロシア号に乗ることが多いが、途中乗り換えるともっとよい列車に当るかも。ロシア鉄道は国営一社だが、地域ごとの支社が分割されていて、列車のインテリアやサービス、快適性などを競っているかのようだ。

列車は走り出す。わたしたちは少しおなかを干すことにし、夕食はパンとチーズ、茶ですます。車窓にうつるのはあいかわらずの白樺林。しかし見飽きない。

「汽車は玉の様な色をした白樺の林の間許り(ばか)を走つて居る。稀には牛や馬の多く放たれた草原も少しはある。牛乳とか玉子とか草花の束ねたのとかを停車場(ステエシヨン)毎に女が売りに来る。私の机の上にも古い鑵(かん)に水を入れて差された鈴蘭の花があつた」(「巴里まで」)

その後、晶子はほとんど書いていない。

かず知らず静脈のごとうちちがひ氷る小川と鈴蘭の花

という歌がある。五月初旬のシベリアにはスズランが咲いていたのだろうか。九月のわたしには、赤いさんごのような形をした草が一面に見えて美しい。

アンガルスク、ウソリエ・シビルスコエ、チェレムホヴォ、ザラリ、ジマ、ここで二十五分停車。夕暮になり、何ごともやってみるにしくはないと、車掌にたのんでベッドの上の液晶テレビをつけてもらう。ロシア語の濡れ場を見ても何もわからない。あきらめてアリョーナとトランプで遊ぶ。

隣りのコンパートメントは体格のよいご夫婦。ガタンとゆれて、またどこかの駅についた。反対側のホームには濃い緑の列車。薄闇の中にホームの白熱灯が光ってものがなしい気分になる。

寝る前にアリョーナと北方領土問題について話す。彼女がいうには、

「これは地理の問題ではなく、政治の問題よ。昔、どこの国の領土だったかとか、誰が住んでいたかでなく、一九五六年の共同宣言でカタがついているはず。いくら歯舞(はぼまい)・色丹(しこたん)が日本に近くても、あそこで長いこと魚をとっているロシア人がいる以上、政府は返すわけないわ。それにロシアは他の国ともいくつも国境を接しているから、あそこを返したら、他の国もあれ返せ、これ返せといってくるしね。小泉首相（当時）は内心、二

エカテリンブルク行き、バイカル号（上下とも）。

島返還でもいいと思っているかもしれないけど、日本の国民は四島じゃないと納得しないでしょ。でも、あそこで漁業をやってるロシア人にとっては死活問題だからね」

わけがわかるような、わかんないような説明。でも、相手の国の人から視点のちがう意見を聞くのは面白い。

こうして、バイカル号の一夜はすぎた。

朝になり、昼になりまた夜になる。シベリア鉄道はそのくり返し。隣りの部屋の太った女性は、どうもクラスノヤルスクで降りたようだ。わたしはいった。

「女の人だけ降りてったのよ。とすると奥さんじゃなかったのね。何の関係もない男と女が二人だけで鍵のかかる個室で寝るなんてありえる？」

「ありますよー」

とアリョーナ。「マユミさん、何考えてるの」

駅につく前にエニセイ川を渡った。イルクーツクでガイドのアンナにアンガラ川の恋人と教わったあの川。エニセイ川でシベリアは東と西に分けられる。クラスノヤルスクは「赤い絶壁」という意味だという。一六二八年、コサック兵を傭い、ロシア軍が未踏のシベリア統合の根拠地にしようとした。デカブリストはこの町にも十名流されている。そしてのちにはウラジーミル・イリイチ・レーニンも二十七歳から三年間を過ごしたという。昔、政治思想史を学んでいたころ、レーニンを全集で読んで、彼のストルイピン反動期の組織の立て直しや、プロレタリアートのディクタツーラについて論文のようなものを書いたこともあったのに、すっかり忘れていた。ロマノフ王朝でもソヴィエト権力のもとでも、たいていの反体制派はシベリアに流された。そしてここにも、シベリア抑留日本人の墓があるとのことであった。

することもないので、わたしはもう一人のシベリア鉄道を旅した女性作家のことを考えはじめる。中條百合子。それは一九二七（昭和二）年十二月、彼女が二十八歳のときのことだった。正確には三歳年上の同行者湯浅芳子との二人旅である。前年暮に大正天皇が死去、この年三月には東京渡辺銀行の休業をきっかけに取り付けさわぎが起きている。

百合子は十七歳で作家デビューした東京の山の手育ちのお嬢さん、著名な建築家中條精一郎の長女だった。一方、芳子は京都の裕福な魚問屋に生れ、料亭の養女となり、日本女子大や女子英学塾（現、津田塾大学）に学び、早稲田の露文科の聴講生となってロシア語の研究や翻訳をつづけていた。この二人のあいだには友人という以上の知的にも精神的にも、おそらく肉体的にも深い結びつきがあった。

与謝野晶子が通ったのは一九一二年、革命五年前のロシアであるが、百合子たちがシベリア鉄道に乗ったのは、ロシアで社会主義革命が起きて十年後、第一次五ケ年計画の始まる前年の一九二七年。そして、晶子の心は夫の待つパリに急ぎ、シベリアを通過はしたが、ロシアそのものへの関心はそう見てとれない。一方、百合子たちの目的地はモスクワと当時のレニングラードだ。芳子にとっては語学とロシア文学の研究であったが、社会に関心の深い百合子にとって、それは社会主義革命という〝現実化した理想〟の現場を見ることであった。

帰国後、ひそかに日本共産党に入り、九歳年下の共産党員宮本顕治と結婚し、いまは宮本百合子の名で知られており、共産主義者としての側面につよく光をあてて評価されている。わたしはむしろ、百合子がどうしてロシアへ行くにいたったか、その過程を成育歴から追ってみたいと考え、重い日記を携えてきていた。

百合子は一八九九（明治三十二）年、東京市小石川区原町十三番地に中條精一郎、葭江の長女として生れた。父方の祖父中條政恒は米沢藩出身で、戊辰戦争では幕府側で戦い、維新後、猪苗代湖の水をひいて郡山に近い安積原野を開拓した人である。母は国粋主義的な倫理学者西村茂樹の次女で、華族女学校を首席で出た才媛だった。百合子が当時の女性としてはきわめて明晰で、幅広い知識を持っていたことは文章やエピソードから分かる。

精一郎は東京帝国大学工科大学建築科を卒業し、のちにケンブリッジ大学に留学、一まわり以上年上の唐津出身の曾禰達蔵と当時最大の民間設計事務所を経営し、快活で寛容な紳士であり、子煩悩な家庭人でもあった。ちなみにパートナーの曾禰は十五歳で上野戦争に彰義隊(しょうぎたい)側で参加しており、中條と曾禰を結びつけたのは同じ〝負け組〟の意識ではないかと思う。

三歳のとき一家は本郷区駒込林町二十一番地に移り、百合子はそこで育った。小さいときからあまりにおしゃまな応対をするので、出入りの商人は「あのうちには、年は喰っているが、背の伸びない娘がいる」といったそうである。学校は本郷区立駒本小学校から誠之(せいし)小学校へ、さらに女子高等師範の附属（お茶の水高女）へと進む。小学校、中学校が同じなので、わたしは早くから百合子に親近感を持っていたし、育った家も十分と離れていない。わたしは林町の隣りの駒込動坂町(どうざかちょう)三百二十二番地で生れたのだが、百合子はいつも実家を「動坂の家」と書いている。高台のお邸と、東京大空襲で焼け残った長屋という差こそあれ、父の愛情を受けて育った向学心の強い百合子に、性格的にも似たものを感じてきた。

しかし百合子の家庭は明るいことばかりではなかった。母葭江は、わがままでぐちの多い人であったうえ、糖尿病の持病があって、子どもは次々生れ次々死んだ。結局、九人中六人が夭折し、長女としての百合子は母を支えながら、この悲劇を乗り越え弟妹の世話をする。

一九一三（大正二）年、十四歳のころからの日記が全集に入っている。

「私が七十まで生きるとしても五十五年ほかない、その間、二十五六までミッチリ勉強してもほんとに働くのは一寸ほかないんだからと思うとイライラするような過ぎて行く時のかことをおさえてとめて置きたいように思われる」（七月二十三日）

少女の日記だからやや幼い表現だが、夭折を見すぎたその気持がわかるような……。

恵まれた環境を生かし、百合子は学び、仕事をもつ人生を設計した。

「借りた『イノック・アーデン』をよんだ、初めからおしまいまで涙の出そうな詩であった」（七月二十五日）

母の葭江も文学好きであり、その母から本を買う小遣いも十分に与えられていた。白山上にあった南天堂書房によく姿を見せていたと聞く。少女は鋭い感受性で次々名著を読破していった。聖書、ギリシア神話、徒然草、古今集、リア王、三田文学、オスカー・ワイルド、モーパッサン、E・A・ポー、十八史略、「サアニン」「令嬢ジュリイ」「人及芸術家としてのトルストイ並にドストイェフスキー」と手当りしだい……。

「本もよめず、書けもせず、勉強もせず、只まるで女中と同じように何をかんがえるでもなく体ばっかりをうごかして暮してしまった今日一日って云うものがいかにも馬鹿らしいような気がした」（七月二十六日）

正直な感想だが、中流上層のインテリゲンツィアの娘として、百合子はまだ階級差があることそのものを疑ってはいない。使用人や出入りの者に「命じる」「させる」という動詞が目立つ。

日記の欄外には「三越行」「銀座行」「七面鳥を買う」「大正博行」「有楽座見物」が書かれ、ローティーンでありながら大正の都市文化を十分に享受していたことがわかる。そのわりに「学校欠席」が多く、不登校ぎみだったことも。「十二時が打つと学校から帰れるのが私達にはたまらなくうれしい事だ」（一九一四年一月十日）。堅苦しい女高師風が合わなかったところもわたしと同じだが、学校なんぞ行っている場合じゃないと不登校を押しとおし、それで許されていたことがうらやましい。

しかも林町の家には来客が多く、百合子は早くから社会的名士と接していた。本に対してと同じように人物評も独自である。新海竹太郎「美術家と云う名によってかなりの期待をして居た私はかなりがっかりした」（一月二十一日）。ピアニスト久野久子「一種の暗いかげのある音楽家として久野先生は目立つ方である」（一月二十五日）（のち留学してバーデンで自殺）。青柳有美「思ったよりいやでない様子の人であった」（一九一六年一月三十日）。父と同業の岡田信一郎、伊東忠太、佐藤功一は建築史上のビッグネームであるが、早熟な百合子は交流を持っている。

そのうち読むだけでは飽きたらず翻訳し習作を書きはじめる。そのさい影響を受けたのが与謝野晶子訳の「源氏物語」であった。日記から拾えば、「『貧しき人々の群』はかなり醸されて居る」「寡言にドシドシ進んで行こう」「私の内心には或る力が満ちて居る」「一日も早く広い世の中に飛び出したい」「生きぬく！　動きぬく！　書きぬく！」

十七歳でこれだけ理想を高く掲げ自己をのばし、やりたいことをやった少女が大正時代にいた、ということに驚く。三月十八日、「貧しき人々の群」脱稿。「私は最後の一節を泣きながら書いた」。

そして実に特権的なことであるが、父と母が伝手を求め、これを坪内逍遥が読み、「中央公論」の滝田樗陰（ちょいん）に回した。逍遥は明治の半ば、すでに文壇の大家であって、明治二十年代に樋口一葉のライバル田辺花圃（かほ）が「藪の鶯」で世に出るのを助けた。ここでもまた十七歳の女性文学者のデビューに加勢する。だが、親の尽力を尻目に百合子はちっともありがたがってなどいない。「出て行らしった方はいいお爺さんであった」（五月九日）。文士の誰もが、その人力車が家の前に止まるのを熱望していたという滝田樗陰については「赤くふとった、赤坊の様な髪の毛の人である。腹の中は毒のなさそうな人ではあるけれ共、どこかああ云う仕事をして居る人共通ないやなところ——口のきき方も妙に事務的だったり、突っこんだ話が出来ない様なところがあったりするのがまことにいやであった」（六月二十七日）。

樗陰かたなし、少女畏るべし。胸がすく。日記には「いや」という文字が多い。好き嫌いで判断して何が悪い。義理も権威もない、頼るのは直感のみ。「お雪が一寸ばかりのはこべを持って来た。心持が見えすいていやであった」（六月十八日）。「書棚に氷店のカーテンの様なレースのかけてあるのはいやである」（六月十九日）。「石井親子で来る。（中略）息子と云う人も頭はダークな人だ。あの位の年で、あんな口のきき様をするものに、ろくなものは居ない」（六月二十九日）。「マークトゥエンはあんな訳しようをされて、どんなに恨めしやと思って居るかしれない」（九月十九日）。「帰りの電車で、まるで呉服屋の云うなりな風をした婦人に会った」（九月二十二日）。

「貧しき人々の群」はこの年九月号の「中央公論」に発表され、天才少女現わると喧伝された。惹句は「新進閨秀作家の長編処女作」である。百合子はマスコミの寵児となり、苦節何年の自作が活字にならない作家たちを口惜しがらせた。まだ芥川龍之介が生きていて、芥川賞はもちろん、他の新人賞もないころのことである。「中央公論」での発表がなんといっても最高の舞台であった。木下杢太郎、北原白秋ら目の利く人の賞賛も得た。日記に月ごとの感想として書きつけられた言葉。

「私の頭よ！　強く勇ましく、かしこく働いてくれ」（七月）

「太陽の栄ゆる八月。私の生命の燃え立った八月」（八月）

このとき百合子はお茶の水高女を卒業し、日本女子大学英文科予科に進んでいたが、あいかわらず学校は重視していない。

「貧しき人々の群」はよく行った父方のふるさと、福島の安積郡開成山あたりの小作農が描かれている。そこには祖母運がいた。百合子は地主の娘でありながらも、小作人に共感を寄せたが、またそれは小作人たちに強くはねつけられた。

このころトルストイ「戦争と平和」や「アンナ・カレーニナ」、ドストエフスキー「罪と罰」「死人の家（死の家の記録）」を読んだ。九月には帝劇で「アンナ・カレーニナ」をかけたので、見に行く。感想。「私に輪をかけたようなちびで太ったのが、洋装で出て来るのだから、とうてい見られたものではなかった」（九月三十日）。日露戦争には勝ったものの、日本の知識人たちは広大なロシアの持つ文化には圧倒されていた。「丸善により『我輩(ママ)は猫である』を買い、琅玕洞による」（九月十日）。琅玕洞は高村光太郎が一九一〇年四月、神田淡路町に開いた日本初の画廊で、その名は森鷗外訳「即興詩人」のカプリ島のグロッタ・アズーラの訳に由来することは前述した。読書の感想。「迷亭の駄語にはあきも来るし、又あんまり皮相すぎるようでもある」（九月十一日）。この年の十二月九日、夏目漱石死去。「二葉亭四迷の『片恋外四篇』をかって来る。一寸よむ。が、私は二葉亭が文学をいとったわけが分ったような心持がした。偉い人だった。だから苦しかったのだ」（十二月二十三日）

百合子の日記を携えて来てよかった。一ケ月の旅行だからトランクは大きいが、中身はほとんど本で重い。だけどどんなに研究書を読むより、十七歳の中條百合子の言葉と接する方がわたしにはうれしい。とくにシベリア鉄道という特異な環境の中で。アリョーナはかたわらですやすやと寝ている。紅茶が胸をあたためる。

サモワールにお湯を何度か取りに行く途中、隣りのコンパートメントの太ったおじさんと目があった。一人でウォトカのびんをグラスに傾け、くいっとやっている。首をかしげ、「来い、なぜいっしょに飲まないんだ」といっているようだ。アリョーナの目もさめたので、

「隣りのおじさんが来ないかってさ」

というと、

「行こう行こう」

ということになった。なにかプレゼントが要る、というので、チョコレートとビスケットを持っていく。待ってましたとばかり、

「さあ、そこに座りなさい。ウォトカの飲み方を知ってるかい。口や舌で味わわずに、直接喉に入れるんだ。こんなふうに、ちょっと上を向いて。先にたくさん食べなきゃだめだよ。ウォトカを飲むときは食べないと酔う。口当りがよすぎるからね」

そういって、退役軍人のウラジーミルさんは小さなテーブルの上に、チーズやキュウリやパンをたくさん、小さなナイフを使って器用に切ってくれた。

「女房がいろいろ持たせてくれた。これとウォトカがあれば最高さ。食堂車なんか行か

なくてすむ」

　あのご婦人とご夫婦だと思ってました。

「彼女はクラスノヤルスクで降りたよ。むろん私の妻じゃない。いろいろ話はしたけどね。楽しいじゃないか。女性と二人でコンパートメントでも何も起こらんよ。そんな悪いことする奴はそもそもファーストなんか乗らんよ」

　シベリア鉄道はよく利用するんですか。

「飛行機がきらいだからね。列車が好きなんだ。ゆっくり行くのがいい。モスクワは三晩寝りゃ着くし。飛行機の方が安いんだけど。昔はよく使ったが、ボディチェックは厳しいし、ちょっと心臓に問題があるのでね。

　私の仕事？　いま大学の経営の仕事を手伝っている。三万六千人もいる大学さ。ほとんどボランティアだよ」

　彼はそういってわたしのグラスにまた少しウォトカをついで、手真似でぐっとやれ、ときた。

「めでたいじゃないか。日本の天皇家にはまた赤ちゃんが生れるというじゃないか。ヒロヒトじゃなくて、何だっけ、アキヒトか。いやナルヒトか、じゃないその弟の方か。それは何て名前の人だ？　どっちにしてもめでたい。乾杯だ。

　え、あんたは興味がないの？　ロシアにだって王室があってもいいと思うよ。ロシアだってロマノフ一家を殺しちまって惜しかったな。ツァーの秘密って知ってる？　ロマノフ家が末期に隠した宝がユジノサハリンスクにも日本にもあるそうだよ」

軍人としてはどんな仕事をしてらしたんですか。

「一九四七年にシベリアの村で生れて、六六年に十九歳で軍隊に入り、九一年まで二十五年もつとめた。若いころは極東防衛隊にいて、よく日本のラジオ放送を聞いたよ。日本には本当にきれいな曲があるんだね。それに世界中の美しい曲に日本語をつけて歌ってる。器用なもんだ。音楽はいい。私が軍隊にいた頃もビートルズやローリング・ストーンズははやってたんだ」

ウラジーミルさんはそういって、マイベビベビバラバラとおどけて口ずさんでみせた。

「いろんな所へ派遣されたよ。フランス、スイス、アメリカ、アジア。七四年にスイスに行ったのが最初だ。冬でもあったかいんで感動したよ。セックス革命のころで、髪の毛の長いヒッピーやら、胸や腕を出した女が町を歩き、人前でキスしたりしてびっくりしたな。我々には許されないことだ。私はお金はなかったが、それでもスーツを二つ持ってた。グレーのと黒のと」

ウォトカを口へ運ぶテンポが速くなり、それでもぜんぜん酔わないらしい。わたしには食べろ食べろとすすめ、またチーズやハムを切る。

「ソヴィエトにそのころ自由はなかった。アスタフィエフという作家が『戦争について』という本を書いてシベリア送りになった。本当のことを書く人はみんなシベリアへ送られたんだ。例のソルジェニツィンも。

軍隊にももっといられたんだが、健康を損ねたという証明を医者にむりやりもらって定年前にやめた。軍隊は悪くなかったよ。食物も手に入ったし、医療費はタダ、アパートも割引があり、仕事もおもしろかった。軍から大学にも行かせてもらったし。

もう十分、国のためには働いた。そのあと友だちと組んで七年間シベリア・ビジネスをやった。日本人にずいぶん木を売ったよ。日本で五番目の林業王という人にも会った。カンダといったかな。我々が伐り出した木を日本人は買うが、それをまた規格の長さに切ってとんでもない値段で売る。もうかるわけだよな。まあ我々も元はとったけどね」

いまのロシアの大学の若い人はどんなですか。

「男も女もとてもきれいで頭がいいよ。問題がないわけじゃない。麻薬とか売春してるのもいるし。でも比較はしたくない。各世代、いいところと悪いところがあるんだ。我々のころよりずっと生活水準は上がり可能性は広がってる」

アリョーナに向かい、「あんただって三ケ国語も話せて、よその国の金で勉強してるんだろ」と同意を求めた。

お子さんはいらっしゃいますか？

「息子が三人。シアトルに行ったとき、いい所だなと思って。一人くらいあそこに留学させたかったなあ。いや、人生はそれぞれのものだ。一番上は石油と天然ガスの開発会社にいる。二番目は山の方に住んでる。三番目は警官になってマフィアと闘ってるよ」

日本人をどう思いますか。

「いいところは先祖を大切にするところだね。イルクーツクではよく日本人に会う。抑留された人の家族や友だちがみんな代表団をつくって来るものな。モリという元首相も来たし、ニイガタの市長も来た。すごい金をかけて遺骨をさがして立派な墓をつくる。でもそれもロシア人がやさしくなかったら来ないでしょ。いまは本当にいい関係だよ。とにかく日本人はシベリアで鉄道を敷いたり、建物を建てたり、まあよく働いてくれたよ。

日本人が戦後も長く抑留されたのは気の毒だが、この前の戦争でロシアは勝った側なのに二千万人以上も死んだんだ。とくにベラルーシからモスクワの間では、ドイツ軍のせいで町の人口の九十パーセントが死んだ町もある。そのことも知ってくれ。戦後の六〇年代から中ソ関係が悪くなって、中国にうんと冷たくされた。いまは以前よりいいが、そのかわり中国人が国境を越えてどんどん入ってきて何でも売る。連中はすごい腕だ。でも中国から来る服は質が悪いな。中国人に比べるとユダヤ人てのはやさしい人が多い。まあ、どこの国の人にも敬意は持ってるけどな」

元軍人のウラジーミルさんはますます陽気に冗舌になった。軍隊の内部事情まで話していいのか、と思ったが、ペレストロイカ以降、ソ連邦は崩壊し、時代は変わったのだった。こんな強い対手(あいて)とは飲めない、と顔のほてるわたしは何度も腰を浮かすが、「まあいい、もう一杯やれ」とウォトカのびんを突き出す。アリョーナはわたしを弾よけにして、ちびちびやりながら笑って見ている。これがシベリア鉄道へべれけ旅というやつか。

「うーん、あんたは四十から五十の間に見える。外国人の年は分からないよ。そうか作家か。作家の本当の仕事はその年からだ。がんばりなさい。バイカル湖を見たけりゃ冬においで。釣りもできるし、氷の上でそりにも乗れる。案内してあげるよ」

気がつくと、食堂車の閉まる時間が迫っている。わたしたちはそれを口実にやっと、列車のシートに根が生えたお尻を持ちあげた。

「食堂車はまずいぞォ。このチーズとパンの方がよっぽどよい」

ウラジーミルさんはぶつぶついって、モスクワでひまがあったら連絡しなさいと、わたしのノートに自分の名前とケータイの電話番号を書いてくれた。

それから食堂車まで、ゆれる車内をあちこちぶつかりながら行った。

バイカル号の食事はロシア号のと比べられないほどおいしかった。たまたま今夜のコックの腕がいいだけなのか。わたしはシィーというキャベツスープ、アリョーナはボルシチ。これが脂っこくなく、じつにいい味だ。隣りのテーブルの若い人たちが声をかけてきた。一人はメキシコ人とフランス人のハーフで北京大学に留学中。西仏中英四ケ国語を話す。もう一人はスイス人でドイツの大学に学びフランス語も話せるエンジニア、日本の学会に出た帰り。露英日三ケ国語を話すアリョーナとすっかり盛り上がるが、なんと世界は小さくなったことだろう。わたしはウラジーミルさんの話を通訳付きで聞きとるだけで疲れていた。そこに北京大学に留学中の青年が、おそらく中国人の若者から聞いたとおり、日本が戦時中にやったこと、いまも謝罪をしていないことなど議論をふっかけてくるので、英語でこんな微妙な問題に応えるのがめんどくさくなり、失礼して退場することにした。言葉の得意な、そして寝の足りたアリョーナはそれからずっと帰ってこなかった。

百合子の日記、一九一七年まで来た。この年も阿部次郎「三太郎の日記」、親鸞「歎異鈔」、ゴンチャロフ「オブローモフ」、ゴーゴリ「死せる魂」、夏目漱石「明暗」、トルストイ「生ける屍」、「人生論」などを「ドシドシ」読んで考えている。「ドシドシ」は百合子の頭にひびく通奏低音だ。

久米正雄が芥川龍之介を連れてくる。「芥川と云う人は久米より頭のきくと云う風の人で、正直な純なところは少しすくない。（中略）顔はかなりいい方だが、凄い」（三月三日）。うーむ、あいかわらず辛辣。

残念ながら一九一七年八月から一九年十一月までの日記が欠けている。どうしたわけか、百合子は日本女子大学を一学期で中退しており、両親もそれを認めた。一八年九月、仕事のために渡欧する父に伴われてアメリカへ向かい、コロンビア大学の聴講生となる。十一月十一日の第一次大戦の終結をニューヨークで知った。やがて父が流行性感冒にかかり、看病した百合子も感染する。その看護をしてくれた荒木茂と電撃的な恋におち、「あなたとでなければいや」といって自ら求婚する件りは、「伸子」前半のクライマックスシーンである。小説は多く自伝的であり、この時期の日記もあったはずだが。

荒木茂は一八八四年、福井県に生れ、十五年上だった。ニューヨークでインドやペルシアなどの古代東洋語を学んでいたが、三十代半ばまで定職定収入を持たない苦学生であった。

若く、エネルギッシュな百合子がこんな地味でさえない荒木になぜ魅かれたのか。周囲には見当らない〝新機種〟だったからだろうか。古代ペルシア語というのも好奇心をかきたてただろうし、まわりにいた久米正雄や芥川龍之介ら、東京育ち、帝大出のエリート青年とちがう無器用さ、暗さ、すべてが新鮮に思えたのに違いない。

「私は、それにただ元気で快活で交際上手な薔薇色の青年は、どうしても好きになれないのよ」（「伸子」）だそうだ。

日記は一九一九年十二月にとぶ。百合子は糖尿病の母がまたもや出産間近なので、荒木より一足先に帰国した。

「Sの腕に抱かれないでは癒されない淋しさである」（十二月九日）

翌年四月に荒木が帰国、中條家の伝手で、慶應義塾大学、明治大学の講師となる。林町の中條家で同居。経済上やむを得ないことだとしても、荒木はつらかったに違いない。糖尿病のグレートマザーが居間にデンと座り、家事はしないが細かく采配を振るっていた。葭江は百合子を自慢し、期待していた。荒木は婿として気にくわなかった。

「一生抜け切れないような借金を背負ってまでお前をアメリカへやったのは、決して此那(こんな)結果を予想したからなのではないよ」（一九二〇年七月三十日）

山の手の中流家庭にありがちのことだが、母は新進作家としてデビューした娘の成功の仕上げとして華族と結婚させることを考えていた。が、華族の令夫人と作家という仕事がまず両立しないのはいうまでもない。寛容な父中條精一郎はこのような虚栄心はなかったようだが、父からしても荒木は娘を幸せにできる人物とは思えなかった。九月、百合子は実家のしがらみをほどき、二人で駒込片町十番地の小さな家に移る。はじめからそうすれば良いのに、とわたしは「伸子」や「二つの庭」を読むたびにイライラしたものだ。佐多稲子「くれなゐ」と並ぶこのすぐれた離婚小説を、わたしは自分が離婚の渦中にあったとき、自らの心を照らすためくり返し読んだ。

しかし引っ越した駒込片町でさえ実家のある林町に近く、十分葭江の引力の及ぶ範囲であって、百合子はすぐに甘えて実家に足を運ぶ。荒木、百合子、葭江はさながら三角関係のようだ。

「愛の強い母と良人とは娘、妻、に対して、同じような独専慾を持つ」（一九二一年一月四日）

「彼の誤字について横を向いて笑ったと云うので、彼が、自分を馬鹿にして居ると云って怒り出す」（一月十八日）

「情慾は、消費であることを痛感する」（二月四日）

結局、百合子は自分から無理やり求めた男を捨てることになる。

「この年から足かけ四年ばかりは泥沼時代だった。小市民的な排他的な両親の家庭から脱出したつもりで四辺を見まわしたら、自分と対手とのおちこんでいるのは、やっぱりケチな、狭い、人間的燃焼の不足な家庭の中だった」

と「自筆年譜」にはある。

百合子の実家への甘えを批判する気持が起こると、それはわたし自身にはね返ってくるのだった。わたしも地方出身の男といっしょになって、実家のすぐ近くに住んでいたから。異なったのは百合子には子どもがいなく、わたしは状況に流されるまま三人の子を産んだことだ。結婚以前、すでに作家であった彼女は仕事をしていく自分を大切にし、子どもは持たないと荒木に宣言していた。

「自分ほど、子供に恐怖を持って居るものはないだろう」（一九二一年七月十七日）

それまでに弟義男、妹華、弟道男、妹弥栄の四人が死んだ。子どもは母の体を食う。母の心を食う。そして母の時間を食う。

「自分は、子供で納ることを心から恐ろしく思う」（九月十八日）

母はこうあるべきという社会的通念、子育てにかかる家事労働はいまと比べものにならない。しかし夫である荒木もしだいに、百合子の仕事と成長を阻害するものになっていった。

「Aが居ると書けない」（十月二十九日）

「頭が明せきでないのか、Aは自分の主義さえ明にしない文を書く」（一九二二年三月七日）

「Aが一日家に居ると、ゆっくりものもよめず」（五月七日）

七月九日、森鷗外没。

「Aが病気ででも死んで呉れたら」（八月十三日）

「Aと温泉などに居る退屈さが、しみじみと身にこたえた」（八月二十三日）

荒木が早く起きて格子戸などからから開け始めると百合子は寝が足りなくなった。別居を提案したが受け入れられず、そのかわり、書斎を別々にすることにする。

「朝、Aがかえるとすぐ二人で家かたづけ。卓子を二つに分け一つを六畳に持って来る時、自分は嬉しいような悲しいような妙な心持に打れた。（中略）自分は、どうしても一人で自分の部屋を持たなければ安ぜられない。（中略）三年ぶりで自分の部屋を持ち、うれしさかぎりなし。ただAが此処で眠るのはいやなり」（十月二十九日）

百合子は妻として相手を主にし、自分が合せなければならない結婚生活に早くもうんざりした。でもAと別れたところで他の男とまた新たな危険をおかすことにならないか。相手が不在の多い船乗りか、朝早く出て夜遅く帰る会社員ならともかく、大学講師の荒木は一日中家にいることが多かった。ヴァージニア・ウルフがいったように、女がものを書くためには「私一人の部屋」が必要なのである。

やがて夫は結核と診断され、弱い夫を見捨てられない気持と、何とか自分の仕事の時間を確保したいというエゴのなかで百合子は揺れる。つがいで生きる苦しみ、万古不易の悩みであろう。結局二人の決定的な別離は一九二四年まで持ち越される。荒木が八月十四日茅ヶ崎の結核療養所南湖院に入るのを百合子は見送り、これが二人の事実上の離別となった。南湖院は国木田独歩が生を終えたところであり、「青鞜」の尾竹紅吉や保持研子も入っている。近代文学史にはよく登場する療養所で、院長を高田畊安といい、その墓を谷中墓地で見かけたことがあった。

百合子と荒木、エネルギーの差としかいいようがない。「伸子」や「二つの庭」を読み直し、わたしは物言わぬ荒木に同情した。伊藤野枝と辻潤のケースでもそう思うのだが、冷えて固まった弱い男に、若くはつらつとした女はがまんできない。田村俊子の言だったか、「強いいのちは弱いいのちをこづきまわす」という言葉を思い出す。俊子自身、年の離れた夫田村松魚（しょうぎょ）のいのちをこづきまわしたように見えるのだけれど。

野枝の場合は大杉栄という破天荒な男に奔ることがスプリングボードとなった。といって、わたしは辻潤の方が大杉よりはるかに文才はあると思う。しかし大杉は社会運動家として優れていたし、人をひきつけるチャームに溢（あふ）れていた。田村俊子の場合は夫から離れて長沼智恵子という女友達と同性愛的な関係を結んだ。二人で姉さま人形と団扇絵展を例の「琅玕洞」で開いたりしている。しかし智恵子を画廊主でもある高村光太郎に奪われ、俊子はまたヘテロセクシャル（異性愛）の世界に戻っていく。

明治の末に出た「青鞜」の同人たちにしても、女性の自立と自由をめざせばめざすほど、家父長的な男は不要となり、女同士のカップルがいくつも生れたことはいうまでもないだろう。しかし百合子には、才力ともに拮抗するような同性はなかなか見つからなかった。

同時代の女性を見る目は厳しい。ある会合の感想。「ヨサノ、深尾、荻野、柳、河崎、星野、石本、自分等。きのう野上さんと会ったあとなので、彼女と、此等の人々との相異を深く感じた。要の話のほかは、冗談と着物のこと」（一九二二年十一月八日）。前日十一月七日、百合子ははじめて作家野上弥生子（やえこ）の訪問を受けており、唯一、同じく高いところを目ざす尊敬できる女性となった。弥生子は「青鞜」には客員として「ソニヤ・コヴレフスキイの自伝」の伝記を訳載、このころはブルフィンチ「ギリシア・ローマ神話」を訳していた。大分臼杵の醸造家の娘で、子どものころから学校へ行く前、昧爽のうちに家を出て漢学を、学校帰りに国文の個人教授を受け、上京して明治女学校で西欧世界に目を開かれた。すでに野上豊一郎と結婚しており、幅広い知識と向学心をもつ傑出した女性だった。

あとの面々、与謝野晶子、深尾須磨子、荻野綾子、柳八重、河崎なつ、星野あい、石本静枝（のちの加藤シヅエ）、みな当時の第一線といえば第一線の女性たちである。これはこの年（一九二二年七月）内戦と社会主義への干渉戦争のあと飢饉に見舞われたソヴィエト・ロシア救援のために婦人有志があつまった会で、すでにシベリア鉄道に乗った与謝野晶子とこれから乗る中條百合子がともに五人の発起人に名を列ね、同席していたのが興味深い（実際の発起人は山川菊栄。山川のことは百合子は評価している）。

翌一九二三年は日記を見ても多事だった。六月、哲学者のケーベル死去。七月、有島武郎と波多野秋子の遺体が軽井沢で発見された。百合子は有島が北海道で所有する農地を小作に解放したことに共感を寄せていた。「鷗外先生では、勤勉意志の強さを知らされ、彼によっては、如何程真剣であるべきかを知らされる」（七月八日）。九月一日、関東大震災で父の妹倉知貞と息子の季夫、鎌倉で圧死。百合子は三宅やす子らの災害救済婦人団の仕事に参加する。
そして翌一九二四年四月十一日、日暮里渡辺町の野上弥生子の家で湯浅芳子とはじめて出会う。湯浅芳子は一八九六年、京都の大きな魚問屋に生れ、日本女子大学、女子英学塾などで学ぶも学校嫌いは百合子にそっくりで、雑誌編集者をしながらロシア文学の研究に熱中していた。
「まるで女らしい俗気が少なく、私をずっぱりさせる」（四月十一日）
「あの人と居ると、すっかり見栄がなくなり、ぽくりとした自分むき出しになれる楽しさ」（四月二十二日）
「湯浅さん五日に来ることに定った。楽しみ、たのしみ」（九月四日）
二人は急速に近づき一九二五年三月、百合子は小石川区高田老松町で共同生活をはじめる。護国寺の近く、二階に芳子、下に百合子が住み共同生活をしながら、芳子にロシア語を習ったり、ロシア文学について話し合う。芳子は百合子を〝べこ〟、百合子は芳子を〝モヤー（私の）〟とよび、このユニットに頭文字をとって〝Y・Yカンパニー〟と名付けた。少女時代からの関心が全面開花、ロシアからの亡命貴族の小野アンナ（バイオリニスト）やワルワーラ・ブブノワ（画家）とも交流し関心は深まっていく。ピリニャーク「イワン・ダ・マリヤ」、ロープシン「黒馬を見たり」、ドストエフスキー「白痴」「悪霊」などをよむ一方、フィリッポフなる人にロシア語をならったが、この人はシベリア出身の人だった。一九二六年十二月二十五日、大正天皇死去。「昭和となった。自分いろいろに年号の換るのがいやだ。一九二六年でやってゆく方簡単でよろしい。然し字の感じ大正よりはよし」（十二月二十五日）

昭和という年号にこの先、百合子と芳子はどのような傷がつくか、それは百合子が知るよしもない。この年だけでも、百合子と芳子は伊豆湯ヶ島、北海道、京都、別府、鹿児島、長崎、沓掛(くつかけ)、赤倉と旅行している。百合子は再び自由になり、しかも作家としての仕事があり、若い女性としては例外的な収入があった。

一九二五年の百合子の日記には収入支出の欄がついている。八月五日、「崖の上」（「改造」）五十枚で三百円の入金がある。すなわち一枚六円。その少し前、芥川龍之介は自分が一日二枚書けば家族が暮らしていけると書いている。芥川の田端の家には義父母、義叔母、妻と三人の子の七人が住んでいた。「年末の一日」では、流行作家の懐の豊かさに気がさして、芥川は田端の坂の荷車をあと押しする。

作家の数はいまだ少く、百合子の立つ位置はよかった。若くて新鮮、理性的で、広く知識があり、その言葉には独特の重みがあった。「改造」「中央公論」という権威ある総合誌に発表の場を持っていたのである。百合子を見出した「中央公論」の編集長滝田樗陰は一九二五年十月二十七日に死去。そして芥川龍之介も昭和に入ってまもなくの夏、「将来に対するぼんやりした不安」を訴え、自裁する。人気絶頂での死は、同業者ばかりでなく社会にも大きなショックを与えた。

　百合子に有島や芥川の抱えた屈折は見てとれず、日記と社会情勢からは、二人がロシアに向かったのは必然のように見えてくる。

「Y、いよいよ思い切って、ロシアに半年でも一年でも居て来る決心きめた」（一九二七年二月十日）。「一年もYと分れて生活するのがいやで、不安で、苦しい」（二月二十日）。「朝山本実彦来、玉川を散歩したついでの由、いろいろ話しし二時すぎまで居た。五千、私の旅費に出す由」（四月十三日）。同時に、百合子は「自分この頃成熟を感じ、女性の開花を感ず。命が内から叫ぶ。雌蕊が雄蕊を呼ぶ。（中略）愛とは別な熱情はそれで満されず。Yが男でないという丈の理由なのだ」とも苦しんでいた。共同生活を始めてから三年目の停滞を感じ出してもいた。

　というわけで、改造社が円本ブームに乗って「現代日本文学全集」の一巻として「田村俊子・野上弥生子・中條百合子集」を刊行する予定があり、百合子の旅費を前払いの形で負担することになる。これでまだ二十代の百合子は芳子と同行できることになった。

　十一月三十日、東京発。百合子たちの取った経路は十五年前の与謝野晶子とは違っていた。すでに一九一〇年、日本は韓国を併合、朝鮮半島は植民地になっている。百合子は東京を発つと京都で芳子と合流、裕福な湯浅家では「大市」のスッポン料理で旅立ちを祝ってくれた。十二月二日、朝八時五十三分京都発。夜十時ごろ下関から連絡船に乗った。乗船前、記者数名にインタビューされる。「片山潜に会わないか」とカマをかけられた。また船中に乗り込んだ刑事から名刺をとられた。どのような目的で植民地を通っていくのか、「朝鮮と本国との間、なかなか厳重なり」。

下関へ向かう列車の中で、百合子は母葭江あてに手紙を書き、無事「電カン」で金が届いたこと、ロシアにいる間に手紙をくれるさいは開封（検閲）があるかもしれぬ、「そのとき、変にアンティ・ロシア（反ロシア的）文句や、ボルシェビズムの批評が書かれて居ると、私共の身辺は非常に不便に、又危険になります」（「書簡」十二月二日）と注意を促している。

「ブ　ジ　フサンヘツイタテンキヨシ　ユリコ」（同、十二月三日）

わたしも、大学一年の夏に下関から釜山行のフェリーに乗ったことがあった。日本語を教えていた韓国人女子留学生に会いにいくためである。波高く、入った大風呂の湯が、揺れに従って斜めになったこと、朝日のなかの釜山風景、岸壁に立つ白いチマチョゴリのおばあさんの胸に結んだゆるやかな帯が風にゆれていたこと、などを思い出す。ちょうど金大中（キムデジュン）氏が東京から拉致された年、戒厳令下だというのに、のんきな十九のわたしはミニスカートに鍵もかからないバスケットを一つ持って旅立った。若いということは恐れを知らない。のちにそのときの自分と同年の娘が夏休み、パキスタンに行ってしまったときの、わたしの食事も喉に通らない一ケ月を思えば、わが両親の不安も、さらに、体制のちがう国を旅した百合子の両親の心配も想像できる。

「朝鮮の空は高いから、晴ればれした空の下に、碧い川、枯単色の山、土民(ママ)の白衣、すべて珍しく、又趣があります」(同、十二月三日)

たしかに、わたしの行った一九七三年も、ソウルまでの車窓の風景はなつかしくて胸が痛くなるくらい、近代とはかけ離れていた。ソウルの町にもまだ西欧が入っていなくて、食べられる洋食はハンバーガーくらいであった。

わたしは三十八度線の板門店までしか行けずに終ったが、百合子たちはそのまま平壌経由で安東へと抜けている。安東はいま丹東といって鴨緑江沿いの国境の町である。わたしは二〇〇六年の春、大連から友人たちと車を走らせ、そこを訪ねた。川には大きな橋が架けられている。夜になると、驚いたことに丹東側はイルミネーションの輝く不夜城なのに、対岸の新義州側は人がいないのか、と思われるほど漆黒の闇であった。そして一九四三年に竣工した鴨緑江大橋、またの名を中朝友誼橋のイルミネーションもちょうど半分、中国側だけついていたのである。

「中国が橋全部に電飾をつけてあげようといったんですが、北朝鮮が断わりました」と案内のSさん。翌日、わたしたちはこの橋のまん中まで歩いてゆき、朝鮮戦争中アメリカ軍の爆撃によって破壊された旋回軸を見に行った。天橋立にある廻旋橋のようなものである。それから遊覧船に乗って北朝鮮に近づくと、小さな灰色の軍艦のようなものが岸辺に停留している。しかしその向うに風景というほどのものはなかった。

橋にはひっきりなしにトラックが通る。中国人たちはここでも国境を越えてビジネスに夢中なのらしい。車で二十キロ鴨緑江をさかのぼると万里の長城の東端にいたった。明時代の建築で虎山長城という。その下にも小川が流れ「一歩跨（いっぽまたぎ）」という中朝国境となっており、小さな売店では金日成バッジをはじめとする北朝鮮グッズを売っていた。

「これってニセ物？　それとも密輸なのかしら」

というと、

「売ってますよ。北の人たちも飢えには勝てないから。といっても、金日成バッジを売ったなんてわかったら命が危ないですけどね」

Sさんはそういった。その後、わたしたち一行の一人は丹東の旅行社でヴィザをとり、遺跡を見るため北朝鮮へ入っていった。わたしは駅までその人を見送ったが、「中国海関」の売店、白いレースのかかったソファの待合室、深い緑の列車、つばの大きなバランスの悪い帽子をかむった車掌、とてつもなく大きな段ボールをかかえた乗客たちを見るという、大変にめずらしい体験をした。

「朝八時安東で税関あり、安東時間アリ。午後二時奉天着、一時間余待つのだが、荷物が少し心配で、きたない待合室を離れられず。大分ノスタルジャにかかって居るらしい記者に会った」（十二月四日）

残念ながら百合子は、東北三省最大級の都市奉天、いまの瀋陽の町を見ていない。一九一一年の辛亥革命で清朝が倒され、翌年一月中華民国が成立したが、二五年孫文は亡くなり、軍閥割拠の時代になる。奉天では張作霖が実権を握っており、その広大な邸があった。わたしは丹東から大連経由で瀋陽に向かい、旧ヤマトホテル（遼寧賓館）に泊って、この邸や、世界遺産となっている福陵、昭陵を見学して、有名な餃子店に行ったりした。一九三一年、日本は経営する南満州鉄道の奉天郊外柳条湖区間の線路を自ら爆破、これを中国軍のしわざとして〝満州事変〟を起こす。中国側の用語でいえば、「九・一八事変」博物館もわたしたちは見学した。上海事変のさいも、日本軍は自ら日本人僧侶を殺傷し、これを中国人のしわざとして戦闘をはじめている。

とにかく百合子が奉天を通った一九二七年は、蔣介石が南京政府を樹立した年、〝満州国〟が成立する五年前ということを覚えておこう。

その後、百合子たちは鉄道で長春、ハルビンから西に、満州里（マンチューリ）で中ソ国境を越え、いよいよシベリアに入っていく。日記内（十二月九日）のメモより。

「シベリアの家、赤茶色の羽目に黄色いふちどりをした木造の家。

これからモスクワ時間というので、昨夜、六時間急に時計進み、皆寝坊して、変な工合に一日を過す。

チタへつく午前十時頃、ブフェットでハム、ピローシュカ、パンその他買う。

チタへつく前、凍った河を道にして、乾草をつんだ馬橇が十数台並んで通るのを見た。所謂プラットフォームなし。野天。

この辺の汽車、二点打って間もなくいきなり汽笛がなって出発する。うっかりするとおいてかれる」（十二月九日）

このへんはわたしも見た通りである。ブフェットとは列車についた軽食堂。いまも様子はそう変わらない。百合子は写真機を持ってはいなかったが、その分、よくきく目で観察したことを書きとめた。要約すれば、百合子は下関から海を渡り、朝鮮半島から中国内を通る東清鉄道経由でシベリアに入ったのである。

「昨夜深更よりバイカル湖、殆(ほとん)ど半日湖の周囲をゆく。未だ凍らず、浅い林の彼方に見える」（十二月十日）

残してきた七人の子を思ってうちひしがれていた晶子となんというちがいだろう。若いはつらつとした好奇心。ロシア語のできる同行者もいる。一時間停車したイルクーツクでは、駅でゴーリキーの近作の出ている雑誌を買う。

「次の小駅より気候すっかりさむくなり、木に氷花を見る。（中略）いよいよ中央シベリアになる。十時頃にやっと太陽がぼんやり出て、四時すぎには夕方になってしまう」（同）

こんな記述を読むと「バイカル湖は冬に限るぜ」といったウラジーミルさんを思い出

す。冬のシベリアもまた見てみたい。

こうして百合子はイルクーツクの駅でゴーリキーの近作の出ている雑誌を買い、氷結したアンガラ川を越えてゆく。クラスノヤルスクでは小アジアから来た細長いブドウを見る。

「汽車が出てからオベードをたべ、変な黒海でとれる大きな白味の魚のブツ切りを白ソースで煮たものを出され気味わるく食わず」（十二月十一日）

オベード、あるいはアペードは午餐。冷蔵庫もないころ、黒海からわざわざ魚を運ぶかなあ。これはバイカル湖あたりのオヒョウではなかろうか、とも思う。いずれにしても食べつけてないものだろう。

「十二時頃ノヴォシビリスクへ着、エニセイ河。大きな都会で、郊外もひろく、クラスノヤルスクより大きい都会である。寒さ今日は特にきびしく、零下三十五度」（十二月十二日）

夜ベッドをつくりにきたボーイと百合子は話す。このころは車掌は女でなく男だったようだ。ボーイといっても結婚十六年、十三歳と小さい娘がいる。ひと月の二十何日かは勤務で、モスクワには五日しかいられないとこぼす。

わたしたちの列車もノヴォシビルスクに近づく。夜だのにアリョーナがそわそわしだす。十九分停車。〝新しいシベリアの町〟という意味だそうで、人口百四十二万人。アリョーナが窓から手を振る。従姉という人が大きなピンクのカンナの花を二本かかえてホームに立っていた。父方の兄の娘。ショートカットにトンボメガネで、日本人にもいそうな感じである。アリョーナが抱きしめる。従姉さんは染色家だそうで、短い停車時間に自分の個展の写真などを見せてくれた。わたしを紹介すると「ノヴォシビルスクは世界でいちばんいい所なのよ、あなた方、なぜここで降りないの」という。それにしてもアリョーナの家族が号車番号までも伝えたのだろうか、駅で待つ気持さえあれば、十九分の停車時間でも必ず会えるというのがうれしい。彼女はわたしにも、ろうけつ染めの草色の自作スカーフをくれた。

なごりおしそうな二人。列車は動き出し、車掌が早く乗れと促した。コンパートメントに戻ったアリョーナの顔が曇る。従姉の話によると、父方のおばあさんのダーチャがさいきん火事に遭い、飼い犬が焼け死んだのだという。

「おばあさんはダーチャを二つ持っていたのに」

ダーチャというのは、ロシアの人の多くが持っている簡単な建物付きの小農地である。夏の別荘と訳される場合もあるが、多くの場合、人びとは夏の間そこで畑を耕し、太陽の光を浴び、人によってはサウナ小屋の中で石を焼き、それに水をかけてサウナを楽しむ。もともとはピョートル大帝が家臣に領け与えた土地(ダーチ)に由来するが、ソ連時代にも党官僚などは郊外に立派な別荘を持っていた。当局ににらまれた作家パステルナークも二十年間、作家のダーチャ村に住んでいたようである。

お金のある人は大きな建物を建て、車で通う。が、お金のない人でもささやかな農地を持ち、電車で通い、帰りにはかご一杯の収穫物を持ち帰り、トマトソースやキュウリのピクルスのような保存食をつくる。余れば自分のダーチャの作物を市場で売っているおばあさんもいる。

一時、ソヴィエト経済が悪化したとき、日本のテレビ局はスーパーの前に並ぶ人々と商品のまるでない空の棚をよく映していた。「だけどスーパーにはなくても、ダーチャにはあったからね、ちっとも困らなかったわけ」とアリョーナ。

別の記事で読んだのでは、外国からどんな大事な賓客が来たとしても、ロシアの高官は土日にはレセプションをしない、本人も夫人もダーチャでの農作業があるから。

十年も昔、わたしはチェコのプラハでテレビ番組の収録のあと、統一ドイツのベルリンまで一人、列車で旅したことがあった。窓の外が田舎になるにつれ、湖や川や丘に小さな建物と農地がいっぱい見えた。プラハで共に仕事をした人が、「こんどの休みには郊外の畑に植え付けにいかなくちゃ」といっていたのはこれだな、と思った。

片やドイツの町にはクラインガルテン（小さな庭）という畑が市中のいたるところにある。南部の都市カールスルーエでもフライブルクでもたくさん見た。

「住宅を建てるにはあまり条件のよくない土地ばかりですね。鉄道員か何かが、線路わきの遊休地で畑をはじめたんじゃありませんか」

とわたしが案内者に聞くと「ご明察」とにこにこした。そういうことから始まって、いまはクラインガルテンが欲しい人のために、市役所が空地を畑にして貸し出している。希望者が多く、順番待ちで抽選だそうだ。新しく借りた人は前の人の植えたバラやジャガイモを公正な評価で買う。日本だと期限が来たら全部ひっこ抜いて更地にして返せなどと行政はいうが、ドイツの方が植物の立場に立った考え方だと感心した。

ドイツのクラインガルテンをずいぶん見たから、ロシアのダーチャもぜひ見たい、とアリョーナには希望を伝えてあった。百合子も「ダーチャーというもの初めて知って、のん気で休むに適当なのでびっくりした」（「日記」一九三〇年六月二十三日）と書いていることだし。

九月六日、夕方四時、わたしたちの列車はエカテリンブルクに到着。文字通り女帝エカテリーナ一世にちなんだ名前だが、ソヴィエト時代は社会主義時代の高官の名をとってスヴェルドロフスクといい、いまも駅の名はスヴェルドロフスクのまま。人口百三十万人。近くにウラル山脈が通っており、ここでユーラシア大陸はアジアからヨーロッパに入る。山脈の石英、金、エメラルドなど鉱物資源を利用した工業都市でもある。

ホームにはアリョーナの両親が迎えに来てくれていた。駅を出ると広場で、友人の車が待っている。一家に車はないが、こうしたとき車を出してくれる頼もしい友がいるのだ。わたしの重いトランクをいとも軽そうに持ち上げて納め、まずはホテルに向かった。

というのは日本でヴィザをとるさい、基本的に友人の家に滞在する、では通らない。その都市での居場所を確定しないと下りないので、旅行社は便宜的にホテルの予約をしてくれていた。そこのフロントに行って、バウチャーを見せ、たしかにチェックインしましたというハンコを貰うことが大事なのである。

そのホテルは郊外にあって、しかも四ツ星でちょっと泊ってみたいくらい。もったいないと思いながらレジストレーションのハンコだけを貰う。これがないと、この期間どこにいたのだ、ということになり出国が難しくなる。乗った列車の切符もなくさずにすべて順番に並べてとっておくように、と旅行社からはいわれている。

ハンコさえ貰えばこちらのもの、フロントの人にお礼をいって、すたこらさっさと車に戻る。そしてアリョーナのアパートの前についた。車を出してくれたお父さんの友人は、にっこりと握手をして家に上がりもせずに帰っていった。こういうさっぱりした感じは日本ではない。迎えにいって貰っただけでは申し訳ない、ぜひあなたも上がってご飯でも食べていって、ということになるだろう。

アパートは八階建ての、日本でいう公団住宅のような感じだった。入口はオートロックで、入ってエレベーターに乗る。間取りは両親の部屋、アリョーナの部屋、妹の部屋とリヴィング、キッチン。豪華ではないが、天井も高く、レースのカーテンなどかかって、気持よく整えられている。わたしはアリョーナの部屋を使わせてもらうことになった。

彼女は娘と同い年なので、両親もわたしと似たような年だと思う。お母さんにお土産の松の実を渡す。栗色の髪のおだやかな色白の人で、わが両親と同じく歯科医だそうである。といってもロシアの歯科医、ことに勤務医の給料は安くて大変と聞いた。お父さんはいまは主に家にいて、夕食もすべて作ってくれる。ロシアでは家でもてなすのが最上の接待だ。今日はチキンのスープ、チキンのソテー、チキンのサラダ。ソテーにはピュレーとよぶジャガイモのマッシュがたっぷりとついていた。

この家族には晩酌をやる習慣はないようだが、わたしのためにリキュールのような濃く甘い酒を少し出してくれた。食事のあとはチェリージュースと大盛りのラズベリー・アイスクリームが出た。隣りのユーリーさんがよばれて来た。彼は大学の哲学の先生で、英語も話すし、日本にもいったことがあるから招かれたのだと思う。

とてもいい人で、汗をかきながら、話を合せてくれたのだが、とにかくわたしが疲れすぎていた。靖国問題について聞かれ、ちょっと困った顔をしたら、向うも困ってしまった。そのうち、妹のイリーナが帰ってきた。国立ウラル総合大学で国際経済を学ぶ大

エカテリンブルク、ロマノフ家の人々が殺された跡地に建てられた教会。

ダーチャの夏の収穫。

学生だそうでお母さん似、短いタンクトップで小麦色の肌を惜しげもなく見せ、姉に劣らず英語がうまい。一方、アリョーナの大きな目はお父さんゆずりかも。

イルクーツク以来、入っていない風呂を使わせてもらい、髪と体を盛大に洗った。いかにも子供部屋といった感じの、かわいいインテリアの部屋の窓から、何十もの家庭という巣に光が灯るのを見た。中庭では恋人たちの低い話し声がかすかに伝わってくる。とにかく丸二日しかエカテリンブルクにはいられない。あしたは念願のダーチャに連れていってくれるとのこと。

九月七日。朝九時、お母さんの友人ガリーナさんが黒い車で迎えに来た。アリョーナにいわせると、彼女はすごく偉い人、夫が失職してから、自分でシベリアまではちみつを買いつけに行って売るというビジネスを起こして成功、一人息子をことし大学に入れたとか。たしかに大地にすっくと立っているような豊満な人だ。お父さんに留守番をしてもらい家を出る。

一時間ほどドライヴする間もガリーナは運転しながらひたすら喋り、笑い、助手席のアリョーナのお母さんはしずかにうなずき相槌(あいづち)を打つ。アリョーナの家にもダーチャはあるが、ちょうど先週、芋はすべて掘ったところで、何も仕事がない。というので友人の家の手伝いに行くことになったのだ。カルトーシカ（ジャガイモ）という言葉が何度も出る。

森が近くまで迫り、ひろい区画が古い塀と鉄の扉で守られていた。昔の貴族の荘園のあとかなんかを、みんなで区分して耕作しているのかもしれない。さまざまな形と大きさと色の建物があり、ガリーナの区画はいまは小さな小屋だが、入口近くに木の立派な建物を自力建設中であった。「ここにガラスの窓をはめてね、ここには暖炉をつくるつもり」とあれこれ説明してくれる。失業中の旦那さんの仕事だ。そのほか緑の鉄枠の温室にはトマトとキュウリがあり、敷地のまん中には井戸があり、ベゴニア、ハゲイトウ、コスモス、ブーゲンビリア、カンナ、グラジオラス、ユリ、バラ、たくさんの花が咲き乱れている。ハーブ畑もある。

今日の仕事はジャガイモ掘り。ガリーナはさっそく野良着、といっても着古したシャツとズボンに着替えて、頭を三角巾で包み、スコップを持ってきた。

わたしたちも似たようないでたち。ガリーナとわたし、お母さんとアリョーナの二組に分れ、イモ畑をはじから掘っていく。掘るのはガリーナで、それを集めてわたしがバケツに入れる。いっぱいになると納屋へ運び、バケツをあける。日本で見かけるメイクイーンのような黄色いイモと赤い大きな芋。ガリーナがクワを振り上げておろし、「ダー・ト（ここ）」というとわたしが「フフン」と鼻で答える。どんどんリズミカルに掘っていき、運ぶ。納屋との間を両手にバケツをさげ、百回は往復しただろうか。重い。暑い。つらい。

アリョーナのお母さんは、「馴れないんだからムリしてはいけません」というのだけれど、はずみがつくと途中でへこたれてもいられない。ジャガイモ掘り「体験」くらいの軽い気持で始めたがガリーナは容赦ない。たっぷり三時間ほど働いてやっと、「お昼にしましょう」ということになった。もちろん掘っているガリーナもわたし以上に納屋との間を行き来している。

ガス台もついた三畳ほどの小さい小屋で、掘りたてのジャガイモを洗ってゆで、皮を爪先でむき、塩とサワークリームをつけて食べる。もいできたキュウリとトマトも切って、チーズとパンと一緒に、ガツガツ食べる。あんなに働いたあとで空腹だし、うまい。

疲れ果て、入口の小さなベランダでのびてしまった。風が体をなぜてゆく。三人のロシア語の会話がさわさわと心地よくひびく。知らないうちにお母さんがタオルをかけてくれていた。寝ている間にガリーナはトマトとキュウリ、リンゴをバケツに一杯ずつ収穫したもよう。これは車にのせて持ち帰るつもりらしい。ほんとに偉い人。

「それにしてもあんなにたくさんのジャガイモを、どうすんの？」と聞くと、アリョーナ、「一冬分だもの。ロシア人はジャガイモがなくては暮らせない。毎日毎日食べるよ」という。ドイツ人のみごとなお腹はビールのせい、ロシアのおばあさんの体型はジャガイモのせい、と聞くが、ゆでたり、焼いたり、スープにしたり、揚げたり、マッシュポテトにしたり、とたしかにジャガイモなくては夜も日も明けぬ。といってもロシア人に

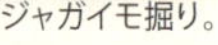
ジャガイモ掘り。

ガリーナのダーチャ。

ジャガイモを伝えたのはピョートル大帝で、広く植えられるようになったのは十九世紀も後半ということだ。「ダーチャへ行くと元気が出て、もっともっと勉強したくなる」とアリョーナはバケツを改造した水差しの水で手を洗いながらいった。昔の、日本の便所にあった手水鉢(ちょうずばち)にそっくりのしかけだ。

それから歩いて他のダーチャを品評したり、森の中のベリーをつんで食べたりした。どのダーチャにも廃品利用と手作りのあとがみえ楽しい。列車一両を倉庫にしている家もある。物置やガレージを改造したらしいのもある。一方、アリョーナのお母さんは、どの木の実が食べられ、どれが有毒か、よく知っていた。「カラスの目玉」というキノコや「王様のベリー」という実はきれいだけれど毒だから食べてはいけない、という。

さあ、と帰り仕度をはじめると早い。今日のジャガイモの収穫で畑仕事は一段落、冬になれば雪が降り、また解けるまでダーチャには保存したイモを取りにくるくらいだという。

パンパンと布をはたいて几帳面にたたみ、戸じまりをする。誰かよそのダーチャの人がやってきた。アリョーナに何かパンフレットのようなものを見せて話しかける。「トヨタの中古車を買ったけど、マニュアルが読めなくて操作のしかたがよくわからない、といってるの」

日本の中古車はロシアを席巻しており、そのディーラーもたいへんもうかっているそ

中古を買い、このたび鉄道で送ったことが家族の中での朗報だった。ガリーナの車のトランクにたっぷりのジャガイモ、トマト、キュウリ。アリョーナのお母さんはわたしにディルを輪に編んで帰ったら蒔くといい、とくれた。ディルはロシアではなくてはならない香草で、ボルシチにも入れる。

そしてまた一時間のドライヴ。市中から外に出る渋滞がすでに始まっているが、運のいいことに逆方向である。平日なのでオフィスから帰る人の群を見た。東京丸の内あたりの勤め人と同じように、下を向いてケータイを耳にあてながら、せかせかと人が通りすぎる。エカテリンブルクは工業都市で、三井物産はじめ日本企業も進出している。中心部には昔の商人の家、古い劇場、最初の映画館、最初の銀行などが残っていて、いろいろアリョーナが説明してくれる。「元大統領エリツィンはエカテリンブルクの出身よ。ここの国立ウラル工科大学を出たの。ゴルバチョフがペレストロイカをとなえたけど中途半端だった、エリツィンは最初の民主主義の大統領よ」

さらにプーチン大統領（当時）はすべてを社会主義革命の前に戻したがっているらしい、ツァーリの専制抜きの。たとえば社会主義は「宗教はアヘンだ」といってロシア正教会を弾圧し、ときに教会の建物を爆破さえした。この町の、レーニン像の立つ広場にも四万人入る大教会があったが、スターリン時代に爆破された。いまはあちこちで再建がすすみ、スカーフを巻いたおばあさんたちで堂内は混雑している。

「社会主義という理念がなくなったあと、すがるものがないからね」

とアリョーナはいう。やがて車はひどく新しい大きな教会の前に出た。これこそ、ニコライ二世一家が殺された「イパチェフの家」のあとである。金ピカの玉ネギのような塔をもつその教会の場所について、二〇〇六年度版「地球の歩き方」では「家は取り毀されたが、小さな礼拝堂と十字架が建っている」と書かれている。ということはこの壮麗な堂は国家の威信をかけてあっというまに再建されたことになる。

遠くにみえる古い邸宅から、旧「イパチェフの家」の形や大きさもほぼ想像はつくのだが、いまここに建つ壮麗な教会はそれとかけはなれた建物である。中にはニコライ二世の家族たちが金ピカのイコンに描かれて、そう、神になっていた。アリョーナは案内板を訳してくれた。

「三百年を超える歴史をもつロマノフ王朝はポーランドやトルコまで至る広大な領土を持っていたが、その王室は一九一八年七月十七日、最後の日を迎えた。最後の皇帝、ニコライ二世とその妻アレクサンドラ、オリガ、タチアナ、マリア、アナスターシアの四人の皇女と、生れながらに血友病を抱えていた十三歳の皇太子アレクセイは、ここでレーニンとスヴェルドロフの命令で殺された。

一九一七年の十月革命において、兵士たちが反乱者たちに寝返って成功したあと、宮廷貴族たちはさっさとパリへ逃げ出したのに、ニコライには国の元首としてのプライドがあり、また祖国を愛していたので、英国亡命などの話もあったのに応じなかった。臨時政府に逮捕され、サンクト・ペテルブルク郊外の好きだった離宮ツァールスコエ・セロに移らされ、少い人数で暮らし自らも労働した。

一九一八年四月、ニコライ一族はモスクワから東に千四百五十キロ、ウラルの丘陵エカテリンブルクのある技師の家へ移された。ここでトランプをしたり編物をしてすごしていたが、七月十七日午前二時半、チェカー（秘密警察GPU（ゲーペーウー）の前身）にたたき起こされる。チェコ軍団が迫っているので移動することになった、自動車を待つといわれて、ペットの犬や召使い、侍医と共に地下室に連れていかれた。そこで、皇帝一家の虐殺が始まり、銃で撃たれ、まだ生きているものは剣で刺し殺された。露顕をおそれ、召使いや侍医も殺された。その遺体は切断され、さいしょコプチャキ鉱山の立坑に放り込まれたが、チェカーはこれでは見つかりやすいと考え、再び掘り返し、遺体から衣服をむしりとり、硫酸で焼いて誰が誰だかわからないようにし、じかに道に埋めた」

若いころ、レーニンの伝記やジョン・リードの「世界をゆるがした十日間」を読んだが、ロマノフ王朝の側から歴史を記述した解説にここで初めて出会った。陰惨な話である、流血は革命につきものだとはいえ。イギリスのピューリタン革命ではチャールズ一世が、フランス大革命ではルイ十六世と妻マリー・アントワネットが殺されたが、それは裁判も経て、人々の目から隠されなかった。ロマノフ一家は罪状も検討されないまま闇に葬られたのである。

皇女たちの衣服にはダイヤなどの宝石が縫いつけてあり、銃弾がなかなか貫通しなかったため、チェカーは剣でとどめを刺した。さまざまな書によれば、ロマノフ王朝はヨーロッパの王家と婚姻をくり返しており、ニコライ二世にロシアの血は百分の一も流れていなかったという。おだやかで子煩悩であったが、「畑を耕やすのが似合う田舎紳士」であり、皇帝としての胆力には欠けていた。写真にうつるニコライは、いつも憂うつそうで笑い顔を見せない。

皇后アレクサンドラは祖母がビクトリア女王、父はドイツ人、母はイギリス人で、そのため宮廷では〝ドイツ人のスパイ〟の噂が消えなかった。彼女はサンクト・ペテルブルクの宮廷の人々を「美食と化粧にしか興味がない」と軽蔑し、専らツァールスコエ・セロの離宮で暮らしていた。やがて皇太子アレクセイの病を癒してくれる魔力をもつと信じてシベリアの農民出身の宗教家ラスプーチンを身近におき、彼のいうなりに何人もの大臣を代えたという。ロマノフ王家は国民からも、貴族たちからも孤立していた。そしてラスプーチンは皇帝の姪イリーナを妻に持つ富豪フェリックス・ユスポフに革命の前年、暗殺された。

ニコライ二世は皇太子時代、日本の大津でも殺されそうになった。そしてエカテリンブルクで社会主義体制の始まりという歴史的事件と命をひきかえる。一家の遺骨はソ連邦崩壊後の一九九三年、発掘されてＤＮＡ鑑定された。しかしなぜか皇太子とアナスターシア皇女の遺体は紛失していたという。

「なぜレーニンは一家を殺させたの？」

「そりゃコルチャック将軍率いる白軍が迫っていたからよ」

たしかに、コルチャック軍団はその後まもなくエカテリンブルクを占領。ニコライ二世はもしかしたら、奥羽越列藩同盟における輪王寺宮のような〝玉〟になりえていたのかもしれない。

皇帝の弟ミハイルは六月十二日夜、ペルミの近くで銃殺された。ニコライ一家の惨殺と同じころ、エカテリンブルクから百四十五キロ離れたアラパエフスクでは、エリザヴェータ大公妃、セルゲイ・アレクサンドロヴィチ大公、コンスタンチン大公の息子たち三人が暴行された末、生きたまま鉱山の立坑に投げ込まれた。彼らは餓死する前、賛美歌を歌っていたらしく、近所の農夫が聞いている。七月の終り、タシケントでは皇帝の伯父ニコライ・コンスタンチーノヴィチが謎の死をとげる。翌年一月末にはペトロパヴロフスク要塞でさらに四人の大公が殺された。その中の一人ニコライ・ミハイロヴィチはリベラルな歴史家であって、マクシム・ゴーリキーはその助命を嘆願したが、レーニンは「革命は歴史家を必要としない」といってはねのけたという。

いまロマノフ一家は大変な人気で、ニコライ二世はロシア正教の聖人に列せられ、この教会はロシア人からのロマノフ王家への謝罪のしるしとして建てられたものだとはアリョーナの話。広い聖堂には人々が洗礼を受けるため長い列をつくり、司祭は水に濡らした筆で人々の額に十字を描き、人々は司祭の手に口づける。この間中、ずっと澄んだ音の宗教歌が歌われていた。

売店ではたくさんのイコンと共にニコライ一族の分厚い写真集を売っており、これをかかえて旅を続けることにはひるんだが、日本では手に入らないと考えて求めた。白い服の皇女たちはみな清楚で、第一次大戦時などは看護婦として働いていた。

と個人的に見れば気の毒な方々であるが、それ以前、ツァーリの秘密警察によって殺された人々、日露戦争で、第一次大戦で「武器といえば兵士の胸板だけ」といった人海戦術で命を落すことを余儀なくされた人々、革命後の内戦で死んだ人々、ソ連体制の中で密告され「人民の敵」として殺された何百万人の人々、第二次大戦でドイツ軍との地上戦で殺された二千万人ともいわれる人々、そうした普通の人々には「お詫び」はしないのか。その疑問の方が強くなっていく。

「レーニンは正しかったが、スターリンがひどかったという見方はまちがっています。レーニンの名においても相当の人命が失われました」

と、哲学者・故今村仁司氏にさとされたことがある。そのレーニンは一九二四年一月二十一日に亡くなり、遺体は革命の象徴として防腐処置され、いまも赤の広場で人々の目にさらされている。その後も、この素朴な民衆のいる国では流血がつづいた。ユダヤ人のシャガールはどうにか亡命したが、詩人のエセーニンは一九二五年自殺、同じくマヤコフスキーは三〇年に自殺、コルホーズ（集団農場）に再組織化するため多くの富農を虐殺（クラーク一掃）、演出家メイエルホリドは四〇年に処刑、思想家トロツキーも暗殺された。

歴史の黒白を早急に判断してはいけない。時代の暗黒のヒダは見えにくい。わたしたちはカンボジアのポル・ポトによる大量虐殺をリアルタイムで知ることができなかった。ドイツのダッハウでは、ほんの数キロ離れた収容所で行なわれていたホロコーストを、市民たちは終戦後、連合軍が来て調査するまで知ることができなかった。

労働者の権力、搾取なき平等の国、女性も働く権利のある国、新生ソヴィエトをイギリスの劇作家バーナード・ショウなど多くの西側の文化人が見にいった。いいところばかりを見せられた。

日本でさんざん、女であるゆえに苦しんだ中條百合子も、社会主義ソヴィエトに自らの満たされない理想を見た一人だった。

「ソヴェトの労働法は妊娠した労働婦人に出産前二ヵ月、出産後二ヵ月の給料全額つき休暇を与えるのだ」（「子供・子供・子供のモスクワ」）

「労働婦人が妊娠して五ヵ月以上になっている時、労働法によって工場、事務所は彼女

を失業させることを許されない。生後十ヵ月以内の嬰児(えいじ)をもっている場合も」(同)
「相当の数、労働婦人のいる工場、製作所で託児所(ヤースリ)のないところはない。託児所は朝八時から五時まで」(同)

行ではない。百合子はソヴィエト・ロシア語を学び、ロシアの、こういう明るい面をおもに見た。かけあしの見学旅行ではない。ふつうの人々の生活を見た、はずだ。

一九九一年のソヴィエト崩壊後、わたしはたくさんの報道や言説にふれた。資本主義の勝利だ、というそれみたことか式の議論にはついていきがたかった。それでも、ニコライ一家が神になっており、群衆がそこにぬかずいているという自分の目でみた光景は大きな衝撃であった。

アリョーナの家へ戻ると、ダーチャの主ガリーナはわたしたちに労働報酬としてトマトやキュウリを分け、さっさと帰っていった。留守番のやさしいお父さんがつくってくれた、おそらくきのうの残りの鳥肉入りピラフ、その後またあのすごいラズベリー・アイスクリームを食べながらアリョーナやイリーナとテレビのバラエティ・ショーをみた。これがけっこう面白い。

一つは夫に裏切られて自信をなくし、やつれ果てた妻を化粧とおしゃれで若く美しく変身させ、美男子がオープンカーにのせてかしずき、ウィンドサーフィンをして体づくり、パーティではもてもて、さいごにいやな思い出のアパートをスタイリッシュに改装して上がり、というまあ「ビフォーアフター」みたいな番組。かつてなら〝西側の堕落文明〟そのものだが、アリョーナ姉妹は感心してみている。

もう一つ。オーディションで選ばれた十五人の素人の男女が番組のためにだけ合宿して暮らし、そこに恋の出入りやケンカ、さやあて、コンプレックスなど人間模様を撮したもの。中にはこの番組に出たのがきっかけで、人気タレントになった人もいるらしい。

さすがに飽きてしまい、お母さんについて近所のスーパーへ買物に行った。広大な団地内にいくつかあって、夜遅くまであいている。お母さんはソヴィエト時代の教育を受けたので英語は話せないから、ロシア語の話せないわたしとはもっぱらジェスチャーである。物がないなんて、誰がいったのか。いや、あのニュースから何年がたつのだろうか。乳製品だけで一棚十メートル分くらい並んでいる。牛乳が十種、生クリーム、サワークリーム、チーズ、ヨーグルト。お母さんはせっかく帰ってきたのに二、三日いてまたシベリア鉄道で旅立つ娘のために、水とパンとチーズとベリージュースとカルバサという牛のサラミを買った。レジの近くにはおもちゃや花火と並んで回転棚にミシマの作品集がある。例によって能面が表紙。

十一時に寝て七時半に起きた。八時にお父さんの別の友人が迎えにきてくれる。あたたかい握手をかわし、にっこり笑う。とてもステキな人。この人も何か日本車のマニュアルについてアリョーナに聞いている。日本製品のマニュアルとは、使い方の簡明な説明というより、「○○してはいけません」。つまり不具合が起こったとき企業が責任をとらなくてよいために念を押しているだけなので、全部読んで理解することはないんだけどな。

出発の前に、お母さんが台所の丸椅子に座れという。あわてて出立せず、こうして椅子に座り、忘れものがないか確認し心を落ちつける時間をもつのがロシアの慣習とのこと。

スヴェルドロフスク駅。ニコライ一家を殺した町に、殺す命令を出した張本人の名がある。そのうち変わるのではないか。もしかするとこの駅にはロシア初代大統領エリツィンの名がつくかもしれない。

エリツィンは政敵ゴルバチョフにモスクワ市共産党第一書記を解任されたが、一九八九年、ソ連邦史上はじめての、モスクワの人民代議員を複数立候補者により選ぶ〝まともな選挙〟でトップ当選、九一年六月、初の国民による直接投票でロシア連邦大統領に選ばれた。その後、ソ連邦は消滅した。その点では民主化の英雄であるのだが、九〇年来日時の通訳をつとめた故・米原万里氏は「一日の睡眠時間三〜四時間という超エネルギッシュで感情の起伏の激しい怪人」と評している。

米原さんはエリツィンを観察して十の特長を挙げている。並はずれた自尊心と名誉欲を持ち、率直で、激情家で、原則はなく大衆受けをねらって言をひるがえし、部下になんでもまかせるが、部下を見る目はかなり冷静、あまのじゃくで駄々をこね、人の言は忘れず根にもつタイプ。金と物には潔癖だが、迷信深く占い好き。まあ、なんて面白い人だろう。

もひとつエリツィンはとんでもない飲んべえ。八九年、訪米中、五日間にエリツィンは「各地のレセプションでウォトカ二本、ウィスキー四本、それに大量のカクテルを飲み干した」そうな。

酒の上での失言は多いので、先の日本滞在中は飲酒をつつしんでいたが、帰国前夜のパーティではウォトカをしこたま飲み、米原さんの前で、「こ、こ、こっれがなくっちゃ、ルルルロシア人はルルルロシア人じゃない。ゴッルバチョッフの野郎、そこのところが分かっちゃいねぇんだ！」。

とおだをあげたとか。ゴルバチョフの好きな飲物はミルクティー。政権の座にあるとき婦人団体と組んでアルコールをとりしまった。これと対照的にエリツィンは故郷にちなんだ「スベルドロフスク・ウォトカ」なる地酒をつくらせたりした（以上、米原万里「ロシアは今日も荒れ模様」）。

まあね、飲んべえの名はこの大都市にふさわしくないかも。そうでなくてもアルコール依存症が問題となっているんだから。

ホームにはこれから乗るナナカマド色のウラル号が待っていた。九月八日、朝九時十八分発。車掌さんはこんどはナナカマド色のチェックのベストを着ている。別れを惜しむアリョーナ親子を残して、わたしはとりいそぎ売店でロシアビール「バルティカ」の大びんを一本買いに走った。

第四章　「道標」のモスクワ

エカテリンブルクからモスクワまでは一昼夜。赤紫、ナナカマド色のウラル号（〇一五号）は前のバイカル号よりまた一段とおしゃれだ。タオルも手拭きもナナカマド色。ベッドカバーはざっくりしたベージュの布。こんどの車掌さんはチェックのベストを着て水兵のような帽子をかむっている。長く停車する駅の花壇に金色の花が一面に咲いていた。車掌たちは熱心にそれを摘む。あとで見たらお手洗の花瓶にたくさん差してあった。

駅で停まった。ビールを籠に入れた太ったおばさんがバタバタと売りに来る。この列車にロシア号のような昼食はついていない。紅茶は出るらしい。大丈夫、アリョーナのお母さんが持たせてくれた食料がどっさりあるから。

同行の大学院生アリョーナとエカテリンブルクで見たこと、ロマノフ王朝の復活からカルト主義、社会主義のゆくえについて話す。

アリョーナは笑って、

「マユミさんは共産主義はムーリーだーよ。人と同じことができない。好きなことしかできない。がまんできない。だからきっと逮捕されます」

わたしはこれに答えずに聞いた。

「いまでもレーニンって読まれてる？」

実家の押入れの天袋に置きっ放しになっている茶色い函の全集を思い出した。

「うーん、田舎の家にならあるわよ。半分くらいペチカのためになくなっちゃった。だって紙はロシアでは大切だよ、思想よりも。共産主義の教科書もずいぶんトイレで使ったよ」

燃やすわけにもいかないが、東京で売ろうとしても紙くず同然の値段。

「八〇年代の終り、私の子どものころでもスターリンとかヨシフという名前の学生の悪口はいえなかった。共産主義を信じてた人でも捕まって殺された。でも社会主義はヘンだよ。私は働くのが好き。でもいくら働いても働かなくても給料が同じ。なんで働かない人のために働かなきゃいけないの。私の働いた分を分けなきゃいけないの」

それは短絡的にすぎるような……。資本主義の日本ですら高額所得者から累進課税で税金をとって富の再配分をしようとしているではないか。まがりなりにも生活保護も育児手当も障害者支援もあるではないか。能力の低い人、体の弱い人、親のいない人、老親の介護のある人、障害児をもつ人、そういう人たちもふくめてみんなで幸せになろう、

ウラル号の車掌さん。一路、モスクワへ！

というのが社会主義の初期の理想ではなかったの？　マルクスやレーニンを読みながらも、現実の政党やセクトに失望し、ユーロコミュニズムに期待をかけ、また幻滅した。家庭をもって町に縛りつけられ、ついには住む町でグラムシのいう〝陣地戦〟を始めてしまった自分の、まごまごした二十代が振り返られた。

大所高所ではない、小所低所からしか、身の回りを良くすることからしか、社会は少しも良くならないと。わたしは少数の前衛による革命という考えにはなじまなかった。パスポートを持たない二十年がすぎ、四十代になって海外、とくに発展途上国に出てみると、日本では少くともこれほどな飢えはない。少くともこんな身分差別はない。憲法九条のおかげで戦争はしない。内戦もない。言論や移動や宗教の自由はこの国よりはずっとある。とすれば、いまの日本もそうわるくはないのかも、とつい比べてしまう。日本にいればいたで、この国を覆う沈滞、前よりひどい格差、正義づらの一面的なメディア、一つ事が起こるごとに省庁が管理と権益を強めることに嫌気がさしてくるのだが。

「ウラルを越えていよいよ欧羅巴（ヨオロッパ）へ入つた。山の色も草木の色も目に見えて濃い色彩を帯びて来た。此辺では停車する毎にプラット・フオオムの売店へ宝石を買ひに降りる女が大勢ある」（「巴里まで」）

と一九一二（明治四十五）年の旅人与謝野晶子は書く。帝政ロシアの時代の話であって、もちろんそんな店はいまはない。「ロオズ・トツパアス、エメラルドなどが皮の袋の中からざらざらと音を立てて出されるのは、穀類の様な気持がする」（同）

そういえば、バイカル湖畔の村の市場で、コハクだの、トルコ石だの、ラピスラズリだの、それこそ「ざらざら」と皿にあけ、無雑作に売っていたのを思い出す。

一方、一九二七（昭和二）年の旅人、中條百合子は、

「ウラルに近づき、赤松の森が見えて来た。遠くの森はヒンデンブルグ将軍の髪の毛のようだ。今日珍しく風車を見た。水あげであろう」（「日記」十二月十三日）

としてそこに風車の簡単なスケッチを描いている。ヒンデンブルグは当時、ワイマール共和国の大統領だった。あの、ナチスに亡ぼされる前の束の間の。しかしそのあとに「テューメで二十分停車」と書いてあるところを見ると、これはチュメニのことかと思うが、我々よりよほど手前だ。

列車と並行する道路を車が走る。車の方がやや速い。

「でも冬になると道路は凍って走れない。春はぬかるみ。中古車を運ぶ時は途中までトラックで運んで、また鉄道に乗せたりするの」

とアリョーナ。牛の群が一方向を向いて歩いていく。やがて雨が降り出した。

隣りのコンパートメントの人が手まねきした。アイルランドのダブリンから来たご夫婦。聞けば四週間の夏休みをとり、ことしは北京からモンゴルを通り、ウラン・ウデで

乗り換え、モスクワまで行くという。日本人にはあまり思いつかない経路だろう。ボリショイ劇場の「白鳥の湖」をインターネットで予約したとうれしそうだ。
「きのうの夕食、食堂車へ行ったけど誰もいなかったのよ」と妻。「そう、でもポークのソテーはまあまあだったよ」と夫。アイリッシュビールとジェームス・ジョイスくらいしか話題は思いつかなかった。「『ユリシーズ』？　あれは二十ページ読むと頭がいたくなる。他のものを読んだ方がいいよ」と話つづかず。

そこへマンチェスター生れのイギリス人がやってきた。大阪で英語教師をやっているが、夏休みなので、やはり同じく北京―モンゴル―シベリアルートで帰るという。ヨーロッパ人たちはロシアの旅のしにくさを物ともせず、元気に〝横行〟している。

わたしたちは遅い昼食をとりに食堂車まで行った。途中、七号車の一等はもっとモダンでテレビ付きなのがわかった。そちらはなぜかロシア人ばかり乗ってウォトカをやっている。食堂では例によってサワークリーム入りのボルシチと黒パンを食べる。ロシア号のよりおいしいが、バイカル号のほどではない。

午後、トランクをあけ、また重い荷物、百合子の小説「道標」を取り出す。戦後に書かれた、ソヴィエト訪問時の自伝的小説である。モスクワへ着く前に読んで、どこをまわるべきか頭に入れておかなければ。かくのごとく泥縄であるが、読書は現地にかぎる。

といっても揺れる車内での読書はときに頭がいたい。また夜になった。モスクワ時間でしか表示がなく、いま何時かすらわからない。時間とは人間が便宜的に区切ったもので、いまが夜の七時であろうが十一時であろうが、どうでもよくなってきた。残っていたインスタントラーメンにサモワールのお湯を入れて食べた。

夜中、列車が大きくゴトンと揺れて停まった。あれぇ、カザンなんて通るはずだったかな。駅舎が見える。あわてて地図を広げる。アリョーナが、「カザン駅だ」という。ロシア号ならばスヴェルドロフスク（エカテリンブルク）からウラル山中のヨーロッパ・アジア・オベリスク駅、文字通り、ヨーロッパとアジアを分ける記念碑的な駅をすぎ、商都キーロフ、ニージニー・ノヴゴロド・モスコフスキー、ウラジーミルと来るはずであるが、この列車はそれより南の別の線路を通っているらしい。停車時間が長いので、アリョーナと二人ホームに降り、より遠望のきく跨線橋に上ってみた。ライトアップされているのか、黄金色の教会の屋根が見える。カザンといえばレーニンが大学を出た土地である。わあ、見たい。しかし町へは出られない。そうわかって、しぶしぶ列車に戻る。急にのどがかわいた。

「夜の間にウラルを越してしまい、今朝は柔かそうに白い雪のたまった懐しき北欧州の樅（もみ）の樹（ヨールカ）が左右に見えるようになった」（「日記」十二月十四日）

と百合子は書いている。わたしたちはもっと先に進んでいる。

九月九日朝九時、列車はモスクワのカザン駅へついた。モスクワにモスクワ駅というのはなく、どの都市からの列車が発着するかで駅の名がつく。本線を通ればヤロスラヴリ駅に着くはずだった。カザンを通過して来た列車はもちろんカザン駅到着。白いフード付きトレーナー、髪の短い、スラリとした女性がアリョーナにとびつく。携帯メールで到着を知らせておいた大学時代の親友だそうで、わたしのことなど構わず二人でしゃべりつづける。

駅の天井は高く、足の長いロシア人がたくさん突っ立っている。ジーンズの人が多く、ケータイを耳にあてている。

大きなトランクを降ろしたが運ぶのが大変だ。エスカレーターもエレベーターもない。日本より段差の大きい階段のみ。外に出るとタクシー運転手がたくさん寄ってくる。が、わたしたちはコムソモーリスカヤ駅から地下鉄に乗ることにした。モスクワ名物の地下鉄である。石段をまた下る。これまた天井が高く内装は華麗。なんとも胸に迫る灯の色。アリョーナの友人はクセーニヤという名で、ロシアでは一般的であるが、失礼ながら日本人には八丈島の干物かなんかを思い起こさせるふしぎな名だ。ご本人はまさに芳紀二十五歳、アリョーナと同様、青灰色の瞳。今日は一日つきあってくれるという。三つ目のルビャンカで降りると旧KGB本部と巨大な子供専門百貨店ジェーツキー・ミールの

やっと着きました、
モスクワ・カザン駅。

モスクワで。左から中條百合子、鳴海完造、ニキーチナ、湯浅芳子、秋田雨雀。

前に出た。地下からぐるぐる回って地上に出ると方向を見失う。ようやくホテルを見つける。

めざすホテルは旅行社が何をまちがったのか、メトロポールといって最高級である。ガイドブックによると「実業家マーモントフによって一九〇三年に建てられた、モスクワを代表する由緒あるホテル。設計はイギリス人建築家ウォルコット」。

五ツ星でわたしには身分不相応だが、廊下にはチェホフ、トルストイほか、きら星のような宿泊者の写真が飾ってあった。若いチェホフはなかなかの美男子。ただしパスポートを預けるときのフロントの女性たちの応対などはこの上なく不愛想で横着である。にこりという笑みの一つもくれない。それでも、ここの会議場でレーニンがしばしば演説したかと思うと泊る価値はあると気をとり直す。マリオット、シェラトン、ノヴォテルといった近代的チェーンホテルがどんどん出来ているが、わたしはもちろんこういうクラシックホテルの方が好き。

おっと忘れていた、九十四年前の旅人与謝野晶子のモスクワ到着を見ておかねば。一人旅にかなり馴れてきていたらしい。

「ボオル大河の上で初めて飛んで居る燕を見た。木の間に湖が見えて其廻りを囲んだ村などが絵の様である。露西亜字で書いた駅の名は固(もと)より私に読まれない。曇色の建物の中に寺の屋根が金に輝いて居るのが悲しい心持を起させる」(「巴里まで」)

ボオル大河はヴォルガ河のことかしら。詩人の感性なのか、百年前の旅がのどかだったのか、わたしは小鳥の声や燕の舞いに気づきはしなかった。夜のカザン駅から見た教会の金の屋根は切ないほど美しいものであったけれど。

そして一九一二年五月十七日の早朝、晶子の汽車はモスクワにつく。長い旅であった。「莫斯科（モスコオ）のグルクスの停車場には朝鮮人の朴（ぼく）氏が来て居て呉れた。電報で頼んで置いたから領事館に来て居た私宛の手紙を持つて居た」（同）

クールスク駅というのはあるが、そこから晶子が乗り換えようというビレスト停車場というのはない。パリ方向ならばおそらくベラルーシ駅に名を替えてしまったのだろう。晶子のモスクワはほんの一瞥だった。大使館付の朴さんが馬車を雇って、ブラゴヴェシチェンスキー聖堂の石の廊下、モスクワ川の上に建つ冬宮を見たくらいである。

やごとなき白銀いろの冬宮かはた亡霊の住める家居か
よこしまに斬らるるここちして入りぬ聖者を描ける王宮の門

「朴氏は勧工場へ私を伴（つ）れていつた」（同）ともある。勧工場とはいまのグム百貨店のことだろうか。彼女はこれからの旅費が心配でモスクワ土産を買う気になどなれない。切符の追加料金は二十五円五十五銭でいい、といわれたのだが、それで果して足りるのだろうか。日本で聞いてきたのより十五円程少いと心細くなる。領事館は十時でないと人が来ない、と書いている。わたしの経験では在外日本公館はどこでも、外から見ると日本人館員が暇そうにテニスをしたり、新聞を読んだりしている。塀は高く、入口は現地人ガードマンに守られ、とても日本人旅行者が気楽に立ち寄る、といったところではない。気付の郵便を預かってくれたりもいまはしないだろう。晶子は気もそぞろで見物もそこそこに十一時前には汽車に戻っている。いいのだ、晶子の目的はパリなのだから。

一方、モスクワが目当てで来た中條百合子はどうだろう。

「モスクワ着は朝九時幾分かのところ、五時間おくれた」(「日記」十二月十五日)

実は七時間。迎えに来たのは羊の毛のアストラハン帽をかむった劇作家秋田雨雀(うじゃく)、十月革命十周年の記念祭に国賓として招かれ居残っていた。そして彼に通訳として付いてきた鳴海完造、二十七歳、独身。百合子たちは赤の広場近くのボリシャーア・モスコウスカヤ(いまのホテル・モスクワ)に部屋がなく、秋田のいるパッサージ・ホテルに行く。国賓待遇の期限が切れてからも自費で残ったので、秋田はホテルの格を下げていた。百合子たちは予約もせず旅をしている。いまより自由だ。いまはホテルの予約をしないとヴィザさえ下りないのだから。

「入口狭く、玄関、いきなり階段。米川さんの部屋へ当分居候をさせられた」(同)

ロシア文学者、陸軍大学校教授米川正夫、この人も国賓で来た。居候を「させてもらった」のにこう書くところが、お嬢さんの百合子らしい。

この簡略な日誌が、小説「道標」になると虚構化されて長い長い。旅の疲れでぐっすり寝た伸子（百合子）が翌朝、秋山宇一、内海厚、瀬川雅夫、同行の素子と食事を始めるところから始まる。それぞれ容易にモデルが推測できる名である。食事はパン、バタ、塩漬胡瓜やチーズ、赤いきれいなイクラ……。秋山（秋田）のクローゼットには洋服がなくて、食糧品ばかり。

「ロシアの人は昔からよくお茶をのむことが小説にも出て来ますが、来てみると、実際にのみたくなるから妙ですよ」

と瀬川（米川）がいう。モスクワの雪、厳冬（マローズ）が始まろうとしていた。

この到着について秋田雨雀の日記を見る。

「吹雪がしている。朝までよく眠れなかった。九時にモスクワへつく筈の中条百合子、湯浅芳子の一行の汽車は六時間ほどおくれたので、いったん宿へ引きかえして、三時ごろにまた北のステーションへ行く。四時五十分ごろに列車がついた。二人とも断髪で元気な顔をしていた」（一九二七年十二月十五日）

この日記にはちょっと疑問の余地がある。芳子はすでにハルビンで断髪にしていたが、百合子が髪を切ったのは翌一九二八年十一月三十日のはず。「オカッパになるとこんなに頭を洗うのがよい心持なものかとびっくりした」と日記にある。

「中条女史はなかなかしっかりしたところがある。ソヴェートに対していろいろ知識を得たがっている」（十二月十六日）とも雨雀のリアルタイムの日記にはある。ロシア行きは湯浅が主で百合子は同行したのに、男たちは流行作家である百合子の印象が強いのであろう。

米川正夫ものちに回想している。

「百合子さんの言い方は、聡明な婦人が優しく女らしい観察を述べるだけで、些かも冷やかしの気分がないのが快かった。百合子さんの色白の顔も好きだった。ただ肥り過ぎてるのが惜しいなあと思った」（「モスクワの百合子さん」全集月報四号）

秋田も米川も当時の男性としてはインテリの紳士であり、フェミニストともいえる。しかし「道標」ではつねに男性優位な立場を保持しようとしているようすが、かなり辛辣に描かれている。

何でも自分が百合子より先に体験しないと気がすまない秋田とか、ロシア語の通訳をするつもりで同行したのに百合子の英語がロシア人に通じるとたんに不機嫌になる米川とか。百合子の印象からの物言いでうのみにはできないけれど。同行の湯浅芳子なども、ワガママで気まぐれな人物に描かれている。物売りから「キタヤンキ！」と中国人にまちがわれると突然、その女をひっぱたいたり、ロシア語の家庭教師が来る間は寒い日でも外に出てくれ、という。それは、教師から伸子（百合子）の方が発音がいいと誉められたことで、プライドが傷つけられたこともあるのだが。

いまは九月。そしてわたしのモスクワの滞在日数は三日間しかない。とりあえず、百合子の暮らした現場をめぐってみようということになった。

メトロポール・ホテルを出るとき振り返り、ヴルーベリによる「眠れる森の美女」のモザイク画をよく目に入れた。

メトロポールの前は広い革命広場でマルクスの像が建つ。その足元にひざまずいて祈っているおばあさんがいる。胸からプラカードを下げている集会者たちもいた。マルクスさん、ご健在ですね。そこからモスクワ滞在中何度も通ることになるマネージ広場へつながる。馬の調教（マネージ）をするところだったが、いまはこの広場の地下に巨大なショッピングモールが埋め込まれている。アホートヌィ・リャト、鳥獣市場といい、雰囲気は変わったろうが百合子もここで買物をした。上海の競馬場あとがちょうどこんな地下モールになっているのを思い出した。

そこから赤いヴァスクレセンスキー門をくぐる。十七世紀からの門だが、スターリンが大イベントの際の行進に邪魔だ、といちど壊してしまったのを、ソ連崩壊後、再建したもの。くぐれば赤の広場だ。すぐ左手に美しいカザンの聖母教会、右にいかめしい国立歴史博物館がある。ここは昔、モスクワ大学だった。広場はやたら広く、濃い灰色の長方形の石がしきつめられている。まん中へん右手のとび出した建物にはレーニン廟を見に来た観光客が並ぶ。遺体の〝永久保存〟がなされているのである。百合子は「これがレーニンを祭ってあるレーニン廟」(一九二八年一月八日、傍点筆者)と林町の実家に写真絵葉書を出している。宗教を攻撃したその人が神聖化されていた。よく銅像などで見る、仮借なく力強いレーニンの姿と、晩年、といっても五十代の病んで車椅子に乗ったおじいさんをつなげることはできにくいが、〝永久保存〟されているのは弱ってからのレーニンのはずだ。正視できそうになく、話のたねに〝観光〟する気もおこらない。

左手には長い長いグム百貨店。正面には極彩色のシンボル、ポクロフスキー聖堂、通称聖ワシリー聖堂が見える。ねじりあめのような玉ねぎ形のドームが四つついている。それをつくった建築家ポストニクはイワン雷帝によってその後、目をくり抜かれてしまったそうな。再びこれほど美しい建物を造らないように。

それをはるか遠景に見ながら、わたしたちは再びマネージ広場にとって返し、北へ伸びる目抜き通りトゥヴェルスカヤ通りを行く。道幅は当時よりずっと広げられているらしい。その先、左の中央電信電話局と横丁をはさんで手前の建物が、百合子たちが滞在したパッサージ・ホテルか。いまホテルを営んでいる気配はない。手前にピンク色に装飾された劇場らしい建物。

百合子の説明によれば、通りに面して中央出版局があり、そこのショーウィンドーに人体模型が飾ってある。それと建設中の電信電話局の間の道を左折すると、中央出版局のビルの別の側面にホテルの入口。オフィスビルのように見えるが、入口にこんにゃく版で刷った紫色のレストランのメニューが出ているのだけがホテルのしるしだったと。いまある建物がパッサージ・ホテルの建物かどうか、判断がつかない。

〝勧工場(パッサージ)〟という名のこのホテルは殺風景で、最初に入った部屋六十号が狭かったので、芳子と百合子はのちに四階の南向きの広い部屋六十三号に移った。大きな仕事机、両方の壁ぎわに二つのベッド、ねずみ色の毛布。「人々は生活する。生活には仕事がある」といった実質的な感じの部屋を百合子は愛した。ロシア文学者である湯浅芳子は、古典の勉強をし、プラウダはじめ新聞を読み、ロシア語の出張教師を頼んでいた。一方の百合子はもっと気楽に自由に、街へ出てモスクワからすべてを感じとろうとする。「実際モスクワの朝から夜までの生活は、狭くせつない一本の壜づめのようだった伸子の精神を、ひろいつよい外界へ押し出した」(「道標」)

　駒込林町の中流上層の暮らし、十代での作家デビュー、アメリカ留学、荒木茂との結婚と失敗、そういう人の目にさらされた狭い生活から、はじめて社会主義革命の「成功」した国へ来て、すべてが新鮮だった。男性たちのように理論から入ろうとせず、素直な感受性で、モスクワのふつうの人々、商店主、市場、宿の女中などとつきあっているのが注目される。りんご一つ、みかん一つ買うのも何かしら発見があった。冬、新鮮な野菜が不足し、黒海沿岸でとれたみかんを鉄道で輸送してくる。そのみかんは高い、と日本の家に手紙を書いている。小説では外出を「どうだった？」と聞く素子（芳子）に、それは「生活の虹のようなものだから」と伸子（百合子）は説明していない。人々の手ぶり、目つき、声、立ち方、そんなものはどんなに強い印象を受けたところですぐに消えてしまう。

「カーメネワ夫人に会う。米川さん同伴。（中略）カーメネワ夫人、なかなかしっかりしたやりてであるかんじ」（「日記」一九二七年十二月十七日）

亡命中のトロツキーの妹で、失脚したカーメネフの妻。それを政府はどういう政治的意図があってかＢＯＫＣ（全ソ対外文化協会）会長に据えていた。この件りも小説「道標」では詳細に描写される。

「男きょうだいのトロツキーにそっくりの重たくかくばった下顎をもっているカーメネヴ夫人は、じっと三白の眼で対手を見つめながら、奥歯をかみしめたまま努めて顔の上にあらわしているような笑顔をしたのであった」

日本から持参の贈り物を取り出して進呈しても、「大変きれいです！」としかいわない。「どんなえらい女かしらないけれど、ありがとうぐらい云ったって、こけんにかかわりもしまいのに」と素子がいう。当時、ソ連を旅行する日本の文化人はごく少数であり、大使館もそしてＢＯＫＣも、よく彼らを世話すると同時に捕捉していた。その後、二人はBOKCによく顔を出し、その伝手で芝居の切符なども優先的に買う。さっそく二人はM（ム）・X（ハ）・A・T（ト）（モスクワ芸術座）の切符を手に入れ、出かけるシーンがある。

日記をみても、

「芸術座で、青い鳥をやって居る由、それを秋田さんの部屋で米川さんからきいたのが十二時十五分すぎ。いそぎ出かけたら、切符売切れ。入れず」（十二月十八日）

「ボックスへ行ったところ、今夜七時から芸術座にあるドストイェフスキー記念演劇会に切符とれる由。五留（ルーブル）ずつ。高いがしかたない」（十二月十九日）

「ボックスへ行く。メーエルホリドの切符はレビゾール（ゴーゴリの「検察官」）二枚貰った」（十二月二十三日）

直接、劇場へ行くと売り切れ、BOKCからは招待されたり優先販売してもらっている。わたしは、一九八〇年代に私費留学生としてモスクワ・プーシキン大学に学んだ人の話を思い出した。

「プーシキン大学はそのころ外貨獲得のための大学で、私のような私費留学生が来てました。白樺林をへだてて、友好国や友好党からの留学生の来るルムンバ友好大学と隣り合っていました。一年いるうち本場の芝居も見たかったけど、一回も手に入らない。入国のとき大事な辞書の表紙を破られたり、まちがってお店の出口から入って放り出されたり、いやな目にばかりあって、帰るときは社会主義が嫌いになっていました。ああいうとこは手厚い待遇の国費留学生に限るわね」

かなりの特権待遇を受けた百合子ですら、河原崎長十郎（歌舞伎俳優、のちに前進座を興す）帰国のさいは怒っている。

「河原崎君十時に日本へ立つ。送ってゆく。ВОКСの男、早く来ただけでステーションへは来ず。誰も来ず。あすこの差別待遇はひどいものだ」（一九二八年十一月二日）

わたしたちは電信電話局からトゥヴェルスカヤ通りをへだてて斜め前にあるモスクワ芸術座へ行った。百合子たちの滞在したパッサージ・ホテルからほんとに〝指呼（しこ）の間〟である。一八九八年、スタニスラフスキーとネミロヴィチ・ダンチェンコによって創立され、チェホフやゴーリキーの作品を上演した。このころ、チェホフ夫人オリガ・クニッペルがまだ女優をしていたはずである。

M・X・A・Tの劇場の幕に「チャイカ（かもめ）がついている！」とチェホフの翻訳者でもある素子は興奮した、と小説にある。東京の築地小劇場で東山千栄子がラネフスカヤ夫人を演ずる「桜の園」を見ていた。このほかメイエルホリド劇場、マルーイ劇場へも行く。メーテルリンク「青い鳥」やトレチャコフ「吼えろ、支那！」、ゴーリキー「どん底」などを観た。

いまのチェホフ記念モスクワ芸術座は低層の明るい劇場で、日比谷のスカラ座とか、あの映画館通りのような感じ。今日は芝居はないようだった。カメルゲルスキー横丁という、飲食店の多い通りにある。わたしたちはそこから一本上のストレシニコフ横丁をぶらぶらした。こちらはブランドショップが並んでいて、またトゥヴェルスカヤ通りに出た。ソ連崩壊以降、どんなに町は変わったことだろう。

面白いことに、やはり国賓で来て百合子といれちがいに帰った小山内薫が、帝政ロシア時代（一九一二年）とソ連時代（一九二八年）を比べた随筆がある。

「『女がきたなくなつた。』偽らざるところ、これが私の第一印象でした。併し、その『女がきたなくなつた』といふ事実の蔭には、『総ての女が働いてゐる』といふ、実に力強い事実があるのです。『女が実によく働いてゐる。ぶらぶら遊んでる女は一人もない。』これが私の続いて直ぐに受けた第二印象でした。昔はトヱルスカアヤの通りなどを、用もないのにぶらぶら歩いて、クリスマスの前などには山のやうに買物をしてゐる美しい婦人が沢山にあつたものですが、今はそんな婦人は一人も見られません」（小山内薫「今のロシヤの女」、「婦人公論」一九二八年三月号）

BOKCなども、会長カーメネワ夫人をはじめ女性が多く、「殆ど女護の島」、男女は同じ地位をもち、女が軍人になって「キルギス地方の鎮定に従事」する芝居まである。

「かういふ状態になつたのは、申すまでもなく革命のお蔭で、革命以後男女が全く同じ地位を持つやうになつたからです」（同）

わたしたちはまた横丁を縫ってニキーツカヤ通りに入り、チャイコフスキー記念モスクワ音楽院の前の広場のベンチでしばし休んだ。チャイコフスキーの像がある。一八六六年創立、スクリャービン、ラフマニノフ、リヒテルが学んだ学校で、中村紘子氏はここで行なわれる「チャイコフスキー国際コンクール」について本を書いている。

「スタニスラフスキーの家へ行ってみたい」

「いいよ、マユミさんの行きたいところどこでも」

クセーニヤもうなずいた。高校で演劇部に所属したわたしにはなつかしい名前であった。一九二一～三八年に彼が住んだという大きくガランとした館はしんと静まっていた。何度も「ゴメンクダサーイ」とアリョーナがいって、ようやく門番のような老爺(ろうや)がのっそりと現われた。ぎしぎしいう階段を上ると、イオニア式オーダーが四つついた舞台をもつ劇場があらわれた。音もなく、黒衣にバラ模様のショールをかけた老婦人が現われる。そして舞台の上に立ち、腕を組み、おもむろに語りはじめた。薄化粧をし、口紅を塗り、ときどきロシア人特有の青灰色の瞳が輝く。アリョーナはいちいち訳してくれる。それをいっしょうけんめいメモにとる。こちらが熱心だと見るとその〝貴婦人〟はますます悠然と、ここで起きたすべてのことを知っているかぎり、音楽的な抑揚で語りつづける。クセーニヤはだんだんつまらなそうな顔になる。

それによるとコンスタンチン・スタニスラフスキーは、一八六三年にモスクワの工場主の家に生れ、十四歳のとき、家族でアマチュア劇団を組織、八八年に芸術文学協会をつくり、九八年、ダンチェンコとモスクワ芸術座を創立するときは、レストランで十八時間、相談した。リアリズム演劇の確立者であり、俳優教育法スタニスラフスキー・システムを生み出した。ここ「オネーギンの部屋」は一九二二年、芝居でなく、オペラ「エウゲニー・オネーギン」が最初に演じられたので、こう名付けられた。

この館はもともとマルコフという商人の家で、それを借りて一部にスタニスラフスキーが住んでいたが、革命後、すでに彼は尊敬されていたのに、出ていってくれと党からいわれたこともあった。が、彼は十七年この家に住み、最後、肺病で動けなかったときも、ここに俳優たちを呼んで練習させた。そのときは医者が常駐して看病し、ゴーゴリやオストロフスキー、ブルガーコフもたまに来た。革命後、若い俳優はいつもおなかがすいていたので、スタニスラフスキーはサモワールに湯をわかし、いろんな中身のピロシキを用意していた。

ひきつづき〝貴婦人〟はチェホフとその四大戯曲「かもめ」「ワーニャ伯父さん」「三人姉妹」「桜の園」とその登場人物の性格を逐一話し出した。

一時間半ほどの独演を聞き、わたしたちはぐったりして階段を下り、前にあるマトリヨーシカ博物館になど入る気力も失せ、再び通りに出た。出たところにタス通信社がある。以前、社会主義圏のニュースのほとんどに刻印されていた名である。わたしたちは角のコーフェハウスでコーヒーを飲み、若い二人は生き返ってクレープをパクつく。

「あれは本物の館員さん、それとも女優さん？」

「うーん、わからない。もしかして幽霊かも」

そこから道は二手に分れ、文部大臣をつとめたニキーチンにちなむ名だが、その夫人で博言学者のニキーツカヤ通り、百合子は親愛をもって交際していた。夫人をミーラヤ（かわいい）と評している。夫人と秋田雨雀らと写した写真もある。彼女は若いころから「土曜会」という文化サロンを開いており、百合子も行ったはずだが、ここらへんに家があったのだろうか。

その先でニキーツカヤ通りはボリシャヤ（大）とマーラヤ（小）の二手に分れ、感じのよいマーラヤの方をすすむと突然「ゴーリキーの家博物館」があらわれた。これまた大学時代「母」「私の大学」を読んだわたしにはぜひ入ってみたい所だったが、あいにく休館日である。

マクシム・ゴーリキーは一八六八年、明治改元の年にニジニー・ノヴゴロドの家具職人の子に生れ、放浪ののち、地方紙記者を経て作家になった。「どん底」（一九〇二年）の初演はしかしベルリンであった。学生時代、わたしはこの作品の舞台を見たし、酔うとみんなで「夜でも昼でも牢屋は暗い――」と歌ったものであった。有名な作家となったゴーリキーは一九〇五～〇七年の革命の資金援助もしたが、だんだん共産主義そのものに疑問をもつようになった。

「レーニンもトロツキーも自由と人権について、いかなる考えも持ち合せていない」と一九一七年革命の直後の手紙に書く。そして一九一八年、友人であったレーニンは彼に「環境とものの見方、行動を変えるべきだ。さもなくば人生は君から遠ざかるだろう」と忠告した。それでゴーリキーはイタリアのソレントに亡命したが、一九二八年以降、何度かソ連に帰っている。しかしソ連邦は世界的名声を持つゴーリキーを敵に回せなかった。一九三三年、ゴーリキーはソヴィエトに最終的に帰り、凱旋将軍のように迎えられ、この邸を与えられて住んだ。

ゴーリキーというと真ん中で分けた長髪、いかつい顔とひげ、ルバシカという、いかにもロシアの労働者階級出身の荒々しい風貌を思い出すに、この邸はなんと優美なのだろう。いわゆるアール・ヌーヴォーの豪奢なものでちょっと裏切られた感じ。ガイドブックには「イコン収集家として知られる銀行家ステファン・リャブシーンスキーの家として、フョードル・シェーフテリによって一九〇二年に建てられた」とある。

わたしははっとした。この邸こそ、ゴーリキーが住む前は、百合子の通ったBOKCではなかったか。

「伸子は深い興味をもってこの二十世紀初頭の新様式（ヌーボー）で建てられている建物を見まわした。いずれは誰かモスクヴの金持の私邸として建てられたものだろう。表玄関からホールを仕切る大扉の欄間がステインド・グラスで、そこにはカリフォルニア・ポピーのような柔かい花弁の花が、大きくその蔓を唐草模様にして焼きつけられている」（「道標」）

いかにも建築家の娘らしい詳細な観察がつづく。その持主が革命で追われ、外国から来る文化人を圧倒しようと、ВОКСが「ロシア化されたフランス趣味」（同）の豪邸を使っているということを百合子は面白く感じている。ゴーリキーが住んだのはそのあとだ。

「こんな建物に住んで〝人民の子〟ゴーリキーは落ちついたのかしら」とわたし。

「中を見たいね。残念ですね。この次来ましょう」

とアリョーナ。その近くにはアレクセイ・トルストイの家博物館がある。そこは見なかった。さらにモスクワ中心部をとり囲むサドーヴァヤ環状道路に出ると、突然雲をつくような文化人アパートに遭遇した。これが噂のスターリン・クラシックか。四角い中央棟、それに両翼をつけ、シンメトリカルに尖塔が配置されている。なんだか祇園祭の山鉾をバカでかくしたような威圧的な建物。一九五四年完成、ということはわたしと同い年。映画「モスクワは涙を信じない」に登場、他に同様式としては外務省、芸術家アパート、ウクライナ・ホテル、モスクワ大学などがあって、これからも見ることになる。東大安田講堂なども尖塔付きの権威主義的建築ともいえるが、あれはまだしもなで肩だ。

こちらは両肩をいからして、なんともすごい。「文化人」とか「芸術家」とか、もっとも権威から遠くなくてはならない人々が、こんなアパートに特権的に暮らしていたのかと思うと、かなしいというかはずかしい。

もう一つだけ、チェホフの家博物館を見た。アントン・チェホフは一八六〇年タガンログ生れ。モスクワ大学医学部を出て医師になったが、診療のかたわらユーモア小説を書きはじめた。二十六歳から四年間くらい住んでいたその家は、ピンクの外壁をもつこぢんまりして住みやすそうな家であった。よく見るチェホフの写真は、鼻眼鏡をしてスーツを着た、いかにも聡明誠実そうな、おだやかな風貌である。晩年に結婚した女優オリガ・クニッペルは、一九〇四年に四十代で肺病で死んだ夫より半世紀も長く生きた。

ここにも見学者は少なく、またもや老いた女性が近よってきてくわしい説明を聞かす。「オリガは『三人姉妹』のマーシャをやったときはチェホフに『私のセリフを多くして』といったそうです。他の女優にくらべ、教育を受けていたのでチェホフとは気が合った。トゥヴェルスカヤ通りにロシアで最後に住んだ家があり、肺病になって、ドイツに行って亡くなった。チェホフは自分がおもしろい人なのでおもしろい人とつきあったのです……」

わたしたちはまたぐったりと疲れ、「ヨールキパールキ」という店でボルシチと羊のシャシリク（くし焼き）、クワスでしずかに食事をした。

クセーニヤは最初、生れ育ったエカテリンブルクで働いたが、そのときの月給は一万ルーブル（五万円ほど）だった。いまの通信社は三万ルーブル。でもその分モスクワは物価も家賃も高いしね、と話してくれる。一日つきあってくれ、さいごまでさわやかな人だった。

クセーニヤと別れ、暗くなった道を再び赤の広場へとたどる。百合子のころは定時にクレムリンの時計台から「インターナショナル」の一節が響いたというが、いまはそれもない。レーニンの墓にはいまだに白と赤の大きなカーネーションがささげられている。広場の石畳にロブノエ・メストという薄い円柱を重ねたような石がある。

「昔モスクワがロシアの首都であった時分しばしばつかわれた有名な首の座（ロープヌイ・メスト）だった。ステンカ・ラージンも、プガチョフも、この首の座で、彼らのちぢれ髪の、髯の濃い、太い農民の首を斬られて血を流した」（「道標」）

耳の底に、父の持っていた赤軍合唱団のＬＰのどよめきがかすかに伝わってきた。

ドンコザックのむれに今わくそしり
おごれる姫なり　飢ゆるはわれら

「そしり」も「おごれる」も「飢ゆる」も子どものわたしにはわからなかったけれど、

くり返し聞いたメロディーと歌詞は体の底に残っている。

ネオンに輝く長大なグム百貨店はもう眠りに入ったようだった。

翌朝、アール・ヌーヴォーの華麗なメトロポール・ホテルの食堂はまことに広く、朝食のバイキングもすばらしかった。これがホテル代に含まれているからいいようなものの、払うとすれば千ルーブルである。五千円近い。なのにわたしたちは相変わらずパンケーキのブリヌイにサワークリームとジャム、紅茶と少食。悔しいからサーモンといわしの酢漬とピクルスを少しとった。

このメトロポールも百合子の日記には触れられないが、小説「道標」には出てくる。

「ボリシャーヤ・モスコウスカヤと並んで、大きく古びたホテル・メトロポリタンの建物がクレムリンの外壁に面してたっていた。約束の木曜日に、伸子はその正面玄関の黒くよごれた鉄唐草の車よせの下から入って行った」

まさにその通りなのである。写真をお見せするまでもない。作者によれば、もとは派手な外国人向けホテルだったのが、いまはソヴィエト機関に属する人々の住居になっている、とか。

「あたりは荒れて、階段は陰気だった」（同）

そのメトロポールはいまや再び、「派手な外国人向けホテル」となり、もう一つのボリシャーヤ・モスコウスカヤもモスクワ・ホテルとして健在だ。さらにサヴォイ・ホテル、ガイドブックによれば「一九一三年オープンの伝統あるホテル」も、百合子には深い関係があった。

一九二七年十二月二十三日の日記の欄外に、

「ボックスよりサボイへ行って、敬意を表し、後藤さんに。許らず、黒田礼二氏に会い、夜メイエルホリドへゆく迄喋った」

とある。この「後藤さん」は百合子たちの旅券の身元保証をしてくれた後藤新平である。後藤がいなければ、二人は旅行できなかったはずだ。またしても〝特権的〟という言葉は使いたくないが、当時、若い女二人で社会主義革命後のソヴィエトへ行くということが、どんなに無謀でむずかしいことか。これは民間女性初の留学だったらしい。「日本の政府はソヴェトへの旅行の自由をすべての人に同じようには与えないから、公然と来られるものはいつも半官半民の特殊な用向の日本人か、さもなければ伸子たちのような中途半端な文化人ということになっている」(「道標」)

後藤は日ソ漁業条約の下交渉のため、政府の意を受けて出向いてきていた。そして黒田礼二は朝日新聞から後藤に同行、これこそ「半官半民の特殊な用向」でなくて何であろうか。

東京の都市史を研究しているわたしは、東京市長としての、また関東大震災後の帝都復興院総裁としての後藤によく出くわすし、評価もしている。保存にかかわっている赤

スターリン・クラシック様式の文化人アパート。

シャリアピンの墓。

レンガの東京駅も、隅田公園も、本郷の元町公園、元町小学校の復興セットも、後藤のいわゆる「大風呂敷」から出たものである。彼は国会対策や人事ばかりに奔走する昨今の政治家とはちがい、調査力、政策立案力と実行力にとむ行政官であった。発展途上だった日本にはいまよりはるかになすべきことが多く、検疫制度、監獄衛生制度、鉄道敷設、道路建設から放送局、ボーイスカウトの創設まで、後藤の手がけた事業は多岐にわたり民生に益するものがあった。逆にいえば不必要な道路やダムのお先棒をかつがねばならぬいまの政治家より、はるかに幸運であったといえよう。

明治三十年代に台湾の総督府民政局長、初代満鉄総裁などの植民地行政にたずさわったことはすなおに肯定できない。が、国家の命により行政官としてだれかが引き受けざるを得なかった仕事とすれば、後藤が最適任、とも思う。満鉄総裁としての後藤は清やロシアとの協調に努力した。

百合子と後藤の接点はどこか、と調べていくうちに面白いことに当った。後藤新平は岩手の水沢、伊達(だて)家の北限の臣留守(るす)氏の家臣。つまり維新の負け組で、しかも一族から〝謀反人〟高野長英を出している。こうした生れの男が維新の世で実力を発揮するにはよほどのツキがなくてはならない。また後藤にはそれを引きよせる魅力があった。岳父となる安場保和(やすばやすかず)や、長与専斎(ながよせんさい)、児玉源太郎などに見込まれたが、もう一人、中條百合子の父方の祖父政恒も若いころの後藤を引き立てた人である。中條政恒は米沢藩上杉家藩士、維新後、福島の安積原野を開墾し、それが百合子の処女作「貧しき人々の群」の舞台になるわけだが、この人が福島洋学校、須賀川医学校に学んだ福島時代の後藤の後ろ楯となっていた。政恒に受けた恩を、後藤は孫である百合子に返したことになる。

その経緯は、若い百合子にはピンと来ていない。

「モヤ、お雑煮がたのしみ故、どうしても行くと云って頑張り、且つ、起きぬけに餅をやく臭いがすると云ってさわいだ。大使館、大使、後藤新平一行その他、女の人達五六人居たが、外交官として随分質がわるく、けちに見えた」（「日記」一九二八年一月一日）

「道標」は小説だから事実とは違ってよいとはいえ、はっきり後藤とわかるのに「正月早々、藤堂駿平がモスクワへ来た」とするのは歴史の改竄（かいざん）になろう。来たのは前年末である。ここに出てくる藤堂は「やあ……会いましたね」と、東北なまりの響く明るい声でよびかけ、「あなたのロシア語は、だいぶ上達が速いそうじゃないか」などと親愛の情を示す。祖父、父との交友があり、スケールの大きな国際的野人であった後藤は、二十八歳の知人の娘がモスクワにいることを心配もしていない。

小説では左翼の作家秋山（秋田雨雀）に後藤をこう評させている。

「この政治家の政治論は妙なものでしてね、よくきいてみればブルジョア政治家らしく手前勝手なものだし、近代的でもないいんですが、日本の既成政治家の中では少くとも何か新しいものを理解しようとするひろさだけはあるんですね」(「道標」)

このとき後藤新平は七十歳だった。

それより十年前、一九一八(大正七)年、外相であった後藤新平は、社会主義革命後のソヴィエトとドイツの東進を危ぶむ英仏伊の三国の強要により、シベリア出兵を決断。後藤が下野したのち、原敬首相はその撤兵の時機を失し、一九二〇(大正九)年、尼港大量虐殺事件が起こる。後藤は同年十二月に東京市長に就任したが、国民外交を唱導してヨッフェを招き、日ソ関係の改善に当った。

そうして一九二七年十二月五日、後藤は百合子たちよりやや早く、同じ経路でモスクワ入りした。いくら政治的ミッションがあったとはいえ、七十歳で冬のシベリア鉄道に乗った、そのことに驚く。厳寒の中、何を着ていたのか。まさかダウンジャケットはないわけだし。彼の余命はあと二年しかないというのに。

十二月十五日、ハイラルでは駅頭に日本人居留民が見送り、握飯、漬物、小鳥などを贈る。

十二月十六日、チタ駅着、ザバイカル鉄道長官アルチョーモフらが列車内を訪れ日露交歓。

後藤新平のシベリア鉄道の旅もまた興味が尽きない。

モスクワについた後藤はレーニンの墓に参り、ノヴォデヴィチ修道院に眠る友ヨッフェの墓にも額ずいた。交渉相手のヨッフェは失脚し、直前の十一月十七日に短銃で自殺していた。後藤は外務人民委員チチェリン、カラハンらと会談、中央執行委員会議長カリーニンと会い、さらにレニングラードでスターリンと会談している。百合子の日記には、一月三日にBOKSでの後藤の歓迎会に出かけ、外交官カラハンや教育畑のルナチャルスキー、日本人で東京市政調査会の前田多門（神谷美恵子の父）などと会ったことが記されている。その後、熱を出した百合子に後藤はサヴォイ・ホテルから侍医を見舞わせた。二十一日モスクワ発。そしてシベリア鉄道帰途のオムスクで、カラハンからの漁業協約調印の電報に接する。かなりスリリングな旅といえよう。すでに彼は政府の長老、顧問格であったが、七十にしてなお、日本という国家にとって有用の人であった。

興味がどんどんずれてゆく。さて今日はどうしよう。

「マユミさーん、今日もまた文学散歩ですかあ」

そのつもりよ。わたしはガイドブックを見て、休館日などをたしかめ、今日一日で回れる所を考えた。トルストイの聖地ヤースナヤ・パリャーナはモスクワから南へ百九十キロも隔っており、とても無理。ドストエフスキーの家博物館は市外のかなり北。トレチャコフ美術館は反対に南の端。

「じゃあ、まずいちばん遠いトルストイの家博物館に行きましょう」

少し雨がぱらついていたが、地下鉄パールク・クリトゥールィから歩いていった。夏は郊外のヤースナヤ・パリャーナに滞在した文豪レフ・トルストイが冬を過ごした家という。広い邸は木立ちに囲まれ、夏だって居心地はよさそうだ。一階の食堂ではチェホフ、オストロフスキー、レーピンらと共に過ごし、二階のホールではスクリャービン、ラフマニノフ、リムスキー・コルサコフがピアノをひいた。このころの家の常でトイレは家の中にない。水道施設もなく、早起きのトルストイは一日をまず、井戸から水を汲むことから始めたという。文豪のかくれた趣味は靴づくりであった。

〝トルストイの妻〟は悪妻の見本のようにいわれるが、この家で、妻が座った場所は確固としていた。たくさんの子を育てた妻ソフィヤは、著作権を放棄しようとする夫と対立する。八十をすぎたトルストイはひそかにヤースナヤ・パリャーナを抜け出したが肺炎でたおれ、近くのアスターポヴォ駅の官舎で亡くなったという。百合子はモスクワ二度目の滞在でここを訪れたのか、「トルストイが家出する前後の光景、汽車にまるまって外套かけて横になって居る姿など哀れだった」（「日記」一九二八年十月二十八日）と書いている。農的生活への欲求、反戦平和など理想に生きる夫と現実的な妻の齟齬（そご）、その住んだ家に来てみると、何となく夫婦関係が見てとれ、トルストイはそれなりに妻を愛したのではないかと思った。「そうでしょ。そうじゃなきゃ子どもは十三人も生れないよ」とアリョーナ。とはいえ、あまりに夫婦生活が長すぎたのかも。

日本でも夏目漱石の家博物館があれば、観光バスも来てごったがえすだろうに、わたしたち以外に客はいない。例のおばあさんの館員は数人。ひまでひまで、一言聞くと待ってましたとばかり、

「このベッドカバーはソフィヤ夫人の手づくりです。白い天井白いドアにしたのはトルストイの趣味でした。一八八八年、寝室になって、ここで最後の子どもが生れました。ソフィヤはここで夫の書く小説を読んでまちがいを直したり、刺繍をしたりした。かわいがったアレクセイも四歳で死んでしまい、ワーニチカ、ワーニャとよばれた子も七歳で死んでしまいました。これがセーラー服をきたワーニャの写真です」

などと話し出したら止まらない。

「上の娘タチアナは絵の専門学校で学び、たいへん頭のよい元気な子で、話し好きだったのでよくお客が来ました。レーピンやカサーツキンと仲が良く、みんながチョークでサインしたところをタチアナが糸で縫って枕のカバーをつくったりした。両親のけんかの仲裁をするのはこの人でした」

「もう一人の娘マリアはお父さんと考え方が似ていて、父を手伝い、また民衆向けの学校で教えた。タチアナとちがい感情を表にあらわさない人で、トルストイはマリアをとても好きだった。タチアナは一階に、マリアは二階に住んでいました」

二階の居間はくまの毛皮の上にグランドピアノが置かれ、大きな丸テーブルがあった。

この家には十人ほどの召使いがおり、料理、掃除をし、子どもの勉強などを見たようである。

「トルストイの書斎は緑色の壁紙で、これは〃復活〃の色と信じられていました。彼は召使いをわずらわすのがきらいで何でも自分でやりました。机の上にはペン立て、インク、新聞、紙、ロウソクがおかれています。目が悪いので目が机に近づくよう椅子は少し低くされ、体が疲れたときは立って書いたり、ソファに横になったりしました」

背幅の広い太った老婦人はさいごに大きく息を吸うと、

「すべてトルストイが生きているときと同じ場所におかれています。これらのものはトルストイを覚えているのです」

と意義深げに言い切った。ヤースナヤ・パリャーナでのトルストイの声が低く流れている。どうにか聞きとったアリョーナによれば、

「よくここに来てくれた。私の言葉を覚えていてほしい。いいことを考えついた。これを私の死後広めてください」

といっているそうであった。

どちらかというと百合子はトルストイよりゴーリキーびいきに見える。むしろ、大正期のアナキストたちの方がトルストイの影響を強く受けた。わたしは望月百合子という女性アナキストと交流があったが、彼女は社会主義者石川三四郎と千歳村で農園を営ん

だ。といってもいまの世田谷区である。彼女と仲の良かった木村荘太も成田の方で畑を耕していた。

「そこに行ったことがあるの。まるでヤースナヤ・パリャーナへ行くみたいに、小さな駅で降りてね」

望月百合子さんはまるでトルストイに会ったかのように話した。つけ加えれば、湯浅芳子はヨーロッパから百合子より一人先にモスクワに戻ったさい、トルストイの娘アレクサンドラ・リヴォーヴナ・トルスターヤに会い、ヤースナヤ・パリャーナの彼女の家を訪ねたようだ。トルストイの娘は小学校の校長で、女性の秘書と同棲していたという。

そのつぎのレールモントフの家博物館も、とりあえず一九二七年の百合子とは関係がない。あまりにこぢんまりした美しい館であったのと、例のごとく入口にいたおばあちゃん[バーブシュカ]館員と目が合ってしまい、吸い込まれてしまった。一八三七年プーシキンが三十七歳で決闘のため命を落とした数日後、若きレールモントフは、プーシキンの死は宮廷の陰謀であるとする「詩人の死」を発表して、カフカスに追放された。

「とってもいいうちの坊っちゃんだったんですよ。この部屋は七歳の彼の部屋ですが、お母さんは早く亡くなり、彼はおばあちゃん子でふしぎな霊力がありました。数学はとくに天才的で、少年時代から劇をつくるのが好きで、プライドが高い。そうデカブリストに近かったのね。プーシキンの決闘について書いたレールモントフも二十六歳で決闘で死にました。生粋のモスクワっ子で、モスクワはわがふるさと、モスクワに生れ、モスクワに苦しみ、モスクワで幸せだった、といっています」

見てきたように話す。しかし本で読むより、こうして音楽のようなロシア語を聞きながら、アリョーナがあたたかい日本語に訳してくれるほうがいい。わたしもまた幸せだった。

図にのって次なるシャリアピンの家博物館に向かう。

これは宏壮な、いかにも売れっ子オペラ歌手の家で、食堂にはシャンデリアが輝き、テーブルの上にはグラスや皿がセットされて豪華であった。シャリアピンはトルストイの家へ招かれて歌ったこともある。

ここにもおばあさんが待ってました！

「シャリアピンはカザンの公証人の家に一八七三年に生れ、顔もよく頭もよく声もよかったのです。家族はみな芸能に秀でて、やさしい性格の一族でした。子どもがとても好きでどんなに忙しくてもちゃんと気づかって教育を受けさせたんです。最初の妻はバレリーナでしたが、性格が強すぎた。シャリアピンはソ連体制になると、チャリティコンサートを催し、民衆の家を建てたり、芸術協会をつくろうと奔走しました。しかし、結局はスターリンの迫害により一家で亡命せざるを得なかったのです。彼の息子はハリウッドの俳優や画家になり、娘も女優になりました。多芸多才な血はたしかに受けつがれました」

シャリアピンが帝国ホテルに滞在したとき作らせたシャリアピンステーキの話を聞いたことがある。ベームやストコフスキーのSPレコードをどっさり持っていたクラシックファンの父は、玉ネギを刻んで、よくいためた、肉にのせた〝シャリアピンステーキまがい〟を作ってくれさえした。病床にいる父のために、わたしは館で流されていた録音の悪いシャリアピンのCDを買った。

中條百合子が到着したばかりのソヴィエトでは、十二月に第十五回全ソ連邦共産党大会が開かれ、トロツキーとジノヴィエフが除名されている。レーニン死後の権力の掌握のため、スターリンはさいしょジノヴィエフ、カーメネフとトロイカ（三人組）体制でトロツキー追い落しを図ったが、トロツキー追放に成功すると、こんどはジノヴィエフ、つづいてカーメネフも追い落す。カーメネフはその後一九三六年八月に銃殺に処せられている。

翌一九二八年四月、コルホーズ化のため土地私有禁止法が成立、それから富農の虐殺とつづくのだが、スターリンによる粛清のピークは一九三七〜三八年であり、それより十年前に訪ソした百合子には、それら陰惨な事件はまだ表だって見えていない。

小説「道標」に登場するピリニャーク（作中のポリニャーク）はすでに一九二五年、

「消されない月の話」が発禁になっている。しかし彼はその文学的功績によってモスクワ郊外の別荘地に家を与えられており、百合子たちはたずねて一夜の歓を尽した。このときポリニャークが酔って小柄な伸子を抱きあげ、頬ずりしてベッドに連れ込むという不愉快な一件が小説に書かれている。一方、日記だと、みんなの目の前で悪ふざけして制止され、百合子がこの事件を「大したことない」といったというので、湯浅芳子が怒って百合子を叩いている。日記と小説の懸隔は気になるところ。

小説のポリニャークは熊のように大きなロシア男を想像させるが、写真で見る作家はずいぶん繊細だ。ピリニャークは一九三八年四月二十一日、「日本のスパイ」として銃殺された。来日して「日本印象記」を書いたことが、当局を刺激したのだろうか。そのことも戦後に書かれた「道標」のポリニャーク像の造型に影響を与えたかもしれない。

ニキーチン夫人の病気を看病した詩人ゲラシモフとも百合子は出会っているが、この人も粛清の対象となった。

崇拝するゴーリキーにはレニングラード滞在中、同じヨーロッパ・ホテルにいると聞いて、走り書きのメモをボーイに持たせ、芳子と二人で訪ねている。

「ゴリキーに会った。朝十時四十分。『伸子』と網野さんに貰った大仏前灯籠の写真と増長天の写真とをおくった。増長天の方が大分気にいりチョールト・ワジミ！〔畜生！〕エイ・ヴォーグ〔神かけて〕といってよろこんだ。日本の根付を二百も持って

居た由、ニッケニッケといった」（「日記」一九二八年九月五日）

のちにゴーリキーが死んだとき、百合子は「逝ける巨人マキシム・ゴーリキイ」を「婦人公論」（一九三六年八月号）に書いた。またその前に「マキシム・ゴーリキーの人及び芸術」（「婦人公論」一九三三年十月号）を書いているが、これには伏字が多い。後者では彼をロマン・ロラン、アンドレ・ジイドと並ぶ偉大な芸術家として賞賛し、かつて会ったときのことを回想している。

「息子と入れ違ひにゴーリキイが入つて来た。乾いた、大きい、温い心持よい手である。低いソフトカラアにネクタイを結び、茶つぽい毛糸のスウエータアの上へいきなり銀灰色の柔い上着を着てゐる。瘠せてゐるが息子よりもつと背が高く、青い注意ぶかい、鋭い眼である」

ソヴィエトに男女平等、搾取のない社会の理想を見つつあった百合子たちと、この社会の裏をよく見、十月革命以来の権力闘争にうんざりしていたゴーリキーでは、かみ合わなかったかもしれない。

「一九三二年、ロシア革命第十五周年記念に、世界は一つの壮大な老勇士の前進を目撃した。六十四歳のゴーリキイは、その永い闘ひと動揺の後、旧インテリゲンツイアといふ社会的集団とともに、階級から階級へ移行した。ソヴエートの建設、生活の現実を貫いてゴーリキイの個人主義的理想主義は社会主義的世界観に高められた」

この百合子の高らかな調子に呼応する何ものものもいまのわたしは持たない。ゴーリキーの前に一九三五年まず息子マクシム・ペシコフが死ぬ。翌年ゴーリキーも逝く。両方ともスターリンによる毒殺だという説はいまもって根強い。

百合子が「道標」に登場させた女性作家はヴェーラ・インベルである。日記では好意的な評だが、小説では日本人女性二人の訪問を受けながらも、「わたし退屈だわ」と夫に甘える不愉快な女として描かれている。

わたしとアリョーナは昼ご飯のあとマリーナ・ツヴェターエワの家博物館へ足を運んだ。それは黄色く塗られたひっそりした家であった。ベルを押すと酒くさいおじさんがあらわれ、入口のカギをはずしてくれた。ここに老婦人ガイドはいない。五人の少女が早口の中年女性案内者の話をえんえんと聞いている。彼女はちらとわたしたちを一瞥したものの話をつづけ、この説明が一段落しないうちは何も始まらないらしかった。目の大きな断髪の詩人の写真を眺めて待つ。わたしはすでに、この百合子より七つ年上の女性詩人の伝記は読んでいて、たいていのことは知っていた。百合子がモスクワにいたころ、ツヴェターエワはすでにパリに亡命後で、いない。

彼女はモスクワ大学の美術史の教授の娘として一八九二年に生れ、ドイツのフライブルクやパリで教育を受けた。かなり早熟で奔放、十代で詩集を出し、セルゲイ・エフロンと結婚、二人の娘と一人の息子を産む。

各部屋は「詩の部屋」「音楽の部屋」などと名付けられている。夫以外にも女性を含め、たくさんの人を愛したマリーナ。しかし、激動の歴史の中で、次女は餓死し、長女は逮捕され、夫はソ連の諜報員となってのち銃殺される。そしてマリーナ自身、一九四一年、タタール自治共和国エラブガで首吊り自殺をとげた。四十八歳。ありあまる才能を持ち、少女のころ家の壁に詩を書きつけた女性は、スターリン体制の中で十全に生きることができなかった。経済的にも恵まれず、晩年は皿洗いの仕事につけるよう頼んだりしている。子ども部屋に、ダーチャ（別荘）のドールハウスや木馬が、昨日まで使われていたかのように置いてあるのが、心にささる。

いったいモスクワには「何々の家博物館」がいくつあるのだろう。そしておばあさんの解説員はどれくらいいるのだろう。どの人も威厳と学識があって、こんな人気のない所に置いておくのはもったいないようだった。そしてこの人たちはみな、革命後から社会主義の終焉までの激動の世紀をどう生きのびてきたのか、そのことを聞いてみたい気さえした。

さらに、わたしたちは一番の繁華街アルバート通りにある「プーシキンの家博物館」と「アンドレイ・ベールイの家博物館」まで見てしまった。少女時代のわたしがいちばん怖かったのはプーシキンの「スペードの女王」でトランプのクイーンがにっと笑うところだったのだから、行く価値はあった。そして象徴主義の詩人であり作家のベールイは、「道標」に出てくるが、この人もまたスターリン時代に銃殺されている。

ああ、みんな殺されちゃったじゃないの。百合子は、かつて出会った作家たちが殺されたことを知っていたのだろうか。知っていたらそれをどう思ったであろうか。車の通らないアルバート街の路上では、ウラジオストクでも見かけたようなソ連時代をおちょくるTシャツやマトリョーシカ人形を売っていた。その中にはエリツィンから順番にあけていくと、ゴルバチョフ、ブレジネフ、フルシチョフ、そして最後はスターリンになるという、ぞっとしないマトリョーシカまであった。

喫茶店でお茶を飲んで休み、アリョーナはこれから郊外のアパートまで大学の先生に会いにいくという。

「マユミさんも行きませんか」

もちろん行くわ。その大阪外国語大学（当時）の堀江新二先生が地下鉄の駅まで迎えに来て下さった。ジャパノロジストの女性学者が夏のうちは郊外のダーチャにいるので、モスクワのアパートを貸してくれた。ロシア演劇が専門の先生はサバティカル（研究休暇）でなんと俳優修業をしているのだという。

「紙の上でスタニスラフスキー・システムなどを学ぶより、じっさい体を使ってみる方がよくわかる。若い人にまじって、いやあ、毎日疲れますね」

堀江先生はわたしたちとあと二人の、日本から来ているロシア語科学生のために、炊き込みご飯などをつくって下さった。大学を出て、とにかくロシア語を使える職業ならなんでもいいと、通信社、映画会社につとめたあと、大学へ移ったという。

「スタニスラフスキーのひまごはいまアメリカにいるそうです。スタニスラフスキーは美男子だから、イサドラ・ダンカンがいい寄ったって話ですよ」

わたしはモスクワの西の丘、雀ケ丘（ヴァラビヨーイゴールイ）からの夜景の美しさに感激したイサドラが、一糸もまとわぬ姿で踊るといい出し、スタニスラフスキーがあわてる、というエピソードを思い出した。

話しているうち、先生の父上がBK大阪放送局にいた堀江史朗氏であり、母上が俳優座の女優林さち子で、新内節の岡本文弥（ぶんや）の高弟であった岡本弥生さんであることなどもわかった。

「岡田嘉子が愛の樺太（カラフト）国境越えをするとき最後に出した手紙は父あてなんです。飼い犬の世話を頼むというものでした」

また一人、気にかかる名前が出てきた。岡田嘉子は一九〇二年生れ、百合子より三つ年下だ。広島生れ、新聞記者の娘で、女子美術学校（現、女子美術大学）に学び、新劇俳優から映画女優となった。トーキーのころのアメリカ女優を思わせる甘い美貌は大人気を博した。父方の祖母がオランダ人の血を引いているらしい。竹内良一と結婚したが、演出家杉本良吉と恋に落ち、一九三八年二人で雪の樺太国境越えを決行する。双方、配偶者がいたことから愛を貫徹するためでもあり、また共産主義者であった杉本はかの地で演劇修業をしたいとの希望をもっていたともいう。しかし、国境を越えた二人はそのままソヴィエト官憲に逮捕され、離れればなれになった。

生存が確認され、華々しく帰国した岡田嘉子を覚えている。すでに七十近い高齢であったが、銀髪の上品な姿で、テレビ番組の「徹子の部屋」に出たり、雑誌のモデルになったりしていた。彼女がペレストロイカの始まったソ連に帰った後、岡田が杉本をスパイだとして売ったために彼は銃殺された、という新聞の報に接し驚いたことがある。事実はどうなんでしょうか、とずっとわだかまってきたことを堀江先生に聞いてみた。

「岡田嘉子自身ももちろん拷問を受けたと思います。そして杉本が隣りの部屋で拷問を受ける声も聞かされた。お前が自白すれば、杉本が日本のスパイだと認めれば、二人の命だけは助けてやる、といわれたようですね」

政治には無知で活動歴もない岡田嘉子の立場であったら、追いつめられた選択として、はじめて納得できる気がした。

「一九五六年に始まるフルシチョフによるスターリン批判において、ラーゲリ、強制労働で死んだ人が六百万人いたとされていますが、じっさい何人殺されたのか、何人が病死なのかも分かっていません。一九九一年にソ連が崩壊してのち、文書が次々明らかにされ、もっと数は増えています」

堀江氏は明るい話題に転換するように、

「演劇は本来、自由のとりでなのです。そして体制のしめつけが強いところほど、それに反発して芝居は面白くなる。いま一番面白いのはイラクとベラルーシの芝居という人もいます」

ロシアが本当にお好きなんですね。

「アメリカやヨーロッパのことは日本にいてもたいてい分かるけれど、ロシアほどどこへいくか分からない、面白い国はありませんよ。ここにいて肌で感じないと分からない。もちろんロマの人々の問題、神秘主義の横行も気がかりです。ネオナチを標榜する若者も国内にいる。これって変でしょう？　ナチスドイツにロシア人は二千万人以上も殺されてるんですよ。変なたとえですが、中国人が旧日帝軍国主義者になるようなものです。それにしてもナチスが九百日間、レニングラードを包囲していた中でもショスタコヴィチの交響曲が演奏されていたんだからすごいね」

ロシアはふしぎな国だ。熱情と冷酷、大らかさと神経質、素朴と陰謀、陽気さと悲しみ、すべてが混じりあっている。百合子が魅かれたのはこの陽の部分なのであろう。夜十時すぎ、アリョーナとわたしはアパートを辞した。そのアパート自体がほとんどスターリン・クラシックである。街路には電灯も少なく人影もない。十分くらい黙って歩いているとだんだんこわくなってくる。ようやく犬をつれた女性に出会う。地下鉄の駅についたときはホッとした。百合子も郊外まで一人で出かけたり、夜遅く帰ったりしているが、身の危険は感じなかったのだろうか。

ホテルで、わたしは夜遅くまで寝つかれず、眠れば大勢の前で訊問を受けているような悪夢を見てまた、目が覚めた。

モスクワ最後の一日である。今日はもう文学館めぐりはやめた。百合子たちが一九二八年三月三十日にパッサージ・ホテルから移ったアストージェンカの協同組合住宅をさがす。それはそんなにむずかしくない。救世主キリスト聖堂が道をはさんで窓の外に見えるというのだから。わたしたちは地下鉄でクロポトキンスカヤ駅へ向かった。この駅もたいへんきれい。モスクワの地下鉄はとても便利で、どこもインテリアが美しかった。車内は混んでいたが、太ったおばあちゃんが乗り込んでくると若者は必ずサッと立つ。その立ち方が、喜んで、という風でもない。

「あーあ、婆さんだ、しっかたないなあ」

って感じなのである。たしかにロシアのバーブシュカたちはすごく太っていて、大根のような足をして、これを立たせておくのはせつない。一人が席をゆずられると、連れ

救世主キリスト聖堂。
百合子が住む家の窓から見えた。

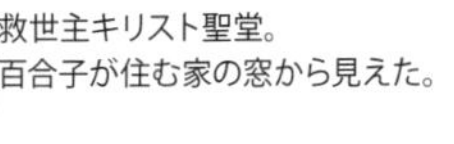

百合子が住んでいた
アストージェンカのあたり。

パン屋さんのフィリッポフ。
百合子がパンを買った店。

のおばあさんに、

「あんた、そっちが空いたわよ」

などと大声で怒鳴っているのは下町風でかわいらしい。

地上に出ると金色の大教会がきらきら輝き、目がつぶれそうだ。教会に面するプレチースチェンスキエ・ヴァロータ広場にも緑地があり、銅像が立つ。

「あ、アストージェンカとありますよ」

と建物の壁を指すアリョーナ。やったあ、ここだ。ここにちがいない。たしかに「プールバールの根っこ」だ。

「私共は三月三十日にやっと借室に引越しました。これまで居たホテルから近く、モスクワ第一の美しい花園をもって居るお寺の庭を我等のバルコニから見下します。からりとしてよいところですが、只電車がやかましいのは少々閉口、ただ馴れるのを待って居ります」(「書簡」一九二八年四月一日、家族宛)

百合子の「モスクワ印象記」によれば、一九二〇年には百二万八千人であったモスクワの人口は一九二六年には二百一万八千人、約二倍に膨張。モスクワでは四つの世帯がたった一つの台所しかない貸室(クワルティーラ)に住み、貸間は払底していた。そのため、百合子たちはずっとパッサージ・ホテルで毎晩六ルーブルの宿料を払わなければならなかった。新聞一部五コペイカの時代だから、単純に掛け合せると宿代は一泊一万五千円くらいということになる。

ちなみにいまのモスクワはそれどころではない。ソ連崩壊後、ホテル代は高騰して、これはユーロ以降のヨーロッパもそうだが、首都のいい場所では日本円で一泊三万とか四万とかする。しかも、ローマやパリにある安宿というのが、モスクワには見当らないのだ。モスクワのホテル代は世界一高いというのは通説である。

当時、百合子たちは新聞に広告を出し、技師ルイバコフが協同家屋(コオペラチーブ)として建てた家の一室に移るのである。

「技師(インジエニエール)ルイバコフは人減らしで三月前国立出版所をやめさせられた妻と子と自分の妹、女中、一組の下宿人とで、その協同家屋の室(クワルテイラ)9に生活している。大きい室が二つ小さいのが二つ。台所、風呂場。四十年後に室は、市民(グラジユダニン)ルイバコフの所有となるであろう」(「モスクワ印象記」)

百合子は社会主義になっても、土地や家の私有が残ること、気取ったブルジョアもいること、失職する女がいること、物乞いがいること、女中という仕事があり人間間の関係が平等でないこと、などに気づいている。そして中流上層の生れである自分も、どうにか人民の中にふつうに溶け込んでいきたいとねがう。そのために日本から持ってきた華美な帽子を捨て、髪を切り、茶色の質素な帽子をかむるのであるが、階級的転身はそうたやすくはすすまない。

社会主義革命のこうしたゆきつもどりつの、複雑な、微妙な進行。それは百合子が楽天的に描いたような「発展」ではないかもしれないし、人間にとっては「成長」ですらないかもしれないけれど。彼女は、職場で働く女性たちに対してはじつに肯定的だ。作中ではレニングラード・ソヴィエトの婦人部のアンナ・シーモヴァやモスクワ大学付属病院の看護婦ナターシャを生き生きと描く。アンナが三歳の子を持って働き、集団農場の組織のために地方へ行っている夫と家族で一ケ月休暇をとるということ、ナターシャが妊娠七ケ月の大きなおなかで病院で働いていること、それは当時の日本では考えられないことであった。

わたしが学生のころでも、ソ連ではいかに男女が平等で、女性も外で働くことができ、結婚によって職場を追われず、産前産後の休暇がたっぷりあり、保育施設がととのっているか、と雑誌や新聞で読むことがあった。それはたしかに一九七〇年代のわたしにとっても〝夢のよう〟だった。

が、その後三十年たった日本では、男女雇用機会均等法により、寿退社や「妊婦は丸の内に似合わない」といった暴言を吐く経営者もいなくなり、むしろ能力のある女性を活用しようという方向へ進んでいる。少子化対策のため子育て支援策も打ち出され、いまだ十分ではないにしろ、何も女性の幸福は社会主義でなくても、という気がしてしまう。

「復活祭(パスハ)の夜、総ての劇場とキネマが閉され、大劇場のオペラ役者は基督救世主寺院(フラム・フリスタ・スパシーチエリヤ)で聖歌を歌う。労働新聞は一週間前にこの事について時評を書いた。――『労働者は何処へ行くんだ？　教会か？　芝居か？』」（「モスクワ印象記」）

いまわたしが眼前に見ている教会は百合子の見たものではない。この教会はもともと、ナポレオンのロシア侵攻に対して行なわれた祖国防衛戦争の勝利を神に感謝するためアレクサンドル一世によって構想された。建築家ヴィトベルクは雀ヶ丘に建てる大建築を設計したが、これはうまくいかず、彼は流刑された。代わってK・A・トーンが現在地に設計し、アレクサンドル三世時代、一八八三年完成。しかし、「宗教はアヘンである」というレーニンの言葉に従い、革命後、教会は弾圧され、百合子が日本に帰った翌年の一九三一年十二月五日、スターリンの命令で爆破された。

それからの経緯が興味深い。跡地にはソヴィエト宮殿が企画され、コンペが開かれた。そこには巨大なレーニン像が飾られるはずだったが、折しもはじまった対独戦争に戦費がかかり頓挫してしまう。戦後になっても〝工事現場〟のままであった。ようやくフルシチョフが建設をとりやめ、代わりに巨大な市民プール「モスクワ」をつくった。そしてソ連崩壊後、弾圧されていたロシア正教が息を吹き返し、およそ昔通り、高さ百三メートル、一万人収容の教会がつくられたというわけである。なんという激動のトポスであろうか。

中に入ってみたかったが、教会のまわりはプラトーク（スカーフ）に髪をつつんだおばあさんたちが何重にも列をなし、とても入れる状態ではない。アリョーナに聞くと、

「今日、えらい司教様が来てるんだって」

という。警官まで動員され、人々を整列させている。

エカテリンブルクでロマノフ家の人々が復活しているのにも驚いたが、このモスクワの宗教熱もすごい。すごいというか、ちょっとこわい。

探墓が趣味のわたしはそこからノヴォデヴィチ修道院、そして墓地へと向かった。チェホフ、ゴーゴリ、ツルゲーネフ、マヤコフスキー、ブルガーコフ、ショスタコヴィチ、シャリアピン、エイゼンシュタイン、スタニスラフスキー、自死した人も殺された人も含め、主だった文化人はここに眠っている。墓の形はパリのモンパルナスやモンマルトルの墓などよりよほど多様で自由であった。

雀ヶ丘やモスクワ大学まで足をのばす暇がない。キエフ駅まで出て、モスクワ川のクルーズに乗った。広々とした川、暗雲たれこめる空。クレムリン、外務省などいかにもいかめしい建物、チョコレート工場、そんなものが次々両岸にパノラマのように現われて面白かった。

さいごに再びトゥヴェルスカヤの通りを名残り惜しく歩いていった。電信電話局、モ

スクワ市庁舎、その二ブロック先の右側にツェントラーリナヤという簡素なホテルがある。当時リュクスといって古い社会主義者片山潜の住んでいたホテルである。その先にエリセーエフスキー。日本学者として有名なセルゲイ・エリセーエフの父が一九〇一年から経営した店で、もともとペテルスブルクが本店だが、店内の豪華な古典的装飾は商品より目をひくようだった。もちろんキャビアやサーモンやいわしやグルジアワインやパンが積み上がっている。ちょっと京橋の「明治屋」みたいだ。と思って、その明治屋は百合子の父中條精一郎が設計した建築だと思い出した。

エリセーエフの「赤露の人質日記」は面白い。彼はサンクト・ペテルブルク育ちだが、一九〇八年にシベリア鉄道で来日して東京帝国大学国文科で外国人としてははじめて正規の学生として学び、一九一四年に帰国、ロシア革命に遭遇した。富豪の息子であるから身の危険を感じフィンランド経由でパリに亡命、のちにハーバード大学教授としてエドウィン・ライシャワーらを教えた。

ソ連時代はここも「ガストロノム」という名に変えられていたというが、いまはまたエリセーエフスキー。しかしもっとさかのぼるとこの建物は十八世紀末の建築で、デカブリストとしてシベリア送りになったヴォルコンスキー公爵邸、すなわちわたしがイルクーツクで知ったその公爵夫人がプーシキンら芸術家をまねいて、ここでサロンを催していたのだという。二重三重の因縁におどろく。この天井の高い豪壮な建物からすれば、たしかに流されたイルクーツクの客間は〝惨め〟といってよいのだろう。

モスクワの百合子もここに買物に行った。もう一つ通ったフィリッポフというパン屋を道の両側を行きつ戻りつして探しあぐねた。これも有名な店らしいが、アリョーナが声をあげる。

「ありますよ、店じゃないけど、ここに」

それは箱車のような露店で、中にはおいしそうなパンが並び、たしかにフィリッポフと書いてあるではないか。

「道標」の伸子はレニングラード滞在、ヨーロッパ巡歴ののち、一九二九年十一月二十九日モスクワに帰り、ひそかに山上元（片山潜）に会う。国際的な労働運動の指導者であり、一九二一年、非合法裡にソヴィエトに渡り、コミンテルン常任執行委員をつとめ、国外から日本共産党結党を指導していた片山と、百合子のような合法的な一般旅行者は接触を禁じられていた。日記には一言も触れられていない。小説が書かれたのは戦後だから片山の名は解禁されて登場する。

「山上元がそこにいることは公然の秘密のようなもの」であった。ここに描かれた片山潜の肖像はなかなか魅力的だ。片山潜は一八五九（安政六）年美作生れの革命家で、苦学して米エール大学で神学士となり、帰国して神田三崎町の自宅で地域の相互扶助のためのキングスレー館を設立した。労働組合運動から東京市電ストライキを指導して逮捕、アメリカに亡命、アメリカやメキシコ共産党の結党に尽力し、ロシア革命成立後の一九二一年ソヴィエト連邦に渡り、コミンテルン常任執行委の幹部となっていた。百合子が接触をはかった経緯はわからない。

「一つ、僕のつくったジャムをごちそうしてやろう」

と老革命家はいった。ローザ・ルクセンブルクについて、

「あれは素晴らしい女だった。火みたいな女だった。朝っぱらから葡萄酒をのんで、いつもほろよいきげんなんだが、そういう時のあの女の頭の冴えようときたら、男がたじたじだった」

そして言う。

「どうだね、君は、こっちへのこる気はないの」

熟考したあげく伸子は帰国することにする。

「百万人の失業者があり、権力に抵抗して根気づよくたたかっている人々の集団のある日本へ、伸子は全くの新参として帰ろうと決心した」

「道標」ラストの有名なくだりである。「歌声よおこれ」の時代の高揚した調子が伝わってくる。しかし、よくも書いたり。

「作者は単行本にする時、百五十枚くらい除いているが、それでも『源氏物語』『夜明け前』よりも長く、『伸子』『二つの庭』を加えるならば、四千枚に及ぶものである」

（宮本顕治「宮本百合子の世界」）

現地で読んだせいか、わたしはその長さに退屈はしなかった。いらないと思うエピソードもあり、書かれていないと思うこともある。容易に特定できる変名で実在の人を登場させ、その会話を書きとめていく手法は、現在ならモデル問題で告訴されるかもしれない。素子として描かれた湯浅芳子は作者の死後も長く生きたが「小説に抗議はできませんからね」といいなした。が、読んでいるうちに、かしこいけれどもおめでたく、男に甘い「伸子」より、生れっぱなしのさっぱりした「素子」の方を、わたしは知らず好きになっていった。ことに、

「それで、いいじゃないか。さ、行っといでよ」

というような素子の言葉の方が、

「よくって？　わたしは帰ったりしないことよ」

といった女らしいコケットリーのみえる伸子の言葉より、ずっといい。階級的に転身しようと試みても、コトバにおいては生れ育った出自と性から自由になるのはむずかしい。

家庭をもち、子どもを産み、夫と休暇を楽しむ、そんな婦人部のアンナ・シーモヴァの新鮮な幸福感に触発され、「わたしも、ああいう風に咲き揃ってみたいと思うわ」と夢見る伸子に素子は、「わたしへ遠慮はいらないよ」といい放つ。これに対し、「わたし

たち性的異常者じゃないんだもの」と伸子は抗弁するが、これは執筆当時、日本共産党員であり、宮本顕治夫人であった百合子の弁解がましい布石のように見える。もちろん当時まだ同性を愛する女は「性的異常者」と見なされていた。その時代的制約であろう。「素子はどうしてこうまで自分の性をそのままにうけいれようとしないのだろう」という伸子より、女を愛する自分を肯定して生きた素子の方が、わたしには魅力的である。いや芳子もチェホフには惚れていたらしいが。

「道標」は小説であり、リアルタイムで書かれたわけでもない。一九五〇年の百合子のフィルターがかかっている。日記は日記で興味深いが、公刊を目的としていないから、ときに判じ物のようである。しかも、百合子はこの日記を見ることなしに小説を書いたという。その記憶力と記憶のすき間をふくらませる想像力には脱帽せざるを得ない。この時期の日記は百合子の死後、ずいぶんたって、蔵から発見されたもののようである。

出発の時が近づいていた。

わたしたちはメトロポール・ホテルでトランクを受け取り、夕暮のベラルーシ駅へ急いだ。

かつて、社会主義に夢を見たことがある。搾取のない、収奪のない社会。男女差別のない、女性も生きいきと働ける社会。それはのめり込みながらも半信半疑でもあり、しかも眼前の運動や組織を見れば失望の多い、長くつづかない夢だった。しかし一九八九年、ベルリンの壁が壊れたとき、わたしは「それみたことか式の論調には与したくない」と書いた。資本主義のもつ格差や無駄、非合理など理不尽はそれはそれで大きい。

でも例えばNPOのような、労働が搾取されない、金もうけが目的でない、公共の福祉に寄与する働き方も、少しずつ考え出されている。株や流通業でもうける方が金が入ると分かっていても、手でモノをつくる仕事につきたいという若者も増えている。お金の介在しない人間関係をつくろうとしている人びとにも会うことがある。流血をともなう激動はスリリングだが、そう強くない人間にはありがたくない。

レーニン廟はどうでもいいが、片山潜の墓には詣でたかった。これも蛇足だが百合子より一年遅れて入ソした片山の娘千代は、共産主義者の父を持ったために特高に追われ、日本では暮らせなくなった。一九二九年秋、二十三歳の女性は敦賀から天草丸でウラジオストクに向かい、なんとそこから武林無想庵にエスコートされてシベリア鉄道を旅し、モスクワに到着。リュクス・ホテルに向かうが、そのとき父は不在であった。どんなに心細い旅であったことだろう。

千代は山本懸蔵の反対でクートベ（東方勤労者大学）入学を許可されず、レニングラードの工場で働いた。バレリーナとして欧州留学中の姉ヤスと共に父の最期を看とり、その後、帰国を希望したが叶わなかった。一九三三年十一月五日にモスクワで死んだ片山潜の葬儀には十五万人のモスクワ市民が集まり、その遺骨はクレムリン宮殿の壁に埋められている。一九四六年に死んだとされる片山千代の墓がどこにあるか、わたしは知らない。

第五章　東清鉄道を追って

モスクワ、ベラルーシ駅。わたしたちの次に乗る列車は第一列車、夜十時二十五分発。駅の小さなスナックで、ハムをはさんだ固いバゲットをかじりつつ、ビールの小びんを飲んで待つ。

明るい青い車体の列車がホームに入ってきた。それぞれの入口に、白いブラウス、紺の制服、赤いタイの車掌が直立している。金髪がこのトリコロールカラーに調和して美しい。すでにわたしたちはモスクワまでのシベリア鉄道九千キロ以上を旅してきた。ここからパリまでの鉄道を何と呼ぶのか。いよいよヨーロッパに入っていく。

中身は本ばかりで重い、黒いトランクを自力で載せる。もちろん手伝ってくれるものはない。こんどのコンパートメントもなかなかシック。ピンクの壁、えんじのソファ、ブルーのカーテン。窓ぎわのテーブルにもまっ白なカバーがかけられ、わたしたちはその上に駅で買ったビールとジュースと水を並べた。この列車はベラルーシの首都ミンスクへ行く。運のいいことにアリョーナの親友がちょうどミンスクで結婚式を挙げるので、この先も同行してくれることになった。わたしはミンスクで途中下車する必要もないのだけれど、この機会を逃すとソ連邦崩壊で独立したベラルーシ共和国に行くことなどないだろう。

昔の地図には白ロシアとあるベラルーシはスラブ系の人が住む国で、強国にはさまれてポーランド領になったり、ロシア帝国領になったりした。ベラルーシといえば一九八六年、隣接するウクライナのチェルノブイリでおきた原発事故を思い出す。消火に当った人々も多く放射能に侵されて亡くなったが、その被害はむしろ緩慢に広がり、風下の村々を汚染した。甲状腺のガン、白血病などが多発、当時の政府は住民たちに土地を捨てて移住するよう勧告したが、住みなれた村を離れようとしない農民もいた。彼らをサマショールとよぶ。

事故当時、わたしは幼児を抱えて他人事とは思えず、谷中在住の詩人岸田衿子(えりこ)さんを中心に、チェルノブイリ原発事故の勉強会を開き、谷川俊太郎、石垣りん、茨木のり子さんらを迎えて講演会を催したものであった。足を運んで下さった尊敬する二人の女性詩人はもうこの世にはおられない。千駄木駅に迎えにいったわたしに、団子坂を上りながら石垣さんが、

「変わらないわねえ。昔、加宮貴一さんという作家のところに文章修行に通っていました」

と懐かしそうな目をされた。加宮貴一は昭和初期、横光利一、中河与一と並び〝三イチ〟とよばれた新感覚派の作家だったが、千駄木町に住み、戦後は社会正義を求めるやむにやまれぬ気持から社会党の区議会議員となり、文学を離れた。情に厚い人で、家作をわたしたち地域雑誌の事務所に格安で貸して下さっていたから、忘れられた作家ではあるがわたしたちだけは忘れまい、と古い雑誌に小品が載っているのを見つけるとコピーをとることがある。

そんなことを思い出しているうちに眠れなくなってしまった。列車は朝七時二十九分、ミンスク駅に着く。駅前には人気のない、広い広い道、壮麗で権力的、人工的な町。シュールレアリスムの映画の中に迷い込んだようである。果してここには人の暮らしがあるのか、見えない。駅近くの、ホテル・ミンスクへ到着。ベッドに倒れ込んだ。

ここで三人目の旅人に登場してもらわなくてはならない。まるで追いかけるフーガのようになってきた。作家林芙美子、百合子より四年あと、一九三一（昭和六）年十一月の渡欧時には二十八歳である。夫の手塚緑敏を残して、シベリア鉄道経由三等列車。これはパリにいる恋人を追いかけた旅だともいう。林芙美子は一九〇三（明治三十六）年に門司で生れたらしいが、実父宮田麻太郎は芸者となじみ、母キクと養父沢井と三人で各地を行商して歩いた。すっかり旅ぐせがつく。

「私は宿命的に放浪者である。私は古里を持たない」と「放浪記」の冒頭にある。

わたしが林芙美子の名を知ったのは、ちょうど東京オリンピックの年、一九六四年、ＮＨＫの朝の連続テレビ小説で「うず潮」を見たときだ。林美智子という作者と似た名前の女優が主役で、内容は「放浪記」そのものであった。このドラマは大評判で、甲子園で鳴門高校はうず潮打線といわれ、新しい電気洗濯機の名も「うず潮」だったのを覚えている。

その後、中学に入って新潮文庫の「放浪記」を読み、自分の住む町が出るごとに興奮した。樋口一葉日記より四十年以上あとにも、地方から十代で上京し、わたしの町を舞台に生きた、こんなにもけなげで、奔放で、エネルギッシュな娘がいたのだ。芙美子は銭湯の番台、セルロイド工場の女工、株屋の事務員、文士の女中、毛糸店の売子、代書屋の手伝い、女給などの職を転々とした。その間、何人かの男と同棲、ついに穏やかな人格の画学生手塚緑敏と出会う。流行作家となってからの林芙美子には、後輩の足をすくったり、戦争に協力したりと感心できない振舞いもあるが、都市底辺で生きる非正規雇用者の貧困を描いた文学として「放浪記」は強く支持したい。

この作品は、はじめ一九二八年創刊の長谷川時雨（しぐれ）主宰「女人藝術」に連載された。無名の新人の持ち込み原稿を「これは面白い」といい、卓抜な「放浪記」の題まで与えたのは長谷川時雨の十二歳年下の夫で、流行作家の三上於菟吉である。十月号の「秋が来たんだ」に始まるこの連載は大好評で、一九二九年のある日「改造」の編集者が来て少女時代の「九州炭坑街放浪記」を「改造」十月号に書かないかとすすめた。鹿児島出身の山本実彦が大正中期に創刊した総合雑誌「改造」はこのころ「中央公論」と並ぶ、押しも押されもしない総合誌だったから、芙美子は有頂天になった。その頃は処女詩集「蒼馬を見たり」を出したばかりの二十五歳の貧乏詩人で、着るものが浴衣一枚とてなく、なんと赤い水着を着て編集者に応対したという。水着で男性編集者を迎えた女性作家は後にも先にも林芙美子一人ではあるまいか。といっても、これは本人の言で、彼女は天性のストーリーテラーだから、信じてよいかわからない。

イギリスの詩人バイロンは「ある朝めざめてみると有名になっていた」といったが、さしずめ林芙美子もそうである。一九三〇年七月に改造社から出た新鋭文学叢書「放浪記」は総計数十万部のベストセラーとなった。

さすればふたたび旅心がうずく。この年一月にも、台湾総督府の招きで「女人藝術」の一行と台湾を旅行していた。芙美子は印税でさっそく、中国大陸へ渡った。上海では内山完造の紹介で魯迅に会っている。旅をするだけでなく、これを「哈爾賓散歩」（一九三〇年十一月）、「北京紀行」（一九三六年十月）、「白河の旅愁」（一九三七年五月）に書いた。これらは「林芙美子紀行集　下駄で歩いた巴里」として二〇〇三年、岩波文庫にまとめられた。

そして翌一九三一年十一月、この年には「風琴と魚の町」や「清貧の書」などの佳品が書かれているが、これも改造社からの印税で名古屋、大阪、下関、釜山から朝鮮半島を抜けて、シベリア鉄道経由でパリへ向かう。外山五郎、というのがめざす男の名前らしい。とにかく「西比利亜（シベリア）の旅」にはこんなくだりがある。

「昼は、ピエルミ氏が先頭で、ドイツ人と相客のミンスク氏も一緒です。このミンスク氏の名はミンスクと云う処で下車するというので、私はいつもミンスクと呼んで笑わせていました（ミンスクは波蘭土（ポーランド）の国境に近い土地）。まず、運ばれた皿の上を見ますと、初めがスープ、それからオムレツ（肉なし）、ウドン粉料理（すいとんの一種）、プリン、こんなもので、まず東京の本郷バーで食べれば、これだけで二拾銭位のものでしょう。——悪口を云うのではありませんけれど、それがここでは三ルーブルもするのです（約三円）」

ミンスクの町自体を芙美子は知らない。しかしミンスクで降りる男を知った。すばらしいじゃあないの。言葉はできなくともなんというコミュニケーション能力、この伝で芙美子は世界をのしあるいた。シベリア鉄道、車中のすいとんとはペリメニのことだろう。ロシア餃子といわれる、肉入りの、スープに入ったもの。これで一九三一年には一ルーブル一円ということがわかる。円安の時代の旅人には物価が十五倍にも感じられた。

ここまで書いたらこんどはわたしの旅心がうずいてきた。

「旅のことを考えると、お金も家も名誉も何もいりません。恋だって私はすててしまいます」

どうしても、芙美子のあとを、追わなくっちゃ。

二〇〇七年十月三十一日、留学生の柳順江さんと成田空港第二ターミナルで待ち合せた。大学の文化祭のあいだ、一週間ほどの旅程である。働く学生である彼女はこの三年間、いちども故郷へ帰っていない。わたしが旅費その他を出し、彼女の故郷長春(ちょうしゅん)に三泊するかわりに同行、通訳することを喜んで引き受けてくれた。

「一番安い切符にしました」

という午後一時半発の中国南方航空機。ANAやJALだと二万ほど高い。出国審査のところで、二人の男性に声をかけられた。「いくらで取れました」「五万七千円です」というと顔がほころんで「僕たちはインターネットで四万二千円」と自慢する。「よくいらっしゃるんですか」「うん、よく行くよ」「観光ですか」「いや仕事だから」と言葉を濁すその姿は、とてもビジネスとは思えない。昨年、大連に行ったときも、空港には男四人連れが、これから女の人と遊ぶ話で盛り上がっていた。いいけどさ、遊ぶのにまでつるむなよ、とわたしは思った。

「国内でもてない日本人が、いっぱい中国へ来ます」

気持を見抜くように、柳さんがささやいた。

東京の知人張さん（女性）は大連出身でかの地にアパートも持っている。彼女の人生ときたら、わたしより若いのに波瀾に富むことこのうえない。南京の重点大学で化学を専攻したが、理科系出身の女性に職はなく、文化大革命の余塵で農村に下放させられ、好きでもない男と結婚した。一女をもうけて離婚、単独来日してありとあらゆる仕事をし、どうにか定着できそうになって両親にあずけた中学生の娘を呼びよせた。いまはやさしい日本人と再婚、娘は難関大の奨学生。自分で人生を切り拓き、たいしたものである。

「大連はすずしい。海の魚おいしい。私六十になったら年金もらえるから大連に帰るかも」

それにくらべて上海は人も悪い、水もきたない、夏は暑い、川の魚でまずい、のだそうだ。

「定年になってオクさんと別れた日本人、たくさん大連に来るよ。ずっと若い女と暮らしてます」

まあいいんじゃないの。それで別れたオクさんも、若い中国人女性も、その男性もハッピーならば、とわたしは無責任にそう思ったのだけれど。この男性たちも予行演習かな。

飛行機に搭乗がはじまると大変な騒ぎ。中国人がほとんどで大声で喧嘩がはじまる。

「着てるものからすると田舎の人みたい」

と柳さんが小声でいう。日本では表だってはなくなった地方差別を中国人はよく口にする。わたしの教えた大学でも、吉林、延吉、大連から来た女の子が北京から来た子を仲間はずれにしていた。注意すると、

「あの子、私たちをバカにするから嫌い。北京出身だと思って」

と口をそろえた。北京はもうすぐオリンピック。その北京と経済都市上海が競う。どころか、テレビでは上海の実業家が、

「上海圏の人口は一億六千万。上海だけで日本に勝てる」

と豪語していた。競争心の薄いわたしにはピンとこない考え方だが、ともかくいまの中国はそう。

操縦は荒く、体が左右上下に揺れるたび心臓がバクバクする。えんじ色のベストの客室乗務員は不機嫌でニコリともしない。機内サービスのジュースも上から下げ渡すという感じ。

「どうせ機長の妹かなんかですよ」

と柳さんは軽くいなす。客室乗務員のような高給の職業はコネのある人間しかつけな

い。これからずっとこの、コネ、人脈という言葉を聞かされつづけることとなる。機内食は赤いトレイに青い小皿。それにコンニャク、卵焼き、山菜、サバの煮付がのっていたが、見た目は日本食のようでいて、かじってみると和食の味付けではない。頼んだ白ワインもなんかすっぱいような気がした。

紅葉の山が見え、白い雪を頂く山が見え、やがて青い海に変わった。工業団地が見える。

「皆様、当機はただいまより大連国際空港へ着陸いたします」

ものすごい数のマンション群の間を飛行機は降りていった。それはチョコレート色の三角屋根がついたビルで、ヨーロッパ風な画一化された町並を形成していた。

午後四時、空港にタクシーは待っていない。大連駅まで一人三十元（当時、一元は十五円）でマイクロバスにのせられた。貸し切りだ。

大連駅は二度目だが、上野駅を巨大にしたようである。横からのスロープで乗客は二階から入り、降客は一階中央口から出る、という当初の動線の整理が、上野駅ではまったく使われなくなってしまったが、大連駅ではよく守られていた。これも満鉄時代に日本人が設計した建物らしい。

とりあえず今夜の夜行の切符を買う。九十九パーセントあきらめていたのに、何と長春行き、軟臥のコンパートメント寝台がとれた。一人二百三十六元。日本円でいうと三千五百円位。

「四人部屋の上下ですが、あとの人来なかったら鍵しめて二人で使えます」

と柳さんうれしそう。三年前、一人っ子の柳さんが全く故郷へ帰れないのを気の毒に思い、アルバイト先の居酒屋の客が飛行機代をくれた。他のお客さんもカンパをした。安い時期は寒かった。大連から長春行きの乗りつぎ便が大雪で飛ばず、彼女はあわてて大連駅にかけつけ、硬座に座って八時間、故郷長春までを耐えたという。

「お母さんへのお土産に持ってきた使い捨てカイロ、ペタペタ貼りました。でも周りの農民もっと寒そう。あげたらよろこんで、降りるときトランク四つ、みんな誰かが運んでくれた」

昨年の同行者ロシア人のアリョーナが二十五歳、今年は二十六だから、中国人の柳さんと同い年である。わたしの娘も同い年。なのに三人、どんなにか違う人生であろう。

午後十時八分の出発まであと三時間ある。トランクを一階の荷物預け所に一つ四元で預け、町に出た。昨年来たときおいしかった海鮮料理の店にタクシーを飛ばす。タクシー代八元。

「先生、ここ高いですよ」

と柳さん、臆する。「天天漁港」という流行っているチェーン店で、店員は飛行機の乗務員とはケタ違いのにこやかさだ。上海ガニやアワビは日本と値段が変わらず高い。

二人だからそう幾皿も頼めない。マテ貝のいためもの、大連の安いカニ、上海菜のいためもの、魚の蒸しもの、それと青島ビール。はずれがなくどれもまあまあの味だった。

スーツ姿のマネージャー格の女性が、「カライ、ダイジョウブ」「オイシイデスカ」などの言葉を一生けんめいわたしに教わり、メモする。この謙虚な姿勢自体、すでに客を喜ばすサービスかもしれない。思ったより安く、二人で百五十元、わたしにしてみればこれだけ食べて飲んで二千数百円だ。それでも柳さんは目を丸くする。彼女のお母さんの月収はたった月五百元（七千五百円）なのだ。日本で生活している彼女も帰国したとたん、頭が中国レートになってしまったらしい。

ゆっくり駅まで戻り、トランクを引き取って待合室へ向かう。体育館みたいな大ホールで、壁ぎわはうす暗いショッピング街である。でもこのぼんやりしたうす暗さは、子どものころ千葉の岩井海岸にあったヨロズ屋みたいでなつかしい。

「どうしてこう電気が暗いのか。待合室のぼんやりした椅子に、泥のようになった苦力（クーリー）の群や、辮髪（べんぱつ）を巻いたお百姓、爪の長い支那紳士の家族、売店の陳列箱の前では露西亜（ロシア）人のみすぼらしい男たちが、荷物を片手に、紅茶をフウフウ吹きながら飲んでいたりします」と林芙美子は長春駅の様子を書いている。何だか似た風景だ。

「斉斉哈尔（チチハル）（斉斉哈爾）」の表示が点滅して改札がはじまるとロシア人の一団が立ち上がった。

大連から北へ向かう線路は旧南満州鉄道。満鉄には日本で左翼活動をしていた人やリベラリストが流れつき、インテリが多く働いていた。満鉄の技師だった父上のことを、岩波ホール総支配人の高野悦子さんが書いておられるほか、満鉄関係者の回想録はおびただしくある。その前身はロシアの敷いた東清鉄道南満州線だ。ロシアは一八九一年、シベリア鉄道の建設を開始したが、ウラジオストクから国境沿いにハバロフスクまで北上し、また西へ折れる鉄道（わたしの昨年夏に乗ったルート）はかなり遠回りである。そこでウラジオストクとチタを清帝国内をつきぬけ最短距離で結ぶ鉄道を先に実現した。その中心がハルビンである。

しかも、ウラジオストク港は冬に凍結して軍艦が動けなくなるため、ロシアは不凍港を求めていた。それで敷いた鉄道がハルビンから南下し、大連、旅順にいたる鉄道である。そのためにはこの地域をロシアの勢力下に置かなくてはならない。ロシアは日清戦争後の清国の対日賠償を援助したことの見返りに、一八九六年から九九年にかけて、旅順、大連の租借、および東清鉄道の建設と経営の権利を獲得した。

一方、日清戦争に勝ったにもかかわらず、日本は領土として得た遼東半島を露独仏などの三国干渉によって返還させられている。

このとき樋口一葉がよんだ歌がある。

敷嶋のやまとますらをにへにしていくらかえたるもろこしの原

日本はくやしがった。一葉のこの歌は、戦争の悲惨をうたったのだろうか。いや、血気さかんな明治の娘の歯がみのようにもみえる。ロシアの国策会社東清鉄道株式会社は着々と鉄道用地を買収し、鉄路を敷いていった。一八九七年、ハルビンから東西へ向かって着工された。一九〇一年、東のウスリー鉄道とつながる綏芬河（パグラニーチナヤ）へ、一九〇二年には西方アムール鉄道と接続する満州里までが開通する。一方、ハルビンから南へ大連にいたる鉄路も一九〇三年までに完成した。

日本はこのロシアの南下政策に危機を感じ、「臥薪嘗胆」を国民の合言葉に一九〇四～〇五年の日露戦争に辛くも勝利して、満州での権益をロシアの手からもぎとった。日露戦争というのに最大激戦地は中国の旅順。まさに東北地方をどちらが制圧するか、をめぐる闘いだった。さらに一九一七年のロシア革命後は孤立した「チェコ軍団の救出」を口実に日本はシベリアに出兵、さらにコルチャック将軍率いる白軍（反革命軍）の支援を口実に駐留をつづけた。それが「満州は日本の生命線」とする一九三二年の満州国建設までつながっていく。

「下に軟臥寝台の客のための特別待合室があります。そこへ行きましょう」

と柳さんが促した。階段下では誰かが白酒の甕を割ったらしく、ものすごいにおいがした。

オレンジ色のソファに身をしずめ、サービスの龍井茶(ロンジン)を飲んで待つ。ようやく長春行きの改札が始まり、わたしたちはまたトランクを持ってホームに出ていった。今回、わたしのトランクはいたって軽いが、一人っ子の柳さんのは両親への土産ではちきれそうだ。

ホームはうす暗く、オレンジ色の灯が胸をしめつける。紺の制服制帽の車掌が号車を教えてくれる。外国の駅のホームはなぜどこも夢の中のようなのだろう。かつてカルカッタの駅にベナレスへ向かう四十両もの長い長い列車がしずしずと入ってきたときのことを思い出した。あのとき、寝台の券は持っていたが、何号車に乗るべきかは、そのときになってみなければわからなかった。一つ一つの号車にタイプされた紙がはられ、人々は殺到し、暗い中で、一号車ずつ自分の名前を探していくのである。

中国ではよほど簡単。切符から九号車の一というコンパートメントであることはわかったが、たどっていくと占有の願いは叶わず先客がいる。しかも残念ながら男二人。それも早々に服を脱ぎ、まっ赤な下着の上下(なんでこんな下着があるんだろう!)でベッドに横になっている。この人たちと同宿で鍵を閉めるの?

「どこか別の部屋が空いてないかしら」

と話の内容を悟られないようにいうと、柳さん、さっそく他の室をチェックして来、

「下段は満杯だけど七の上が二つ空いてます。下は男女のカップル。そこに移りましょう」

という。わたしたちが出ていくのを、相客は気にもしなかったし、移った先の男女も、わたしたちが入ることに不快も歓迎も示さなかった。自分にしか興味がないのかも。

部屋のつくりや、通路の窓ぎわにバネで倒して座る椅子があることなど、シベリア鉄道に似ている。カーテンは花模様入りのゴース。やがて、のっそりのっそり、列車は動き出す。下の段でないと外の風景が見えないので、しばらくは通路にいた。町を脱け出すと下弦の月が疎林にかかり、オレンジ色の街灯が点々と見え、光の海になった。外の気温は七度。速度は毎時百公里（キロ）と電光板が示す。やがて農村部に入ったらしく外は光が消え、漆黒の闇が訪れた。

ぐっすり寝ていたのに突然、哀調を帯びた音楽が流れ、まもなく長春に着くと告げる。それにしても一晩、毛布をはぐほどに暖かかった。外の冷気に備え、わたしはレッグウォーマーをはき、通路に出た。味爽というべきほのかな明るさの中、列車は長春駅にすべり込む。

誰かが手をのばしてトランクを取った。ふり返れば笑顔の男性。「父です」と柳さん。早朝の五時半だというのにきちんと背広にネクタイをしめ、茶色のコートを着ていた。「先生をお迎えするので失礼のないようにと緊張しているんです。ようこそいらっしゃいました、と申し上げました」

もし列車が早くつくといけないと思って、お父さんは四時半から寒いホームで待っていたという。

わたし一人の今夜の宿のため、まず駅前の春誼賓館に直行した。柳さんの実家のアパートは狭いらしいし、三年ぶりの親子水入らずを邪魔するわけにもいかない。春誼賓館は満鉄が経営していた昔のヤマトホテルである。しかし宿直の若い男はあくびをして、首をふった。

「今日は会議があり、エライさんがたくさん泊るので部屋はないそうです」

中條百合子は林芙美子より四年前の一九二七年、長春を通っている。

「夜八時四十分長春着。ビューローの人が来て居て荷物のこと、その他してくれ、小一時間街を歩いた。雪余りふかくなし」（「日記」十二月四日）

まだ一九三二年の満州国建設まで間があり、この町は長春といった。満州国になって〃新しい京〃だから新京と替えられ、日本撤退以降また長春に戻る。百合子の見たのは夜の長春の街である。

「長春、いつも春のようにいいところ、という意味です」

と柳さん。

一九二七年の中條百合子と湯浅芳子の女二人旅をおさらいしておこう。芙美子とほぼ同じ、東京—京都—下関と鉄道で、そこから釜山まで船で渡った。「八時釜山着、案外寒からず。ここから汽車広軌となって心持よろし」（「日記」十二月三日）

わたしも一九七三年、十九歳のとき一人で関釜フェリーに乗り、釜山から鉄道でソウルへ向かった。朴正熙（パクチョンヒ）大統領の戒厳令下の韓国で一ケ月ほどユネスコのワークキャンプで道路建設に従事したが、行けたのはソウルの北の三十八度線板門店までで、その先は北朝鮮。百合子やほぼ同じルートの芙美子の通った平壌（ピョンヤン）へはいまはたやすくは行けない。べつに百合子は何の感想も書いていず、単に朝鮮半島を通過しただけである。

「朝八時安東で税関あり、安東時間アリ」（「日記」十二月四日）

いまの丹東に朝到着。午後の二時に奉天（いまの瀋陽）着というのだから、丹東—奉天は六時間かかったことになる。さらに長春へ五時間ほど。

さて一九三一年十一月の林芙美子の場合。

「長春へ着きました。雪はまだ降っていません。——去年、手ぶらで来ました時と違って、トランクが四ツもありましたし、駅の中は沢山の兵隊で、全く赤帽を呼ぶどころの騒ぎではないのです。ギラギラした剣附鉄砲（けんつきでっぽう）の林立している日本兵の間を潜（くぐ）って、やっと薄暗い待合所の中へはいりました。この待合所には、売店や両替所や、お茶を呑むところがあります」（「西比利亜の旅」）

まだ地名は長春だが、たった四年の間に、軍靴が町に迫っている。

まさにこの年九月十八日、関東軍は奉天近くの柳条湖(りゅうじょうこ)で満鉄の線路を爆破、これは中国人がやったように見せかけた謀略であるが、これを口実に満州事変を起こし、翌一九三二年に満州国を成立させてしまう。九・一八は中国にとっては侵略されたきっかけの国恥記念日となっている。これから長春では、この時代の〝軍部(つわもの)たちの夢の跡〟をめぐる予定である。

旧ヤマトホテル春誼賓館に今夜の宿がとれずがっかりしたわたしに、とりあえずうちに行ってご飯を食べましょう、とお父さんが促す。タクシーは大連で初乗り八元だったが、長春は五元。ちなみに北京は十元だという。

柳さんのアパートは市内のなかなかいい所にあった。一九八一年にアルマイト製品の会社の社宅として建てられた。

「じいちゃんがそこに勤めていて、父ちゃんも人脈でそこに勤めた。結婚して二世代で住んだけど、日本でいう嫁姑問題で、私が生れて三つのとき、祖父母が他に移ったんです」

アリョーナのエカテリンブルクの共同住宅を思い出す。入口の感じはよく似ている。暗い鉄の階段を上った三階。

「コの字形で、中庭があります」

そう、わたしがかつてその消滅につぎつぎと立ち会った同潤会アパートにも似ていた。建物も入口を入った感じも、すすけた壁も、各戸の扉も。扉には大きな赤い「福」の字が上下逆さに貼ってある。こうすると福倒（フータオ）は福到に通じ、福がくるのだそうだ。

三階の住いは2DK。十畳ほどの居間と八畳の寝室、居間のバルコニーを改造してサンルームにしてあり、盆栽や鉢植えをおいて居心地のよい空間だ。窓から見ると、各戸思い思いにベランダ部分をサンルームに増築しているのも同潤会にそっくり。廂（ひさし）の上に長ネギを積んでいる。

「一冬ぶんのネギ、冷蔵庫がわりです」

柳さんのお母さん、丁さんはスラリとした長身、小麦色の肌に二重の大きな目の人であった。中国では夫婦別姓で、子は父の姓をつぐ。トイレがバケツに汲んだ水を流す方式で、シャワーも風呂もないのを気にしているようである。なんの、タイやインドで経験済みだ。居間のテーブルにワンタンや保存食が並んだ。

「ここは冬は大根とジャガイモくらいしかありません。秋口にこのらっきょう、お母さんが漬けました」

いかにも東北地方らしい、塩のきいた漬物だった。お父さんが数えで未年の五十三歳、お母さんが中年の五十二歳。わたしよりちょっとだけ若い。なのに両親は、

「老師（先生）がこんなにお若いとは！」
とお世辞かもしれないが驚いている。お父さんは工場で働いていたが、同年代の人々とともに理由もなく解雇された。その後、結婚式専門のカメラマンをはじめたが、運の悪いことに、「今年結婚する男は早死にする」というウワサが広まったため、いまのところ商売上がったりである。お母さんは両親を早く亡くし、弟妹を養うため、十五歳から食堂や学校の掃除の仕事をしてきたが、現在、知人の父親の介護をしている。社宅が自分のものになっているからいいものの、経済的にはかなり大変な一家といえる。

お金の足りないところをお母さんは手仕事で埋めた。椅子やベッドカバーも手製、娘の服を毛糸でふちどったりして着ている。帽子、ビーズのバッグ、マフラーも手作り。誉めると喜んで次々天袋から出して見せてくれ、気に入ったらどうぞという。たいした手土産も持たずに来たのにと遠慮すると、

「お母さんの才能を認めてくれる人はとても少いの、貰ってあげてください」
と柳さんがいうので、トランクのすきま分だけいただくことにした。

驚いたことに、柳さんの帰国を聞きつけ、日本での彼女の同居人の母親が、長距離バスでこちらへ向かっているという。彼、劉君もわたしは知っているが、日本では婚姻届を出したものの、中国で披露宴はしていない。というのは柳さんの両親が認めないからだ。中国では結婚するとき男が住いを、女が家具を用意する。その余裕が劉家にはない。

こんな庶民の二つの家庭がよく日本に子どもを私費留学させたものだ、と驚く。しかも私立大学に。いや大学に入るためには来日してからも二年間、日本語学校に通い、高い出席率をキープしなければならない。渡航費用と入学金くらいは親が出すが、学費も生活費も自分で稼ぐ。親がかりの日本人学生には想像もつかない世界である。

「一人っ子だから、無理しても広い世界を見せたい、と母がいってくれたんです」

と柳さん。しかしここに連れ合いのお母さんまで現われるとあっては話がややこしい。わたしは寝室に退散、昼まで休ませてもらうことにした。列車の疲れがどっと出て、十二時までぐっすり眠った。

昼、華やかなやさしそうな女の人がわたしを起こす。大柄で太った劉君のお母さんとも思えない細くてきれいな人。またご飯が供された。卵焼き、あぶらあげとニラのいためもの、ザウアークラウトのような酸っぱい菜のいためもの、家常菜、いわゆるお袋の味だがおいしい。またひとしきりおしゃべり。いったいわたしは何のために来たのかしら。でもガイドブックに載っている名所旧跡を見に行くより、こうした中国のふつうの家庭を観察する方がよほど興味深い。

午後二時半、やっと五人で外に出る。上品な住宅街と思ったが意外に「盲人按摩」「成人用品」「旅客所（実質ラブホテル）」の看板が並んでいた。

歩いていくと巨大な広場に出た。文化広場、二万坪。凧が舞う。これこそ、長春を首都とする満州国政府の順天広場であった場所で、向うに見える巨大な建物は未完成に終った皇帝溥儀(ふぎ)の王宮なのであった。いまは地質宮という博物館、東京国立博物館に似て、コンクリート建築だが頭に東洋風の瓦をのせている。いわゆる帝冠様式、興亜様式だが、それでは不正確として最近はコンクリート和風というらしい。いやコンクリート中国風だ。これから、広場の反対側にある中国側の表現でいえば「偽(ぎ)満州国八大部」というのをめぐる。満州国はいちおう、国家のかたちをしていて内閣も省庁もあった。初代国務総理は鄭孝胥(ていこうしょ)、二代目が張景恵(ちょうけいけい)。その下の官僚にも中国人を据えた。

新民大街というような公園のようなブールバール沿いにまず現われるのは国務院。政府中枢の、日本でいえば内閣府である。一九三六年竣工のこの建物は佐野利器(としかた)の指示で石井達郎が担当、大林組の施工という。入口の半分はふさがれ、タテ看板のようなものに、「偽満州国」の罪状が縷々(るる)述べられている。

授業でわたしが「満州国建設」とうっかりいったとき、「先生、満州国という国はありません。私たちは偽満州国とよんでいます」と反論したのも、長春出身の柳さんだった。

この国務院から新京駅まではいざというときの避難のため地下道ができていた、とか、二代目総理張景恵には七人の妻と三人の息子がいたとか書いてある。狭い入口を入ると中は土産物店と薬局で、そこの女性に十元払うと、奥の方から建物の中に入り、溥儀の

柳家での食事。

旧満州映画協会、長春電影制片廠。

使ったエレベーターを見せてくれた。冷蔵庫と蓄音機とタイプライターも溥儀が使ったものという。女性はわたしに、新京の日本軍が作った地図を百元ですすめたが、ここは誰が運営しており、この人がどういう立場の人かまったく分からない。お父さんの柳氏らが高いからやめろというのに、わたしは結局、地図と五十元の日本語DVDを買ったが、お金を払ったとたん、月収五百元しかない柳夫人ががっかりしたのが分かった。

向かい側は旧軍事部で、いまは医大第一病院、白求（ベチューン）という人の銅像が前庭に立つ。彼はカナダ人の医師で、集団で来て主権を奪った日本人と異なり、個人で来て延安で活動し、中国人の命を多数救ったとして、中国人の敬愛をいまも集めている。手術中に指を切って敗血症になり、五十を待たずに没したが、その死去のさいには毛沢東が弔辞を述べた。

そこから緑濃い公園のような大道を歩いていく。わが住む谷中や根津の路地は町びとによって〝生きられた都市〟だと感ずるが、これはまさに関東軍によって〝上から強引に造られた都市〟であって、さぞかしプランナーには千載一遇のチャンス、腕のふるいがいがあっただろう。好きになれないなあ。

右に満州国の経済部（日本でいえば財務省か）が見える。いまは吉林大学第三医院である。左の司法部は吉林大学新民校区。病院や学校がやたら多いのねえ。

「中国が解放されて復興するさい、一番必要なのは病院でした。病院として使わなかったら壊していたかもね。いつも人で混んでいますし、建て替える暇もなかったのでしょう」

と柳さん。伊東忠太の建築に似ているのもあれば、中洋折衷のもある。いずれもスクラッチタイルを用い、寒い冬に備えてか、ぶ厚い壁を持つ。入口の寒さよけの厚いビニールの短冊状のカーテンをかきわけて入るのだが、これがひどく臭い。濃緑の軍の毛布のようなものを入口にかけた建物もある。

「日本人の造った建物はとても堅牢です。壊されるとそのレンガを拾ってきて、削って猿の人形をつくりますが、固くてくずれません」

と手仕事好きのお母さん。

「でも興農部（農水省）と文教部（文科省）はもう壊されたようです。ついこの前まであったのに。古いものを残しているといかにも町が発展していないように見えるので、中国ではどんどん壊しているのです」

とお父さん。五時になるとこれらの建物に取りつけられた電飾がともり輝いた。〝偽〟満州国の官庁であった公立病院に、ライトアップどころかイルミネーションまで施されているのは、なんだかおかしい眺めだった。

暗くなっては見るものもない。お父さんは近くの「白樺林」なるレストランに個室を予約していた。生活も苦しいのにそこまでしてくれなくてもと思うが、三年ぶりの娘の帰国は〝老師〟のおかげであり、歓迎の宴を張らねばならない。娘の成長ぶりを見せようと、お父さんは両親も招いていた。やってきたおじいちゃん、おばあちゃんは中国人のあたたかさを感じさせるいい顔の老人たちであった。

祖父柳明山氏は三人兄弟の末っ子、兄弟は上から、柳明有、柳明金、柳明山とつづき、三人あわせて「有金山」、すなわち〝金の山が有る〟はずだったが、そんなわけにはいかなかった。長兄は数えの九十二で亡くなり、次兄は七十九で健在、ご本人も七十三歳だから、激動の現代史をくぐりぬけて三人とも長寿である。おじいちゃんの話。

「うちは農民でしたがまずしく耕す土地もないので、子どものときから煙草を市内へ売りに来てしのいだものです。そんなとき日本人の女の人が、坊や、おいで、といってご飯を食べさせてくれました」

戦後、満鉄の後身となる鉄道の食堂で働いていたという。一方、気のつよそうなおばあちゃんは、

「私は日本人に捕まって、無理やり注射をさせられ、あとが膿んでひどい目にあった」とまくしたてた。よく聞くと、日本人が天然痘の予防接種を現地人にほどこしたのではないか、と思われるが、衛生環境が悪いので腫れたのだろう。何でも悪くとれば悪くいえる。

「日本人は中国人の男を無理やり連れていって、炭鉱の労工として働かせ、掘りつくす

と中にいる労工をそのまま生き埋めにした。それは逃げて帰った人から聞いたよ」

「私たちも小学生のころ、毎月、戦争の映画見せられました。日本軍どんなにひどいか、国民党どんなに残酷か。すっかり頭洗われてます。ばあちゃんもです」

と柳さんがまた始まったという顔。おばあちゃんも場の雰囲気を読んでか、突然、

「悪いのは日本軍、日本人民は悪くない」

といい出す。ソ連軍は来ましたか、というと待ってましたとばかり目が大きくなり、

「ソ連軍はもっとひどい。女を見つけると部屋へ連れ込んで犯す。日本軍はそこまではしなかった」

という。ようやく席がなごんだかと思ったら、おばあちゃん、

「今度のフクダはヤスクニに行かないの？　前のコイズミは何回も行ったろ」

と聞く。退職してヒマなので新聞を隅から隅まで読んでいるのだそうだ。昭和天皇はA級戦犯合祀後ヤスクニに一度も行かなかったことも知っていた。日本人が知らないようなことを、中国大陸の片隅でチェックしている庶民がいる。心しなければ。

「私の年金は一月八百元だけど、こんど政府が千二百元にしてくれるらしい。それで暮らすには十分だよ」

とも。こんどは両親が渋い顔。夫は失職中、妻の月収は数百元なのである。

「貧富の差がひどすぎるので、政府もいろいろ手を打ってます。いま老人と子どもはず

いぶん優遇されていますが、中年世代が一番厳しい。職場も若者優先で、中高年は理由もなく解雇されています」

と柳さんがささやく。

客を接待するときは食べ切れないほど注文するのが礼儀らしく、「食べものを残すな」と親に教わったわたしはせっせと食べつづけてついに音を上げた。柳さんは、

「これだから、帰ると十キロ太ります」

という。一人っ子に親は食べろ食べろといい、さっきから皿があくと、娘に料理をとってやっている。ものすごく過保護に見える。

おばあちゃんに、いまはお幸せそうですね、というと、

「そうね。若いときいっぱい苦労を食べたから」

と満足そうにうなずいた。

そのうち店の人が小さなプラスチックボックスと袋をたくさん持ってきた。なあんだ。余さず持ち帰ると知って、ほっとした。無理して食べることはなかったのだ。

今夜は満室、といった旧ヤマトホテル春誼賓館に念のため電話をかけてみると、空いているそうだ。タクシーで駅前まで戻った。通されたのは旧館最奥の部屋、満員どころか誰も泊ってやしないじゃないか。湯を出そうと蛇口をひねると突然パッキングが飛び、茶色い水が流れはじめた。やだア。何分かしてようやく透明な湯に変わる。湯船はなく、

シャワーを浴びようと固形石鹸の袋をあけると中は粉々になっていた。何年も客が泊ってない部屋なのかな。ドアの隣りは客用浴室だが、入りにいく元気もない。そのまた隣りはメイドのたまり場で大騒ぎ、しかも順番に客用浴室に入っては廊下で髪を乾かしながら声高に携帯をかけている。さすがに廊下に出てシーッと唇に指をあてた。まさか客がいるとは思ってなかったらしい。とたんに騒ぎはピタリとやむ。林芙美子流ボディーランゲージの効用にわたしはにんまりした。

翌朝、前夜入れた緑茶の残りが褐色に変わり、上に油のようなものがチラチラ浮いている。しまった。中国ではホテル備えつけのティーバッグにも用心しなければならない。旧ヤマトホテルだからという旅愁のみで泊るのは避けた方が賢明だが、こういうときは「こんなスゴイ体験をさせてもらっていいの」とワクワクする方だ。中国の国営ホテルのひどさは上海の錦江飯店、ブロードウェイマンション、マーラーハウスなどで経験済みだが、ここはとくにひどい。窓から見える中庭はまるで廃墟であって、その向うの灰色の建物に共産党の赤旗が翩翻（へんぽん）と翻る。

十一月二日。今日は病院へ連れていくと両親がいいだした。じつは娘を連れていくのが主目的であることはわかっている。中国人が健康を気にすること日本人の比ではない。医食同源といって食べものも、目にいい、肝にいい、と一つ一つ挙げる。血に問題があれば赤い物（同じ色）を食べよ、肝に問題があれば鶏でも豚でもレバー（同じ部位）を食べよ、脳に問題があればくるみ（同じ形）を食べよ、などと何人もの中国人から教わった。柳氏も居間にある観葉植物の虎斑（とらふ）の葉を指して、

「これは空気を浄化します。他の植物は酸素を吸いますが、これだけは酸素を出します」

という。本当かな。テレビの脇には「海宝」といってヘビやタツノオトシゴやヒトデを入れた薬酒がデンとある。これは精力剤でお父さん用。もう一つ、朝鮮人参や薬草が入ったのは血の道のお母さん用。帰るまでに味見を頼んでみよう。そのせいか柳氏の髪はふさふさと漆黒である。ほめると、

「豆を食べれば髪は黒い」

と自慢げだ。長春は満鉄の豆の集散地であったのを思い出した。

混みあう病院に入ると二人の男性が近づいて来る。お母さんの仕事先の女校長先生の旦那さんの友人の知りあいの医者の紹介で、これから吉林中医学院中きっての名医に特別に診てもらうことがかなった。まるで漱石「吾輩は猫である」の「天璋院（てんしょういん）様の御祐（ごゆう）筆（ひつ）……」みたいな話だわ。人脈をつなぐため、二人来た男は「女校長の旦那さん」と「お医者さん」である。

別棟の二階にその名医はいた。老教授といっても六十代。健康に注意しているせいか、すこぶる若い。わたしの手首をじいっと押えて脈をとり、

「頭に血がめぐっていない感じだ」

という。そして手元の紙に自信満々たる筆跡で書き出した。

一、更年期綜合症——内分泌失調

一、脳供血不足——頸椎病——脳巣症

漢字だから分かる。

「頭痛と耳鳴りもあるでしょう」。はい。

「どんな仕事です？」。書いたり、読んだり。

「それで分かった。ずっと下を向いているので骨が変形して血が頭にいかないんだな」。どうしたらいいんですか。

「凧を揚げなさい」

これには吹き出した。東京で凧を揚げろと？　やってみようじゃないか。上を向くことが必要なわけね。柳さんの診察が終って出るともう二時。今日はもう、偽満州国皇帝愛新覚羅溥儀の宮殿に行ければ良い方だろう。タクシーに乗ると渋滞。ライトのところに「8888883・天鎖」とある。あれはなーに。

「カギを失くしたとき壊してあける商売です。中国人は八、パーが好きなんです。發って字に通じ金がもうかる」

あ、麻雀の白發中の發ね。横浜中華街に「同發」って店があって、字が面白くて覚えている。

「あと五は福に通じるから、六は利に通じるから中国人は好きです」

そういえばテレビのCMでもやたら「パーパーパー」と電話番号を連呼している。彼女の携帯番号も八ばかり。でもみんなが八をほしがったらどうするの。

「人脈です。ちょっとお礼を出して」

またまた、人脈。話のあいだお父さんは運転手とじっと前を見ている。この人はいつもはタクシーになど乗らない。料金一元の電車やバスさえめったに乗らない。週に一度、銭湯にいくのが楽しみ。中国人は誰しも人生得するちょっとした人脈をもっているが、それほど輝かしい人脈でないから、こういうつましい人生なのだ。ほとんどの人がそうだろう。町角でヒマワリのタネを売る人、道路を掃く人、電車の車掌、そんな人がいとおしい。

一元の電車代を惜しむ人がいる一方、金の人脈をもち、うまくやる連中は私腹を肥やす。バカらしくなって若者が次々と海を越えるのも分からないではない。渋滞の車内から混んだバスが見えた。みな前のシートのビニールカバーに額をもたせて居眠りをしている。そのカバーに「前立腺炎」と大書してあるのが妙な感じ。日本は婦人科は多いんだけどねえ。

「中国は男性科医院多いです。知ってる留学生が日本の湿気でタマをやられたんですが、どこへ治療にいっていいか分からない。悩んでついに帰国してしまいました」

あられもない話をまじめに話す。そのうちやっと車が動き出し、「偽満皇宮博物院」についた。これは先に見た順天（文化）広場の新宮殿が完成するまでの仮宮殿だったところらしいが、けっこう大きい。入口に馬場があり、わたしたちはまず十元ずつ払って馬車で一回りした。お父さんは得意のビデオで撮影する。溥儀は馬や自動車が好きだった。温室もあった。入場料五十元も払って宮殿内部に入ると、まず灰色の陰気な宮内府。役人どもに囲まれて溥儀はカゴの鳥であった。十六歳で嫁いだ皇后婉容と手を取りあった写真があるものの実際は不仲である。婉容は溥儀を嫌いぬき、一度も床を共にしなかったという。彼女は満州国の官僚と私通し、アヘン中毒になり、心を病み死んだ。ご丁寧にもアヘンを吸う婉容の人形まであって、解説板も書きたい放題である。

一方、溥儀は譚玉齢という側室を寵愛したが、彼女が二十二歳で早く亡くなるとふさぎ込んだ。日本軍の盗聴をおそれて正式の寝室を使わず、トイレで長い時間かけて新聞を読んだり、果てはそこで重要書類に判を押すようにまでなった。

「だからトイレ皇帝とよばれてるんですよ。ホント、さびしかったんだねー」

と柳さん。広壮で暗い宮殿は、疑心暗鬼で孤独な皇帝そのものである。もう一人、彼は李玉琴という側室を、関東軍大佐吉岡安直の世話で得た。婉容が柳腰美人なら、こちらは徳川家康が好みそうな腰の太いピチピチ娘。彼女は戦後、溥儀と別れ、八路軍に軟禁されてのち図書館員となり、人民中国の一員としてただれた宮殿生活の一端をインタビューで答えたりした。

「溥儀はタオルケットが好きだったんですよ」

と柳さんはくわしい。百匹の犬を飼い、すべて自分で名をつけ、記憶していたという。顔をみてもちょっとオタクっぽくフェチな感じ。わたしは溥儀の弟溥傑に政略結婚で嫁いだ嵯峨侯爵の娘・浩の自伝を読んだことがある。それは冷静に自らの運命を受けとめた人間的なものだった。溥傑の方は日本軍や満州国、兄に対しても批判的であったといわれる。夫婦仲は最後まで円満だった。この二人の娘が学習院の学生であって、級友の男子学生と天城山中でピストル心中した愛新覚羅慧生。これが当時なぜ「天国で結ぶ恋」などと美化されたのかは謎である。

皇帝、皇后のプライベートな空間緝熙楼がロココ趣味の空虚なものであるのにひきかえ、表の生活をつかさどる勤民楼は権威的で堅苦しい。そして侍従や官僚の執務室はひどく暗く陰惨であって、わたしは山本薩夫監督の映画「戦争と人間」を思い出した。あれに出てくる関東軍将校に似た人形がソファにふんぞり返って掛けていた。この展示もかなり片寄ったものだなあ。

夕方、携帯が鳴る。前日食事を共にしたおばあちゃんの弟が突然、亡くなったという。柳氏はこれからすぐ行かねばならない。一方、アパートへ戻ると親戚中が集って、わたしを歓迎するために女たちは寝室の床に敷物を敷いて長春名物、餃子の皮をこねているところである。新しく見る女性はお父さんの妹とお母さんの妹の二人。てんやわんやの大騒ぎだ。

客であるわたしは手伝うのもじゃまだし、柳さんを通訳にお父さんの伯父にあたる柳明金氏、七十九歳の話を聞くことにした。

「私は一九二八年、長春県カロンに三人兄弟のまん中に生れました。父は地主の家で働いていました。幼いとき父が死に、母と兄弟で力を合せて暮らしました。十二歳になって満州国の小学校へやっと行けたときはうれしかったです。アイウエオ、カキクケコ、ラリルレロ。習いました。ところが兄が、自分は一度も学校に行けず働いているのになぜ弟は行くんだ、というので六ケ月でやめさせられてしまった。

それで十五歳のとき、兄の勤めていた満鉄に入りました。仕事は汽車の窓を拭いたり、社員の方に電報を配ったり、ミルクを温めたりです。試用期間の六ケ月がすんで給料を受けとりに行くと、すでに誰かがサインをして、印を押して金を受けとってました。たぶん、楊という同僚だと思います。日本人は調べてくれたが、結局分からず、給料も貰えずじまいでした。

でもそのあとはいいことずくめでした。給料は月に二十八元から三十元、これはとてつもなくいい。一年に十二回、家族で鉄道に乗れる切符もくれたし、作業着のほかに夏用と冬用の制服や帽子、冬はコートまでくれました。そのほかに一箱十本入りの煙草が五十箱入ったのを毎月くれて、それを弟（柳さんの祖父）が町へ売りにいって生活の足しにしました。満鉄は勤め先としてはいいところだった。

一九四五年八月十五日になると、治安が混乱しました。満鉄の社員などは家族といっしょにさっさと逃げてしまいましたが、その後、軍が鉄道を止めてしまい、通化や瀋陽へと逃げていく日本人で道は大混雑でした。

中国人はいままでのことがあるから、日本人の服も荷物もとった。かわいそうに米を入れる袋に穴をあけてかぶっているだけの女の人もいました。朝鮮半島を抜けて日本に帰るつもりだったのでしょうが、通化で止められた二千人ほどの日本人たちが、自暴自棄になって手持ちのナイフや銃で暴動を起こしたと聞きます。もちろん八路軍に制圧されましたし、国士朝鮮軍も入ってきて鎮圧し、指揮した将軍は英雄になりました。朝鮮の人はこれ以上、日本人に入ってきてほしくなかったんでしょう。そして日本人の男はビルから飛び降りて死に、女たちは捕えられ障害者の介護をさせられたようです。日本人といっても、軍の人、満鉄の人、開拓団、商人とみんな生活も逃げ方も違いました」

満州引き揚げに関する本は多く出ているが、当時を知る中国人から、とつとつと語られ、逐一訳されると臨場感がある。

「その後、私は解放軍になる前の八路軍に加わり、治安委員会という名の、実は匪賊（ゲリラ）の掃討をやりました。一通県井台子という所でしたが、この匪賊の中に日本兵が四百名ほどまぎれ込んでいた。どうも武器の砲もいいし、手榴弾も飛んでくるので、日本人がいるらしいと上の部隊に通報して、大砲を運んできて撃った。それで敵は逃げて行き、城砦に入ってみると二十人くらい日本兵が死んでいました」

日本兵と面と向かって戦ったことがありますか、と聞くと「メイヨー（ない）」と言下に否定した。

「それからこんどは四平というところで国民党が夜襲をしかけてきた。そのときの大砲弾で仲間四人が死に、私の耳もとでも爆発し、目がまぶしくて何にもわからなくなった。それから通化へ運ばれて日本人の経営していた病院へ行ったら、まだ日本人の医者と看護婦がいて治療をしてくれた。だから通化暴動のことを聞いて知っているのです。命は助かりましたが、それからずっと耳がよく聞こえません。四九年の中華人民共和国の樹立までに二回大きな戦闘と三回小さい戦闘に参加しましたが、終って長春に帰ると、軍隊でよく働いたので公務員にしてあげるといわれた。自分は学校にもロクに行ってないし、でも鉄道のことなら分かります、といって長春の機関区につとめて定年までいました。もといた社宅は満鉄の社宅で一戸建てで広かったです」

日本人をどう思いましたか。

「日本人は下の人をかわいがる。私も満鉄ではかわいがってもらった。そしてみんな一致団結して働く。中国人よりまじめだ。中国人はみんなバラバラで団結できない」

日本人の残留孤児はこのへんにもいましたか。

「長春では少いでしょう。瀋陽や通化では多かった。いろんな例を知っています。体力のない子どもはとうてい避難行は無理と中国人に預けたり、あげたり、売ったりした。足手まといだからと子どもの手を切ったり、首をしめたりした人もいる。一方、日本人の子は優秀だというので、買う中国人もいました。日本人の子を盗んだ中国人もいます」

満州国をどう思いますか。

「偽満州国とよぶのはどうかと思います。たしかに皇帝も官僚も中国人だったのだし。これを『まぼろし』とか『なかった』ということはできません。満州国はたしかにあった。そして一番悪いのは関東軍の司令部とそれにそのかされた中国人で、日本の人民は悪くない」

そういって柳明金翁は首を横に振った。

さらに「ワタシ、ジュウロク、マンシュウムスメ、ユキガトケレバハナガサクー」と昔覚えた唄をかぼそい声で歌ってくれたりした。

わたしは餃子をいただいて早々に辞することにした。しかし、この家はいま取り込み中だ。今夜の宿は長白山賓館、南湖公園を望む由緒ある四つ星ホテル。一泊五百元と旧ヤマトホテル春誼賓館の二倍以上だが、よほど快適だった。

十一月三日、午前中は豪華な朝食バイキングでおかゆを食べたり、本を読んですごす。なるべく柳さんに家族と長くすごさせたい。あらわれた彼女は昨日、親子三人で枕を並べて寝たということで、スッキリした顔を期待したら、意外に暗かった。

「あれから父と母は大喧嘩したんです」

父方の大叔父の死をきっかけに、一家の問題が噴出した。そして失職中の父を母がなじり、父はプライドを傷つけられ、物が飛んだ。

「父は一目惚れだったけど母にはほかに好きな人がいたんです。でも両親を早く亡くし、結婚せざるを得なかった。そのころ父方の祖母は貿易もやってたし、安定してました。こんな貧乏になるとは思わなかった、ばあちゃんにだまされた、とよくグチいいます。一方、やさしい人だからいいと思ったけど、父はまじめでカタすぎ、趣味があわない。ばあちゃんは生れた私が男の子でなかったのでがっかり。中国では内孫しかかわいがりません、名前がつづきますから。それも男が孫子、女は孫女、差別がある。私が嫁いで子どもを産んでも柳の名前はつづきません。毛沢東でなくても、みんな名前を残したいんですね」

叔父の家に右手を高く掲げた毛沢東の小さな像がある。かつて尊敬された毛さんの腕はいまネックレスかけに使われている、という。

今日は見残したものを、タクシーを三時間百元で雇って二人で回ることにする。順天大街、いまの新民大街と並行する人民大街を北上すると偽満州国民生部（いってみれば厚労省。いま吉林省石油化工設計研究院）を経て人民広場に出た。このぐるりにあった旧満州中央銀行はいま中国人民銀行になっている。これは円い広場の一角に台形に開いた広壮な建物。正面のイオニア式列柱のついた入口を入ると、床は白い大理石と黒い御影石のモザイク、高いガラスの天井。預金引出しの紙を書く台も大理石と、日本橋の三井本館（重要文化財）にそっくりである。また旧関東軍司令部はいま中国共産党吉林省委員会となっており、最大権力から最大権力の手に渡った感じだが、もちろん入れない。直立不動の衛兵の前を石炭車のロバがゆっくり歩いていく。運転手が何かいった。

「ああいうのは恥ずかしくて見せたくない」

いかめしい共産党のことかと思いきや、ロバ車のことだという。そうお？　ロバと車とバスと人力車が共存する大街なんてすばらしいじゃあないの。

偽満州国めぐりにも飽きて、わたしたちはおかゆの店で遅い昼をとった。タケノコと青菜、キノコとナスの二種を盛り合せそれぞれ七元、おかゆは一元で食べ放題。わたしも柳さんもピータンがゆを三杯食べた。

それから市電で旧満州映画協会（満映）だった長春電影制片廠を見に行く。門を入り、坂を上っていくと、まさに焦げ茶色の片手をあげた大きな毛沢東像。玄関を入ると床には龍のモザイクがあり、江沢民、鄧小平などが来場した記念写真がズラリと掲げられている。ここは李香蘭がヒロインの旧満映であったことでなく、東北地方で初めて映画を作った所だと宣伝されている。団体客とともに、ガイドについて歩く。「映画では現実を夢にできる。夢を現実にできます」などと甲高い声でまくしたてる。来観者参加型で、効果音を自分で録音して映像と合体させたり、空飛ぶじゅうたんに乗って世界漫遊の映像を合成したり、なかなか楽しかった。

今日が長春最後の夜。柳さんのアパートに行く。泊りこそしなかったが、毎日たずねているうちにホームグラウンドのようになってしまった。入口前の回教徒の羊串焼き屋で、柳さんは懐かしいからと羊のスープと羊肉入りお焼きを買った。

「夏になると暑いので誰も料理をする気が起こらない。アパートの住民はみんなここにつめかけ、男たちは立ってビールを飲み、女たちは座ってペチャクチャ喋り、私たち子どもは夜遅くまで鬼ごっこして遊んだものです」

狭いながらも楽しいわが家、そして近隣仲のよい賑やかな暮らし。東京の昭和三十年代を思い出し、少し感傷的になる。頼りないビニール袋に入ったスープを持って、電灯一つない暗い階段を上っていく。なんで電気をつけないの？

「だって誰がその電気代払うかでもめるでしょ」

なるほど、それが中国人。入るとお父さんが得意のジャージャー麺を作って待っていた。この地方の代表的家庭料理であるが、とてもお客様にこんな庶民の日常食を出せないというのを、無理をいった。肉ミソに家庭の秘伝がある。白いこしのつよいウドンのような麺にその味噌をからませ、キュウリのせん切りをまぜて食べる。わたしが二回お替りをしたので、両親は大変喜んだ。懸案の薬酒の味見もさせてもらった。もっとゆっくりしてって下さい、というのを、わたしは水入らずにしてあげたくて、八時前に辞去した。

「先生が来てくれて光栄です。娘のことも安心しました。これからもよろしくお願いします。この次いらしたらうちへお泊り下さい」。こういう内容を両親は何度もくり返した。

ホテルで、一日中他人といる疲れをのんびり風呂で癒した。子らが巣立って以来、わたしはひとり癖がついている。

十一月四日。いよいよ北上してハルビン行き。朝十時半の列車でゆく。世界中どこでも駅の周囲は一番治安が悪い。貴重品は首にかけ、ショルダーバッグのひもを握りしめ、トランクを引いて長春駅に入る。雑踏。青い服の赤帽「小紅帽」さんが来て、十元出すと優先的にホームに案内してくれた。これは大っぴらに認められているらしく、大荷物の人はたいていそうしている。吉林から来た列車で、入口にこれから乗る客が殺到し、列車が停まるとあとからあとから人が降りてくる。中国人は並ばない、と聞いたとおり。北京オリンピックではどうするつもりだろう。

ようやく降車の客の流れがとぎれ、乗車する客は先を争って突き進む。やっと指定された席を見つけるが、前からいるカップルは網棚を荷物で占有し、つめる気もない。二人は肩を抱きあい、うっとりとして、二人だけの世界に浸っている。日本でも車内でチューなんてのを見かけるが、この二人はそれ以上。男は女がかわいくてたまらないのか、頬ずりしなでまわし、女はしなだれたまま。そのうち二人はポータブルプレイヤーで映画を見はじめた。いずれ坊っちゃん嬢ちゃんだろう。目のやり場がない。一人っ子政策で、両親と四人の祖父母にかわいがられる過保護な「小皇帝」ができ、他人のことを考えないといわれる。その実例をたくさん見かけた。

窓の外は見渡すかぎりのコーリャン畑。白樺の林とときおりみすぼらしい農家がぽつんと見える。手で刈りとる農夫の姿。白樺のところにバイクで集まる若者たち。道もなく集落らしいものもなく、彼らはどうやって自分の畑まで行くのだろう。おそらく娯楽もないから、バイクで集まっているのかしら。

以前見たドキュメンタリー番組を思い出す。若く美しい中国人女性が日本の農村の中年男性のところへ嫁に来る。何が悲しくてこんな若く美しい女性が、と見る者は思うが、スタッフは彼女のことを故郷まで追っていく。貧しい農村、手で植え、手で刈り、豚を飼い、遠くまで水を汲みにいく。暖房すらロクにない。そんな暮らしがつくづくいやになって、日本人はみんな金持ちという甘言に魅かれ、日本に来るらしい。嫁ぎ先は農家。田畑で働くこと、あとつぎを産むことを期待され、姑とは生活習慣が合わず、こんなはずじゃなかったと投げやりになっていく女。

「ブローカーが仲介料をもうけています。人身売買ですよ先生。でも三年いれば永住権がもらえる。そしたらさっさと離婚して他の男に乗りかえる。気の毒なのはお金とられ、オクサンに逃げられた日本のおじさん」

と柳さん。別のことを思い出す。満州移民の宣伝映画もいくつか見たことがある。美しい湖、パラソルをかざして船に乗る二人、向うには山なみ、額に汗して働く元気な日本人、その笑顔、たくさんの収穫。国策に従い、小作人として搾取される日本を捨て、五族共和の王道楽土をこのあたりに築くはずであった。宣伝と現実が違う、あれとそっくりだ。

その結末は、といえば敗戦とともに関東軍に置き去りにされ、女性は、ソ連兵に犯され、子どもの首をしめて集団自決。団長の力量と運によっては一人の死者を出すこともなく、終戦の年の九月に日本に帰りついた幸運な人々もいるが、ソ連軍の戦車に千二百人が襲われ殺害された内蒙古の葛根廟事件のような悲惨な例もある。この誤った国策の責任をとるどころか、その中心だった岸信介はA級戦犯でありながら、戦後、首相の地位に昇りつめた。

シベリアは白樺と草原がどこまでもつづいたが、吉林省の省都長春から黒龍江省の省都哈爾浜（ハルビン）までは黄色い畑がつづいた。収穫がまだの畑も、すんだ畑も同じく黄色だった。

車内でどなる男に我に返る。「金がすべてだ！」といっているらしい。東北人は大音声の持主で、柳氏のタクシーをよぶ声にも驚いたが、この男もすごい。酒臭いらしく周りの若い女性が顔をしかめる。指定席に座っているのはみな若者で、立っているのはじいちゃん婆ちゃんが多いというのが矛盾だが、もちろん高い金を出して指定席を買った若い人はゆずろうとはしない。あまりに混んでいるのでゆずりようもない。柳さんは立っているおばさんの荷物を持ったり、ミカンをあげたりして好意を示す。この混雑の中をちゃんとアイスクリーム売りやワゴンサービスが通っていくのにはもっと驚いた。「着いたら酒のみに行くぞー」と男はわめいた。駅まであと三分。前の席の若いカップルの女は、人形のように男に抱きかかえられてタラップを降りた。

ハルビン駅、午後一時八分。長春より少し寒い。駅の左前方にここにも旧満鉄の旧ヤマトホテル、いまの龍門大廈がある。駅前で騒々しそうだし、わたしはモスクワへ向かう中條百合子たちが泊ったモデルン・ホテル（馬迭爾賓館）を、長春駅での待ち時間に携帯電話で予約してもらった。

「シーズンオフなので、なんと一泊九百六十元の部屋が二人で朝食付き三百九十元、六割引でとれました」

と柳さん大喜び。彼女は生れてこのかた一流ホテルに泊ったことがないという。

「朝八時前ハルビン着。モデルンに泊る。室日本の九円、二重窓の間に置いてある赤い水の入ったコップ。ハルビンは大安＝ドルなり。一円が1.30になる割合であった」（中條百合子「日記」一九二七年十二月五日）

百合子の日記は公表を予期したものでなく、メモのようでよくわからない。結局、彼女はここに二泊した。

タクシーで古い橋（一九三八年の鉄道建設のさいできた橋）を渡り、駅の裏、河畔に近いキタイスカヤへ向かう。越澤明「哈爾浜（はるぴん）の都市計画」などによれば、ハルビン（哈爾浜）とは「漁網を干すところ」という意味。半農半漁の村であったここが都市化したのは、ひとえにシベリア鉄道と東清鉄道を結ぶ要衝地だったためで、極東経営のためにロシア人が来たからである。ここもまた長春と同様、〃上から造られた町〃であった。最初香坊あたりに町ができ、スタールイ・ハルビン（旧哈爾浜）とよび、駅が完成するとその南にノヴゴロド・ハルビン（新哈爾浜）ができた。それから駅と松花江の間に傅家甸、埠頭区、キタイスカヤ通り（中国大街）が整っていく。さいごに一九一七年のロシア革命で国を追われた白系の人々がキタイスカヤの北の条件の悪い湿地

旧東清鉄道社宅。

百合子が宿泊したモデルン・ホテル。

に住みついた。

「ハルピンは国際都市とは云いましても、白系露人の避難民の街と云った感じが強いところです。これで家賃さえ高くなかったら、とても住むにいい楽土だと思いました」（林芙美子「哈爾賓散歩」）

モデルン・ホテルはこのキタイスカヤ（現在の中央大街）のほぼ中央にあった。外見はどぎついピンクだが、入るとドアマンもフロントの女性もとても親切だ。部屋は改装されたばかりで、椅子もカーテンもカーペットも新品で気分がいい。白いしっくいの壁や折りあげ天井がオールドホテルであることを感じさせる。

さっそく町に出よう。タクシーでここまで来る間、次々現われる洋風建築を見て、わたしたちは興奮した。階段を下りると、昔のモデルン・ホテルで使われていた銀器、メニュー、サモワール、革の旅行カバンなどが展示されている。一九〇六年にユダヤ系ロシア人が開業したこのホテルの重厚な木の扉には、その部屋に泊った文学者郭沫若（かくまつじゃく）、ロシア人歌手シャリアピン、アメリカ人ジャーナリストのエドガー・スノーなどの名が記されていた。毛沢東まで泊っている。

町へ出ると、本当に両側、ルネサンス式、バロック式の装飾の多い洋風建築ばかりである。

「極東のパリ、極東のモスクワといわれるとおりですネ。文字が漢字でなく、頭の黒い

パリに向かう林芙美子。
途中、朝鮮の車中で。

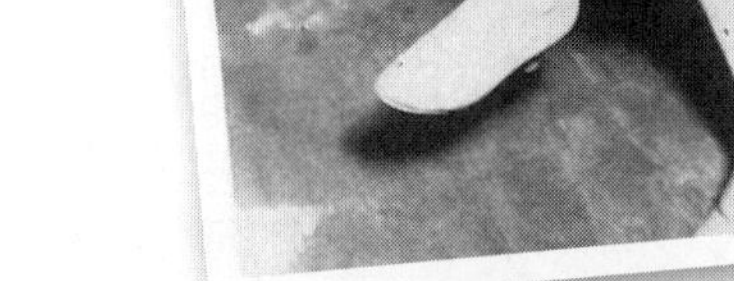

キタイスカヤ
（ロシア語で「中国人の街」）と
呼ばれた街並み。

中国人が歩いていなければ、先生と私、ヨーロッパ旅行してるみたいですね」

学業とアルバイトに追われ、日本でも旅どころではない柳さんはうんと上気して楽しそうだ。何となくちぐはぐなのは、パリにしては両側は二階か三階建てで壮麗さに欠けるのと、横丁をのぞくと一かわ裏は赤と金の現代中国のきんきらビルであること、一階はたいていマクドナルド、ケンタッキーフライドチキン、欧米のブランドショップなことだ。思い思いに派手な看板をかけている。それでも石畳は残され、レトロな街灯やベンチもあって、市当局がここを風情特区として保存する意気込みは伝わってくる。

松花江へ向かって歩き、昼食がまだなのを思い出して春餅の店へ入る。ネギとミソとキュウリを薄い白い皮にまいて食べた。旧秋林(チユーリン)商行というロシア人の商社がある。ホテル金谷大廈がある。ロシアのマトリョーシカや毛皮、ウォトカを売る店がある。河畔には白いグロリア・インがある。そして防洪記念塔が広場に見えた。防共ではなく、洪水を防いだという記念碑だ。台風で松花江の水かさが増し、キタイスカヤが水につかることもあった。

川の向うに見える島は太陽島らしい。歌手加藤登紀子さんの母上淑子さんは新宿のロシア料理店「スンガリー」の女主人だが、このスンガリーとは松花江のロシア名。

「夏は太陽島の別荘を一夏借りてピクニックをしたり、川で泳いだり、とっても楽しかったのよ」とご本人にうかがったことがある。夫の加藤幸四郎氏は満鉄総裁後藤新平の肝煎りでつくられたハルビン学院の卒業生で、満鉄に勤めていた。「あれはハルビン発パリ行きの列車や。あれに乗ってヨーロッパへ行くのが俺の夢なんや」と新婚の妻にいった。お二人が移住された一九三五年といえばすでに満州国は成立しており、この町で日本人、ロシア人、中国人は共存していた。淑子さんは「モデルン」でロシア料理を食べ、「マルス」「ビクトリア」などの喫茶店で洋菓子をつまみ、土曜日ごとに舞踏会を楽しんだという。一転、引き揚げは大変だった。

楡(にれ)のハルビン緑の都
国際列車が今日も出る
花の東京とパリーの空へ
虹のかけ橋中どころ

そんな「ハルビン小唄」を思い出していると、マスクとスカーフで完全防備の女性が、太陽島へ渡る船の券を売りに来た。いま三時半、陽の低さからすると五時前に暗くなるだろう。ちょっとだけでも見てくるか。片道一人十元の切符を二枚買い、凧が乱舞する河畔を歩き、船に乗った。漁師のボートのようなものである。思ったより川幅は広く、ここで船が転覆でもしたらどうしよう。満目蕭条(まんもくしょうじょう)、左手に赤い夕陽が大きく浮び、紺青の波に光がさす。

出会う船には帰りの客が多く乗っていたが、これから行くのはどうもわたしたち二人だけだ。岸へ上がると、そこはまさにヨーロッパ風の別荘地である。エカテリンブルクで見たダーチャ。木の塀に囲まれて小さな畑と軽やかな木の家、白樺の並木、白い丸い街灯。いまもロシア人が住んでいるのだろうか。そういえばさっき別の船に、島に帰る、といった感じのプラチナブロンドの美女が乗り込んでいた。向うに見える館はまるでチェホフの「桜の園」。十一月の夕ぐれの淋しさが胸をしめつけた。これだけ見れば十分で、わたしたちは暗くならないうちにと、帰りの船に乗った。

長春市は偽満州国の主要建造物だけ残して、あとはほとんど壊してしまった。残した建物は堅牢で利用価値があり、かつての悪の根源関東軍の証拠品だから、残しておく意味がある。一挙両得だ。しかしその悪事のあとをたどる観光は日本人には気が重い。

一方、ハルビンはもともとロシア人が「心をこめて」つくり上げた町だから、日本人にとっては気楽。そしてハルビン市はこれらを上手に保存活用しているが、ロシア人のあとに入ってきた日本人の足跡はきれいさっぱり拭い去られている。まるでいなかったかのように。あくまで観光上は〝極東のパリ〟が売りだ。しかしそもそも、この町を建設したロシア人も中国人からすれば沿海州を奪った侵略者ではなかったのか。人種差別はいずこにもあり、中国人の日本人蔑視、ロシア人崇拝も度しがたい。六〇年代にはあれほどソ連と中国は険悪だったというのにね。

近くには芙美子が「大きなステージ付きのヨット倶楽部のそうれいさ」と書いた建物も残っている。山田洋次氏はここでロシア人のバンドを聞きながらおいしいロシア料理が食べられた、という。

「日本の植民地であった満州のことを懐かしげに語るということが、中国人、ことに東北部に住む人たちにどれほど失礼にあたるかということを承知しながらも、幼年時代を過ごしたハルビンの思い出はやはり懐かしい」（「スンガリーの思い出」ロシア料理店スンガリー四十年記念誌）

八時近くなって、わたしたちはホテルの目の前の「華梅西餐庁」という一九二五年創業のロシア料理の店に入った。さっきまで、右側のパン屋には長い行列ができていた。よほどおいしいパン屋なのだろうな。

一階はごくふつうの喫茶店風、二階は驚くべし、白い壁に金のしっくい飾りの、まるでロココ様式の大広間、テーブルカバーがまっ赤で、従業員のドレスも赤いのが中国風である。これに大正時代のカフェの女給のような白いフリルのついたエプロンをして、ブーツをはいている。

羊のシャシリク、ボルシチ、鶏のつぼ焼き、キュウリの酢漬け、そしてパンに哈尓浜啤酒（ビール）を頼んだ。結果をいえば、パンとビールがうまい。パンはふちがカリッとして中は白くやわらかい。そしてハルビンはミュンヘン、ミルウォーキーについで市民のビール消費量が世界第三位（当時）、それだけのことはあるビールだ。つまみにはこのキュウリの酢漬けが最高。それにひきかえシャシリクは回教風、つぼ焼きは骨付のやせた鶏がぶちこんである代物で、ボルシチにいたってはビーツを使っていない、ただのキャベツ入りトマトスープであった。

しかしこの内装、そして周りに何組かの青灰色の目のロシア人がうまそうにジョッキを傾けている。雰囲気を味わうのに二人で百元ほどの出費、惜しむには足らない。

帰るさい、ホテルの前に映画館があった。

「ここも古そうですよ、入ってみよう」

と柳さん。薄暗い入口に外の電気の影がうつり、壁には二、三枚の映画のポスター、石の階段が奥につづいている。誘い込まれ、石段を上っていく。

上映中の映画の音声が聞こえるが、客のいる気配もなくガランとしている。古びたケースにポテトチップス。あちこちのぞいていると中年の男が事務室へ招いた。

「兆麟映画館といいますが、ここは一九二七年からずっと映画館です。前はパラスといいました。ロシア人は六、七〇年代は多くいましたがいまは少いですね。昔は大街の裏通りもこんな西洋風の建物ばかりだったのですが。私は二十年間この仕事をしています。

映画が好きなんだ。もうからないけど」

男は言葉少なだった。外に出たとたん柳さんに注意される。

「日本人が文革のことなど聞いてノートをとったら、日本のスパイか中国共産党の回し者と思われますよ」

ごめんごめん、でもメモをとるスパイなんていないわよ、とわたしは弁解したが、中国にいまだ言論の自由はなく、みんな過去をストレートには語れないことをわたしは肝に銘じた。

ホテルに帰ると、誰も客のいないバーでは、自動ピアノの伴奏で、もの悲しいバイオリンの曲を弾いていた。いったい、このホテルにはわたしたち以外に宿泊客がいるのだろうか。部屋で林芙美子の「哈爾賓散歩」を読み返した。パリ行きの前年に訪ねたときの旅行記である。お芙美さんの泊ったのは松花江に近い日本人経営の北満ホテル。

「キタイスカヤの街は東京の銀座のようなところ。ホテル・モデルンの映画を覗いてみますと、故郷なき人、女権将軍、タイトルは露西亜語と支那語、言葉が判らない私は、フイルムの遠い幻を追って、いい音楽にききとれていました。ハルピンは女の国だけれど、私の前にいる暗がりの女は、煙草のあいまあいまに、男に唇をさしよせて接吻です。明るくなった場内では、煙草売りの娘が、何世紀前かの美しい服装で、煙草や菓子を売りに来ます。（中略）夜の長いハルピン、夜の美しいハルピン、房々としたニレの樹蔭に、パンを積んだ馬車の男が、口笛を吹いて走ってゆきます」（「哈爾賓散歩」）

へえ、このホテルに付設映画館があったとは？　でもどこ？　はっと思い当る。さっき見た向かいの映画館は建物こそ違え、あれが「ホテル・モデルン」の映画館ではなかったか。

朝、食堂に降りてみて、この季節はずれのホテルに、わたしたちの他に、アメリカ人の客が八人、中国人の個人客が二人いたことを知った。十二人のためにはもったいないような朝食バイキングであった。

今夜九時二十九分の夜行で大連へ戻る。それまでたっぷり一日はある。見所は多い。七三一部隊の記念館へ行くのはやめた。本で読んでいるし、展示の見当はつく。すでに昨年、瀋陽、柳条湖近くの「九・一八事変博物館」、撫順の「戦犯管理所」「平頂山惨案遺址」、そして長春で「東北侵略記念館」も見た。これ以上、日本の侵略を責めるハコ物を、同じような残虐な写真を見たくない。

タクシーを頼んで、ハルビン市内の古い建物を回ってもらう。人の良い運転手ははり切って、名所としては、兆麟公園、東北四大寺院の一つ極楽寺、ウクライナ寺院（ロシア正教会）、回教寺院、文廟（孔子廟）などを回ってくれた。

「ハルピンの景色で一番好きだったのは寺院です。寺の中へはいって行くと、どの墓にも花があふれていました。そして石台の表には、短い詩が刻んであるのもあります。

（中略）たまに、こんなところへ来て、散歩をしたら、心がせいせいするでしょう。ハルピンで見た寺院は、露西亜寺院と、猶太(ユダヤ)寺院、回回教(フイフイ)寺院、こんなものでした」（「哈爾賓散歩」）

運転手は仏教徒だそうで、ラマ教（チベット仏教）寺院の極楽寺では自分で十元払っても中に入るという。もちろん拝観料を払ってあげると、彼は喜んで極彩色の広い境内のあれこれを丁寧に説明してくれた。

「この中にいる坊さんの給料は八千〜九千元です。そのうえ妻帯も許されています」

あちこちの堂で、彼は真剣に膝をつき、頭を床につけて祈った。

「心から祈ると叶います。ふざけ半分はダメ、半信半疑はダメです」

この七月に八十で亡くなった父が、天国へ行けるように祈りました、というと、運転手は、

「八十すぎて死んだ人はみんな極楽へ行きますよ」

といった。この言葉は身にしみてうれしかった。彼は先生について顔相を診る勉強もしたという。見て見てというと、

「あなた悩みない。性格もいい。ただ頭のつかいすぎ。心に入ったものは心だけ通過させて、頭まで持っていかない方がいい」

はァ、長春で血のめぐりが悪いといわれました。

「うちの奥さんと同じ病気だ。ビールびんにタオルを巻いて寝るといい」

颯揚げにビールびん、わたしはまじめに心に刻んだ。そして「上を向いて歩こう」を口ずさんだ。空はあくまで蒼く、そこに寺の赤い塔がそびえ、風鐸(ふうたく)が風に鳴る。「涙がこぼれないようーに」というフレーズで、わたしは死んだ父のことを思い出して、不覚にも涙をこぼした。

運転手とはすっかり仲よくなった。

「七三一記念館にはなぜ行かないの。日本人はたいてい行くよ。僕は一度見ていやんなっちゃった。たしかに昔は日本人憎んでいた。日本人乗せるとわざと遠回りしたりした。でもやさしい人、いい人にも出会ったし、いまはもう遠回りしないよ」

と微笑した。彼は行きつけの店ですが、といって昼ご飯においしいブタまんの店に連れていってくれた。彼なりに、庶民的だが日本人が食べても腹を壊さない程度の店を考えたのだろう。

「いつもここでブタまん四つ食べて四元。とうもろこしのおかゆはタダです」

このおかゆがおいしかった。わたしは胃にやさしい黄色いうす味、というかほとんど味のないかゆを二杯食べた。

それからいくつかの古い街区をめぐった。

「アメリカ人と日本人はバチバチ写真をとるけど、こんなとこ、どこがいいのか分からない」

といぅ。傅家甸（フージャデン）のあたりだ。

「松花江の河床の低地に発達した傅家甸（フウジャテン）の夜、活気のあるあの支那街も忘れられません。（中略）

『美味しい西瓜（すいか）だ！　食って厭（いや）だったら金はいらない！』

アセチリンガスのわびしい灯影を浴びて、河のそばで西瓜売りが呶鳴（どな）っています。食って見て厭だったらなんて、何と面白い言葉でしょう」（「哈爾賓散歩」）

ここには百合子もたずねたようだ。塼（セン）という灰色のレンガをつみあげた古い街区の路地を入ると、奥は中庭で、二階の各戸に手製の木の階段が延びている。家電のリサイクルをしているらしく、中庭は一見ゴミ溜めだが、なんとも活き活きした演劇的空間、そう「新宿梁山泊」の舞台装置のようだ。

すばらしい、と声をあげると、柳さんは、

「そんなこと聞いたら、ここに住んでいる人たちバカにされたと思いますよ」

と眉をしかめる。ここも市によって一部保存が決まったため、逐次修復が進んでいた。いまの住民を追い出して、またもテーマパークのような「風情特区」をつくるらしい。住民には一坪一万元ほどの立退料が出ることとなり、ようやくスラムのような住いの経済的価値にめざめてしまい、なかなか立ち退かないという。文化的価値に気づいたのでない点がちょっと残念だが、暮らしがない風情特区など、退屈なばかりだ。住民の抵抗をむしろわたしは祈った。

さいごに、ハルビン駅前の旧ヤマトホテル龍門大廈を見に行く。入ってみると長春の旧ヤマトホテル春誼賓館よりはるかにましだった。アール・ヌーヴォーの内装もよく当時を残している。それにしても壁の年表にある、このホテルの歴史のなんという波瀾万丈。

一九〇一　ロシア人シャルコフの設計により着工。
一九〇三　完成、東清鉄道ホテル。
一九〇四　日露戦争時は一時病院となる。
一九〇五　ハルビンロシア軍司令部となる。
一九〇六　ロシア軍士官クラブとなる。
一九〇七　ロシアのハルビン領事館となる。
一九一八　東清鉄道区理事会オフィスとなる。
一九二六　第一次大修理。鉄道管理事務所となる。
一九三五　日本の南満州鉄道の所有となる。
一九三六　第二次大改修。

一九三七　満鉄ヤマトホテルとなる。
一九五二　ロシア人が教える軍事工程学院校舎となる。
一九六八　中国共産党ハルビン鉄道局医院招待所となる。
一九九五　ホテル龍門大廈貴賓館となる。
一九九六　第三次大改修。
二〇〇六　飲食部分の改装を行なう。

激動の現代史を体現した建造物であって、これからもずっとここに存在してほしい。この次来たら泊りたいものだ。もちろん一九三七年と一九五二年の間に、書かれていないが日本の敗戦、満州国の崩壊、多くの在留邦人の引き揚げがある。運転手にソフィスカヤ寺院まで行ってもらい、親切な彼を約束より一時間早く解放し、五十元をチップとしてあげた。

まだまだ時間がある。名残りに二人でキタイスカヤをぶらぶらした。芙美子のいう「白想（パシャン）」（上海語の散歩）である。きのうとは別のロシア料理店でこんどは本式のシャシリクとボルシチを食べ、もう一度川までゆくと、すっかり暗いが対岸の太陽島には赤や緑のネオンがつき、すばらしい眺めだ。灯をつけた凧が空にゆれ、河原では爆竹の音が激しい。柳さんは暗い川岸の露店の少女からマトリョーシカを買った。

「同じ値段なら暖かい店の人より、寒いところでがんばっている人から買ってあげたいから」

日本で、深夜の印刷工場で働いて、手の皮がむけてしまった柳さんならではのやさしい言葉だ。きのうもロシアン・レストランで働く女性たちのブーツを、

「あんなかかとの細くて高い靴で働くのはつらそうだナ」

と眺めていた。いま飲食店のフロアのアルバイトをしている彼女ならではの、わたしが気がつかないところだ。苦労してこすっからくなる人もいるだろうに、苦労してやさしくなる人もいるのだ。

ホテルで荷物を受けとってハルビン駅へ向かう。またしても雑踏。時間はあるので、わたしは伊藤博文が安重根に撃たれた場所がどこか、最後に知りたかった。

「一九〇九年に、日本の首相が撃たれて死んだ場所を知っていますか」

何人かに聞いたが、「プーチータオ（しらない）」「プーミンバオ（わからない）」しか返らない。めげずに、制服を着た年配の女職員に聞いたところ、「知ってる(チータオ)。でもいまはそこに入れない」と表情一つ変えずにいった。旧ハルビン駅の模型をどこかで見たが、伊藤が撃たれたころの簡素な旧駅舎とこの巨大なハルビン駅では、故地を探す意味もないだろう。

大連までは行きとちがい、硬臥の三段ベッドである。待合室には「尿素」と大書した

ビニールの大きな袋をかかえて、日に焼けた、やせた男たちがしきりにヒマワリのタネをかじり、皮を吐き出している。床はタネの皮だらけだ。

「これだから中国人は恥ずかしい。マナーが悪い」

と柳さんは嘆くが、貧しい農民たちの意識はそこまで行っていない。床は畑のようなものだ。彼らはとなりの改札が開くといっせいに大袋を床にすべらせて消えた。あの大袋の農薬や化学肥料を彼らはまき、吸い、体を壊していくのか。中国産の野菜はあぶないから食べない、ではなく、中国の農民の健康を日本人は心配した方がいい。

ここからわたしたちは南へ下る。

一九二七年の中條百合子はハルビンに二日いて、「毛皮をつくらせ」て、また西へと旅をつづけた。その四年後の林芙美子は北満ホテルに一休みし、「チチハルから、今婦女子だけが全部引上げて来た」(「西比利亜の旅」)というニュースを聞く。二、三日泊って様子を見ようか、いやいや様子など見ていたら手元が困る。元気を出して、芙美子は午後三時出発に決めた。シベリアへ向かう日本人は一人。パリまでの食料をどっさり買い込んだのは、高い食堂車を使わない予定と、自分を勇気づけるためもあろう。買ったもののリストが「巴里まで晴天」に出ている。

紅色毛布(七円五十銭)、葡萄酒一本(六十銭)、紅茶一缶(四十銭)、アケビの籠(十二銭)、湯沸し(七十五銭)、匙と肉刺一本ずつ(二十八銭)、ニュームのコップ一ツ

（二十銭）、瀬戸ひき皿一枚（四十銭）、林檎十個（五十銭）、レモン二個（七銭）、洋梨五個（二十五銭）、チーズ（七十銭）、キャラメル（二十銭）、ソーセージ三色混ぜて（八十銭）、牛缶二個（六十銭）、バタ（二十銭）、角砂糖大（四十銭）、パン五日分（三十五銭）ほか。

パリまで自炊してゆくつもりだった。細かい帳簿つけといい、なんというしたたかな生活者であろう。戦争はもはや始まりかけている。それをおかして、西へ西へと芙美子は恋人に会いにいく。

七十六年後ののんきなわたしたちは、水一本とエッグタルト三つ買っただけで、南へ向かう寝台車に乗った。九時二十九分、定刻通り、南へ向かう列車は動き始めた。昔、満鉄あじあ号はハルビンから大連まで十二時間半で走る夢の超特急だった。いまでは九時間ほど、あすの朝六時半には大連駅へ着くはずである。

第六章　夜汽車でワルシャワ、ベルリンへ

ハルビンからチチハルを通り国境の満州里（マンチユーリ）までの東清鉄道はいずれ乗りたい。長春からでも列車で十七時間かかるそうで、行きたいというと、柳順江さんの祖父柳明山氏は、「なんで行くの。寒いばかりで何もない」と首を振った。鉄道の仕事でひと月ばかりいたことがあるという。「家の壁はこんなに厚い」と両手をいっぱいに広げた。「することないから退屈だ」ともいった。

さてシベリア鉄道の本線に戻ろう。ベラルーシのミンスクに着いたところだ。

それまで列車の行く手の空にはつねに星があった。松本竣介の描く工場街に似た、武骨な風景をぬける。灰色の壁、黒い枠の窓、電柱、バス停、カマボコ屋根の家などが目の前をよぎり、二〇〇七年九月十二日朝七時二十九分、ようやくミンスクに着いた。ここはベラルーシ共和国の首都、ベラルーシとは〝白いロシア〟の意。一九九一年十二月、ロシア、ウクライナ、ベラルーシの首脳がミンスクで「ソ連の存在を停止する」と宣言

した。いわゆるソ連崩壊である。

駅にはアリョーナの友人ナターシャが迎えに来ていた。鼻筋の通った色白の美しい人である。この方も日本留学組で、日本語に堪能だ。彼女は間近に結婚式を控えており、花嫁の仕度を手伝うのは友だちのつとめといって、アリョーナはモスクワの先ミンスクまで行きたがった。わたしにとっても幸運な話だ。ホテルで少し休んだあと、近くのレストランで昼食にした。ナターシャの友人ラリーサもいっしょである。彼女は英語をよく話す。印刷屋でもあり哲学者でもあった人の名のついたレストランでは、味の濃いキノコの前菜やすばらしい豚肉が出たが、値段はたいそう高かった。

「ベラルーシまでは東からモンゴル人やタタール人は来なかったので、同じスラブ民族でもロシアとは系統のちがう顔立ちなの。髪の毛が明るくて目が青い」

「国土は日本の半分ほどで人口は九百七十万人しかいません」

「いまの大統領は一九五四年生れのルカシェンコといい、欧州で最後の独裁者といわれています。彼は民族の伝統や文化には興味がなく、スポーツが大好き。ロシアとは仲が良いけど、逆にアメリカやヨーロッパとはいたって仲が悪い」

「ベラルーシでは対ナチス・ドイツ戦争、いわゆる大祖国防衛戦争で人口の三分の一が亡くなりました。二百二十万人の死者のうち百四十万人は一般市民だった」

いやいや、大変なところへ来てしまった。

戦争で？　ここで一九三一（昭和六）年十一月、三番目の旅人、林芙美子のその後を追ってみよう。ハルビンで紅色の毛布とどっさりの食品を買い込み、汽車に乗り込んだ芙美子はハルビンに二、三日いたと思えば、とグレードアップして二等寝台に入った。ハイラルで降りるロシア人のお婆さんと同室である。

「十四日です。私は戦争の気配を幽かに耳にしました。――空中に炸裂する鉄砲の音でしょう。初めは枕の下のピストンの音かとも思っていましたけれど、やがてそれが地鳴りの音のように変り、砧のようにチョウチョウと云った風な音になり、十三日の夜の九時頃から十四日の夜明けにかけて、停車する駅々では物々しく支那兵がドカドカと扉をこづいて行きます」（「西比利亜の旅」以下引用同）

それに対してロシア人のお婆さんが「女の部屋で怪しくはないよ」というようなことを怒鳴ってくれた。芙美子は指でチャンバラの真似をし、恐ろしいという素振りを見せる。お婆さんは「ダアダア（本当にね）」といって笑う。いっしょに夕食をとり、危機を通り抜けたお礼に銀座で買った紙風船をあげると、老女はそれをふくらませて「スパシィボー！（ありがとう）」と喜んだ。

列車の中で、言葉も通じない二人が、色あざやかな紙風船をくるくる回して遊ぶ姿は、何ともいえずなごやかだ。しかも戦争の不穏な情勢の中で。

「窓のカーテンは深くおろしたままです。海拉爾には朝十時頃着きました」

学校の先生だというロシアの老女の後ろ姿、もう再び会うことはないだろう。どんなに親切にしてくれた人も、旅ではゆきずりのひと……。

「マンジュウリに着いたのがお昼です。ここは露支の国境です。まだ雪は降っていません。珍らしく日本的な太陽が輝いていました」

ガランとした税関でパスポートにスタンプを押してもらう。手荷物の検査がある。餞別にもらった玉木屋のつくだ煮を、どうしても開けて見せろという。対応が芙美子らしい。「開いて貝を一ッ摘んで食べて見せました」

土みたいな色の食料品を検査官はふしぎそうに見守ったという。

無事国境を越え、モスクワまでこれから一週間の旅がはじまる。芙美子は満州里の領事からモスクワの広田弘毅大使あての外交書類を託されている。五ケ所もの赤い封蠟のついた状袋をトランクへ入れて鍵をかけた。

「愛国心とでも云うのでしょうか、そんな言葉ではまだ当はまらない、酢っぱいような勇ましい気持」

まるで映画「間諜X27」の女スパイの心境でいやに張り切っている。いよいよロシアに入る。

「青い空に真赤な旗が新鮮でした。赤い荷車が走っています。杳々とした野原が続いていて、まるでもう陸の海です」

国境からは再び三等車で行く。

ソ連へ入って二十円だけルーブルに換える。国立銀行員が列車の中に来る。電気の集金人みたいなよぼよぼの老人だ。四十銭ほどが手数料でひかれる。列車のボーイに五円のチップをやる。ルーブルでやっても喜ばないと聞いたからだ。五円も出したからでもないだろうが大変親切だった。

「西比利亜を行かれる方には是非三等をお薦めしたいと思った位です」

負けおしみではないらしい。一車両八室、一室四人ずつ。芙美子の部屋は一人だけ。一人で使えるなら天国だ。隣室はドイツ商人、タイプライターも蓄音機も写真機も持っている。彼と同室のロシア人は旅行中一番親切な人だった。逆隣りの部屋にはピエルミで降りる青年と、眼の光った四十くらいの男。

「十六日の夕方、ノヴォーシビルスクと云うところへ着きました。そろそろ持参の食料品に嫌気がさして来て、不味い葡萄酒ばかりゴブゴブ呑んでいました。起きても寝ても夢ばかりなのです。私は一生の内に、あんなに夢を沢山見ることは再びないでしょう」

たしかに、列車の揺れは眠りを誘うが、旅の緊張からか神経はどこか醒めている。眠りはごく浅く、わたしも次々夢を見た。それもどちらかといえば安らかな楽しい夢より、暗い、つらい、こわい、へとへとに疲れ果てるような夢を。

「十七日、昼食(アベード)の註文を朝のうちに取りに来ましたので、食べる事にして申し込んでみました」

　ドアをあけて食堂ボーイが「アベード？」と聞くのでダー（要る）かニエット（要らない）をいえばいい。わたしたちには、車掌が部屋まで、前菜とメイン料理とパンを持ってきてくれた。が、食堂車で食べることもできる。

　芙美子は行商暮らしの子ども時代を送り、一人十代で上京、都市の底で腹を減らして生きてきた。

「バナヽに鰻、豚カツに蜜柑、思ひきりこんなものが食べてみたいなア」と二十歳前の日記に書きつけている。

　食べることが好きでたまらない。昼はどんなものが出るか、ワクワクしたのだろう。それぞれ降車駅からあだ名をつけたピエルミ氏とミンスク氏と共に食堂に行く。

「初めがスープ、それからオムレツ（肉なし）、ウドン粉料理（すいとんの一種）、プリン、こんなもので、まず東京の本郷バーで食べれば、これだけで二拾銭位のものでしょう」

　それが三ルーブル、約三円。昭和六年の貨幣価値から換算して、いまの五千円くらいであろうか。「すいとん」とあるのは、餃子のルーツの一つといわれるペリメニであろうか。

ふところの淋しい芙美子はこの値段にがっくりする。毎回はとうてい頼めない。といっても、うのみにはできない。芙美子は一人ぼっちと貧乏を強調するのが好きだから。

このピエルミ氏に、芙美子はちょっと恋をしたようだ。雲つくような大男で、廊下で立ち話するにもかがんでもらわなくてはならない。

「ボロージンとはこんな男ではないかと思うほど、隆々とした姿で、瞳だけが優しく青く澄んでいました」「いっそこの人の奥さんにでもなって、ピエルミで降りてしまおうかなんぞやけくそな事を考えたものですが、何しろ言葉が分らないし、私とは二尺位も背丈が違い過ぎるような気がしますし、ともあれ諦める事にきめましたけれど、ピエルミまではまだ大丈夫遠いので愉しみです」

あらら、東京に夫を置いてきた芙美子がこんなことをいっていいのかしら。長旅の無聊をなぐさめるためとはいいえ。芙美子はどんな男と出会っても、「私はこの人とどうかしら」と考えずにはいられないひとである。天性の恋愛体質というのか、そして自分が小柄だからか、歴代の恋人をみても大きな男が好きらしい。

十九日のアベードは「スープ（大根のようなのに人参少し）、それにうどん粉の酢っぱいのや、（すいとんに酢をかけたようなもの）、蕎麦の実に鶏の骨少し」である。

「蕎麦の実」はカーシャというそばのおかゆで、わたしにはなかなかおいしかった。

「昼食に出るまでは楽しく空想をして、それで食べてしまうと落胆してしまうのです」

わかるなア。夕食までとりたててすることはないもの。それ以外の食物も高かった。りんご一個一ルーブル、玉子一ッ五十カペック、鶏の小さい丸焼き五ルーブルくらい。いなり寿司のような食料品を売りに来たので、思わず雑誌を放り出し、「アジン!」と怒鳴った。列車中に物売りが来たらチャンスを逃す手はない。二個一ルーブル。肉の刻んだのでもはいっているかと熱いのにかじりつくと、これはただの「ウドン粉の天麩羅」だった。ピロシキという名を芙美子が知らないのは当然だ。熱いお湯だけはふんだんにくれる。大きい駅に着くたびに「チャイ?」といってボーイが芙美子のヤカンに湯を貰ってきてくれる、というからいまの列車のように、車内にサモワールはついていなかったらしい。

いつもボーイの部屋で、紅茶と砂糖は芙美子が寄付して、四、五人で喋りながら飲む。煙草はみんな新聞紙に巻いて吸っている。鰊くさい漁師が一人いて、ヤポンスキーの函館はよく知っているといって、盛んに「ゲイシャ、チブチブチブ」という。チブチブはゲイシャの下駄の音らしい。カラカラだろう、と芙美子がまぜ返すと、そうだといって、また説明しだす。

「何の事はない信州路へ行く汽車の三等と少しも変りがありません」

芙美子のコミュニケーション能力は抜群。言葉ができなくとも、表情とボディランゲージで人のいうことを解し自分を解させてしまう。小さいときから町から町へ、義父と母に連れられて歩いた。新しい人や場所にすぐさま馴れ、どうにかうまくやっていく。東京ではカフェの女給となり、客の人となりや懐具合を見抜くことに長けていた。臨機応変、男の扱いもお手のもので、あるとき女給をしていた新宿のカフェにトルコ人の団体が来た。芙美子を春を売る女と思って、トルコ人は小さな彼女を膝に抱き「ニカイ　アガリマショウ」みたいなことをいって指さす。

このとき、英語もトルコ語もできない芙美子は何といったか。

「アンタの名前、ケマルパシャ？」

それで笑わせて危地を逃れている。「放浪記」中わたしの最も好きなシーンだ。そんな芙美子はシベリア鉄道の列車の中でも人気者だったであろう。男とのつきあいの上手な芙美子も、女性に対しては評が辛い。

十八日、オムスクから赤ん坊を連れた女が乗ってくる。子どもは人見知りをしないでかわいいが、お母さんはうらなり、やせて青白い。そしてしきりに芙美子の眉墨をねだる。

「あんたの髪の毛はあかいじゃないか、眉だけ真黒いのをつけてはおかしいのよ」と啖呵を切ってみせる。こういうときの芙美子はゆずらない。それでも若い母親はあきらめずに、「舌打ちして欲し気なのです」。

この舌打ちが、日本では嫌な意味だが、ロシアではホーゥとか何とか、いい場合の意味だとも芙美子は付け加えている。イルクーツクを案内してくれたアンナさんが、しょっちゅう舌打ちしていたのを思い出した。いい訳語が浮かばないとき、おいしいものを食べたとき、車の列がなかなかとぎれないとき、すぐ舌打ちするのがちょっとわたしの癇に障ったが、そうするとあれは苛立っていたわけではないらしい。

ところが、半年後に書かれた「巴里まで晴天」によると、オムスクから同室に乗ってきたのはやせた子連れの母親でなく、むくむく肥った「若い露西亜婦人」ということになっている。どっちがほんと？

「肌が白くて、髪が光った栗色で、厭味がなくむくむくと肥えて、女でも惚々とする位でした」（「巴里まで晴天」以下引用同）

この女は「トランクの中から、バタでいためた鶏を一羽出して、脚の肉を切りながら、果物を包んでいる私の縮緬の風呂敷を指差して、交換して欲しいと云った風なそぶりをして見せるのです」。

敵もさるもの。肉に餓えていた芙美子は降参して、とうとう草色の風呂敷と鶏の脚を交換する。「二人は子供っぽくクスクスと笑い合ったものです」

風呂敷をとられて損をした、という気持と、鶏が手に入って満足した気持と、交換を通じて共犯った二人の女の心境がよく出ている情景だ。女はさっそく風呂敷を三角に折って髪を包み、暗い硝子窓に自分の姿を映しながら、浮々と腰を曲げて踊り出す。ここなど小説家としての表現力が十分、生かされている。

それも束の間、ボーイが二人の商人体の男を連れて来る。彼らの買った寝床に子ども連れ夫婦が寝込んでいるので、今晩だけ上の床を貸してくれという。

「いったい西比利亜の三等列車は、女は女ばかりで、めったに男を同室させる事はないのです。私はこの汽車旅では、今日初めての事でありますし、ほんとうに不快でした」

しかもその男たちはキャッキャッと騒ぐし、上の段から芙美子の胸のところに足をブラブラと下げ、しかもその「靴の裏には酢漬けの胡瓜の皮がくっついているのさえ見えました」。

なんとも細かい観察だ。なおもあろうことか、男たちは鶏をくれた同室の若い女にふざけ出し、年上の方の男がイビキをかいて寝てからは、のこりの男女に何が起こったか。「若いロスキー男女終夜戯れて眠れず」と日記をつけた、かわいそうな芙美子さん。

しかしオムスクから乗ってきたのが、「子どもを連れたうらなりのような母」だったのか、「むくむく肥えた愛らしい女」だったのか、どちらが事実なのだろう。自分の生れた月日さえ、ときに十二月と書いたり、さわやかな五月と書いたりする天性のウソツキ、というよりすぐれた小説家の彼女のことである。紀行文といっても油断はならない。

乗客の女はどんなにほころびたジャケットを着てようが、どんなに汚れた枕を持ち込もうが、旅する余裕のあるインテリ階層である。それも芙美子には分かっている。駅に着くとブルウズのような仕事着を着た女たちが入ってきて床を拭く。その手は寒さで紫色にはれ上がっている。窓の外では、女たちだけで線路をつくっているのが見える。社会主義国にあるこの階級差。二〇〇六年に旅するわたしもオレンジ色の安全ジャケットをはおり、線路ばたを歩く保線係の女性を何人も見た。

「車窓から見た七日間の露西亜の女はとてもハッラツと元気で、悪く云えば豚のように凸凹になっている女が多い。チェホフ型の女とか、プゥーシュキン型の女とか、そんな女には一人もめぐりあいません」(「西比利亜の旅」)

もちろん、近松秋江(しゅうこう)の家で子守りをしたり、セルロイド工場で毎日キューピーに色をつけたりしていた芙美子は、下層の不格好な女たちの方に加担している。モスクワで降りる前に、芙美子はニュームのコップと、レモン、それと残った角砂糖とヤカンと茶をボーイにやる約束をした。

彼女のモスクワ到着予定時間は午後四時、しかし着いたのは夜の九時であった。四年前の中條百合子、湯浅芳子は七時間おくれだったが、芙美子の列車もたっぷり五時間は遅れた。

芙美子は新聞記者の車に乗せられてモスクワの町を一回りする。プウシキン広場、何も商品のない店、熊のように着込んだ群衆、一流の料理屋で高価な黒いイクラも御馳走になったけれど。「汽車に残った貧しい人たちの事を思いますと、私は眼をつぶりたく

ミンスクの駅前広場。

デ・シーカ監督「ひまわり」に出てくるような家。

なるほど、もったいない気持も感じました」(「巴里まで晴天」以下引用同)

ロシアの旅の感想。

「日本の農民労働者は露西亜の行った何にあこがれていたのでしょう?——それだのに、露西亜の土地は、プロレタリヤは相変らずプロレタリヤです。すべていずれの国も、特権者はやはり特権者なのではないでしょうか」

一九三一年といえば、まだ日本でもボルシェビズム全盛の頃、周囲をうかがい、あるいは心の底から社会主義ソヴィエトを礼賛する言説も多かった。しかしなまじ妙な理屈がないだけ、芙美子の直感はするどい。列車の中でも、三ルーブルの定食の出る食堂には兵隊とインテリゲンチャばかり。鰊くさい漁師や農民は廊下で立ったまま眠っている。それを芙美子は曇らない目で見た。

これは「人民民主主義」を標榜する現代中国でも、まさに二〇〇七年十一月にわたしの見たところであって、富めるものと貧しいものの格差は資本主義の日本どころではない。党幹部や警官ら特権者は後から入って先に席に着き、先に食べて、支払わないで帰っていく。もちろん民主主義を標榜する日本でも、官僚という身分のもと、少し前までは多大な接待を受けた者もいたし、天下りや渡りへの批判が強いのにそれがなくなることはない。

芙美子はモスクワで、ちょっと前の日本の新聞で「東京ソヴェート大使館では、お茶の会、ソヴェート友の会があった」との記事を読んで「カンガイ無量」と書く。「あの白いすっきりした麻布のソヴェート大使館では、茶果(さか)が出て、そうして活動写真が見せられ、列席者、何々氏何々女史等々、――私は妙に胸寒さを感じます。（中略）なぜ、ソヴェート大使館では、職場に働いている日本の農民労働者を呼んではくれないのでしょう」

正論。こういう芙美子は大好きだ。この日の「友の会」にはすでに帰国した中條百合子や米川正夫や秋田雨雀、「道標」に登場する面々も招かれていたかもしれない。そして中條百合子の何年か前の〝大名旅行〟を、芙美子は冷やかな眼で眺めていたのは確かなのだが。モスクワからの同室の人たちは芙美子を「フウシャ」とよんでかわいがってくれたが、みなミンスクで降りてしまった。「駅は労働者でいっぱい、女も男もないと云った活気のある町です」

ミンスク一日目の午後、わたしは少しのルーブルをベラルーシルーブルに換え、バスに乗って八十キロほど離れた郊外のミール城に向かった。「ミールスキ・ザーマク」というのが当地の発音で、二〇〇〇年にユネスコの世界遺産に登録されている。十六世紀の初めに、土地の豪族ユーリー・イリイニチ公が建造し、一五六九年にラジビル・シロトカ公が完成させた。尖塔を二つもつゴシック式の小さな城だが、まわりは人造湖で、森もなく、城はむき出しにそびえている。漆喰（しっくい）装飾の外壁に特徴が見られるというが、まことにガランとした印象で、中庭は修復中、あまり見るところもなかった。失礼ながらこれで世界遺産？　と思うような所だった。

行ったのはアリョーナとナターシャと、その父。父母は離婚しているのだが、娘の結婚式のために帰ってきたのである。いつもは別の女性と他の町に暮らしているという父親は、人生を刻んだ、趣き深い顔をもつ大男だったが、なにぶん無口であった。若い娘たちが騒ぎまわるあとを大人二人はついて歩いた。バスの乗り換えのために降りた広場も、まったくガランとした所で、店が一軒しかなく、そこでガス入りの水を買ったが、ぬるくてまずい。その向うには農家のまばらな木の柵が見え、わたしたちはそのあたりを一周することにした。長板をタテに貼った木の塀は何かで見たことがあった。ヴィットリオ・デ・シーカ監督の「ひまわり」。これはわたしの思い出に残る名画だ。

ナポリ女ソフィア・ローレンは東部戦線に行かされた夫の帰国を待ちわびている。しかしいっこうに夫は帰らない。復員局に何度も足を運んだあげく、夫と同じ部隊にいた男と出会う。妻は夫を探しにソ連へ向かう国際列車に乗る。そして、夫のいる村をたずねあてる。夫マルチェロ・マストロヤンニはここにいるはず。こんな木の柵から美しいリュドミラ・サヴェリーエワが出てくる。そして小さな女の子。

夫はその地で家庭を持ってしまっていた。それが分かったときのソフィア・ローレンの何ともいえない顔。はるばるたずねてきたのに、彼女は子どものいる若い女に夫をゆずり、帰国する。駅での別れ。そして、東部戦線で死んだ兵士のどこまでもつづく墓標。どこまでもつづくひまわりの畑……。

頭の中で、あのヘンリー・マンシーニの名曲が鳴りひびいた。いまはうららと白いこの道も、この村も、第二次大戦の地上戦で血が流された場所にちがいない。

ミンスク二日目。わたしはホテルの窓から広々としたネザレージナスツィ広場を見下ろす。人気（ひとけ）もない。古い建物は教会が一つだけ。元はスカリナ通りといわれた広場からのびる道も、第二次世界大戦の戦勝六十周年を機に独立大通りと名を変えられた。その先で直角にまじわるマシェロフ大通りもペラモジツァウ（勝利）大通りと改名された。これすべてルカシェンコ大統領の鶴の一声らしい。

「ソ連は第二次大戦に勝ったのに二千万人以上死んでいるんですよ」

というアリョーナの言葉をときどき思い出す。負けた日本の場合、兵士は二百三十万、空襲、原爆その他で亡くなった民間人は八十万、合せて三百十万としてもソ連人の犠牲の七分の一ほどである。沖縄を除いて、空襲はあったにしても国土そのものが戦場にならなかったからである。

今日、アリョーナはナターシャと結婚式の相談に行ってしまった。わたしは一人おいてきぼりになった感じ。そのかわりに大柄で知的な女性ラリーサが、英語で市内見物に連れていってくれることになった。

結果的には実に有意義。わたしはたちまち、この化粧っ気のない、正直で頭のいい女性が好きになった。彼女は学生運動をして大学生の身分を剝奪されたという。

「この国には民主主義も自由もありません」という彼女の話はおどろくべきものであった。その多くは英語で聞いてノートに日本語でメモしたもので何の脈絡もない。「新聞やテレビで政府に反対をいうとすぐ逮捕される」「ロシアはベラルーシ経由で石油を西側に売っている」「そのうち貨幣はロシアルーブルになるかもしれない」「独立したはずなのに、ルカシェンコ大統領はロシアが大好きで真の独立は勝ちとられていない」「いまごろになって社会主義経済を推しすすめている」「スターリン建築がこれだけずらっと並んでいるのはミンスクだけ」

そんな話を少しずつ聞きながら〝ソヴィエト・テーマパーク〟といった趣きの大通りやトラエツカヤ旧市街保存区を歩いた。ここも見るからに整備されすぎたテーマパーク。池をのぞむレストランの庭で、ビールを飲んだ。彼女の父もインテリらしかったが、彼女はこの先、定職に就くことはできないだろうという。それでもジョッキ片手に意気軒昂。

一八九八年三月一日（ロシア暦）に「ロシア社会民主労働党」の創立大会が開かれた

という緑の板張りの小さな家にも行った。ここからロシア革命が始まったともいえる。それから「大祖国戦争史国立博物館」へ。対ナチス戦争の記念館で、武器やジオラマのようなものの中にパルチザンの人々の写真があった。

「私の祖父と祖母もパルチザンでした。パルチザンはこのように森の中の小屋にかくれ、簡単な印刷機でビラを刷っては人々に情報を伝えた。しかしいったん捕まると、この女の人みたいに首からプラカードを下げられ、みんなの前で絞首刑になったんです」

ぞっとするような写真ばかりだ。地上戦のこわさ、目の前に敵がおり、味方の中に通報者がいる恐怖が伝わってくる。東京大空襲は子ども心に航空ショーみたいだった、といった人がいる。恐怖の質が違うのであろう。たとえ死は同じような近さにあったとしても。

ミンスク三日目。結婚式の準備もととのったらしく、今日はみんなで湖畔にピクニックに行こうという。そのときにはアリョーナの日本人の恋人も到着し、二組のカップルはラブラブ、しきりにバドミントンに興じている。ナターシャの父と母は離婚した夫婦だというのに、何のわだかまりもなさそうに並んで腰かけている。お母さんはかなり太って、赤毛で化粧が濃い。お父さんがいっしょに暮らしているのは、彼女とは違うタイプの女なのだろうか。

お母さんはわたしの所在なさをみかねてか、森への散歩にさそってくれた。優雅に短パンの腰を振りながら、食べられるキノコを見分けて、採っていく。いくつも派手な指輪のはまった手にのせて見せてくれる。わたしが木の根元のキノコをこれは？　と指さすと〝ニエット！〟とにべもない。毒キノコらしい。左手のビニール袋にけっこうためて湖畔に戻ると、お父さんを中心に、男たちの力でちゃんとバーベキューサイトができていた。

ロシア人の生活力、食べられるキノコをみつける力とか、湖畔に石をよせあつめて、さっさとバーベキューコーナーをつくってそこらへんの流木で火をおこす力には舌を巻く。ことに男がよく働く。焼くのは大きなタッパーに入った豚肉だけである。ヨーグルトとマヨネーズ、ペッパーソルト、タマネギなどで下味がつけてある。それを串にさして焼いた。すばらしくうまい。採ってきたばかりのキノコも焼く。そしてトマトとキュウリを切るだけ、あとはパンと紙パック入りの安ワイン。

なんとシンプルかつ十分なパーティだろう。おへそをみせたナターシャとアリョーナは笑い転げる。結婚式の直前、人生の最高の時だ。わたしは式の当日まではいられない。でも太陽の下で、大口をあけて笑う彼女たちの白いのどを眺めていると、何がしか幸せな気分になった。

ホテルへ戻ると、ようやく旅行社経由でこの先の列車の切符が届いていた。ほっとする。今晩の出発なのだから。アリョーナの彼という人も、日本人にしては気概のあるふしぎな人だった。ロシアとアメリカに留学経験があり、四ケ国語を話す。二人がミンスク駅まで送ってきてくれた。いよいよワルシャワまで一人旅となる。「走れ！　走れ！　汽車よ、泪せきあえずです」（「巴里まで晴天」）

一〇三号という列車だ。乗る前に車掌に聞いた。「部屋は一人ですか」「いいえ」「女の人ですか」「いいえ男性です」「いい人かしら」「いい人ですよ、悪い人は一等には乗りません」

号室をたずねあてると、ハゲて太った年配の男性が携帯でしきりに何かを指図しながら、わたしをちらりと見て向うも困った顔をした。わたしはポーランド語もロシア語もできないし、向うは英語ができない。林芙美子ほどの度胸も愛想もないので、悪い人じゃなさそうだけど、二人で内側から鍵をかけて寝るのはちょっと苦痛。お互いボツボツととぎれがちの片言会話をする。わたしの重いトランクを親切に下にしまってくれたし、自分の荷物をよけてもくれた。

そのうち会話がなくなり、彼は車掌が通りかかるのをよびとめ、他に空いている部屋はないか、と聞いたらしい。どこかに空きがあったらしく、彼は荷物をまとめ、わたしに「グッド・スリープ。トゥマロー」とだけいうと、微笑を見せて出ていってしまった。「ぐっすりお休みなさい。また明日」。かわいい英語。正直、助かった。

夜半、ベラルーシ・ポーランド国境のブレスト、第一次大戦のブレスト・リトフスク条約の町だ。ここで肝を冷やす出来事があった。緑の制服の小柄でお調子ものの検査官らしき青年が、わたしのパスポートを持っていってしまった。ここはブレストという駅らしい。そのあといかつい制服の女の人が来て、タックスのペーパーを持っていく。わたしはドキドキだった。早く、わたしのパスポートを返してちょうだい。

そのうち列車がふいに動き出した。どうしよう！　パスポートが返ってこないうちに発車したのかも。ところがするすると列車は車庫のようなところに入っていき、急にガタン、ガタンと前に行ったり、後ろに行ったりをはじめる。そのあと、ドルドルドル、カンカンカン、ズズーズズーとものすごい音が長くつづいた。ははん、線路の幅が変わるのか、それで台車を換えているのだな、その作業の音なのだと気づいた。それは一時間以上もつづいたろうか。

列車は再びさっきのホームに戻ったようだ。そして、またあの陽気な、若い男がわたしの赤い十年パスポートを持って現われたはいいが、鼻唄をうたいながら、「ノープロブレム」といい、いいかげんにポンという感じで目の前でスタンプを押した、みたいだ。と思ったのは、あとでそのスタンプがどこに押されているか、自分で見つけ出すことができず青くなったからである。

全身の毛が逆立った。

旅行社からは念を押されていた。ベラルーシ出国のときまで、それまでのホテルのバウチャーも、列車の切符もみな順番に束ねてなくさないこと。でないと、ない部分はどこで何をしていたのか訊問されて、出国できないか、よほど袖の下をとられるハメになる。もちろんパスポートにベラルーシ出国のスタンプがないかぎり、ポーランドに入国することはできません、と。

何がノープロブレムだ。若い男の検査官に悪態をつきながら、わたしは何度もパスポートを一枚ずつめくって調べた。

ようやくうしろの方の頁に薄い薄い赤いハンコを見つけた。これじゃないか。わたしは一人の部屋で、泥縄にも持ち合せの赤い細いマジックペンで、そのスタンプを濃くしてみたりした。もしかして公文書偽造罪でつかまるかしら。やがてポーランド側のパスポートチェックがあった。ベラルーシの出国スタンプは？　と聞かれ、これです、とページをめくって示すと、いぶかしげに長いことそのスタンプを眺めていたが、しばらくして、ポンと入国スタンプを押してくれる。やれやれ、助かった。

「波蘭土（ポーランド）はおそろしくパスポートの検査が繁（はげ）しい処です。寝たかと思うとすぐ起しに来てパスポートを調べます。走りながら怪し気な男がビラをくれたりします。私服らしいのが、行ったり来たりしています」（「巴里まで晴天」）

と八十年ほど前の林芙美子も書いている。そして海坊主のような大きい爺さんが隣り席に来て、やたら芙美子の肩へ手を巻いたり、胸の中をさわろうとしたりしたことや、若いポーランド巡査が入ってきて番をし、「大丈夫だから横になって眠れ」とジェスチャーでいってくれてホロリとしたことを。

「何でもないのに私は涙が出て仕方がありませんでした」（同）

それより二十年前、一九一二（明治四十五）年五月の与謝野晶子の一人旅はもっと心細いものであった。彼女の懐も寒い。シベリアのイルクーツクあたりで、晶子は車掌に、モスクワからパリまでの二等車の寝台は売り切れたから、八十円出して一等ばかりのノオルド・エキスプレスに乗ってはどうかとすすめられる。直訳すれば「北急行」。どうしても二等車に乗りたいなら、モスクワで次の列車を待たなければならないと。それは困る。

露貨はそんなに持っていない、仏貨をまぜたら足りるかも、というと、それでもよいということになって、仏貨を三十九円六十銭分出して券を買う。あとの四十円はモスクワで一等の切符と交換するさいに出すのだという。言葉もできないのにこんなややこしい話を理解するなんて、その心細さは身にしみた。

晶子は、モスクワで乗り換えたがそのさい、

「切符の増金は二十五円五十五銭で好いと云ふ事である」（「巴里まで」以下引用同）

聞いたのよりも十五円程少ない。

「欧羅巴（ヨオロッパ）で最も贅沢だと云はれるノオルドの汽車も其程有難い物とも思はれない。十一時前に発車した。ボオイが来て明日アレキサンドロヲヴでもう三円三十五銭払へと云つた。未だ追加を後から多くされるのではないかと云つたが、巴里迄それで好いのだと云ふのであつた」

なんとも狐につままれたような話。さぞかしドキドキしたであろう。ワルシャワの乗り換えは無事すんだが、またしてもボーイが来てもう二十八円出さなければいけないという。まるでサギだ。最初にいわれたことからすると、

増金八十円－三十九円六十銭－二十五円五十五銭－三円三十五銭－二十八円＝マイナス十六円五十銭。すなわち十六円五十銭、イルクーツクで聞いた最初の話より多く払わねばならないことになってしまう。そして二十八円出せといわれても仏貨、独貨を合せても二十五円しか持ち合せがない。

「何（ど）うも巴里迄は行けさうにない」

晶子は必死で考えをめぐらす。伯林（ベルリン）で下車し、松下旅館で一晩泊って翌日普通の二等車に乗ればどうだろう。しかしボーイは「不可（いけ）ない」というのみ。そのうちアレキサンドロヲヴの駅で列車は停まった。

「ふと目を上げると窓の外のプラット・フオオムを横浜の英人が運動に歩いて居る」

食堂でいっしょになって、晶子にあなたは女優かと問うた人で、横浜に三十八年いるのでよく日本語を話す紳士だ。その人に、ボーイにもう一度交渉してみて下さいと頼んだが、ボーイはやはり首を横に振る。すると紳士は、

「金の事で心配するのなら何程(いかほど)でも私が出して上(あげ)る」

といって、自分の室へ連れて行き、二人の令嬢に紹介する。用意に三十円もお持ちなさいといって露貨でくれた。令嬢が「ヨサノ」といって旅行券も官吏から受けとってくれた。

「私は思ひ掛けない事に遇つて感極まつて涙が零(こぼ)れた」

まさに旅は道づれ、世は情け。この人の名をマリウス・レッセル氏と晶子は書き止めている。列車の不審な動きとパスポートのスタンプで二時間も胸をとどろかしたわたしには、この晶子の狼狽と安心がよくわかる。ボーイのいうことは二転三転し、ドイツ国境でさらに追加料金を十五円とられ、このあとフランス国境で晶子はまた十円をとられている。みんなボーイの懐に入っちゃったんじゃないかな。

わたしの列車は九月十五日金曜日の朝六時二十五分にワルシャワ駅についた。チェコのプラハ、オーストリアのウィーンやザルツブルクには行ったことがあるが、ワルシャワははじめてだ。一度は訪ねてみたい町であった。まずは自力でホテルまで行かなくて

は。しかし石造りのワルシャワ駅はどこから地上に出られるかわからず、エレベーター一つない。重いトランクを一段一段上げて、道行く人にホテルの名をつげると、一七三番のバスに乗れ、といわれたが、どこがバス停かわからず、やっとみつけたら、運転手は逆方向だ、というのであった。大通りをまたトランクを持って渡らなければならない。

めんどくさくなり、いま着いたばかりのタクシーなら駅で客引きをするタクシーより安全だろうと乗り込むが、むっつりした運転手に二十ズウォティで行ってくれと交渉しても、わかったのだかわからないのだか、返事もしないしメーターも倒さない。本当に着くのかなあ、このまま拉致されたらどうしようと、小娘のように心配ばかりした。

予約してあった旧市街入口のブリストルはネオルネサンス様式のすばらしいホテルで、着いたとたん、わたしは満面の笑みのドアマンに迎えられ、トランクは持ってもらえるわ、フロントの女性もモスクワとは比べものにならない親切さだ。地獄から天国へ移った感じ。チェックインには早すぎるが荷物をあずかるので、町を散歩されたらいかがですかと地図をくれた。

いまは「ル・ロイヤル・メリディアン」と系列の名が頭につくが、ガイドブックを見ると「ヨーロッパでも有数といわれるワルシャワの最高級ホテル」とある。一八九九〜一九〇一年に建てられ、外観はマルコーニの設計。いままでに作曲家のリヒャルト・シュトラウス、チリの詩人パブロ・ネルーダ、女優マレーネ・ディートリッヒ、画家パブロ・ピカソ、さらにシャルル・ド・ゴールやジョン・F・ケネディも泊ったとあって、さすがに分不相応な感じがしてきたが、ホテル代はモスクワの陰気なメトロポールよりずっと安い。

それより身にしみたのは、このホテルがホスピタリティで全欧州第一位に輝いているということだ。まさにその通りだったし、ワルシャワにはマリオットやインターコンチネンタル、ウェスティン、ハイアットなど、ほかにも高級ホテルは多いがみな近代的な建物。わたしはこの優美なホテルをまずは探検することにした。

窓からは公園が見える。プールやフィットネスセンターもあるらしい。しまった、水着を持ってくるんだった。長期の改装を経て一九九二年から再開した客室にはいろんな様式の部屋があるという。

すっかり元気を回復して、町へ出る。といってもまだ朝七時半だ。まずクラクフ郊外通りにあるとなりのヴィジトキ教会、ワルシャワ大学、チャプスキ宮殿、カジミエーシュ宮殿を訪ねる。また通りに出て聖十字架教会、朝早いから静かこのうえなく、朝日が長い影を石畳の上につくる。

そこから王宮の方へ歩いていった。広場にはベンチに老人が座り、新聞を読んだり、ハトに餌をやっている。ラジヴィウ宮殿、聖アンナ教会から旧市街の広場に出た。急にロシア圏からヨーロッパEU圏へ出てホッとした気持と、青灰色の目のロシア人たちを

ワルシャワ、ショパン像の前でコンサート。

再建されて世界遺産となったワルシャワ旧市街。

懐かしむ気持が交錯した。ポーランドはEUの一員ではあるがまだズウォティを使っている。一ズウォティは三十五円と覚えておこう。

この旧市街広場ほど愛すべき小さな広場はない。渋いながらも数階建ての建物はさまざまな色と意匠に満ち、ベンチに座って眺めても見あきない。ここも世界遺産に登録されているが、第二次世界大戦中の「ワルシャワ蜂起」で一たびは完全に破壊された。しかしなんと、破壊されることを予期して、ワルシャワ工科大学の教授とその弟子の若き建築家たちは、すべての建物を図面に起こし、意匠までも手で写しとっていたという。

ユネスコの世界遺産委員会はオーセンティシティ（真実性、あるいは正統性）を重視する。いったん壊れたもののレプリカじゃないか、と登録に同意しない選考委員もいた。しかし戦争という災厄で、ワルシャワ市民の意に反して美しい建物と景観は壊されたのであり、戦後、周到な資料と、市民たちの記憶をつきあわせて、壁のしみやひび一つも忠実に再現したといわれる。文化財を破壊する元凶は、経済開発にもまして第一に戦争。市民の記憶やこの努力こそがまさにオーセンティシティに値するとして、旧市街広場は世界遺産に登録されることになった。ちなみに壊される前に実測や模写を指導した教授こそ、映画「灰とダイヤモンド」や「地下水道」のアンジェイ・ワイダ監督の岳父だそうである。

ワルシャワの町はとてもやさしい。ベルリンやパリ、ロンドンにくらべ、人の歩みもゆっくりだし、車は歩行者が渡ろうとすればたいてい止まってくれる。車の中でお先にどうぞと手まねする笑顔が見える。

二番目の旅人、中條百合子もワルシャワを通った。一九二九年四月二十九日にモスクワを発ち、三十日にワルシャワに着く。

「ポーランド人、頭の幅せまく、髪一寸赤っぽく、神経質な感じ。線細し」（「日記」四月三十日）

「ワルソー。鉄橋をこして市内にかかると、工場地帯」（同）

「ポーランド人の世辞のよさ。金が欲しくても、貰ってもすぐ世辞を云う」（同、五月一日）

「ワルソー人口百万中四十万猶太人」（同）

日記には見たものをメモしているだけである。それでもわたしのノートより詳しい。

中條百合子にとってシベリア鉄道はとりあえずモスクワが終着であった。一九二七年、というとナチスが政権をとる五年前だが、その十二月十五日にモスクワ着、翌一九二八年六月レニングラードに発ち、九月中旬まで滞在、このとき先に述べたマクシム・ゴーリキーに会っている。十月十三日、モスクワに戻り、二九年一月八日、重い胆囊炎でモスクワ大学第一附属病院に入院、四月八日までいた。その後、医者にチェコのカールスバード鉱泉での湯治をすすめられて出発したのである。同じころ実家中條家が家をあげてヨーロッパ大旅行をしたので、それと合流するためもあった。

しっかりもので利発な長女百合子が早く作家となり、結婚して独立したあと、母葭江の期待は、優秀な弟英男に寄せられた。それが重すぎたためか、第一高等学校在学中の英男は東京・千駄木の自宅の庭の温室で自死している。一九二七年八月三日、レニングラード郊外でこの報を受け、百合子は失神した。日記は衝撃を物語るように、八月一日のあと二十日まで飛んでいる。父精一郎は百合子に死の前後についてくわしい手紙を送ったらしく、これを読んで「英男、あくまでも彼らしく彼の生を終ったことは安心なり」と一九二八年十月十三日の日記欄外に書いている。

しかしこの異国で受けた弟の死の報はずっと百合子を苦しめた。

「どんなにして死んだか、土蔵、地下室、一隅、この想像で苦しんだ」（「日記」十月十九日）

「安楽椅子により、ティテーブルをおき、屏風まで立てまわして楽に居心地よくやったと云うには、自分笑った。よし、よし、死ぬならけち臭くなくやって呉れ」（同）

「彼の大きな、絣の単衣を着て黒メリンスのヘコ帯をしめた姿、又制服（東・高の）の姿、目に見えるようで、その姿目に浮ぶと、云う限りなく可愛ゆし。惜しい。（畜生！）

何か、私の生涯の前途から一つ見えて居たものが落ちてしまった」（同）

「生きられずに死ぬというより、よりよき生への憧憬によって死んだという形」（同）

「食うに困らぬ人間のゼイタクというところあり。（中略）ぶつかってバクハツしたテロリスト英男」（同）

姉の慟哭が伝わってくるようだ。

しかし力強く働くソヴィエトの労働者たちを見た百合子には、インテリゲンチャ二世の弟のひ弱さがくやしくもあった。

溺愛した英男の死後、涙もろくうつ状態となった妻の気分を転換するためもあって、百合子の父中條精一郎は、趣味で集めた骨董を手放し、無理をして旅費をつくった。

「道標」第二部でワルシャワについては二十頁あまりを書いているが、充実したものである。

「大きく煤けたワルシャワ停車場の雨にぬれ泥によごされたコンクリートは薄暗くて、ロシア語によく似ていながら伸子たちには分らない言葉を話す群衆が雑踏していた」

ワルシャワについての主人公伸子（百合子）の第一声は、

「あら。白いパン！」

わたしがベラルーシからEUのポーランドに来て感じたように、同行の素子（湯浅芳子）がいうには「ヨーロッパへ出てき」たという感じなのだ。

そして伸子はポーランドの人々の「ロシアに対する無言の反撥」をよみとる。五月一日はメーデー。期待したその行列の赤旗は十本たらずで、しかもピストルの音がしてすぐ当局に蹴ちらされた。続いて百合子たちはユダヤ人の多い旧市街の貧しく不潔な様子を見る。

ポーランドは一七七二年、隣接する大国ロシア、プロシア、オーストリアによって分割された。その後、一七九三年（第二次）、一七九五年（第三次）にも分割され、一八一五年にはロシアに併合される。一八一〇〜四九年に生きたピアノの詩人フレデリック・フランソワ・ショパンはまさにこのロシア併合の時代を生き、「英雄ポロネーズ」などは祖国独立を熱望して作られた曲だという。そのショパンの終の住処はパリのシャンゼリゼ大通りに面した建物で、わたしは何年か前、それも見たし、ペール・ラシェーズの墓地の彼の墓にも詣でた。とはいえ百合子はワルシャワに立つショパンの銅像に何ら興味を示していない。

一九一七年ロシア十月革命が成立すると、ポーランドは一九一八年独立し、百四十六年に及ぶ分割時代がおわった。ピウスツキの独裁政権時代を経て、一九三九年九月一日にヒトラーはポーランドとの不可侵条約を破り、侵攻する。これを許してはならじとソ連軍も九月十七日ポーランドに侵入、ポーランド政府はパリを経てロンドンに亡命してしまう。

ソ連軍が徐々に武器に勝るドイツ軍を各地で破り、ワルシャワに迫った一九四四年八月一日、ワルシャワ市民はドイツ軍に対し蜂起。一時的に市街を解放区としたが、ソ連軍はヴィスワ川の対岸に陣を敷きながら、動かなかった。というより蜂起した市民は自由と祖国を愛する勢力であるからこそ、戦後のソ連支配にとっては反体制分子となると踏んでのことかもしれない。

援軍のない蜂起勢力は力を弱め、二十万人以上の死者を出した。市街は破壊しつくされ、十月二日にドイツ軍に降伏。翌一九四五年五月、ヒトラーが自殺しナチス・ドイツが降伏したあと、こんどはソ連の指導のもと、ポーランド統一労働者党が一党独裁体制を敷き、政権交代は一九八九年、レフ・ワレサ議長による「連帯」にとって代られるまでなかった。東欧のどの国を歩いても、その過酷な現代史に胸をふさがれる。ナチス・ドイツが処刑しなかった活動家も、ナチスの作った調書によってリストアップされ、社会主義政権によって命を奪われたケースが多い。右であれ左であれ、全体主義は自由を求める人々を嫌う。

わたしはパンと牛乳を買って広場のベンチで食べ、あとはスーパーや郵便局など、ワルシャワの生活を見て歩くことにした。今日は夜半に、大学生の息子がロンドンから飛んで来る。昼すぎにホテルに戻るとそれまでホテルのベッドでこんこんと眠った。列車で入ってきたので分からないが、ワルシャワ空港は治安が悪いとガイドブックにはある。入口の親切なコンシェルジュのおじさんに、「息子を迎えに行きたいのだがどうすればいいの」と聞くと、「息子さんは何歳?」と問い返す。十九歳です、というと、なら一人でも大丈夫、来られますよ、と請け合う。しかし十時半到着の便では両替所も閉まってるかもしれないし、やっぱり母親としては行ってやりたい、というと、ならばホテルの車でいらっしゃい、といってくれた。

九時半に出れば十分間に合います、というので降りていったところ、おじさんは親切にも、パソコンでチェックして、ロンドンからのBA便は三十分遅れみたいだから、ロビーでもう少し待ってらっしゃい、という。十時すぎ、立派な白い車で出かけた。夜の町をうるうると走る。運転手もまるで家族のように親切だ。空港にはなんとブリストルの専用駐車場があって、ここで待っております、という。

デイパック一つをしょって出て来た息子は照れて、迎えになんか来るなよ、とニヤニヤしていた。他の家族は抱きあったり、キスしたりしているが、そんな真似をするわけもない。戻ったホテルのロビーで、これがうちの息子、とジェスチャーをすると、まだコンシェルジュの台の前に立っていたおじさんは眉毛を文楽人形のように上下に動かして、無事に着いて良かったね、と応えた。車代十九ユーロはこれらの親切と安心に対し安すぎるようにも思う。

息子はロンドンでの一週間の体験をとめどなく話し出し、止まらなかった。わたしが旅立った二週間後、何とキャッシュカードも持たず、現金七万円だけ持ってロンドンに行ったという。テロが再発したあとだけに、入国審査で何をしに来たんだと三十分も質問され、しかし怪我の功名か、後ろに待っていた有色人種のイギリス人が翌日一日、町を案内してご飯を食べさせてくれたのだとか。ようやく一泊二十ポンド（当時一ポンド百円）くらいの安宿をみつけたが、食べるものも何もかも高すぎて、結局、地下鉄チューブに乗って毎日、入場料タダの大英博物館に通い、「サブウェイ」のサンドイッチばかり食べて過ごしたとか。なあんだ、オクスフォードもケンブリッジも見に行かなかったの？　というと、そんな金ないよ、でも安宿で同宿のイラン人たちとサッカーをテレビで観て楽しかった、という。隣りのベッドにはプエルトリコ人のおばさんが娘の結婚式に出るため泊っていたんだけど、ある朝、荷物を置いたままいなくなっちゃって、心配してみんなで探したんだ。

ふうん、そういう旅も若くなくちゃできないね。

こんな高級ホテル、夢みたいだ、というと彼はそのまま明け方からふかふかの白い布団で眠りつづけた。朝食はシャンパンだって飲める豪華バイキングに間に合う。うっそみたい、といいながら息子はニシン、サーモン、イクラ、ハム、チーズ、バナナケーキ、サラダ、ピクルスを皿に盛り上げ、クランベリージュースを飲んだ。

そんな風にずいぶん遅いスタートで町へ出たら、道も王宮広場もきのうの朝の静けさはなく、日本人や中国人の団体であふれ返っている。王宮も入ってみたが、宮殿というところはわたしの趣味にあわない。ことにロココ趣味は嫌いなのですぐに出て、歴史博物館をゆっくり見ることにした。これも旧市街広場に面した小さな建物の一階から五階まで、大戦前のワルシャワの市民生活、ユダヤ人の人々の暮らし、ドイツ軍の攻撃、ワルシャワ蜂起や市街戦を展示し、映画上映もあって充実していた。

遅い遅い昼食を「ザピエチェク」というピンク色の壁の、旧市街では安い店に入った。名物豚のカツレツとタルタルステーキはまあおいしかったが、ロシアの濁って実だくさんなボルシチを食べなれた口には、ルビー色の澄んだボルシチはあまり滋味が感じられなかった。

それにしてもワルシャワを歩くのは楽しい。翌十七日は日曜日なので二人でバスで郊外のワジェンキ公園へ出かけ、ショパンの銅像のある広場の芝生に座り、コンサートを聞いた。聞き覚えのあるというか、弾き覚えのあるワルツやノクターンやスケルツォを若いピアニストが出てきては次々と弾く。のんびり公園を歩き、キュリー夫人やショパンの博物館をたずねたりした。

ベルリンへの列車の出発は夜の十一時三十分である。親切なホテルの人に、きっとまた来ます、といって、握手し、ワルシャワ中央駅へ向かう。駅近くのまさにスターリン建築、文化科学宮殿がこうこうとライトアップされている。この祇園祭の山鉾(やまぼこ)みたいな形は、満州に日本が建てた植民地建築に似ていないこともない。

「夜更けの十一時頃ワルソー着。灯の明るい街です。駅は人の鈴なり、工場が多いし、レールが多い。そして広い停車場で汽車が多いのです。素晴らしく女が美しい」(「巴里まで晴天」)

と到着したばかりの林芙美子は書いている。芙美子はこの「ワルシャワの墓石」と揶揄(やゆ)される文化科学宮殿を見ていない。一九五二年以降のものだから。


駅に着いたのが早すぎて、地下ホームで何本もの列車をやりすごしたあげく、ようやくベルリン行き三四四号の列車が入って来た。

一室は二段ベッドで、木を張った内装はモダンだが、ワルシャワまでの列車に比べいちだんと狭い。部屋の隅に鏡と洗面がついているのがいままでとのちがい。景色を見たいと息子が下の段を占め、わたしは上の段に上った。入って来た車掌はいままでと異なり男性で、いかにもドイツ人という四角い体格で、背が高く衿だけ黒い赤紫の制服が似合った。必要なことはやや堅い英語で全部いい置いて安心はしたが、にこりともしない。とにかく英語が通じる国に入ったのでホッとした。

次の長い停車は国境だった。ポーランド人とドイツ人が二人で来た。わたしのポーランド入国のスタンプがどこにあるかよく分からず、探すのに手間どった。十年パスポートだが押し所が足りなくて、何ページか追加してもらっている。アジア、ヨーロッパ、アメリカ、インド、さまざまなヴィザやスタンプがめちゃくちゃに押されている。一方、息子の紺の五年パスポートには英国出国のスタンプがない。あわてたがこっちはノーチェックであった。

シベリア鉄道に比べるとこの欧州国際列車IC（インターシティ）は優雅さでは大分劣る夜汽車である。ポーランドの歴史について、ナチスのしたことについて、教養は必要か否か、息子といろいろ話す。彼は博物館は一日一ついけば十分だという。それに本当はアウシュヴィッツを訪ねたくて、ポーランドに来たのにな、ベルリンに着いたら郊外の収容所をぜひ見学にいきたいといい、わたしは同意する。

朝、夜があけると車掌さんがパンとバタとコーヒーを運んできた。このたびはにっこりしてくれた。夜汽車を使うと一日分のホテル代が浮き、朝早く次の町について見学には都合がいいのだが、途中の町の景色はなかなか見られない。

晶子は昼間にポーランド・ドイツ国境を通ったらしい。

「私が心配しながら通つた波蘭（ポオランド）から掛けて独逸の野は赤い八重桜の盛りであつた。一重のはもう皆散つた後である。藤の花蔭に長い籐椅子に倚つて居る白衣の独逸婦人などを美しく思つて過ぎた」（「巴里まで」）

ワルシャワ発インターシティでベルリンへ。

ベルリン、ユダヤ人犠牲者記念館。

九月十八日、月曜日、午前七時七分。わたしの列車はベルリンのリヒテンベルク駅へ着いた。

明るくなったころから、窓の外を見ていた。ドイツは郊外からして清潔そうである。かつての旅人たちはベルリンを見たのだろうか。

与謝野晶子「伯林へ着く前に私は寝台を作らせて寝た」

晶子はベルリンを通過して夢の中のようである。のちに、晶子はパリからミュンヘン、ウィーン、ベルリン、アムステルダム、と回った。その感想は面白い。

「自分達は伯林に五日滞在した。何となく支那風に重苦しい、そして田舎者が成り上つたやうに生生しい凡ての感じは、其れ以上滞在して居られない様な気がした」（「伯林の一瞥」）

晶子はベルリンを好まなかった。尊敬する森鷗外の「舞姫」の舞台だというのに。鷗外はドイツ語に堪能な、すべてを震えてうけとる独身の青年としてベルリンに赴き、夢のような恋をした。それは彼の生涯に深く刻印され、逃れることができなかった。一方、晶子は三十代半ば、七人の子のいる主婦であって夫と五日間滞在しただけである。旅は若いうちがいい。

わたしもまたベルリンをよく知らない。最初は一九九九年の八月、チェコのプラハからベルリンまで一人で旅し、鷗外のいう、髪のごとき大道ウンテル・デン・リンデンとフリードリヒ・シュトラーセが交わる所のウェスティン・グランドに一泊だけ泊った。ここもわたしには夢のような歴史的ホテルだったが、結果としては一泊だけするなら地の利が良かった。評伝「鷗外の坂」を書いた直後だったので、鷗外のいくつかの下宿あとを探し、「舞姫」の舞台である旧東ドイツ側のマリエン教会やベルリン大聖堂のほか、ペルガモン博物館を見、ブランデンブルク門をぬけて、戦勝記念塔ジーゲスゾイレを目印に、これも鷗外が散歩したティアガルテン（獣園）を歩いた。朝の公園ティアガルテンにはドイツ人たちがサイクリングをしたり、新聞を読んだり、体操をしたりしていた。ベンチでボーッとしていないところが勤勉なドイツ人らしい。出会った背の高いビジネススーツの女性が、

「壁（マウアー）がなくなって、これからはベルリンが経済文化の中心になると思う。私はボンから仕事（ビジネス）のチャンスをみつけに来たの」

といっていた。

九月一日は、ナチス・ドイツがポーランドに侵攻した日で、その夜は広いウンテル・デン・リンデンいっぱいに平和を唱える長いデモンストレーションが行なわれ、わたしもその波に交じって、知らない人と手をつないで歩いた。広場で拡声器を通じての演説は長々とナチスの罪状をあばき、その中に、ベルリン郊外の女性収容所ラーベンスブリュックの名が出たのにも驚いた。まさにそこで亡くなった一人の女、ミレナ・イェセン

スカに関する番組をＮＨＫ「世界・わが心の旅」（一九九九年十月放送）で取材・出演したプラハからの帰りだったのである。ミレナはフランツ・カフカの恋人で、ユダヤ人ではないが、ユダヤ人救出に加担して逮捕され、ラーベンスブリュックの女子収容所で死んだのだった。そんな話をすると、デモの中にいたラディカル・パシフィストと名乗る女性は喜んで、「これから夕食を食べに行かない？」と誘ってくれた。それがテーゲル空港近くのレストランと知って、かなり遠いし、残念ながらお断わりしたのがいまも悔やまれる。

次の日は劇作家ブレヒトの家や彼の活躍したベルリナーアンサンブル、その近くの墓地を訪ねたのだが、そこでもベンチにいた学生が、ブレヒト夫妻、哲学者のフィヒテとかヘーゲルとか、きらめくような人々の墓を次々と案内してくれた。そのあと森鷗外記念館で旧知の人々に遭遇したりして、ベルリンには良い思い出しかない。

「伯林の女は肥満した形が既に美でないのに、服装も姿態も仏蘭西（フランス）の女を見た目には随分田舎臭いものである」「ウンター・デン・リンデンの並木路を美しいと聞いて居たが、其れは巴里のシヤンゼリゼエを知らない人の言ふことであつた」（「伯林の一瞥」）

まことに晶子はフランスびいきである。そのころの日本の芸術家の大方がそうだった。彼女の歌の華麗で色鮮やかな感じはパリにこそ合え、武骨な北の国ドイツには合わないのかもしれない。

わたしは最初のベルリン訪問のさい、町で一番古いという「ツア・レッテン・インスタンツ」なるレストランで、名物アイスバインを食べた。豚の足の塩ゆで。メニューを見ながら悩み、

「食べてみたいけど、大きすぎない？」

と聞くと、ウェイターは、

「大丈夫。一人で食べられる」

と請け合ったのだけど、やはりそれは大きすぎた。その店にはナポレオンが来たこともあるということだった。晶子はベルリンの食べ物については特に書いていない。

わたしのベルリン再訪は二〇〇五年の夏、そのときは一人でドイツの収容所を回ったりして気の重い旅であったが、ベルリンにナチス・ドイツの悲劇と、旧東ドイツの後遺症が重なって見えるのがますます気を重くさせた。道のそこここに壁のあとがあった。同じベルリンでも西側は発展しているのに、東側は古ぼけたビルが並び、郊外まで行くと第二次世界大戦の空爆後、建物は壊されも修復もされず、そのまま廃墟として放置されていた。

ベルリンの前にたずねたドレスデンのフラウエン教会も、瓦礫がどこの部分の石かを調査しながら、戦後六十年目にようやく再建されたところだった。この教会再建は世界最大のパズルといわれ、市民の努力には頭が下がるが、西側のローテンブルクなどはと

っくに町を元通りにしてしまっている。とにかく森鷗外が讃えた「百塔の古都」が、空爆でこんなに破壊されたとはうかつにも知らなかった。当地の人は反対にヒロシマ・ナガサキの原爆は知っていたが、東京大空襲を知らなかった。

今回旅行社が予約してくれたのはインターコンチネンタル。会議場つきの巨大ホテルで、いかにも新しもの好きのデザイナーが入ったというようなモダンなホテルである。わたしたちはホテル近くの爆撃にあったカイザーヴィルヘルム記念教会やベルリン動物園を見て、繁華街クーダムを西に下っていった。

訪れるたびに珍奇な現代建築が増えている。そのすっきりしたデザインは好みでなくもないのだが、大区画にどんとそびえる建築にはとりつくしまもなく、人間らしさやあたたかさが少い。その夜は、とんでもなくまずい寿司屋に閉口して飛び出し、喫茶店に入るとマスターが日本語で話しかけて来た。

「ベルリンはつまらないでしょう。夜は暗いし、人は少いし、ろくなレストランもない。僕はこれから日本へ行くつもり。女房が日本人なんでね」

日本びいきの主人に甘えて息子が、

「建物に力を入れるあまり、食べ物は手を抜いたような町ですね」

とナマイキをいうと、口なおしに行ってみてと近くのビアホールを教えてくれた。やっぱりドイツではソーセージとビールに限る。

ベルリンにも戦火の跡は証人として残されていた。
カイザーヴィルヘルム記念教会。

晶子はこう書いている。

「其れから、どの建築も、どの道路も、どの家具も、皆堂堂として大と堅牢と器械的の調整とを誇つて、其れが又自分達を不愉快に威圧する。仏蘭西風の軽快と洗錬との美を全く欠いた点がやがて独逸文明の世界に重きをなす所以であらうが、自分達の様な体質や気質を持つた者には容易に親みにくい文明である」（「伯林の一瞥」）

この百年前の評は、晶子が見たことのある建物にも、いまの「普請中」のベルリンにもある程度あてはまるようである。

翌日、アウシュヴィッツを見学しそこねた息子と共に、ベルリン郊外ザクセンハウゼンの強制収容所へ赴く。ベルリンの北三十キロ、オラニエンブルクの小さなバス停で降り、白い壁を抜けて、仮設小屋のような切符売場でイヤホンガイドを借りる。ここでは一九三六年から一九四五年までに十万人以上のユダヤ人が殺された。入口には例の「アルバイト・マッハト・フライ」（労働は自由をもたらす）が書かれた鉄の扉。しかし誰にも自由などもたらされはしなかった。

放射状に広がる収容バラックの跡、その一部もそのまま残されて過酷な生活を物語る。地下の解剖室、ガス室、そしてどこの収容所でも見られるような、残酷な写真の数々に言葉を失うのであるが、こういう人間の残酷さを恐怖のみで伝えるような展示が本当に効果的かは考えさせられる。二〇〇五年に訪れたラーベンスブリュック女子収容所では、

東西ベルリンの境、チェックポイント・チャーリーで
記念写真を撮るアメリカ人。

マウアーことベルリンの壁のあと。

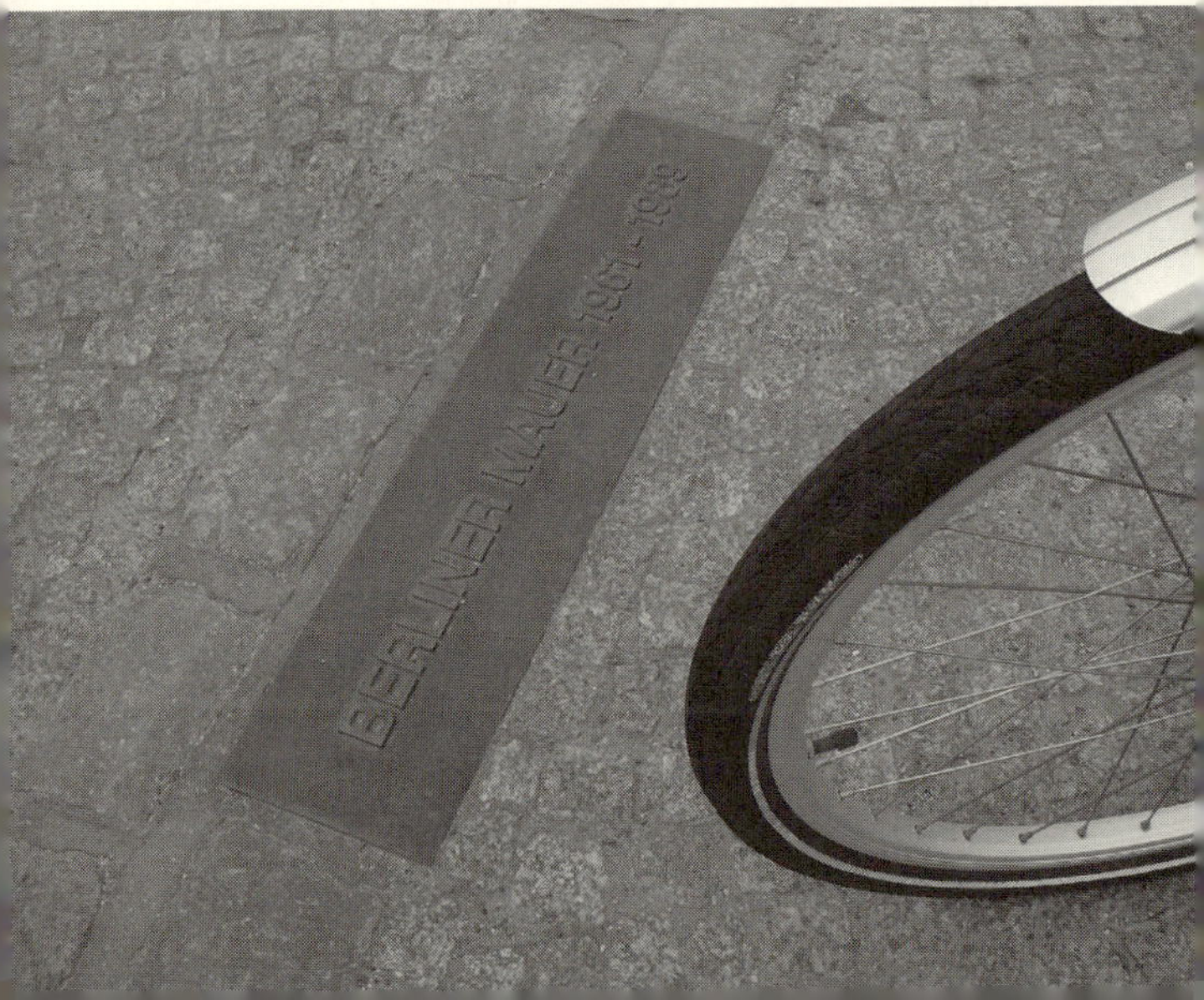

そういう展示はなく、そこで亡くなった女性たちの元気だったころの写真と、年譜、遺品を展示していた。幸福な少女時代、専門教育を受け、医師になったり、教師になったりした女性の未来がナチスによって断ち切られた。その何ともいえない無残さの方が他の収容所跡で見た残虐写真の羅列より、むしろ心の深くに残った。

それから都心に戻ってＤ・リベスキンドの設計によるユダヤ博物館を見る。リベスキンドは自らもユダヤ系で、その建築は廊下も壁もやや傾いて不安を誘う。どこに連れていかれるのか、わからないままに長い廊下を歩き、行き止まりの重いドアを開けると暗い、天井の高い部屋。はるか上方の細い窓から明りが漏れ、壁にとりつけられた鉄のはしごにはとうてい手が届かない。見学者はあたかも囚われたユダヤ人になったような絶望的な感覚をもたせられる。そしてようやく緑の庭に出たときはほんとうに脱出したという感じでほっとした。

もう一つ、新しく出来たユダヤ人犠牲者記念館は、地上には建物がない。どこまでも横になった石の墓標の海。それも高くなったり低くなったり、その間が迷路のようになっており、地下の展示室へのエントランスを見つけるのに手間がかかった。展示は視覚的であり、体験者の声がテロップで流れたりして、みな声も出さず、じっと見ている。息子はこっちの方が圧倒的にいい、という。

ベルリンにはほかにも東独時代を検証するベルリンの壁記録センターやテロのトポグ

ラフィー前の壁、イーストサイドギャラリー、東西ベルリンの境チェックポイント・チャーリーハウスもあって、それぞれ興味深かった。

壁がこわれた日、それはベルリン市民一人一人にとって、語るべきことの多い、一日であったにちがいない。

さて、中條百合子と湯浅芳子であるが、彼女たちはワルシャワから南へ進んでウィーンに向かった。

「モスクワの生活の欠しさ（ママ）、自分の愛するロシア人がいかにきたなく、不便で重く暮して居るか、ここにあるものを少しわけたい気がした」（一九二九年五月二日）

と日記にはある。二十年後の「道標」第二部には、

「こんなに店があり、こんなに使いきれないのがわかっているほど品物があり、しかもどの店の品も真新しく飾りつけられているのを眺めて歩いていると、伸子はウィーンがどんなに商売のための商売に気をつかっているかということを感じずにいられなかった」

と社会主義ソヴィエトに身を寄せた立場から、資本主義の過剰生産、広告宣伝の過多、小市民風の安定と安逸を批判する調子のものとなっている。

「道標」第二部では、ウィーンで自殺したかつてのピアノ教師川辺みさ子にも一節が割

かれている。本名は久野久子。この人に興味をひかれてかつて書いたことがある（「明治東京畸人傳」）。久野久子は一八八六年、滋賀県大津で生れ、幼少より歩行が困難だった。十五歳で東京音楽学校に入り、首席で卒業後、母校の助教授、教授と進んだ。家は中條百合子と同じ駒込林町にあり、百合子は父に連れられて入門したのである。

久野久子は若き天才ピアニストとして、聴衆を熱狂させた。裾模様の和服で足の不自由な彼女が舞台に出てくるとその悲愴さが美しかった。袂をひるがえし、ベートーベンを熱中して弾くと櫛がとんで舞台に落ち、聴衆は興奮した。そしていつしか聴衆は音楽そのものよりいつ櫛が落ちるかに固唾を呑むようになった。そして彼女は自動車事故に遭う。再起を期してウィーンへ向かったが、郊外の温泉保養地バーデンで飛び降り自殺をしたのである。

「道標」によれば自動車事故に遭った川辺みさ子を伸子（百合子）が見舞ったとき、「これからの自分こそほんとの天才を発揮するのだ」とみさ子はいった。

「ベートーヴェンの音楽の人類的な本質、それは文学へもつきぬけて来ているほどの本質を、川辺みさ子が個人的な、天才の光輝と思いちがいし、自分の光背ともして背負いあげたことは、愚かしい単純さであり、思いあがりとして、彼女の一人の女としての真実な悲劇まで嘲笑のうちに忘られた」

かつての師への厳しい一文である。ウィーンに来たら彼女のことを思い出さざるを得なかったであろう。だが当時の日記には久野久子について一つの言及もない。

かわりに郊外のメードリンクにクーデンホフ光子を訪ねたことが出ている。明治初年に外交官として赴任してきたクーデンホフ伯の夫人となって、七人の子を産み育て、夫亡きあとは、小さな別荘にすごす老婦人であった。ヴィラには紫のライラックが満開で、レモン色の細い毛糸で編んだ優美な部屋着に身をつつんだ夫人の傍にもあふれるばかり盛られていた。

「普通日本人が外国人の妻になると、日本人だという確信をすてて adapt するだけだが、この夫人、江戸っ子らしい派手さと、負けじ魂で、社交界の nonsense を征服しつつ、日本人だぞと押しつづけたところ注目に価する」（「日記」一九二九年五月十三日）

すぐに感じいったりせず、ちょっとは辛辣な観察を記すところが百合子らしい。夫人の次男リヒャルト・クーデンホフ・カレルギーは汎ヨーロッパ運動の提唱者として飛び回っていたが、息子自慢の老夫人に何となくわりきれないものを感じたのは、その運動から「ソヴェト同盟」が排除されているということだった。ロマン・ロランはこれを「反ソ十字軍」として警告を発したが、一方、汎ヨーロッパ運動の側にはかつてのロシア帝国への反発と警戒も強いのは否めない。クーデンホフ光子についてはいくつかの伝記が書かれ、ゲランの香水ミツコの名の由来という説があり、ＥＥＣ（欧州経済共同体、ＥＵの前身）の母とも呼ばれる。八十年後のわたしは、ＥＵをユーロという貨幣を持って旅している。

ずいぶん寄り道になったが、ウィーンの百合子は面白い。わたしは最初にウィーンを訪れたとき、ウィーン工科大学で研究中の友人の案内で、オットー・ワーグナー、フンデルトヴァッサーなどの建築を見て歩き、百合子も訪ねた労働者住宅カール・マルクス館も行った。百合子はこの歴史的な共同住宅について、労働者といっても一部の社会民主党員くらいしか入れないこと、子どもの影がないこと、外国人へのショーウィンドーになって少年が絵葉書などを売っていることに違和感を感じている。わたしは同潤会アパートと同じころに建ったこのアパートがいまも機能して美しく住みこなされていることに素直に驚いた。ただし、市民の居住水準が上がったのか、かつての二戸をつなげて一戸としている例が多かった。

きわめて興味深いのはこの一文。

「一九二九年五月十三日山下奉文氏と汽車で来た」(同)。つまり、百合子たちがクーデンホフ伯夫人を訪うに、在オーストリア日本公使館付陸軍武官山下奉文が同行したのである。いうまでもなく、のちの「マレーの虎」、フィリピン方面軍の総司令官として戦犯となり刑死した人である。百合子と山下奉文の組み合せが驚きだ。小説では春らしい灰色のソフトと鹿皮の手袋を持った紳士的な人物に描かれている。

結局、中條百合子と湯浅芳子はカールスバードへ行くのをやめ、リヒテンシュタインからプラハ、ベルリン経由でパリを目指す。不思議なことにこの時期の日記はばっさりと、ない。五月十四日のあと六月十三日まで、ほぼ欠けている。これは日記を書く暇もないほど旅が充実していたのか、書かれてはいたが公表をはばかる事実が記されていたので家族や編集者が配慮したものか、あるいは本人が破ったりしたのか、よく分からない。

「道標」第二部ではこの間のことが書かれている。

プラハへ着いたが、工業博覧会の客でホテルはいっぱいで、李王世子が泊ったという、アール・ヌーヴォー風の豪華ホテルのスイートしかとれなかった。カールスバードへ行ったとしてもどんな小さいホテルもないだろうという。

「カルルスバードへ行かないときまったら、翌日プラーグの市内見物をして、夜の汽車でひと思いにベルリンまで行ってしまおうということになった」

このためドレスデン美術館は見られなくなった。「中欧のフロレンス」と百合子が憧れたこの町は、前に述べた通り、そのあと一九四五年の空爆であとかたもなく消え失せる。わたしがあさはかにも「USアーミーによって何万人？」とドレスデン市民に聞くと、「ニッヒト」と軽く否定して、「USアーミー・ウント・ブリティッシュ・アーミー」と独語まじりで訂正してくれた。ドレスデン空襲はロンドン空爆の報復でもあった。

「伸子は、モスクワで会った新聞の特派員である比田礼二に会えたらとたのしみにして来たのだった」

比田礼二とは黒田礼二のことで、本名岡上守道（おかのうえもりみち）。東大新人会当時は左翼で、麻生久の大正期のベストセラー「黎明」や中野重治「むらぎも」にも登場する。東京帝国大学法学部経済学科を優秀な成績で出た彼は、東京外国語学校で八杉貞利についてロシア語を学び、一時、満鉄に入った。そのペンネームはクロポトキンとレーニンに由来するらしい。朝日新聞の通信員として、後藤新平に随行してモスクワのサヴォイ・ホテルに現われ、パッサージ・ホテルの百合子たちとクリスマスや年越しも共にして親しい交流があった。

しかし百合子が期待してたずねたベルリンに河原崎長十郎や村山知義はいたけれど黒田はいなかった。百合子にとっては落胆の一つであったろう。「要するに、比田礼二はジェネヴであろうと、ずっと東のどこかの都市であろうと、彼にとって行かなければならないところへ行っているのだ、と。そして、それについて何もきく必要はないのだし、きくべきではないのだ、と」

珍しく女らしい執着の見える一節である。このときの黒田が単にジャーナリストであったのか、ドイツ共産党などともつながりを持ち、何らかの任務を帯びて動いていたのか、はわからない。その七年前、黒田はプロフィンテルン第二回大会に出席、日本代表の山本懸蔵の通訳をつとめたとされる。のちにスターリンによって粛清される山本である。このあたりの百合子の表現は、ヨーロッパをまたにかけ、報道や思想活動に挺身する男性への憧れも混ざっているように思う。私は同じころベルリンにいた国崎定洞に魅かれるけれど、百合子とは交錯した気配がない。彼は東京帝大医学部助教授でありながら留学中ドイツ共産党に入り、ソ連邦移住後、無実のスパイ罪で銃殺された。スターリンの粛清の犠牲者である。

黒田礼二についてはあまり資料がない。ユダヤ系のシャルラ・ハルトゥングという女性画家とすでに結婚していた。帰国後は「ナチ・ドイツとの交流の窓口のような役割を果し、訪独視察団の通訳となって全盛期のヒトラー総統に会ったりし」たと笠間啓治「散策のモスクワ」にはある。そして故郷高知から大政翼賛会推薦で衆議院に立候補して落選、戦争末期に国策パルプ会社の経営に加わり、南方出張中、セレベス島沖で潜水艦の襲撃を受けて水死、というのが、この人の波瀾万丈の生涯らしい。ついでにいうとパリでは武林（中平）文子と恋愛している。前々章でウラジオストクからモスクワまで、片山潜の娘千代を送っていった武林無想庵に触れたが、文子は彼の妻で、男性にだらしなかった。無想庵に「『CoCu（コキュ）』のなげき」がある。

「道標」第二部はベルリンZOO（ツォー）停車場のプラットフォームで終る。

「動き出した列車に向って歩きながら高くのばした腕を一つ二つ大きく振る川瀬勇の姿が、人影のまばらなプラットフォームのアウスガング（出口）と白い字でかかれた札の下に遠くなった」

わたしたちの列車は夜九時十六分、ベルリン中央駅発であると日程表に書いてあった。旧レアター駅を改築して、ガラス張りの現代建築になっていた。早くついて息子は売店を見物に行ってしまったが、切符の方を確認すると、そちらにはハウプトバーンホフ（中央駅）でなく、オストバーンホフ（東駅）と書いてあるではないか。またあわてた。駅員さんはわたしの目をじっとみて、「大丈夫ですよ、この駅からも乗れますから」と落ちつかせてくれた。

「伯林の駅のなかは、初めて日本風に屋根もあれば、ホームに売店などもありました。肥えた男たちが目につきます。フリードリッヒの停車場では、珍らしく日本の青年に会いました」（「巴里まで晴天」）

芙美子の方は、百合子に多い政治社会への観察より、生活者として見るもの聞くものにちかちかと目を光らせる。この文ではベルリンを通過したように書いているが、「巴里日記」では「ポーランドで乗りかへ、幾日かをベルリンでおくり」となっている。どっちがほんと？　あまり後世の読者を悩ませないでちょうだい。

わたしたちの列車がのっそりとホームに入ってきた。長い列車で九一号車はホームのDとEの標識の間に来る、と看板に書いてある通りだった。こういう所はドイツの鉄道はじつに合理的。もう何度目になるか、重いトランクを運ぶのにも馴れた。背広のドイツ人車掌が「あしたは何時に起こしますか。お茶かコーヒーどちら」と聞いてメモしていってしまうと、快適な部屋でぐっすりと眠る。目が覚め、いやに長く停まっているなと思ったらドルトムントだった。窓から見るとわたしたちよりうしろの車両がすっぽりない。半分ほどはどこかで切り離され、スイスのバーゼルへ向かったらしい。

第七章　パリ終着の三人

ベルリン発パリ行きの列車はどこかの駅で長く停まったり、ものすごい速さで走ったりとなんだか気まぐれだった。シベリア鉄道およそ九千キロ、モスクワからパリまで乗りついでさらに三千キロ。ミンスクではロシア人大学院生アリョーナと別れ、ワルシャワで息子と合流した。ついにパリの北駅に終着。九月二十一日朝の九時十五分である。白い大理石が排気ガスで黒ずんだ古い駅で中は混雑し、入口は工事中。トランクを引きずって外へ出、タクシーが拾えたのは三十分後であった。

運転手は広場と広場を結ぶパリの細道を走る。両側に六階建ての同じような建物がどこまでも続くので細道のように感じるが、歩道があって路肩に駐車してあっても、二車線ですれちがえるくらいの通りである。それでも今日の宿まで、四十分ほどもかかったろうか。

メーターは一六・四〇ユーロを示し、二十ユーロ渡すと運転手はメルシーとウィンクして行ってしまった。残り三・六〇ユーロはチップということか。ユーロになってから

パリ北駅。

晶子が滞在した
ヴィクトル・マッセのあたり。

ずいぶんたつけれど、何もかも高くなった。

与謝野晶子が一九一二（明治四十五）年の五月十九日にパリについたのも北駅、ギャール・ド・ノールである。フランス国境でボーイがドイツ人から柔和なフランス人になって、

「初めて私は悠やかな気分になつた」（「巴里まで」）

と書いている。部屋に茶とパンを運ばせて食べた。前日からよほど神経衰弱が甚だしくなって、晶子はなるべく外を見ないでいた。これ以上いかなる刺激も耐えられない。十五日間の一人旅、もはや限界かもしれない。

「窓掛の間から野生の雛芥子の燃える様な緋の色が見える。四時と云ふのに一分の違ひも無しに巴里の北の停車場に着いた。プラツト・フオオムには良人の外に二人の日本画家と二人の巴里人とが私を待つて居て呉れた」（同）

三千里わが恋人のかたはらに柳の絮の散る日に来る

寛三十九歳、晶子三十三歳。七人の子を東京に残して二人はひしと抱きあったであろうか。一人三千里を越えて「恋人」に会いに来た。夫とはいっていない。人生をすべてドラマタイズできる能力で、夫寛を「恋人」と言い切る。

これと似た歌を、晶子は十一年前にも詠んでいる。

狂ひの子われに焔の翅かろき百三十里あわただしの旅

一九〇一年六月、老舗のいとはんとして、堺からそのころ鉄幹と号した寛を追って出奔したときの歌である。そのとき鉄幹にはすでに浅田信子との間に生れた女児ふき子が死に、内妻林滝野との間に長男萃（あつむ）が生れており、歌の世界には恋敵山川登美子もいた。それらをものともせず晶子は鉄幹をかるがると略奪、独占した。

汽車の窓から見た赤いひなげしは五月のヨーロッパをいろどっている。わたしも五月のさわやかな時期に長靴形の半島イタリアをたずねたときには、いたるところ赤いひなげしの野に迎えられた。

ああ皐月（さつき）仏蘭西の野は火の色す君も雛罌粟（コクリコ）われも雛罌粟

これも絶唱として知られる。

雛罌粟（ひなげし）と矢車草とそよ風と田舎少女（をとめ）のしろき紗の帽

というのもある。何でもない歌だけれど、青い花、紅い花、セガンティーニやルノワールの絵が頭に浮ぶ。

よほどコクリコが印象的だったのだろう。

夏川のセエルに臨むよき酒場フックの荘の雛罌粟(コクリコ)の花

スズラン、ライラックと並びコクリコはフランスでは特別な花なのかもしれない。雇用均等法以前の女子大生だったわたしは就職試験といえば銀座にあったシャンソン喫茶「銀巴里」のオーディションくらいしか受けさせてもらったことがない。よく歌った歌にこんなのがある。

薔薇は恋の花と
人はいうけれど
どうしてそんなに
ひなげしが好きなの

(「ひなげし」)

晶子がこんなにひなげしばかり詠むと、この歌が耳について離れない。

パリは三回目。最初は娘と甥を連れてローマへいった春、直行便はなく、空港でそのまま乗りつぎもできず、丸一日パリにいた。シャルル・ド・ゴール空港からパリ市街に入るのはめんどうだが、川近くの安宿に泊り、エッフェル塔や凱旋門を見、セーヌ川のバトー・ムーシュ（遊覧船）に乗ってひとめぐり、典型的なおのぼりさん観光をした。二度目はアラン・フルニエ著／長谷川四郎訳「グラン・モーヌ」の解説を書くために、ディジョンへ行く途中、パリに数日泊り、いくつかの美術館とモンパルナス、モンマルトル、ペール・ラシェーズの三つの墓地を一日ずつ訪ねた。

今回のホテルはひどい。シベリア鉄道にばかり気をとられ、パリの宿など吟味しなかったのである。何でもいいわ、眠れれば。じつは眠れもしなかった。凱旋門より一つ北、パレ・デ・コングレという大会議場に近い、団体向きの大ホテルで、労使紛争の最中か、CGT（フランス労働総同盟）の腕章をまいた組合の人々がロビーを占拠している。アフリカ系の人々が多く、髪を三つ編みで垂らし、笛や太鼓を早朝から打ち鳴らす。いくら何でも、遠い国から来た旅人の邪魔することはなかろうに、それが彼らの戦術らしい。それは労働者の権利だから仕方がない。

なるべくロビーに降りず、ホテルの高層階から下を見ると眼下にはブーローニュの森が広がり、町らしい町がない。東京でいうと新宿高層街のセンチュリーハイアットから新宿中央公園を見下ろす感じ。しまった、パリの谷中みたいな下町の宿を探すのだったのに。

耳をふさいで町に出て、息子と凱旋門まで歩く。十二の道が集まる中央に建つ石造りの門。巨大である、以上の感慨はわかず。そこからのびるシャンゼリゼ。よくもまあこんなとんでもないバロック空間をつくったものよ。

秋風は凱旋門をわらひにか泣きにか来る八つの辻より

坂をゆっくりと下る。観光客でいっぱいだ。ルイ・ヴィトンはじめブランドショップに興味がある人にとってならいい立地かもしれないが。

かへりみぬシヤンゼリゼエのうづだかき並木の持てる葡萄(えびいろ)色の秋

晶子はシャンゼリゼが好きみたいだ。私たちは「レオン・ド・ブラッセル」でムール貝を食べる。大通りの露店だ。混んでいてボーイはなかなか来ない。十年ほど前、ベルギーのガンで食べたムール貝が忘れられない。銀色のバケツに入っていて、バタと塩と水でゆで、パセリを散らしただけなのに、なんというおいしさ。パリでもこれはおいしかった。

腹ごなしにどんどんシャンゼリゼを下り、エジプトから贈られたオベリスクのあるコンコルド広場からチュイルリー公園へ出た。このへん、フランス革命の現場である。七月十日生れのわたしに、母は、「あんたは七夕様とパリ祭の間に生れた子ね」とよくいった。十日は浅草の観音様のほおずき市。キャトルズ・ジュイエのパリ祭は革命記念日なのだし、七夕やほおずき市といっしょにするのはどうかな。戦後が青春期だった母は、ルネ・クレールの映画「巴里祭」の方を思いうかべていたのだろう。

このへんまで歩くとくたびれ果て、名所旧跡はあらかた見てしまったし、ノートルダム寺院まで歩くという息子と別れ、地下鉄でホテルに帰った。

体力は限界に近い。東京をいでしより二十六日目。パリの良さが分かるほどパリにいたためしがない。もう何も見たくない。同様、初めてのパリで、きわめつきの観光コースを歩いてうんざりした息子と、夜遅くなって食事をとりに出た。この辺りには人間らしいサイズの小路はない。二つ三つのフランス料理店がいっぱいでふられ、中国料理の店に入った。ヨーロッパで疲れたら、白いご飯に春巻、酸辣湯（サンラータン）、ザーサイが一番。常連の多い店らしく、犬をつれて入ってくる背の高いカップルや、ボンソワールといって主人と抱擁をかわす家族連れが来て、なごやかなパリの夜になった。

「巴里の良人の許へ着いて、何と云ふ事なしに一ヶ月程を送つて仕舞つた。東京に居た自分、殊に出立前三月程の間の忙しかつた自分に比べると、今の自分は余りに暇があるので夢の様な気がする」（与謝野晶子「巴里にて」以下引用同）

子どもを食べさせ育てることでせいいっぱいだった日本で、晶子は筆をとらない日はなかった。生活は分刻みで、パリではどうして休んでよいのやら。それにしても歌にくらべ晶子の詩や随筆はいまひとつ。

「好きな匂の高い煙草も仕事の間に飲んだ時と、外出の帰りに買つて来て、する事のない閑さに飲むのとは味が違ふ」

無聊という言葉が思い浮ぶ。ひまだけど退屈。寛は欧州を見たくて来た。自分が来たのは「唯だ良人と別れて居ることの堪へ難い為めであつた」。なんと正直なのだろう。結婚から十年、寛にはそれほど並はずれた魅力があったのだろうか。写真からはそうも見えないけど。しかし妻として満たされたとき、こんどは母としての悲しみがわきあがる。

さま悪しくいたくも物を思ふかな東の嶋に子等を置くとて

「日本に残した七人の子供が又しても気に掛る」

寛の妹に留守を任せてあり、子どもは無事だ。気にするな、と夫はいったであろう。それは父のいい分、母というものはどこまでも心配性なもの。

帽子に金筋の入った小学生にあえば、それが上の男の子たち、光と秀が通う暁星の制帽と同じだと胸が痛み、ルーブル美術館で絵の中の少女が六歳の娘七瀬に似ていると目が潤む。夫がパリの文明を面白がるような手放しな見聞はできない。

「過去半年に良人を懐ふ為に瘦せ細つた自分は、欧洲へ来て更に母として衰へるのであらうとさへ想はれる」

パリ二日目、夫妻の過ごしていたモンマルトルのヴィクトル・マッセ二十一番地の下宿を見つけに出かけた。案内して下さったのは「グラン・モーヌ」の現地調査のときもお世話になった稲葉宏爾(こうじ)・由紀子夫妻。それぞれパリに関する書をいくつも書き、掌(たなごころ)をさすようにパリ中をご存知だ。

「モンマルトルと云ふのは、山の様に高くなつた巴里の北の方にある一部の街で、踊場や珈琲店(カッフェ)、酒場(キャッバレエ)などの多い、巴里人の夜明し遊びをしに来る所と成つて居るのである」

そのてっぺんにサクレ・クール寺院があるが、これはそれほど歴史はなく、パリコミューンのあとに計画され、一九一九年に完成したもので、晶子が来たときは建設途上であったはずだ。

夫妻の住いの地番はヴィクトル・マッセ街二十一というだけだったが特定はしやすい。通りの名は当時のままだし、片側がすべて奇数番地だ。宏爾さんが通りの名がすべて入った地図を片手にここだろう、と連れていってくれたのは、まさに晶子の描写のままだった。

「通りに大きな鉄の門があつて、一直線に広い石の路次がある。夜はその片側に灯が一つ点る。路次の上には何階建てかの表の家があることは云ふ迄もない。突当りは奥の家の門で横に薄青く塗つた木製の低い四角な戸のあるのが自分達の下宿の入口である」

モンマルトルの喧騒をよそに、そこはしいんと静まっていた。建物も当時のまま、鉄門はカードでのみ開く。

晶子たちは、三階に住んでいた。窓の向うには庭のアカシアが枝を伸ばし、下の庭にはひなげし、なでしこ、野菊、矢車草が咲き、青い腰掛が二つ置かれていたという。

下に住む西班牙(スペイン)の子がピヤノをば叩けば起きてくろ髪を梳(す)く

そんな情景も十分に想像できた。

晶子と鉄幹が住んだヴィクトル・マッセ街。

今も形が残るアトリエ。

わたしたちはそれからモンマルトルの風車で有名なムーラン・ルージュのもともとあった場所や、記号として保存されたぶどう畑や、ピカソのいた「洗濯船」跡や、ここに詩人マックス・ジャコブが住んだと記された似顔絵付きの史跡板を見たりした。

その下宿から晶子は洋服に帽子をかむって外出したらしい。和服ではあまりに目立ち、足袋に草履はパリでは野蛮に見えると彼女は考えた。かといってきついコルセットは慣れず苦しい。ただ帽子をかむるのは、楽しみだという。日本の女は帽子がないので何となく頭がさみしく、全体が落ちつかないのだと随筆に書いている。

晶子は、心の底にわずかの憂鬱を抱きながら、すでにパリに馴れた夫につれられあちこちに行った。

君と行くノオトル・ダムの塔ばかり薄桃色にのこる夕ぐれ
セエヌ川よき船どもにうち向ひ橡(とち)の並木の青き呼吸(いき)吹く
物売にわれもならまし初夏のシヤンゼリゼエの青き木(こ)のもと
巴里(パリイ)なるオペラの前の大海(おほうみ)にわれもただよふ夏の夕ぐれ

橡はマロニエのこと。着いておよそ二ケ月の七月十三日、パリ祭の前夜にはピガール広場から地下電車に乗って、レピュブリック広場に祭見物に出かけている。東京を地下鉄が通ったのは一九二七（昭和二）年の浅草―上野間、今の銀座線だから、地下鉄に乗るのも晶子は初体験であったろう。

「この停留場は余程地の上へ遠いのでエレベエタアで客を上げ下しもするのである」（「巴里の独立祭」）

祭だからルナパーク式の興行物が多いとも書いている。

「子供客は作りものの馬や豚に乗せて回転する興行物に多く集まつてゐる」（同）

とこれは回転木馬のことであろう。

それから晶子はルーブル宮行きの市電の二階に初めて乗り、そこからセーヌ河岸を歩いてチュイルリー公園へ、コンコルド広場へと向かう。

「このとき晶子たちが訪ねた『シテエ・フワルギエエルの満谷氏の画室』ってのはどこでしょう。満谷氏って太平洋画会の満谷国四郎だと思うけれど」

というと、ビストロでの軽い昼食のあと、宏爾さんは「絵描きたちのアトリエはかたまってあるから」とそこも事もなげに案内してくれた。

「カンパン・プルミエの徳永（柳州）さんの画室」も「カンパーニュ・プルミエールのことでしょう」といってあっけなく見つかった。ここの前で撮った晶子洋装の写真がある。そこらにはかつて画家がいたであろう、ガラスで外光を多くとり入れるようなアトリエが緑に囲まれていまも残っていた。彼らの多くは日本では上野の山つづき、谷中あたりに住んでいたのだが。

晶子は彼らに油絵を習う約束をし、リュクサンブール公園で絵を描いたりしている。手に絵の具がついて穢(きたな)いと訴える晶子に、

「リラへ行つて洗ふさ」(「日記の一節」)

と寛はいう。

「海馬の噴水の横から道を斜(はす)に行くともう白に赤の細い縁を取つたリラの店前(テラス)の張出した日覆が、目の前でばたばた風に動いて居ました」(同)

その「クローズリー・デ・リラ」という店はまだ公園の南、モンパルナス通りにあって、「入ってみますか」と宏爾さんは言ったのだけど、ヴェルレーヌ、トリスタン・ツァラ、アンドレ・ブルトン、ピカソ、モジリアニ、サルトル、エリュアール、マン・レイが通い、いまも有名人の多く来るというその店の値段は、お茶一杯飲むにも目の玉が飛び出るほどでしりごみをした。

そんな毎日をすごして、晶子は実に大胆な歌を詠んでいる。

門入りて敷石の道いとながし君と寝んとて夜毎かへれば
昼の程おもひ沈むも許すべし夜は人並に気の狂へかし

晶子ほど臆面もなく女の体の要求を歌いあげた女性はいないであろう。これなんか〝やわ肌のあつき血汐にふれも見で〟どころではない。パリで、夜ごとの性の饗宴はつづいたのだろうか。わたしは午前中に見た宿への長い石だたみを思い出した。

由紀子さんは「パリでお昼ごはん」の著者でもあって、パリ中のすてきなレストランをご存知だ。この界隈でどこかいいとこ入りましょう。町の見える外の席でワインを頼み、ウサギだのカモだの、お互いの注文した分まで味見していると、つくづく幸せであった。付いてきた大学一年生の息子は、

「お二人に会えなかったらパリを誤解するところでした。今日歩いたパリは、僕は好きです」

と、いつになくまじめな顔をして言った。

翌朝、彼は別の便でロンドン経由で帰る。朝早く起きてホテルの窓から外の森を眺めている。馬の好きな彼に、「ブーローニュの森の中にロンシャン競馬場があるはずだから、行ってみようか」と誘った。

行きはタクシーでロンシャンまでとばした。

ロン・シヤンの競馬の家は盲(めし)ひたる少女(をとめ)の如く草踏みて立つ

という歌があるが、じつに意味のとりにくい歌である。これも晶子が森鷗外訳アンデルセンの「即興詩人」に出てくるペスツムの遺跡を思い出し、そこにいた盲目の少女ララの面影を追ったのではないかと妄想してしまう。

中には入れなかったが、柵ごしに広大な馬場を眺め、斜めの直線道路を歩きに歩いて帰ってきた。朝食を食べ、じゃあね、といって息子はリュックを肩にバスに乗り込む。

晶子の「思郷病」、ホームシックがわたしにも少し伝染した。

もう一ケ所、晶子が訪ねた場所に行きたかった。それは郊外にあるロダンの旧居である。

この日、またもや稲葉夫妻をわずらわし、わたしは郊外への電車に乗った。川ぞいに走る高速郊外鉄道C7に乗ると、ムードン・ヴァル・フルーリはそう遠くない。田舎屋のようなかわいい駅舎から住宅街の坂道を上り、晶子たちと同様、ロダンの家へ行く道をたずねた。「ロダン先生の別荘は／ただ真直に行きなさい。／木の間からその庭の／風見車がみえませう。」と詩に歌っている。その通りだった。門からつづくマロニエの木も昔の通り。家はロダン生前のままにしつらえられ、テーブルには皿やグラスやナイフが並んでいる。ロダンは不在で、晶子たちは夫人に会った。「背の低い婦人である。白茶に白いレイスをあしらつた上被（タブリエ）風の潤（ひろ）い物を着て居られる。自分の手を最初に執つて、『よくいらつしつた』と云はれた」（『巴里より』）。夫人は庭の露の滴る紅薔薇をた

ロダンの家と「考える人」が置かれたロダンの墓。

ロダン邸の食堂。

くさん切って晶子にくれ、馬車で船着場まで送らせてくれた。帰りはセーヌ川を船で帰ったようである。わたしたちは鷗外の書いた「花子」の首など、ロダンの作品を見たり、広々と気持よい庭の〝考える人〟の像に守られたロダンの墓をめぐったりした。なんだか晶子もロダン夫妻もそこにいるような気がしてくるのであった。

与謝野夫妻は六月にイギリスからベルギーへ向かい、秋にはドイツ、オーストリア、オランダに遊び、十月二十七日、晶子一人、帰りは海路平野丸で帰国した。

何(いづ)れぞや我かたはらに子の無きと子のかたはらに母のあらぬと

帰国の理由は思郷病に加え、おなかに子を宿したからでもあろう。

「自ら穿(うが)ちて入りし白き墓穴より文まゐらせ候」(「平野丸より良人に」)

白き墓穴とは平野丸の客室をさす。船の行手にシシリー島やエトナの火山などが見えるといっても、心浮かず、夫のことばかり思う。

「君は未だカンパン・プルミエにある人人の画室に語り興じ居給ふらん、あるはパンテオンのキヤツフエに寒ければとてアメリカンなど飲みて居給ふらん」(同)

仏蘭西に君をのこして我が船の出づる港の秋の灰色

秋くれば根も枯れぬらん雛罌粟（コクリコ）は夜な夜な船の夢に立てども

やはり枕辺に、目裏に残るのは妖し恋の花、コクリコだったのである。翌一九一三（大正二）年一月、寛帰国。四月、アウギュスト生れる。たずねたロダンの名をとったものであった。やがて昱（いく）と名を変える。

第二の旅人、中條百合子は晶子に遅れること十七年、一九二九年六月の初めにパリに着いた。エドワード六世ホテルに止宿。四日後、ヴォージラールにあるガリック・ホテルに移る。ヴォージラール通りはパリ左岸（リブ・ゴーシュ）の六区、サン・シュルピス大教会からリュクサンブール公園に沿って南西へ下りる道で、パリ大学やオデオン座に近い。十代のころ、香水集めに凝って「リブ・ゴーシュ」なる香水を手に入れた。セーヌの右岸がブルジョアとか大統領府エリゼ宮など権力を表徴するのに対し、左岸は自由人、インテリの町というイメージが強い。百合子たちにはぴったりの選択であろう。ここも感じのいい並木道であった。サルトル、ボーボワール、シモーヌ・ヴェーユらモンパルナスっ子、パルナシアンが哲学論議をかわしたカフェ、ラ・クーポール、ル・セレクト、ラ・ロトンドなども近いが、そこが栄えたのはもう少しあとの時代。

日記には、百合子の印象に残るものの断片的記述がある。

「倉庫のつづいた淋しい午後九時の明るい通り」

「一八〇〇年代の石壁に葛がからんで居る」

「歪んで、表情ある二階建の小家」

「巴里の煙突。素焼の Chimney。それは細かくほそく林立し、巴里大学の建物の上にも林立して、巴里の細き呼吸作用を感じさせる」

「巴里の街上風景が非常に絵画的色彩にとむ理由の一つは、種々雑多な高低をもつ屋根屋根の面白さと、外壁が光沢なき灰白色のせいだ」（以上、六月十三日）

日記のパリの項は全集でいうと五十ページほど。しかしこれが、「道標」では第三部の三百三十ページにまでふくらんでいく。


それは七月一日にマルセーユについた中條一家をめぐる家族の物語である。百合子は意を決して、六月三十日夜七時、パリ、リヨン駅からマルセーユ行きの夜行に乗った。

「巴里から二時間ばかりの汽車の景色の美しさ。丁度トワイライトでその美しさ何とも云えず」（「日記」七月七日）

湯浅芳子は同行しなかった。家族水入らずのじゃまをしたくないのと、ごたごたにまき込まれたくない気持からであったろう。

「金もちとも云われない階級の佐々一家が、何のために家じゅう、小さい娘までをひきつれて、外国へ来るのか」（「道標」）

佐々は中條と読みかえられる。嘱望された弟の英男（二十一歳）が自宅の庭の温室で自死した。そのため母葭江は悲嘆にくれた。温厚な紳士である父精一郎は愛妻家でもあって、妻の心機一転を切望し、趣味の骨董を手放したりして旅費をつくった。結婚したばかりの弟国男は妻咲枝を伴い、十三歳の妹寿江子も連れていた。

「私は義母の看護婦として中條家に嫁に来たようなものです」

と咲枝さんからうかがったことがある。

しっかり者の長女百合子はマルセーユにつくと一家の泊るホテル・ノアイユへ先乗りして検分し、三十五フランでグラジオラスの花束をつくらせ、妹のために犬のぬいぐるみと人形を買って、波止場までタクシーを飛ばしている。一家を乗せて着いた船は「セ・カトリ？（これが香取丸？）」と何度も聞き返すほど、よごれて小さかった。

父は泣きそうな顔でこちらを見るし、降りてきた母はふけて疲れ果てている。

「こんなのをよくつれて来た。咲枝を愛して居ぬことその他すぐ不愉快だ」（「日記」七月七日）

そこから日記はひと月半余り欠けている。公表をはばかるような家族の内紛が書かれていたためだろうか。

小説「道標」ではその揉め事がえんえんと語られる。

マルセーユに一泊して翌二日パリ着。一家はホテル・アンテルナシオナールに落着く。

「トロカデロの広場から、トウキオと名づけられているセイヌ河岸へ出る間にあるディエナ通は、役所町じみたしずけさで、プラタナスの繁った歩道の左側に、古くさく、イルミネーションつきのホテル・アンテルナシオナールの車よせがつき出ている」（「道標」）

この一九〇〇年のパリ大博覧会に合せて開業した「国際」という名のホテルは、いまも現地で営業しており、万国旗をつけていた。当時は日本人の定宿であって、従業員は日本の男の浴衣がけの姿にも驚かない三流ホテルだったという。そして川沿いの道はいまもトウキオと呼ばれている。

母親は着物をどっさり持ってきており、船中でも晩餐などのとき、咲枝が着付を手伝わされたことが知れた。母は姪ながらお嬢さん育ち（父は三越の重役であった）の嫁を「ほんとに何をさせてもお姫様のなぎなただからねえ」と気にいらない。彼女は次男の遺骨を錦のきれにつつんで持ち歩いている。そんなふるまいも百合子をぞっとさせた。父は母のわがままに神経を痛め、弟には不満がくすぶり、義妹は自信なくおどおどし、妹はみんなに除け者にされている。パリに来て楽しいどころか、ちぐはぐで不幸な一家の調整は伸子（百合子）がするしかなかった。

「道標」には「リュクサンブール公園のそばの中華料理店」「ボナパルト街の骨董店」「フリードランド・アヴェニューのホテル・キャンベル」「ブーローニュの森の散歩」

「百貨店プランタンへ買物」などが登場する。

百合子は父母と弟夫婦を引きはなすことを考えた。そのため、事大主義な葭江が喜ぶような広いアパートを「ブルヴァール・ペレール四七番の四階」に見つけた。一ケ月二千フラン、三ケ月前払い。通いの手伝いも確保した。十七区のこの通りはわたしの泊っていたホテルに近かったので歩いたのだが、通りの中央に緑地帯をもつ、ゆったりした窓の並ぶ通り、日当りのいい、はっきりいえばブルジョアまるだしな街区であった。作中人物がいうように生活があふれていない。「見えるのはブルヴァールの並木だけですもの」

いっぽう、百合子たちのヴォージラール街のホテルからはエッフェル塔につくイルミネーションが見えた。

「シトロエン6シリンダーの広告。シトロエン666　稲妻」（「日記」六月十七日）

この広告のイルミネーションは「道標」にも何度も出てくる。

わたしが前回泊ったのは地下鉄サンジェルマン・デ・プレの駅を出たところのK＋Kというこぢんまりしたホテルだった。

最初、案内されたのは中庭に面した部屋なので、マネージャーに「景色のある部屋に変えて」と頼むと、最上階のエッフェル塔が左手に見える部屋の鍵をくれた。「あれは僕の姉さんだ」と指さして彼はいう。わたしは塔が夜、きらきらと銀色に輝く光のショーをあかず眺め、翌朝「あなたのお姉さんと仲よくなったわ」というと、照れてうなずいた。

百合子は家族のこんなごたごたにつきあっていられない歴史的な時期を迎えていた。「この七月十四日、パリ祭の日にソヴェト同盟と中国との国境が封鎖された。十七日には、正式に国交断絶した。そして、十八日、ハルビンに戒厳令がしかれた」(「道標」)

通ってきた旅路の異変。退路を断たれる感じである。のんびりパリ見物をする日本人一家に向けられる在パリ中国人の鋭いまなざし、パリの警察による共産党員の逮捕。おまえはどうする、と父に聞かれて、主人公は「モスクワへ帰ります」といい切った。

八月四日、両親と妹はロンドンへ。百合子は湯浅芳子とともに数日後、空路ロンドンへ。戦後の湯浅の回想によれば、短いフライトながら気分が悪くなり吐いたという。湯浅は三日だけいてさっさとモスクワへ帰っていった。弟夫婦もロンドンへ来るが、百合子はその新婚生活を楽しませるため、彼らを残して親たちとともにパリに戻る。咲枝さんはその義姉の心づかいにのちのちまでも感謝していた。

「ロンドンを午前十一時に立ちガール・デ・ノールへ五時についた」(「日記」九月十八日)

「モンソー・エ・トカビーユに宿をきめる。又七階だ。76号」(九月十九日)

「三日　雨／mと衝突した。m撲ってよい女だ」(十月五日)

「家庭内ではその愚昧と、変な消極的さでやって居て周囲をどんどん苦しめて、他人が一人入ると妙に活々し世辞よくなり、わけが分ったみたいな口をきいてやるの、そしてひとに買いかぶらせるところ、やり切れず」（十月五日）

百合子の母親（m）批判は愛憎なかばして厳しく苦しい。日記には「撲ってよい女だ」「牛鍋をくった」などと乱暴な表現が目立つ。やり場のない怒りを日記にぶつけているようだ。さすが作家だと思うのは母親を「研究素材としては面白い」というところ。七月初め以来、両親たちの世話で百合子の予定は大きく狂っていた。三ケ月以上何も読んでいない、書いていない。

「フランス語／去年八月から仕事をしなかったことを考えて恐ろしくなった」（十月七日）

十月二十四日、父母と妹はやっと、パリ北駅からシベリア鉄道経由で帰国する。親といると娘扱いされるが、百合子は離婚を経験した三十代、経済的にも自立した女である。そしてこの日、ウォールストリートの株が大暴落、世界恐慌がはじまった。

二日後、さっさと郊外のクラマールに引っ越す。森や丘の美しい風景が広がっている。そこには何人かの画家や学者の日本人がいた。すでに親しくなっていた平貞蔵（「道標」では蜂谷良作）に資本論の講義を受ける。平貞蔵は経済学者で、小説によれば妻は小児科の医者で子どもと自活できたので、夫はパリで自由に研究をつづけている。折しもの

世界恐慌は百合子にとって、

「みんな、ほんとだった」（「道標」）

という感慨になり、マルクス主義経済理論への傾倒を深める。

恐慌のあとのパリからはアメリカ人が消えた。

「パリがパリの人たちのところへ還って来たのね」（同）

「しかし、こんな風じゃ、やっぱり困るんだろうな。（中略）アメリカが買う贅沢品で、バランスをとって来ているんだから」（同）

「道標」に出てくる大学都市は稲葉さんの住いから近かった。

「パリの郊外に国際学生会館が建って、そこには日本からの留学生も何人か滞在している」（同）そのころは原っぱのなかに急造されている「バラック風の駅」に郊外列車がつくような、町になりかけの町であったが、いまは郊外電車Ｂ４線のシテ・ユニヴェルシテールはパリをめぐる環状道路の中に入っている。といってもまだ緑濃く、清潔な敷地に、各国の名前を冠したアパートが建っていた。日本館は薩摩治郎八（さつまじろはち）の寄付によるものので、スイス館はル＝コルビュジエの設計であった。一九三〇年築なので百合子は見なかったはず。

「別に日本人だからといって日本館に入らなくてもいいんですよ」

と宏爾さん。こんな花の咲き乱れる中で研究三昧ができたら、何といいことだろう、とわたしは一瞬、思った。

百合子の訪れたころはまだ建設中で、やっと歩道がつき、「木造の、粗末だけれども清潔なキャフェテリア」があった。「渋い結城紬の袷とついの羽織を重ねた日本の学者が、宗教哲学の話などをしている」（「道標」）

しかし何かが足りない。三十代後半から四十代の少壮の学者たちの、家族もなく研究も大成せず、かといって現実と切りむすぼうともしない不燃焼な感じ。百合子はそこに沈殿することを恐れた。

結局、百合子はパリ滞在半年にして、モスクワに帰る。自分を思う平貞蔵にはなびかなかった。

「惚れるというところまでゆきかねる」（十一月十三日）。しかし同じ日、「惚れたものは聖者になる。少くとも熱気が頭から立って後光になるという点で。（中略）自分は本当に光のかたまりになったからな、あの数日」とも書いている。荒木と別れ、芳子と長く暮らした。「雌蕊が雄蕊を呼ぶ」と自らの官能のめざめを自覚していた百合子が、久しぶりに会った異性が平貞蔵だった。

「現実は緑なすいのちの樹」

百合子の一生を考えるとき、このウラジーミル・イリイチ・レーニンの言葉をいつも思い出す。

第三の旅人、林芙美子がパリ北駅に着いたのは一九三一年十一月二十三日。「やっとなつかしの巴里の北の停車場に私は足を降しました。ポーランドの娘さんにもそのままアデューです」(「巴里まで晴天」)。四日の東京出発だからパリまで十九日かかったことになる。旅費にはベストセラーとなった「放浪記」印税の一部をあてた。洋行はいまよりずっと高くつき、清水の舞台から飛びおりる覚悟がいる。しかし芙美子はそんな覚悟はすぐさま出来てしまう人だった。「東京から巴里(パリー)まで——三百十三円二十九銭也」。今川英子編「林芙美子　巴里の恋」にある「巴里の小遣ひ帳」には、パリでの一ケ月の予算は八一〇F(フラン)。間代が三一〇F、食費二五〇F、雑費一五〇Fなど。パリへ持ってきたのは二一〇米ドル、これを日仏銀行へ仏貨で預けると四三五〇F。一円が当初十二・五Fくらいだった。五ケ月くらいはもつだろう。

北駅からタクシーを拾って芙美子が向かったのはパリ左岸十四区、ブーラール通り十番地のホテル・デュ・リオンである。メトロの駅でいうとダンフェール・ロシュロー、行ってみるとモンパルナス墓地の南、庶民的な感じで、わたしもこういうところに泊りたかった。いまはアパートになっているらしく、しゃれた金属の手すりの内側に花鉢がいくつもある。

芙美子にとって、パリ行きは「出稼ぎ」ではなかったにしろ、書かずに滞在できるほど懐に余裕はなかった。すでに芙美子は流行作家であり、パリに来て、しかも紀行文を書ける女性は少かった。朝日新聞、婦人公論、中央公論、週刊朝日、新愛知、若草、婦人サロン、婦人画報、文学時代、婦人世界、読売、改造など多数の媒体から芙美子は執筆を依頼されていた。それも二十枚から三十枚の長いもの。それなら滞在費の足しになったであろう。そのうえ留守宅に送金もしている。

「さて巴里(パリー)の第一頁だけれど、——初めの一週間はめっちゃくちゃに眠ってしまいました。第一巴里だなんて、どんなにカラリとした街だろうとそんな風に空想して来たのですけれど、夜明けだか、夕暮だか、すこしも見当がつかないほど、冬の巴里は乳色にたそがれていて眠るに適しているのです」(「下駄で歩いた巴里」)

季節が悪かった。晶子が来たのは五月、だから、コクリコの歌も生れた。百合子は六月初め。芙美子は十一月の末、天候が悪い。

「あまり長いあいだ汽車旅を続けて来たせいか、巴里(パリー)へ着いてからの私は、毎日々々眠ってばかりいた。——その、眠ってばかりいた理由には、疲れが出たと云う事もその一ツではあるけれど、ホテルをとってからの私は、来る日も来る日も夜ばかりだといいたいような、巴里の暗い一日に本当は呆(ぼうっ)としてしまったのであろう」(「巴里」)

でもでもフミコさん、これじゃ原稿の二重売りではありませんか。

芙美子の文には、そして日記や小遣い帳にもお金のことばかりである。

ホテル・デュ・リオンの間代三百フラン。約二十四円。凸型の部屋で、家具はおそろしくチャチだ。自炊ができるように半坪ほどの台所もある。ハルビンでも北満ホテルに宿をとった芙美子はさっそく市場へ出かけているが、パリでも薪ざっぽうみたいなパン、バゲットをかじりながら町を歩く。

「さて、一番私の神経を焦々させるものは七面に張ってある壁紙。まるで安宿みたいに紅色の花模様で、何かあわただしくなやましい」(「下駄で歩いた巴里」)

やれやれ、わたしが前回泊った「プチ・ホテル」とやらにそっくりだ。一泊百五十ユーロもとるけれど、要するに狭い安ホテル。壁はピンクの花柄で、古いせいか、上の階でバスルームを使うと深夜でも排水管がゴオゴオいって目を覚ました。

「朝、眼を覚しますと、紅色の洪水、眼をとじると瞼の裏まで紅くそまる」(同)

ほんとにそんな感じ。日本に帰ってからも、その壁紙の残像がわたしの目裏に残っていた。

「巴里へ来て二週間目、私はめっちゃくちゃに街を歩きました。街を歩きながら、街を当度なく歩いている人間の不幸さを知りました」(同)

芙美子は本当に街の人だ。翌一九三二年五月十二日にリヨン駅を発つまで半年、旅情も手伝って、「私は一と月に一度ずつ恋をしているわ」と公言した通りになった。路上に恋を拾い、捨てて来た。知識も道に拾う。現場の独学者である。

そもそも芙美子がパリまで追ってきたのは四歳年下の画家外山五郎らしい。これは日本に残した夫手塚緑敏も納得済みのこと。

北駅に一人で着いたように随筆では書いているが、旧知の画家別府貫一郎が迎えに来て、彼の下宿のあるダゲール街の近くのホテルに止宿したのである。別府にはさんざん世話になったのに、この人も芙美子に少し気があって、「別府氏たび〳〵見える少しうるさい」(「巴里の小遣ひ帳」十二月十二日)と芙美子はつれない。野暮を承知で付け加えれば、別府は戦後、画家の夫、石垣栄太郎を喪った石垣綾子の再婚相手となったが、そう長くはつづかなかったようである。

このほか、中国人の顔さん、林さんという人たちとも交際している。十二月十八日、外山は訪ねてきた芙美子にヤカンを投げつけたかして、この恋は終った。

十二月二十六日の「小遣ひ帳」にはじめて考古学者森本六爾(ろくじ)が現われる。

「夕方顔氏森本氏達と支那めしをたべ、サンミツシヱルを散歩する」

森本は妻ミツギの奮闘のおかげでパリに来た。のちに独学で弥生時代に稲作が始まったことを提唱するなどの業績をあげる。留学中に他の女に恋をしたりするところは、中條百合子に恋を打ちあけた経済学者平貞蔵と似ている。

「私が好きで仕用がないのだと云ふ事だ。へえ！　こんなやぶれた女がね」(「一九三二年の日記」一月七日)

それにしても百合子三十歳独身、芙美子二十八歳有夫、いずれもよくモテる。写真を見ると二人とも美人にはほど遠い。小さくてコロコロ太っている。百合子は自分で、李王世子にそっくりだから、仮装してみよう、などと冗談をいう。なるほど梨本宮家から妃を迎えた丸顔の李垠(イウン)にそっくり。だけど百合子は色白で、肌がきめ細かく、才気と教養があった。

「どっちみち、みなさまソヴェトの様子は御自分でじかに見ていらっしゃるのが一番いいんです」(「道標」)

「ここからモスクヴまでは一晩よ」(同)

「あなたがた学者とか教授とかいう人たちは、思ったより、ほんとの知識欲ってものはうすいもんなんですね」(同)

「成素形態なんて言葉、考えてみなけりゃ意味がわからないんです。あたりまえに云えば、エレメンタルな形態ってことじゃないのかしら」(同)

挑発され、やり込められるのが好きな男っているからな。

一方、芙美子は声がたいそうよく、「さのさ」など踊らせたら絶品で、カフェの女給時代も人気があった。話は面白いし、体当りな正直さがあって男の心を惹いたであろう。容姿がよければモテるというわけではない。でも、好きでもない男に思われるのは苦痛。

「森本氏よりリラの花がとゞけてあつた。こんな事をする男はよけい厭だ」(「一九三二

芙美子の最初に泊まった
ホテル・デュ・リオンの
建物はまだある。

芙美子がロンドンから
帰って住んだ
ホテル・フロリドル。

年の日記」一月十一日）

芙美子は帰国する森本をちゃっかり利用して、夫緑敏への土産などがどっさり入った大きいトランクを託す。いい面(つら)の皮。彼は帰国して、後肺結核を病み、三十代で亡くなっている。この人のことは松本清張が小説「断碑」に描いている。

一月二十三日、ロンドンへ芙美子は出かけ、また霧に悩まされる。ここにはうるさい客もおらず、落ちついて仕事ができた。ここでも大阪毎日新聞記者の楠山義太郎との恋があったようだ。

二月二十二日、パリに戻った芙美子は、元いたホテルに近く、もう少し上等なホテル・フロリドルに止宿。前月が三百フラン、今度は五百フラン。「大変い、部屋だ」（同、二月二十三日）。いまもホテルを営業しており、稲葉夫妻も友人を何度かここに泊めたという。古いエレベーターがあった。フロントの老婦人に、「八十年近く前に日本の作家でハヤシフミコという人が泊った記録はないですか」と一応、聞いてみたが、経営者は代わっており、予想どおり芙美子をしのぶ何物も残ってはいなかった。

芙美子の三月はさんざんだった。パリへ戻るとまた人事に悩まされる。みな淋しいので集まるが噂話と悪口ばかり。このころ交際したのは大正大学の田島隆純、読売新聞特派員の松尾邦之助夫妻らで、ノートルダムに登ったり、サラ・ベルナールの墓を見たりしたあと、芙美子は風邪で寝こみ、仏文学者渡辺一夫の見舞を受けたりしている。

そして四月一日、フランシス・カルコをたずねた夜、大屋久寿雄に白井晟一を紹介された。この白井が、パリでの芙美子の本当の恋の対象となる。京都高等工芸学校を卒業後、ハイデルベルク大学、ベルリン大学に留学して哲学を学んでいた。芙美子より二つ年下で、育ちの良さと気品と教養、すなわち芙美子の憧れとするものをすべて身に備えていた。三日後の作家矢田津世子あての手紙に、「来月になつたら、ドイツのハイデルベルヒに行きたい」「欧州へ来て、始めてプロレタリヤ運動について再び私は情熱を持つやうになつた」などと書き送っているのは、早くも白井に影響を受けたらしい。

大杉栄に「一犯一語」という言葉がある。刑務所に入るたび彼は一つの言語を修得したのだが、芙美子の場合「一恋一学」とでもいいたくなる。学校の教師今井篤三郎に文学を、田辺若男に演劇を、野村吉哉に詩を、手塚緑敏や大野五郎に絵を、そして白井晟一に建築や社会主義を学び、芙美子はすべて栄養にした。彼女が男に与えたものも多かろうが、その吸収力は尋常ではない。

「春の日記」などに現われるS氏を坂倉準三とする説もあったが、わたしはずいぶん前から白井晟一だと聞いていた。すでに一九六〇年代から建築史の側から川添登、長谷川堯らがこれを白井晟一だとし、存命だった白井も否定しなかった。しかし決定的なのは今川英子氏による「林芙美子　巴里の恋」の日記の発掘で、これで虚構を混えた「巴里日記」の背景がよくわかる。

四月六日、ダゲール街二十二番地のホテルに越す。ここもホテル・ル・リオンソーとしていまも営業をつづけていた。金子光晴、藤田嗣治（つぐはる）も住んだという。一階はカフェである。

「大変いゝ部屋だ。四百フランだ」（四月六日）

その後は心の揺れが記される。

「あゝ、一切を神にすがらむ」（同十一日）

「あゝかの人のため涙ながさむ」（同十二日）

「Sまつてゐる。会へば胸あふれる思ひ。只呆んやりだまつてゐた」（同十三日）

「『旅から帰へつたらこゝへでも泊りませう』そう云つて二人で部屋を見せて貰らったりする」（同二十日）

このいっしょに住居探しというのは、恋の小道具かもしれない。交渉の通訳のため、あるいは女一人では頼りないので用心棒として、パリ在住の男たちは百合子や芙美子に同行する。そしてベッドのある部屋を見たら、二人でここで暮らすことが何とはなしにイメージされてくるのではなかったか。

二人は四月末、モンモランシーとバルビゾンに泊りがけの小旅行を試みた。「春の日記」にはS氏として出てくるが、日記そのものは故意に破りとられているという。

白井晟一の若きルバシカ姿の写真は、芙美子をひきつけてやまなかった人の面影を十分に伝える。そして建築家として書家として大成した晩年の風貌はもっと彫りが深い。彼の建築もすばらしい。彼は芙美子が亡くなったころ、稲住温泉の自作に「浮雲」と名付けているのだが、彼の側にも呼応する感情があったのではないか。人に気づかれぬよう、芙美子はこっそり書く。「モンモランシイの初夏は素敵だつたし、フォンテンブロオの森のオテル・サボイや、バルビソンのオテル・シャルメッテは私の貧しい一生を飾る思ひ出になりました」（「外国の想ひ出」）。たとえ一ケ月の恋だとしても、人は生身の人間ではなく、思い出を抱きしめることによって生きのびることができる。

人事はこれくらいにして、パリの芙美子の実生活者としての魅力をすこし。

着いた日、日仏銀行で持参の二百十米ドルをフランに換えた芙美子は「かみくづみたいだ」と手帳に書きつけている。四三五〇F。ユーロになる前、イタリアで円をリラに換金するとき、わたしも同じように感じたものだ。

一九三一年当時、一円は十二・五フランほどであった。

同じく昭和初期に建築の留学生としてパリへ向かった建築家の故藤島亥治郎（がいじろう）先生に、「あのころ円は強くて、行く港々で円が高くなり、本当にゼイタクができた」とうかがったことがある。そのとき九十七歳だった先生はサグラダ・ファミリアの塔がまだ四本しかなく、ナチスが政権をとる前で、バウハウスにグロピウスを訪ねたが避暑にいって不在だった、などの話ののち、「夢が叶うなら、もう一度行ってみたいのはウィーンですね」とおっしゃった。

二年前、一九二九年の中條百合子の場合はまだよかったが、芙美子の行く前に満州事変がおこり、滞在中にも円はぐんぐん下がって、一円が八・八フランにまでなった。旅はそのときの貨幣交換レートに大いに左右される。金欠病ばかりを書きつけるのもわかる気がする。

コーヒー茶碗三コ　三F
ぶどう酒三リットル　二・七五F
メトロ　一・九〇F
じゃが芋一キロ　一・八〇F
石けん　一・五〇F
塩一キロ　一・七〇F
巴里の春菊　〇・五〇F

こんなものをみていると、当時の一フランは物にもよるが、いまの一ユーロとそうちがわないのではないかと思う。

このつましい生活ぶりと比べると百合子の方がずっとゆたかだ。

アパートは七〇〇Ｆ。
フロマージュ六コ入り　四・四〇Ｆ
クッキー　三・五五Ｆ
レタス一つ　〇・七五Ｆ
玉子二つ　一・七〇Ｆ
大ビンミネラル　二・三〇Ｆ
トウモロコシ四本　八Ｆ
塩一包　一・〇〇Ｆ

両親を迎えるのに三十五フランの花束を作らせているし、親たちは女中に一週三百フラン払っている。フランス語教師に二百四十フラン、平貞蔵へ資本論講義代五百フラン。十月二十四日に両親が置いていった四千フランが十一月三日にはもうないと嘆く。

「これからキン縮、キン縮」

といっているが、芙美子とは比べものにならない。

芙美子もフランス語を習ったが、個人教授ではなくアリアンス・フランセーズの夜学であって、その教室の雰囲気は日本で習った早稲田の教室に似ていた。

百合子は妹と二人、日本レストラン「フジ」でスキヤキを食べ「五円以上かかっちゃった閉口だ」（「日記」一九二九年十月五日）と書いているが、これは二人で六十フラン、一人三十フランに相当する。

「夕飯に、始めて日本飯フジに行く　十二フランでべら棒に高くてまづくて驚いた」（「一九三二年の日記」二月二十五日）

これが芙美子。同じ店で同じく高いと閉口しても金銭感覚に倍以上の開きがある。芙美子は三月十四日、凱旋門近くにあった「日本人倶楽部」でうなぎを注文し、このときは「うまかつた」というが、「藤原義江が来てスキヤキを食つてゐた」とうらやましそうに書いている。のちに随筆で藤原に言及して「いまでもヂイヂイとあぶらをいつてゐられた音を忘れません」（「外国の想ひ出」）とも書く。食べ物の恨みは、とくにフミコさんの場合、おそろしい。

芙美子は料理が嫌いではなかったし、自炊も多くした。「淋しくなって来ると料理をつくる」（「巴里日記」）。男友達におむすびや味噌汁、おしんこをふるまい、これがまた彼らの心をつかんだのだから、ちょっと罪つくりだ。外食の場合は貧乏同士、割り勘が多く、高い「フランス飯や」より「支那飯や」の方が多かったようだ。「買物に行くのに、塗下駄（ぬりげた）でポクポク歩きますので、皆もう私を知っていてくれます。

伊太利人の食料品屋では、あまり私がマカロニを買いに行くので、『お前の舌は伊太利がよく判る』そんな風なおせじさえ云ってくれます」（「下駄で歩いた巴里」以下同）

芙美子はパリでシャリアピンも聴いたし、ラシーヌの芝居も見た。オランピア映画館やサラ・ベルナール座でコンサートも聴いた。ルーブル、ロダン美術館、ギメ美術館を見て、ボンマルシェのデパートやムーラン・ルージュにも行った。しかし、芙美子が一番好きなのは路上だ。

「もうメトロにも自動車にも乗らないで、やけに歩く事。歩いている事が、いまの私に一番幸福らしい。歩いているより外に落ちつきようもない巴里の生活です」

「こう歩道が固くカツーンと身にこたえては一里も歩けばくたびれてしまいます」

「私は街を歩いても古い建築物を見るのが楽しみです。苔むしたような古風な街角の水道の栓一ツにも何か美しく刻んであったりします」

わたしもそのようにパリを歩き回る。

パリのメトロは二、三百メートルおきに駅があってとても便利なのだけれど、方向音痴だから、地上に出るまでに階段をくるりと回ればワンと吠えるくらいで、どちらへ行くべきか迷うのだ。おまけにたいてい地下鉄駅のある広場からは八方に道がのびており、一つまちがうととんでもない土地へ連れていかれる。だから地下鉄には乗らず、地図を片手にどこまでも歩く。

そして疲れるとカフェの外の席で道ゆく人を眺める。となりのアラブ人がわたしの分までコーヒー代を払ってくれたりした。

「街裏に行くほど呑気なキャフェが多い。何が美味いといって巴里のコヒーほど美味しいものはない」（『巴里』）

パリの芙美子は追いつくされており、わたしの出る幕はない。ただし三人の旅人が重なって同じ店に寄っているのは面白いと思う。日本料理の「フジ」もそうだが、晶子の行った「クローズリー・デ・リラ」には芙美子も行っている。カフェノアルを注文し、この店に来た島崎藤村を想ったりした。

ソルボンヌ近くの広場に面した「クーボック」、これも白井晟一らと芙美子のよく行ったバーだが、すでになく、大学街らしい書店などに替わっていた。もう一つ稲葉夫妻のおかげで意外な発見があった。

「キャバレーといえば、ブルバアル・サンミッシェルの燕横丁（イロンデル）に、昔牢屋であった跡の地下室の穴蔵を酒場兼用につかっている店があった。（中略）この酒場が盛んな頃には、ボオドレエルとか、アルチュール・ランボーなんかが出はいりしていたものと見えて、石の柱には此様な文人たちの落書が眼を惹く」（同）

家の前にアパッシュたちが立っている。そのころ流行りの首に赤いハンカチをまきつけた不良だ。女装の街娼もいる。そんな界隈の酒場で、唄をうたったり、紙剪（かみき）りを見せ

芙美子も通ったデパート、ボンマルシェ。

クローズリー・デ・リラ。晶子、芙美子が通ったカフェ。

たりする。

宏爾さんは燕横丁（イロンデル）をご存知だった。そしてそこにはまさに、道から何段か下って穴蔵のようなレストランがまだあったのである。

冬のパリに着いて、「日本へ帰りたい」「淋しくて昨夜泣いた」「歩くと凍りそうな巴里」と日記に泣きごとの多かった芙美子もだんだんパリに馴れていった。

それでも一番辛かったのは畳のないことと風呂である。芙美子はホテル・フロリドルに移ったのを機に、カーペットの上に正座したりした。

「巴里の風呂屋にはけっして日本風の青いのれんは出ていません。まるで産婦人科と云った風な家構えで、ドアをあけると正面に切符を買うところがあります」（「皆知ってるよ」）

わたしも夏ならシャワーがついていれば十分だが、冬のヨーロッパは寒く、やはり湯船につかりたいのが人情。が、この白い陶器の猫足の湯船はひんやりと冷たく、お湯の出も悪い。もうもうと湯気の立つみんなで入る日本の広い銭湯とはちがい、ヨーロッパでは何もかも個人主義。芙美子の的確な感想。

「湯が少いので何の事はない醬油の中に浮いた刺身みたいにびたびたしている」（同）

逆に一番気にいったのはパリのおまわりさん。

「巴里ぐらい、短いマントウを羽織った巡査の姿のやさしい都会はないだろう。夜学の

芙美子が通った燕横丁（イロンデル）の
穴蔵のようなレストラン。

帰り、おそくなると、私はたびたびこのマントウを着た巡査君にアパルトまでおくってきて貰った」（「巴里」）

わたしは芙美子の日記によく出てくるダンフェール・ロシュローまで歩いた。広場のまん中にいるライオンは、ベルフォールのライオンとよばれ、十九世紀の普仏戦争の記念だ。ドイツにあやうく併合されそうだったベルフォールを守った人が、この広場と地下鉄の駅に名を残すダンフェール・ロシュロー将軍。だからライオンはドイツの方をにらんでいる。芙美子は「ダンヘル」と略しているが、その由来を知っていたのかな。

少し足をのばして、アラゴ大通りの「サンテ留置場」まで行く。高い塀である。ここは大杉栄がベルリンのアナキスト大会に出席しようと尾行をまいて出国し、ベルリンまで行きつかぬうちにパリの集会で演説して捕まり、入れられた所。

「魔子よ魔子。

いまパパはラ・サンテの牢獄に」

とうたったあの監獄である。二〇〇一年、南フランスのリュイネでマフィアの大物の囚人をヘリコプターで吊り上げて脱獄させてしまうという大事件があった。そのため、いまラ・サンテにもネットがかぶせられていた。

駆け足のパリ歩きも終り、わたしは稲葉夫妻のお招きを受け、郊外のお宅までうかがった。

由紀子さんがおいしい野菜料理を作ってくれる間、わたしはくるみをむきながら宏爾さんと話し、ワインを飲んでいた。庭があり、木が茂り、座り心地のよい椅子があり、古い木の家具がある。

「これ、たいてい蚤の市なんかで見つけたのよ。洋服も買わない。ユーロがどんどん高くなって、円で原稿料を貰っても使い手がなくて」

日本の雑誌に寄稿している由紀子さんは、なんだか林芙美子と同じようなことをいった。それでも信念に満ちた、落ちついた暮らしぶりである。

「僕たちはほんとに、ちょっと休むつもりでパリに来たのにね」

と宏爾さん。雑誌社でデザイナーとして働いたのち、お二人が渡仏して二十年になる。お子さん二人もパリで育てた。いまはカードもあるし、銀行の振り込みも、メールでのやりとりも簡単だが、昭和の初めころはどうしていたのだろう。

「改造500円　6100フラン十二銭強だ」（「日記」一九二九年十月十五日）

と百合子は送金に万歳している。

「改造より三百円送つて来る／飛びあがつちやつた。狂つちやつた。人生があかるくなつた」（「一九三二年の日記」二月八日）

と芙美子は雀躍している。異国フランスで暮らした彼女たちになんだかエールを送りたくなる。

「タクシーを呼べばいいから」

という由紀子さんに甘やかされて、わたしは稲葉家の大事な赤ワインの栓を何本もあけてしまった。何だか世田谷の友人宅から、終電をのがして帰るようなぐあいである。近所のタクシー会社だから心配はない。通りとホテルの名を告げるとわたしは意識を失った。運転手さんがわたしを起こし、心配そうな顔で見ていた。六十七ユーロ。ほんと、世田谷だな。

次の朝、遅くまでわたしは眠っていた。

そしてもう一度、一人で芙美子が住んだ左岸のダンフェール・ロシュローに行った。さらに二日酔いなのにカタコンブを見た。与謝野晶子が「巴里より」で書いている髑髏洞である。これは採石場跡地にパリ市内にあった共同墓地の無縁仏六百万体を納骨したもの。そこだけは最後に見ておきたかった。

「飴色や暗紫色をした肋骨と手足の骨とが左右に一間程の高さでぎつしりと積まれ、其横へ幾列にか目鼻の空ろに成つた髑髏が掛けられて、中には一つの髑髏を中心として周囲に手足の骨で種種の形に模様づけられたのもある」

まさにその通りだった。ちがうのは晶子のころはロウソクの灯を点して入ったが、いまは電気がついていることくらいか。前をゆく子どもがしきりとこわがって叫ぶ。晶子は「案外に不気味で無い」といっている。地下の迷路を大分歩き、地上に出ると入口と

晶子が訪れたカタコンブ。

シベリア鉄道に乗って
晶子がたどり着いたパリ、
徳永柳州のアトリエにて。
後列左より夫の与謝野寛、
三浦工学士、徳永柳州、
前列左より桑重某、
与謝野晶子。

はよほど離れていた。「即興詩人」に出てくるローマの骸骨寺、サンタ・マリア・デルラ・コンチェツィオーネにも似ている。火葬を風習とする日本人には思いもつかないようなもので、「ぞっとしない」という感じである。

そこからセーヌ川を地下鉄で越え、オペラ座から東へ歩いて、パッサージュをあれこれ歩いた。パリでは、わたしはパッサージュを歩くのが一番好きだ。途中、ショパン最初の家とか、プルーストが住んだとか、上の方に石がはめ込んであった。史跡案内板はフィリップ・シュタルクのデザインで、赤いボートのオールみたいな形のがあちこちに突っ立っていた。

わたしのパリの短い時が尽きた。

与謝野晶子は一九一二年、明治天皇が亡くなったのをパリで聞いて号泣した。帰国後、小説「明るみへ」を書き、パリの女性の優美で力強いさまを見て、女性の地位向上に論陣を張る。

一九二九年、ニューヨーク株式市場の大暴落をきっかけとする大恐慌をパリで知った百合子はモスクワに戻り翌年、帰りもシベリア鉄道で帰国して、日本プロレタリア作家同盟に加盟、共産党にひそかに入党した。

一九三一年、シベリア鉄道でソヴィエトを通り、「ロシヤは驚き木桃の木さんしょの木、レーニンを少しばかりケイベツしました」と夫に手紙を送った芙美子は、翌三二年、榛名丸で海路帰国し、おびただしい紀行文を書いた。パリで聴いたシャリアピンが来日すると聴きにいき、コクトーが来ると文芸協会を代表して花束を贈呈している。

一九四二年、与謝野晶子は六十三歳で逝き、戦争協力というほどのことはしないですんだ。左翼であった百合子は何度か検挙され、内閣情報局の命で執筆禁止となり、獄中の夫宮本顕治を支えつづけた。一方、芙美子は一九三七年、南京陥落にさいし「東京日日・大阪毎日新聞」特派員になったのを皮切りに、「ペン部隊」の一員として戦争に協力したが、戦後、追及されることはなかった。対照的な百合子と芙美子は戦後、平林たい子を加えて三人で文壇に並び立ち大活躍した。獄中で体をいためた百合子は一九五一年一月、五十一歳で亡くなり「道標」は絶筆となった。芙美子は同じ年六月、四十七歳で亡くなり、これは多作による過労死といえなくもない。

わたしはホテルにあずけた重いトランクを持ち、空港行きのバスに乗った。帰りは飛行機である。パリはまた来ることもあるだろう。しかしシベリア鉄道九千キロにまた乗ることはあるだろうか、と思うと、車中で会ったさまざまな人々、寒かったホーム、売っていたピロシキ、保線係のおばさん、イクラと黒パン、どこまでもつづくバイカル湖、シベリア抑留者の墓、号車の隅にしゅんしゅんたぎっていたサモワール、ダーチャのジヤガイモ、次々に思い出して、胸が刺されるようである。

わたしの旅は二〇〇六年九月二十五日に終った。

「シベリア鉄道乗りかえ、東北をめざします」

息子がワルシャワで口ずさんだ歌が、耳の底からひびいてきた。

あとがき――旅を終えてから

シベリア鉄道へのわたしの関心がかくも長く持続したのはひとえに、学生時代にこれに乗って欧州へ行くという夢を果せなかったことによる。

その頃、一九七〇年代の学生が多くこのルートをたどったのは五木寛之のベストセラー「青年は荒野をめざす」の影響かもしれない。

同名の歌もはやった。まだ沢木耕太郎「深夜特急」や藤原新也「印度放浪」のようなバイブルはなく、高度成長期の若者の関心は開発途上のアジアより文化の成熟したヨーロッパにあった。

日本を旅するとしても、沖縄はまだ返還直後でブームは起きておらず、南より北へ、北海道をリュックを背負い、あるいはバイクで旅するのが一番人気であった。

いま五木氏のこの本を読むと、主人公のジュンという十八歳がいかにも大人びて見える。進学をせず、トランペットを携えて船でナホトカに渡る。そこからハバロフスクまで急行列車、さらに飛行機でモスクワへ、ヘルシンキへ、パリへという冒険あり、白人女性との恋ありの大活劇だが、いまの十八歳よりはずっと自立心に富み、危機管理能力もある。同じルートでイギリスに美術の勉強に行った女性によれば、ナホトカまでの船の中ではたしかに毎日船員有志の楽隊が演奏してダンスパーティが行なわれていたとか。シベリア鉄道のトイレの紙は異常に硬かったそうな。

与謝野晶子、中條百合子、林芙美子は近代文学史上、大きな仕事をした女性で、それぞれにわたしは親愛と敬意をもって読んできた。その三人が時こそ違え、同じくシベリア経由で陸路ヨーロッパに行ったことに気づいたとき、これをテーマに思い残しの鉄道に乗ろうという考えが浮かんだ。旅先でも彼女たちの書いたものを読んだ。

第一の旅人、与謝野晶子にはなんといっても、その多産、作品の量と産み育てた子どもの数に圧倒されてきた。いかにも強そうなからだ。消え入るような声に似合わず人のことをまったく気にしない、自己本位の人である。子どもにとってはいつもうわの空のお母さんであったらしい。確かに着物を縫って手早いが雑、というのが娘の評である。そんな晶子でもシベリア鉄道の途上ではパリの夫と残してきた子どものあいだで引き裂かれる。産むこと、育てること、母性とその責任、こうしたことへの対処の仕方が、やはり子どもを持つ自分にはとっても面白いのであった。

晶子は大正になると、社会が子どもに責任を持つべきだという平塚らいてうの母性保護論を批判して国家の育児への介入を不必要だとし、自分で産んだ子ぐらい自分で育てよと自己責任論を展開する。これは大正の有名な論争だが、論とは異なり、晶子はさんで育てられないからと里子に出したほか、窮民救済のための白米廉売券配布を区役所に申請したこともあるようでこの矛盾というか、開き直ったところが晶子の真骨頂であり、魅力でもある。

この一月に晶子の堺の生家を訪ねた。大きな菓子屋だったといわれる鳳家のあとはみな道路になっていたが、白い石の大きな碑が建っていた。

海恋し潮の遠鳴りかぞへては少女となりし父母の家

というわたしの好きな歌が刻まれていた。「数えては」がなぜか「数えつつ」になっていたけれど。もうひとつ、

あなかしこ楊貴妃のごと斬られむと思い立ちしは十五の少女

という歌も好きだ。わたしも伊藤野枝や金子文子の伝記を読んで、畳の上では死にたくないと波乱の生涯を望んだ十代がある。いっぽう本文で紹介した、

水軍の大尉となりてわが四郎み軍（いくさ）に往く猛く戦へ

を見ると反戦詩人という評はあたらないのではないか。ことに昭和期に入ると天皇の赤子であることを喜び、戦争に加担する表現が随筆にも増えてくる。いっぽう、

三人に一人は死ぬと知りながらなほも産めよと人の勧むる
あることか少しの人のわたくしを助けて多く戦ひに死ぬ

という歌もある。前者は乳幼児死亡率のことか、戦死の確率のことか、にわかに判じがたいが、「産めよ増やせよ」の戦時政策を先どって批判しているように思えるし、後者は軍需産業の思惑で一般民衆のいのちが奪われる戦争というものの本質を喝破しているように思われる。

結局、晶子は起伏はあってもそのたびに夫を選びなおし、寛と添い遂げた。一九三四（昭和九）年に寛がなくなるとき、こう詠んでいる。

筆硯煙草を子らは棺に入る名乗りがたかりわれを愛できと

ナルシシスムも感じられるが、哀しみを抑えてにがみや放心も混ざるいい歌だろう。

第二の旅人、中條百合子。この人への共感は生れ育った町、通った学校が同じであるということが小さなころからまずある。再読して、これほどの正義感とよく回転する頭と感性とともに兼ね備えた女性は近代でもきわめて稀だろうと思う。しかも文化的環境に恵まれた。それを活かしきって停滞を嫌い、たえず変化と前進をつづけたところに脱帽せざるをえない。

日記も手紙も膨大にあり、長編「道標」にはもっと引用したいところもあった。ことにモスクワの生活、家の中にこもると運動不足になるし、新鮮な空気を吸うために、百合子がガローシといわれる雪靴、シューバという毛皮のコートを着て冬将軍、マローズの居座る極寒の町を歩き、白い息を吐くところ。世界恐慌のあと手に入らないパンやバタを買いに町をさまよう姿には臨場感がある。そんな幾月かをわたしもモスクワで過ごしてみたいとつよく感じた。灰色の部屋の目を楽しませたくて厳冬にはシクラメンを買ったり、チューリップやユキヤナギを買って春の訪れを感じたところにもこの感受性の強い女性の息遣いを感じる。

百合子の見たのは革命後十年の混乱はしているがまだ明るさのある時代。まだスターリンの大粛清の時代にははいっていなかった。しかし詩人マヤコフスキーは自殺し百合子は葬儀にも出席している。帰国したのがちょうどプロレタリア文学、美術、演劇の最高潮期であって、ソヴィエトを見てきた人気作家はプロレタリア作家同盟の主要な担い手となっていく。プチブルインテリゲンツィアから革命戦線へ、というまさに転換点の道しるべが「道標」なのである。

戦時中、ソ連は条約を無視して日本に対して参戦し、満州で暴行略奪を行ったばかりか、日本兵をシベリアに抑留して強制労働につかせた。これは捕虜への人道的な扱いを求めたジュネーブ条約違反である。その実態はなかなか同時代の日本へは伝えられなかったが、高杉一郎がラーゲリから帰って「極光のかげに」を書いたあと駒込林町の百合子を訪ねたとき、百合子はその本に付箋を付け、いちいちの事実を高杉に尋ね、絶句したという。もし、百合子が一九九一年のソ連の崩壊、社会主義国の雪崩を打った変革をみたらどう反応しただろうか、というイフを捨てきれない。年齢からはあり得ないことではなかった。

さて百合子を追うだけで精一杯だったが、この旅の主役はむしろ湯浅芳子だった。彼女はロシア文学翻訳家として女性では瀬沼夏葉に次ぐ人であり、戦前のゴーリキーにはじまりチェホフ「三人姉妹」や「桜の園」を訳したほか、その訳のマルシャーク「森は生きている」は回を重ねて演じられている。田村俊子の墓を山原鶴らと建てたほか、田村俊子賞の運営に尽力し、彼女自身をしのぶ湯浅芳子賞も二〇〇八年まであって、年小田島雄志・翻訳戯曲賞に受け継がれた。「いっぴき狼」「狼いまだ老いず」などエッセイ集も残した。百合子と芳子の比類ない愛情と別れについては沢部仁美「百合子、ダスヴィダーニヤ」に任せたい。本文中に示せなかったが、湯浅芳子の見たロシアを二、三あげておこう。

「ソヴエート同盟に於ける婦人生活の真相」(「婦人公論」一九三一年二月号)で、湯浅は「ソヴエート婦人が持つてゐる自由と云ふものは、他の資本国に於ける婦人達が夫や父親が彼女に与へる財布の大きさに従つて、窮屈な家族制度の中で、辛うじて購ひ求めてゐるところの個人主義的な所謂自由とは性質を異にしてゐます」と述べている。この言は、女性の権利がないに等しかった昭和初期の日本だけではなく、経済的格差が大きく、一歩間違ったら簡単に貧困層に滑り落ちるいまの日本にも当てはまる厳しい評言であろう。さらに、女性の働く権利、生理休暇、産前産後の休暇、産院や病院の整備、乳児保育手当等、健康相談所、工場内の託児所、文化や学習のための倶楽部、女性の政治的権利、結婚と離婚の自由などについて、体系的にてぎわよく述べている。

女性を家事から解放するための「台所工場と云ふのは、社会主義化された台所であつて、そこでは一万人以上の公衆の為の食事がすべて機械によつて作られる」。職場や工場を同じくする男女が「寄合つて、共産的な共同生活をする。即ち毎月五十留とる者も百留とる者も皆が一様に各自の全収入をコンムーナに提供し、各自は平等に全員の協議で定めた一定額の小遣ひを貰つて共同生活を営むのです」とも紹介している。いま考えると雲をつかむはなしのようだが、そのころのモスクワには実際にあったし、わたしもインドのオーロヴィルというコミューンで、同様の生活様式を見たことがある。

シベリア鉄道について、「そのころ、日本からの旅客は満州里から巴里へ通う〝万国寝台車〟を利用したが、この列車はモスクワのヤロスラフスキー駅に着くと、荷物はそのまま、いったん旅客の全部をおろし、数時間ののち、別の駅からパリに向って出発するのだった。その間の数時間を利用して旅客たちは市内の見物をしたが、一等客の休憩処としてサヴォイ・ホテルが使われた」。そこで一九二九年の春、吉屋信子とこれまた同性の恋人だった門馬千代に会ったという（「憶い出すこと」、「婦人公論」一九七三年九月号）。吉屋は少女小説から書き始めてうんと売れた一人で、ライバルであった林芙美子に先駆けてシベリア鉄道でヨーロッパ旅行を企てたものであろう。

このように、取り上げた三人のほかにもたくさんの女性がシベリア鉄道に乗った。武林無想庵の妻文子は一九三一年、パリから帰国の際、ハルビンの北満ホテルで前の婚家に残してきた息子と再会している。息子は慶應を出て新聞記者になり母を取材にきたのだった。三浦環は一九三三年にロシアで歌う契約ができて、イタリアのサンレモからひとりモスクワまで行く途中、ポーランド国境の小さな駅で大金を持っていたためスパイ容疑で下ろされている。このとき環は窮余の一策、リゴレットやトラビアータを歌い、田舎の駅は黒山の人だかりとなり、オペラ歌手であることを証明して難を逃れた。映画の輸入業者であった川喜多かしこは一九三五年七月、夫を追いかけて四度目のシベリア鉄道に一人で乗った。「食堂は、これも去年よりよくなつてゐる。ビールとコーヒーは相変らずまづいが、今年は白パンも用意され、おいしいココアも出して呉れる」(「婦人公論」一九三五年十二月号)。みんな勇敢だし、鉄路の上にはそれぞれのドラマがあった。

百合子は戦後一九五一年に五十一歳でなくなったが、湯浅芳子のほうは一九九〇年、九十三歳まで生きた。オールバックの短い銀髪、男物の対の紬を着、ステッキをついた独特な風格を多くの人々が覚えている。瀬戸内寂聴「孤高の人」によれば、百合子の前に田村俊子、北村セイ、あとに矢田津世子、山原鶴を湯浅は愛したというが、「一番は百合子、次がセイで、三番目からは同じや」といっていたという。湯浅は美食家で、趣味がよくおしゃれで、けちで、毒舌家で、わがままで、ときに周囲を困らせたが、どこかにくめない人であった。

ちなみに、湯浅、中條組は一九三〇年の十月二十五日、モスクワを発ってシベリア鉄道で帰国する。このルートは行きと多少違って東清鉄道を使わず、ウラジオストクから敦賀に船で着いた。十一月八日東京着、十三日間の旅である。二人は本郷の高級下宿菊富士ホテルに落ちつき、百合子は怒濤のようにソヴィエト印象記を書き出す。この菊富士ホテルはわたしの母方の親族が経営していたが、戦前に消えて、古い写真のほか見たことはない。

芳子とわかれ、宮本顕治と結婚し、戦時中から亡くなるまで、百合子はおもに駒込林町の実家に住んだ。母父は死に、夫は獄中にあり、自らも何度も検挙されながら、もんぺ姿で巣鴨の夫に差し入れにいく朗らかな百合子の姿を町の人々は多く語る。その点で、百合子の思想はぶれなかった。近所の少女に書斎の本を貸したり、原稿の反古(ほご)でたいた風呂に隣組の人を入れたり、担架の搬送訓練に乗る番になると「重くて困るでしょ」といったりした。わたしが子どものころ、林町の静かな往来になぜか交番があった。それが主義者百合子を監視するためのものだとはずっとあとになって知ったことである。

三番目の旅人、林芙美子は中條百合子より四つ年下、一九三一年に渡欧した時は二十七歳であった。

門司生れで、各地を転々とし、学校も替わった。十九歳で上京してからの芙美子はこれも、わたしの住む町に縁が深い。震災時には根津にいた。その翌年には白山上の南天堂書房階上喫茶室で劇団の主宰者だった田辺若男と出会い、田端で同棲。駒込蓬萊町の大和館にいた手塚緑敏と知り合って、青春の放浪に終止符を打つ。穏やかなやさしい夫をえて、流行作家になっても、芙美子の心の放浪は収まらなかった。

彼女の場合も満州は前年に丹念に見ているし、心はパリにあった。けれど芙美子もまたロシアに憧憬(しょうけい)を持っていた一人である。

少女の頃、九州の炭坑街を流れていた頃に聞いた「カチューシャの唄」。「放浪記」では「ロシア女の純情な愛恋、私は活動を見て来ると、非常にロマンチックになってしまった。（中略）当分は、カチウシヤで夢見心地であった」「チェホフは心の古里だ。チェホフの吐息は、姿は、みな生きて、黄昏の私の心に、何かブツブツしたものを言いかけて来る」などと書いている。その関心が「西比利亜の旅」では活かされている。

芙美子はよく本を読む、都市のルンペンプロレタリアートであった。職業紹介所で紹介されて事務員や下足番やセルロイド工場の女工や代書屋の手伝いを転々とするところは、まさにいまの派遣労働者、すぐ雇い止めになるところも似ている。彼女の心情は、堺の老舗のお嬢であった与謝野晶子や、アッパーミドルのお嬢さんであった中條百合子の意識とは違う。徹頭徹尾、旅するバガボンド。「私は雑種でチャボである」という芙美子は職業紹介所から出て来ると「お前さんに使ってもらうんじゃないよ。おたんちん！　ひょっとこ！　ばかやろう！」と悪態をつく。

まさに、百合子たちが朝、庭を眺める余裕を持つために女二人の共同生活でも女中を雇っていたのと逆に、雇われる女中のがわに芙美子はいる。百合子は決して女中の内面など書かなかった。「道標」には、モスクワの共同住宅のニューラという女中が出て来るが、彼女に同情して、洗濯物をゆっくり干せばいいとはいっているが、そばに立っていながら百合子はいっこう手伝おうとしない。こういう情景は産院から帰った時くらいしか、家事を人に頼んだことのないわたしには違和感がのこる。

そこいくとフミコさん、「クヨクヨしていても、仕様のない世の中、すべては自分の元気な体頼みに暮らしませう」「夜更け、母が鉛筆をなめなめお父さんに便りを書いているのを見て、誰かこんな体でも買ってくれる人はないかと思ったりした」「へえ！街はクリスマスでござんすとよ」。

この、幼くて、けなげで、元気な「放浪記」がわたしは好きだ。それもあとで著者が改悪したものでなく、改造社版の「放浪記」でなくてはならない。この本を携え、谷根千はもとより、生れた門司、行商した直方(のおがた)、預けられた桜島、女学校に通った尾道、恋人のいた因島(いんのしま)などを芙美子を感じながら巡ってきた。そしてやっと、大連からハルビンまでを追いかけることができた。芙美子はソヴィエトを素通りしているが、百合子のようにソヴィエトを理想化もしなかったことは特筆に価する。苦労した芙美子は百合子ほどおめでたくない。「ロシヤは驚き桃の木さんしよの木、レーニンを少しばかりケイベツしました」（十一月二十三日パリ到着直後、夫緑敏への手紙）。労働者であった芙美子にはこの革命が人民の名をかたりながら人民のものになっていない、ということが見えたのであろう。

パリでは三人それぞれのところに住んだ。「私の下宿は、ダンフェル街のブウラアド十番地。ちょっと広場へ出ると、ライオンの像があります。寝そべっているかたちは三越のと同じ。この街は小石川辺のごみごみしたところのように物が安くて、あまりつんとした方たちはお住いにならない。つんとした方たちは皆セーヌの河むこう」（「下駄で歩いた巴里」）。この地理感覚も芙美子ならでは。

三人のそれぞれが歴史の中を旅した。晶子はパリで明治という時代が終るのを知り、百合子はパリで世界恐慌のはじまりに立ち会った。芙美子は満州事変の年に満州を列車で走り抜け、パリで円の暴落に苦しんだ。犬養内閣が金の輸出を再び禁止したからである。

水さかずきという言葉を思い出す。そのころの旅は途中で生を終ることも覚悟の上であった。それでも世界をこの目で見たいという欲望の方が死の恐怖を上回った。「昭和六年、わたしは帰りの旅費など考へずに巴里へ行き、欧州を一年ほど遊んできました。わたしは旅が好きです。何よりも旅が好きです」（林芙美子「思ひ出の記」）

同行してくれたロシアと中国の二人の大学院生、わたしの旅を応援してくれた集英社と雑誌「すばる」の水野好太郎さん、瀧川修さん、本の形にしてくれた野田みのりさん、校閲の高松恭則さん、本書に登場する旅で出会った方達すべてに感謝する。とくに連載時、原因不明の疾患で失明の危機にいたり、休載したり、この仕事をあきらめかけたこともあっただけに、本になる喜びはひとしおだ。同じくパリで、獄中で目を痛めた芙美子や百合子の気持を感じながら、ここまで書いてきた。わたしにとっても長い旅であった。

二〇〇九年二月一日　神保町ろしあ亭にて

森まゆみ

【主な参考文献】

「定本與謝野晶子全集」講談社
「宮本百合子全集」新日本出版社
「林芙美子全集」文泉堂出版
「林芙美子　巴里の恋」今川英子編　中公文庫
「與謝野晶子書簡集」岩野喜久代編　大東出版社
「与謝野鉄幹――鬼に喰われた男」青井史　深夜叢書社
「新版評伝与謝野寛晶子　明治篇」逸見久美　八木書店
「回想――与謝野寛晶子研究」逸見久美　勉誠出版
「与謝野寛晶子書簡集成」逸見久美編　八木書店
「デルスウ・ウザーラ――沿海州探検行」アルセーニエフ　長谷川四郎訳　平凡社東洋文庫
「どくろ杯」金子光晴　中公文庫
「犬が星見た――ロシア旅行」武田百合子　中公文庫
「デカブリストの妻」ネクラーソフ　谷耕平訳　岩波文庫
「むらさきぐさ――母晶子と里子の私」与謝野宇智子　新塔社
「想い出――わが青春の與謝野晶子」與謝野迪子　三水社
「どっきり花嫁の記――はは与謝野晶子」与謝野道子　主婦の友社
「みだれ髪――母・与謝野晶子の全生涯を追想して」森藤子　ルック社

「晶子と寛の思い出」与謝野光　思文閣出版
「一外交官の思い出のヨーロッパ」与謝野秀　筑摩書房
「与謝野寛論」折口信夫（「折口信夫全集」第25巻　中公文庫）
「ニコライⅡ世——帝政ロシア崩壊の真実」ドミニク・リーベン　小泉摩耶訳　日本経済新聞社
「皇帝ニコライ処刑——ロシア革命の真相」上下　エドワード・ラジンスキー　工藤精一郎訳　NHK出版
「真説ラスプーチン」上下　エドワード・ラジンスキー　沼野充義、望月哲男訳　NHK出版
「大審問官スターリン」亀山郁夫　小学館
「宮本百合子」中村智子　筑摩書房
「いっぴき狼」湯浅芳子　筑摩書房
「百合子の手紙」湯浅芳子　筑摩書房
「百合子、ダスヴィダーニヤ——湯浅芳子の青春」沢部仁美　文藝春秋
「ロシアン・センチュリー——発掘された秘蔵写真が語るロシア100年の真実」ブライアン・モイナハン　古田和与訳　同朋舎出版
「大いなる海へ——シベリヤ鉄道建設史」ハーモン・タッパー　鈴木主税訳　フジ出版社
「第二シベリア鉄道」レオニード・シンカリョフ　仲弘訳　プログレス出版所
「キメラ——満洲国の肖像」山室信一　中公新書
「流転の王妃の昭和史」愛新覚羅浩　新潮文庫
「後藤新平大全」御厨貴編　藤原書店
「正伝後藤新平」鶴見祐輔　一海知義校訂　藤原書店

「露探――日露戦争期のメディアと国民意識」奥武則　中央公論新社
「今のロシヤの女」小山内薫（「婦人公論」一九二八年三月号）
「宮本百合子の世界」宮本顕治　新日本出版社
「往復書簡　宮本百合子と湯浅芳子」黒澤亜里子編著　翰林書房
「秋田雨雀日記」第2巻　尾崎宏次編　未来社
「散策のモスクワ」笠間啓治　ナウカ
「人間国崎定洞」川上武、加藤哲郎　勁草書房
「パリ右眼左眼」稲葉宏爾　阪急コミュニケーションズ
「極光のかげに――シベリア俘虜記」高杉一郎　岩波文庫
「赤露の人質日記」エリセーエフ　中公文庫
「満洲鉄道まぼろし旅行」川村湊　文春文庫
「不思議の国ベラルーシ――ナショナリズムから遠く離れて」服部倫卓　岩波書店
「ロシアは今日も荒れ模様」米原万里　講談社文庫
「林芙美子紀行集　下駄で歩いた巴里」立松和平編　岩波文庫
「哈爾浜（はるぴん）の都市計画」越澤明　ちくま学芸文庫
「女流　林芙美子と有吉佐和子」関川夏央　集英社文庫
「ロシアについて――北方の原形」司馬遼太郎　文春文庫
「北槎聞略」桂川甫周　岩波文庫
「ハルビンの詩がきこえる」加藤淑子　藤原書店
「最後のロシア大公女マーリヤ」マーリヤ大公女　平岡緑訳　中公文庫

「家庭で作れるロシア料理――ダーチャの菜園の恵みがいっぱい！」荻野恭子、沼野恭子　河出書房新社
「林芙美子の昭和」川本三郎　新書館
「孤高の人」瀬戸内寂聴　筑摩書房
「林芙美子」平林たい子　新潮社
「青年は荒野をめざす」五木寛之　文春文庫
「海のそとのおはなし」後藤千香子　蕗薹書房
「地球の歩き方・シベリア」ダイヤモンド社
「シベリア鉄道９４００キロ」宮脇俊三　角川書店
「気まぐれ列車の時刻表」種村直樹　実業之日本社
「ソヴエート同盟に於ける婦人生活の真相」湯浅芳子（「婦人公論」一九三一年二月号）
「憶い出すこと」湯浅芳子（「婦人公論」一九七三年九月号）
「欧米映画めぐり」川喜多かしこ（「婦人公論」一九三五年十二月号）

解　説

酒　井　順　子

与謝野晶子にはいつも、ほとほと感心させられます。「みだれ髪」の中の情熱的な歌の数々を見ていると、感情の赴くままに生きた、生活感の無い自由人のような印象を受けますが、その実、晶子ほど旺盛に「生活」をしていた人もいない。都合十三人もの子供を産み、料理から裁縫まで、家事をこなしていたのですから。子産み、子育て、家事、仕事。晶子は、全ての面に対して、過剰気味なほどに旺盛な人でした。そりゃあ、髪も乱れましょうや。

そんな晶子は、夫を追ってパリへ行きました。既に七人もいた子を、日本に置いて。今のように飛行機で行ける時代ではありませんから、シベリア鉄道に乗って。

確か晶子は、夫との関係のリセットのために、夫のヨーロッパ行きを思い立ったはず。歌人として晶子の方が夫よりも注目を集めているという状態は、夫婦のバランスを悪くしたことでしょう。また夫には女性の陰が……ということで、外国での経験を積ませるためでもありつつ、一種の別居としての意味合いも持つ、寛の外遊だったのではないか。

そのため、晶子は屏風用の短冊を徹夜で書いて、資金を集めようとしたのです。だというのに、夫が旅だって後、「ぜひ来い」といった手紙を貰うと、いても立ってもいられなくなる晶子。感情の強さが、晶子の肉体を動かしています。

本書において私達は、そんな晶子のパリ行きの旅路の様子を、知ることができます。晶子の旅は、決して楽しそうではありません。風呂にも入らず、節約のために食べ物もつましく済ます。そして何より、常に人に囲まれていた晶子が、一人ぼっちで旅をしているのです。頭に浮かぶのは、子供のこと、夫のこと。

今でも旅は、人に何がしかのことを考えさせます。ホームからアウェイへと出て行くことによって、アウェイの刺激のみならず、ホームの意義というものも、見直すことになる。

しかし今、目的地までにかかる時間は、うんと短くなりました。パリまでは半日もあれば到着するわけで、何かを考えると言うより、「この時間をどうやり過ごすか」と考えているうちに、目的地は見えてきます。

対して晶子のシベリア鉄道での旅は、十五日。パリの遠さを、肉体的に実感したことでしょう。その距離が骨身に沁みたからこそ、パリに着くと今度は、日本に残してきた子供達のことが恋しくて仕方がなくなったのではないか。

晶子の後には、中條百合子が、湯浅芳子とともにシベリア鉄道に乗っています。芳子という恋人の留学に伴い、百合子は社会主義革命を果たしたロシアを見に行ったのです。

さらには、林芙美子。天性の放浪者でもある人気作家の芙美子は、夫を持つ身ではあったものの、パリにいる恋人を追って、シベリア鉄道車中の人に。

三人を見ていると、とにかく強力な個性の持ち主であることがわかります。飛行機チケットさえ買えば、誰もが明日にでもパリに行くことができる時代に生きる者からすると、あまりにも特殊な旅にも見える。

しかし森さんは、三人の女性それぞれに自分との共通点を見ることによって、三つの旅を普遍化していくのでした。旅の途中、晶子は子供達のことを思って毎日のようにハガキを書くわけですが、

「わたしも残してきた三人の子のことを思った」

と、森さんも記します。子によって家に縛られる母親の気持ち、そして子を置いて旅に出た母親の気持ち。それは、子を持たぬ女にも、そして父親にも、わからないものでしょう。

百合子に対しては、

「この人への共感は生れ育った町、通った学校が同じであるということが小さなころからまずある」

とされています。さらには、

「わたしも地方出身の男といっしょになって、実家のすぐ近くに住んでいた」

からこそ、

「百合子の実家への甘えを批判する気持が起こると、それはわたし自身にはね返ってくる」

のです。アッパーミドル階級のお嬢さんとして育った百合子の近代的な感覚、頭の回転の早さもまた、森さんのおおいに共感するところでしょう。

そして、芙美子。上京後の芙美子が、根津や駒込といった、森さんと縁の深い土地に住んでいたといったことのみならず、

「わたしは旅が好きです。何よりも旅が好きです」

と書く旅人としての芙美子の才もまた、森さんと共通するものではないでしょうか。

三人の女性それぞれへの共感、そして反感を抱きつつ、森さんは三人を追って、旅をします。二回の旅に同行するのは、日本に留学している女子学生。森さんは、ホームからアウェイへ。留学生は、アウェイからホームへ。二人がともに旅をしていると、故郷が近づくにつれ、留学生の輪郭を濃くしていくような印象を覚えます。鉄道の中は、「行く」旅と「帰る」旅、二つの全く異質な旅が交錯する空間なのです。

晶子、百合子、そして芙美子が、シベリア鉄道に乗ってどのような旅をしたかを詳しく見ることによって、読者は三人の女性がどのように生きたかを知ることになります。

旅は人生の縮図であり、どのような旅をするかは、どのように生きたかということでもある。三人の旅には、彼女達の性格がよくあらわれています。常に、そこに無いものを恋う晶子、批判精神いっぱいの百合子、常に庶民感覚を貫く芙美子……。

ここで忘れてはならないのは、この本に描かれているのは、三人の女性の旅と人生だけではない、ということでしょう。三人の女性の旅を通して浮かび上がってくるのは、著者である森まゆみさん自身の、旅と人生です。三人の女性のどこに、共感と反感を抱くのか。森さんは列車の中でどう行動し、ロシアでそして中国で、何に興味を抱くのか。シベリア鉄道を巡る旅は、森さんが生きてきた道程を振り返る旅でもあったのではないでしょうか。それは、読者である我々が自分の旅と人生とを見つめるきっかけにもなるのです。

明治に生まれた女性達がシベリア鉄道に乗って旅をした頃から、ずいぶん時は流れました。旅の手法も、ロシアや中国の国のあり方も、また女性の生き方も、激変したのです。

ではその変化が「進歩」なのだろうかと、私はこの本を読んで、考えさせられたのでした。できるだけ速く移動することが、良いことなのか。国のあり方として最も良い方法とは、何なのか。そして女性達は、晶子や百合子、そして芙美子と比べて、今の方が自由に生きているのだろうか……。

人は時に、現在は過去よりも確実に進化していると思い込みます。しかし、晶子の感情、百合子の才気、芙美子の闊達(かったつ)さ以上のものを、我々は得ているのでしょうか。交通機関や通信技術が発達して地球が小さくなるにつれ、人間もまた小さくなっているような気も、してくるのです。

それでも私達は、既に列車に乗ってしまっています。自分達が進化だと信じている方向へ向かって、これからも進んでいくしかないのでしょう。

本当に目的地に到着するのか。そこは、今より良い場所なのか。我々が持つそんな不安はおそらく、三人の女性がシベリア鉄道の中で抱いていたものと、少し似ているのです。

この作品は、二〇〇九年四月、集英社より刊行されました。
JASRAC　出1201890-201

引用は巻末に掲げた参考文献に拠る。
本文中の写真（晶子、百合子、芙美子の肖像以外）はすべて著者の撮影。

写真提供　日本近代文学館（百合子）
藤田三男編集事務所（晶子、芙美子）
本文デザイン　木村典子（Balcony）
地図作製　テラエンジン

集英社文庫

女三人のシベリア鉄道

2012年3月25日　第1刷　　定価はカバーに表示してあります。

著　者　森　まゆみ

発行者　加藤　潤

発行所　株式会社　集英社
東京都千代田区一ツ橋2-5-10　〒101-8050
電話　03-3230-6095（編集）
03-3230-6393（販売）
03-3230-6080（読者係）

印　刷　大日本印刷株式会社

製　本　ナショナル製本協同組合

フォーマットデザイン　アリヤマデザインストア　　マークデザイン　居山浩二

ISBN978-4-08-746810-6 C0195